Roubada

Roubada

LESLEY PEARSE

Tradução
Ivar Panazzolo Júnior

Editora
Novo Conceito

Título original: Stolen

1ª Impressão - 2011

Produção Editorial
Equipe Novo Conceito

Tradução: Ivar Panazzolo Júnior
Preparação de texto: Carla Montagner
Revisão de texto: Maria Dolores D. Sierra Mata e
Vanessa S. Spagnul e Souza
Diagramação: Studio Spot Light
Capa: Mello & Mayer

Este livro segue as regras da Nova Ortografia da Língua Portuguesa

Dados Internacionais de Catalogação na Publicação (CIP)
(Câmara Brasileira do Livro, SP, Brasil)

Pearse, Lesley
Roubada / Lesley Pearse ; tradução Ivar Panazzolo Júnior. -- Ribeirão Preto, SP : Novo Conceito Editora, 2011.

Título original: Stolen.
ISBN 978-85-63219-36-7

1. Ficção inglesa I. Título.

11-05368 CDD-823

Índices para catálogo sistemático:
1. Ficção : Literatura inglesa 823

Rua Dr Hugo Fortes, 1885 - Prq Industrial Lagoinha
14095-260 - Ribeirão Preto - SP
www.editoranovoconceito.com.br

Agradecimentos

Obrigada a Sue Hughes, do St. Richard's Hospital em Chichester, por sua ajuda e entusiasmo, os quais são dignos de nota. E um enorme agradecimento a Wayne Ashman, de Brighton, pela sua ajuda valiosa com todas as coisas relacionadas a Brighton. Foi muito além do esperado! No futuro, tenha cuidado ao conversar com senhoras no avião!

Dedicatória

*Ao David Mitchell da vida real, por sua generosidade
no leilão beneficente, cujo prêmio era se tornar um personagem
do meu livro. Espero que goste de ler o relato ficcional
sobre a sua pessoa, assim como eu apreciei
escrever esta narrativa.*

Capítulo um

— Solte, Totó! — gritou David quando viu o cachorro do seu vizinho puxando alguma coisa que ainda estava meio encoberta pela água, a cerca de 300 metros de onde estava, no terreno pedregoso da praia.

Eram 6 horas de uma bela manhã de maio, cedo demais para que a maioria dos habitantes de Selsey se levantasse. David Mitchell, aos 32 anos, sempre saía com o *terrier* do seu vizinho a esta hora do dia. Ele corria pela orla costeira enquanto Totó brincava na praia.

O cão se afastou daquilo que havia encontrado, latindo furiosamente.

— Estou indo! — David gritou, e desceu da plataforma para o cascalho, onde ele percebeu que o objeto das atenções de Totó se parecia incrivelmente com um corpo.

Ao se aproximar, David percebeu, para seu horror, que era uma mulher. Suas pernas desnudas ainda estavam dentro da água e, quando as ondas chegavam, levantavam a saia do vestido e faziam com que se agitassem. A cabeça não ficou visível até que ele se aproximasse, e David percebeu que ela era jovem, com mais de 20 anos, esguia e bela, e que o seu cabelo loiro havia sido cortado de forma descuidada e brutal.

Presumindo que ela estivesse morta, e temendo que a maré fosse arrastá-la de volta ao mar antes que ele pudesse chamar a polícia, David se curvou e, colocando as mãos por baixo dos braços dela, começou a puxá-la para a praia. Mas, ao levantá-la, ela emitiu um som. Não era um som de tosse, mas sim o de um suspiro, e suas pálpebras estremeceram.

— Quem é você? — ele perguntou, abaixando-se ao seu lado nos pedriscos da praia, erguendo-a até que estivesse sentada e apoiada contra o seu ombro. David tomou o pulso da mulher. Embora a pele dela estivesse fria como o gelo, e muito enrugada por causa da submersão, ele conseguiu sentir uma pulsação leve.

— Eu preciso chamar uma ambulância — ele disse, quando ela não respondeu à pergunta. Ele a deitou de lado e usou o casaco de lã amarrado ao redor da sua cintura para cobri-la.

David desejou que houvesse outra pessoa por perto, pois não queria deixá-la ali sozinha, mas a trilha que circundava a praia estava deserta. Ele se perguntou qual seria a nacionalidade dela, pois o vestido azul, de gola alta e com saias rodadas que usava era bem antiquado, como aqueles que havia visto em filmes ambientados na década de 1950. Pensou que poderia vir de algum país do leste europeu, mas, quem quer que ela fosse, e de onde quer que ela viesse, ele achava que ela havia sido maltratada, pois havia marcas arroxeadas em seus pulsos e tornozelos, como se tivesse sido amarrada. O cabelo da mulher havia sido cortado de maneira rude, e sobravam apenas tufos irregulares.

Dizendo a Totó que ficasse com ela, ele correu de volta à orla para tentar encontrar uma cabine telefônica.

— Garota misteriosa. Quem é ela?

Dale leu a manchete do jornal para as duas outras garotas no salão de beleza enquanto elas tomavam a primeira xícara de café naquela manhã.

— Diz aqui que ela foi encontrada ontem, quase afogada na praia, e que perdeu a memória — explicou ela. — Claro, se houvesse uma foto dela, talvez alguém pudesse reconhecê-la — acrescentou, com sarcasmo.

— Talvez ela seja uma vagabunda rica, e o marido acabou se cansando dela e jogando-a por cima da amurada do seu iate, como naquele filme com

Capítulo um

Goldie Hawn — sugeriu Michelle. — Você já viu? Um viúvo pobre com um monte de filhos a encontrou, e, como ela havia perdido a memória, ele fingiu que ela era a sua esposa. E a levou para casa para cuidar da sua família. É hilário. Ela não sabia lavar nem cozinhar e o lugar era um chiqueiro.

As três garotas se lembraram do filme *Um salto para a felicidade*, rindo e conversando sobre a obra por algum tempo.

— Deve ser tão esquisito perder a memória — filosofou Dale. — Imagine não saber quem você é, ou de onde você vem, ou qualquer coisa assim. Eu fico imaginando... se alguém lhe der algo para comer que você detestava antes, você ainda vai detestar aquilo?

As três garotas eram esteticistas no *spa* do Marchwood Manor Hotel, nos arredores de Brighton, em Sussex. O hotel era bem estabelecido, mas o *spa* havia sido inaugurado há apenas duas semanas, e essa era a razão pela qual a equipe recém-contratada de esteticistas estava descansando em uma das salas de tratamento, tomando café e lendo o jornal em vez de atender os clientes.

Dale Moore era londrina, tinha 25 anos, belas curvas, uma compleição exótica, como se fosse espanhola ou italiana, e, com certeza, era a líder do grupo. Michele, de Southampton, era uma loira magra de olhos azuis, com 24 anos. Rosie era a mais nova, com 23, uma morena gorducha com sorriso doce, vinda de Yorkshire.

O salão de cabeleireiro ficava do outro lado da área da recepção. Frankie, April, Guy e Sharon estavam com o rádio sintonizado na BBC Radio One, o que sugeria que seus clientes também não haviam chegado, já que qualquer tipo de música pop era considerado um crime capital se a gerente do *spa*, Marisa De Vere, os apanhasse. Ela só tolerava fitas de música clássica no salão, e, na seção de estética, só eram permitidas músicas especiais para promover o relaxamento. Mas, como Marisa estava em Londres hoje, ninguém estava fazendo a limpeza desnecessária e tediosa que ela insistia em ordenar quando não havia clientes, e eles também não seguiam as suas recomendações com relação à música.

— Diz aqui que a garota tem uns 24 anos — disse Dale, voltando ao jornal. — Ela foi encontrada em Selsey por um homem que caminhava com seu cachorro. Eles acham que ela esteve no mar por um bom tempo, mas não tinha nada que ajudasse a identificá-la. Foi levada para o hospital St. Richard's, em Chichester.

— É uma imigrante ilegal — disse Michelle, com firmeza. — Veio da França em um barco. Talvez tenha discutido com quem a estivesse trazendo, e a jogaram na água.

— Foi sorte ela ter sobrevivido. O mar ainda está muito frio em maio — disse Rosie.

— Eles acham que ela é inglesa — disse Dale, dando outra olhada no jornal. — Onde fica Selsey?

— Não faço ideia — retrucou Rosie. — Qualquer coisa ao sul de Birmingham é um mistério para mim.

— Fica a uns 50 quilômetros daqui — informou Michelle. — Minha família costumava vir passar as férias aqui perto quando eu era criança. Alguém quer fazer as unhas? Máscara facial, massagem na cabeça ou pedicure? Estou entediada!

— Aproveite o tédio — riu Dale. — É um raro prazer não ter Marisa, a feitora de escravos, xeretando por aqui.

Ela já havia conquistado a inimizade da supervisora do *spa*. Como Dale era uma esteticista de primeira classe com muita experiência em seu currículo, incluindo um ano em um navio de cruzeiro, ela achava que ninguém que não fosse qualificado em sua área não deveria lhe dizer como fazer o seu trabalho.

Antes que o salão fosse inaugurado, a equipe de funcionários passou por um período introdutório de três dias para avaliar seus talentos. Marisa ficou por trás de Dale observando-a trabalhar, uma coisa que Dale detestava, e ela havia indicado que o único modo que alguém poderia realmente avaliar uma massagem era receber uma. Marisa discordava daquilo e, desde então, vivia procurando coisas que pudesse mandar Dale fazer.

Capítulo um

Dale estava acostumada a ter conflitos com a gerência. Ela admitia que se irritava facilmente, era egocêntrica, teimosa, inflexível e propensa a falar antes de pensar. Mas era boa no que fazia, cuidava bem de seus clientes e trabalhava duro — ninguém poderia acusá-la de ser preguiçosa ou de fazer as coisas do jeito mais fácil. E ela, certamente, não era cruel com ninguém.

Marisa parecia ter prazer em ser cruel. Ela humilhou Michelle ao dizer que ela tinha mau hálito, fez com que Rosie chegasse às lágrimas quando estava com uma mancha no rosto, e disse a April que ela cheirava mal na frente de todos no salão de cabeleireiro. O único a escapar daquela língua afiada era Scott, o instrutor físico, um velho amigo de Dale. Mas, mesmo assim, ficava claro que Marisa gostava dele.

Ela fazia todos limparem tudo constantemente para que parecessem estar sempre ocupados: espelhos de alto brilho tinham de brilhar ainda mais, superfícies que já estavam limpas tinham de ser higienizadas novamente. Ela não suportava ver ninguém à toa, mas, infelizmente, sempre que chegava ao *spa*, a lei de Murphy entrava em ação, pois alguém sempre estava contando uma piada, lendo uma revista ou, pior ainda, fumando um cigarro do lado de fora.

— Vou perguntar a April se ela quer que eu faça alguma coisa — comentou Michelle. — Ela disse que queria sair para dançar hoje à noite. Se eu fizer as unhas dela, ela vai me deixar ir junto, e talvez eu possa passar a noite na casa dela.

Dale sorriu. Há dois anos, ela era bem parecida com Michelle, desejando experimentar tudo que Brighton tinha a oferecer, mas um ano no navio de cruzeiro fez com que ela crescesse — ou, pelo menos, fez com que ela considerasse o estrago que estava causando ao próprio fígado.

Michelle, Rosie e Frankie, do salão de cabeleireiros, Scott e Dale dividiam um bangalô para os funcionários dentro do hotel com Carlos, um dos garçons especializados em vinho. Eles estavam a alguma distância de Brighton, pois as linhas de ônibus não eram muito boas e os táxis eram caros.

Michelle era a única que reclamava. O restante se contentava em sentar e passar a noite conversando, e, às vezes, dividindo uma garrafa de vinho.

O som da porta da sala de tratamento abrindo fez com que todos saltassem, mas eles relaxaram novamente ao perceber que era apenas Scott.

— Nada para fazer, hein? — ele disse, com um largo sorriso. — Vou ter de informar isso à gerência!

Dale jogou uma toalha nele.

— Pelo amor de Deus, leve Marisa para a cama, e talvez ela fique um pouco mais humana se você lhe der amor e carinho.

Ela e Scott haviam se conhecido no navio de cruzeiro onde ele era o instrutor físico, e bastou uma olhada em seus olhos verdes, cabelo loiro espetado e músculos aparentes para que Dale o desejasse loucamente. Mas todas as outras mulheres com menos de 70 anos no navio o desejavam também, e, assim, ela decidiu se tornar sua amiga. Talvez tenha sido a melhor decisão da sua vida, pois acabaram se tornando bem íntimos. Junto com Lotte, com quem dividia a sua cabine, eles frequentemente desembarcavam juntos quando o navio aportava, e estavam juntos sempre que tinham qualquer momento de folga no mar.

Dale sentiu muito a falta de Scott e de Lotte quando o cruzeiro terminou e eles voltaram para suas famílias. Dale arranjou um emprego em um salão de beleza perto da casa de seus pais em Chiswick, em Londres, mas a camaradagem com o resto dos funcionários daquele salão não era igual à que ela sentia no navio. Na verdade, algumas delas eram umas verdadeiras vadias.

Foi por isso que, quando viu o anúncio para o recrutamento de funcionários no hotel, ligou imediatamente para Scott para ver se ele estaria interessado. Por sorte, ele estava, já que vinha trabalhando em um bistrô em Truro, na Cornualha, sem conseguir encontrar um emprego em uma academia de ginástica.

Infelizmente, eles haviam perdido contato com Lotte. Ela era cabeleireira, e Dale acreditava que ela iria adorar este lugar. Mas ela não atendeu nenhuma ligação, nem respondeu às mensagens de texto que Dale havia enviado desde que deixaram o navio; Scott dizia que o mesmo havia acontecido com ele. Eles presumiram que ela havia seguido com a sua vida e que não precisava mais deles.

— Eu não transaria com Marisa, nem que me pagassem — disse Scott, rindo. — Tenho medo que aquela máscara se quebre e que ela seja horrível por dentro.

Aquele comentário causou risos, pois o rosto de Marisa era tão perfeito que era quase como uma máscara de porcelana. Na verdade, ela era perfeita em tudo, do seu manequim 38 e seus ternos pretos elegantes a seu longo cabelo negro, preso em uma trança que ia até o meio das suas costas. Era tão brilhante que parecia que tinha sido pintado com laca preta, e Dale dizia que ela não era um ser humano, mas uma das Esposas de Stepford[1], criada para gerenciar um *spa*.

— Ela tem 38, e não 32, como ela havia dito a Scott — disse Rosie, com um brilho malicioso em seus doces olhos castanhos. Ela não era o tipo que ficava falando das pessoas pelas costas, mas obviamente não iria conseguir manter isso em segredo. — Marisa deixou alguns documentos do seu seguro de vida sobre a escrivaninha, e eu não pude resistir a dar uma olhadinha. E o segundo nome dela é Agatha!

— Agatha! — exclamou Dale. — Eu achava que Marisa já era horrível. Aposto que o sobrenome dela não é De Vere. Provavelmente é algo nojento como Snelling ou Greaseworth[2].

Scott cruzou os braços.

— Você realmente conhece alguém chamado Greaseworth? — ele perguntou com um tom sarcástico.

— Não, mas cairia bem para ela — riu Dale. Repentinamente, ela cobriu a boca com a mão. — M. A. D. As iniciais dela são Mad[3]!

As outras garotas explodiram em risadinhas.

---

1 Referência ao livro *As esposas de Stepford,* de Ira Levin. Neste livro, as mulheres da cidade de Stepford, em Connecticut, são belos e subservientes robôs criados por seus maridos. (N. do T.)

2 Snelling e Greaseworth são palavras em inglês que remetem a excreções corporais, a substâncias pegajosas e/ou malcheirosas. (N. do T.)

3 Mad: em inglês, pessoa louca ou muito irritada. (N. do T.)

— Preciso ir — disse Scott. — Vou deixar vocês continuarem com as gracinhas enquanto vejo se ninguém se afogou na piscina.

Uma hora depois, enquanto Dale cuidava da recepção para que Becky pudesse tomar um café, ela acendeu algumas velas flutuantes na fonte que havia no local e deu alguns passos para trás para admirá-las.

Ela era naturalmente cínica, arrogante e difícil de agradar, famosa por encontrar falhas em tudo, incluindo pessoas. Mas ela não havia encontrado nada para criticar no hotel Marchwood; na realidade, ela achava que o lugar era absolutamente belo e perfeito. Até mesmo Marisa, por mais detestável que fosse, trabalhava bem ao fazer todos pisarem em ovos.

O hotel era uma casa de campo em estilo antigo, com lareiras, sofás macios e confortáveis, antiguidades e um forte aroma de lustra-móveis de lavanda. Mas o *spa* tinha aquele tipo de minimalismo oriental que custava uma fortuna. A recepção central tinha um piso de pedras acinzentadas, com uma fonte no centro, que agora estava pontilhada por velas flutuantes. As decorações eram esparsas — um belo bordado japonês em uma moldura longa e estreita, alguns vasos de orquídeas, assentos baixos ao redor das paredes. A iluminação era discreta, e até mesmo o balcão da recepção era feito com uma madeira acinzentada, com uma placa de vidro por cima, para que parecesse flutuar por sobre o piso.

Havia três portas na área da recepção. A porta à direita levava às salas de tratamento de beleza; a central levava para a academia e para a piscina, e a porta à esquerda levava ao salão de cabeleireiros.

Desde que havia chegado aqui, era difícil não haver um dia em que Dale não cumprimentava a si mesma, satisfeita por ter encontrado um excelente emprego, onde teria futuro. Talvez o *spa* ainda não estivesse muito movimentado, mas ela sabia que isso logo aconteceria — assim que o pessoal do *marketing* começasse a promovê-lo. Ela recebia um bom salário, as acomodações eram excelentes e os outros funcionários eram gentis e amistosos. Por suas experiências anteriores, sabia que era a equipe de funcionários que causava o sucesso ou a ruína de um negócio. Havia cerca de 30 funcionários no hotel e no *spa*, e, embora ela só conhecesse o pessoal da sua área, gostava de todos ali.

Há catorze meses, quando seu contrato no navio de cruzeiro expirou, Dale havia guardado algumas centenas de libras. Ela pretendia abrir seu próprio salão, mas descobriu que isso era bem mais caro do que ela esperava. Para piorar as coisas, acabou gastando boa parte dos seus ganhos enquanto pensava no que faria a seguir.

Sabia que seus pais se preocupavam, e certamente havia lhes dado motivos no passado. Ela se envolveu com gente de moral duvidosa, experimentou drogas, fez um aborto, e nunca se manteve em um emprego por mais de algumas semanas até que conseguisse o diploma em tratamento estético.

Embora Dale soubesse que tudo aquilo era parte do passado, os pais dela não estavam completamente convencidos. Mesmo quando ela estava no navio de cruzeiro, onde nunca havia trabalhado tanto, eles imaginavam que ela estava aproveitando para curtir a vida.

Assim, ela agora sentia que tinha que fazer este emprego render para provar que realmente havia crescido, e que conseguiria assumir responsabilidades sobre si mesma e sobre outras pessoas. Marchwood parecia ser o lugar certo. Se ela conseguisse evitar cruzar espadas com Marisa, ela poderia até mesmo acabar administrando o lugar.

As coisas ficaram mais movimentadas algum tempo depois, quando muitos hóspedes do hotel agendaram tratamentos, e já passava das 20 horas quando Dale, Michelle e Rosie voltavam para o bangalô depois de jantarem no refeitório dos funcionários ao lado da cozinha do hotel.

Era uma noite agradável e o jardim do hotel estava bonito, iluminado pelos holofotes. O bangalô dos funcionários ficava oculto por trás de alguns arbustos, e eles todos aguardavam ansiosamente pelas noites de verão, quando poderiam se sentar ao ar livre com alguma bebida.

Todos haviam ficado surpresos com a qualidade das acomodações. A maioria deles havia trabalhado em lugares onde se esperava que vários funcionários dividissem o mesmo quarto e a comida era terrível. Mas, em Marchwood, cada um deles tinha seu próprio quarto, com uma pequena suíte, e suas refeições eram quase tão boas quanto as servidas aos hóspedes do hotel.

Frankie estava na sala lendo um jornal. Ele levantou os olhos e sorriu quando os outros entraram.

— Coloquei uma garrafa de vodca na geladeira mais cedo — ele disse. — Deve estar perfeita agora.

Frankie se referia a si mesmo como "*Gay*" Frankie, como se sua preferência sexual não fosse imediatamente óbvia pelas mechas azul-turquesas em seu cabelo e suas roupas extravagantes. Alguns dias antes, Rosie havia dito que, qualquer coisa que se falasse a respeito de Frankie, devia-se colocar sempre a palavra "muito" antes do comentário. Um homem muito engraçado, um cabeleireiro muito bom, e assim por diante, pois não havia nada mediano naquilo que ele dizia ou fazia. Nesta noite, ele usava uma camisa branca com babados, como se tivesse saído de algum velho filme de capa e espada.

Rosie pegou a vodca e alguns copos, e, quando Dale já havia trocado o seu jaleco de trabalho por *jeans* e uma camiseta, Frankie estava acendendo algumas velas.

— Esta luz é mais interessante — ele explicou.

— Não se preocupe, querido, eu gosto de você mesmo sob luz elétrica forte — disse Scott.

Os outros riram do comentário, pois Frankie havia passado toda a primeira semana em Marchwood fingindo que estava dando em cima de Scott. Era apenas uma brincadeira; Frankie disse que não pôde resistir, já que a heterossexualidade de Scott era tão óbvia. Frankie já havia parado com aquilo, mas Scott continuava com as brincadeiras.

— Olhe só, Dale — disse Rosie, pegando o jornal que Frankie estava lendo. — Eles publicaram uma foto daquela garota que encontraram na praia.

Capítulo um

Era a edição da noite do jornal local e, possivelmente, amanhã aquela foto já estaria nas edições nacionais. Dale pegou o jornal e examinou a imagem; não era uma fotografia real, mas um desenho feito pela polícia. Antes de largar o jornal, ela se sentiu obrigada a olhar aquilo mais de perto.

— Essa imagem faz você se lembrar de alguém? — ela perguntou a Scott, entregando-lhe o jornal.

Scott olhou.

— Lotte? As maçãs do rosto e os olhos grandes são os mesmos. Mas essa aqui não é tão bonita.

— É porque ela passou pelo inferno e voltou, e também porque cortaram todo o cabelo dela — disse Dale, pensativa. — Além disso, não é uma foto real. Mas imagine esta garota com um cabelo longo e brilhante, e um sorriso no rosto. Scott, pode ser Lotte!

— Não pode ser — Scott balançou a cabeça.

— Por que não? — perguntou Dale. — Sabemos que ela era de Brighton, a idade está certa, e aqui diz que a garota é baixa, loira e tem olhos azuis.

— Essa descrição serve para milhares de garotas — disse Scott, novamente balançando a cabeça. Ele pegou o jornal e estudou a imagem mais uma vez. — Mas você tem razão em uma coisa — se você trocar esse cabelo, iria se parecer muito com Lotte.

Todos os outros queriam saber sobre quem eles estavam falando.

— Ela era cabeleireira no navio de cruzeiro, e eu dividia a minha cabine com ela — explicou Dale. — Eu fiquei horrorizada por ter de dividir a cabine com ela quando nos encontramos pela primeira vez. Ela era uma daquelas garotas do tipo "Alice no País das Maravilhas", com olhos grandes e cabelo esvoaçante. Ela estava vestida com roupas em tom rosa-bebê, e eu pensei que ela nunca tinha lido nada além de *Hello!*[4], que iria falar o tempo todo sobre condicionadores e ligar para a mãe dela para saber o que estava acontecendo em *Coronation Street*[5]. Mas ela não era realmente daquele jeito. Ela foi a amiga mais doce, gentil e brilhante que já tive.

---

4 Revista inglesa especializada em fofocas e a vida das celebridades. (N. do T.)

5 Telenovela inglesa. (N. do T.)

Dale ficou surpresa por admitir publicamente o quanto gostava de Lotte. Houve um tempo em sua vida em que ela confundia "usar uma pessoa" com "ter um amigo", mas Lotte fez com que ela entendesse o significado de ter uma amizade verdadeira.

— Nós três fazíamos tudo juntos — disse Scott. — Não somente descer do navio para encher a cara, mas passávamos noites conversando e coisas do tipo. Mas uma coisa terrível aconteceu com ela na América do Sul.

— O quê? — Rosie e Michelle perguntaram em uníssono.

Scott olhou para Dale em busca de apoio. Eles nunca haviam discutido sobre se deveriam ou não manter segredo sobre aquele assunto, mas não parecia haver nenhum mal em contar às pessoas com quem eles dividiam a casa.

— Ela foi estuprada — disse Dale, em voz baixa, entendendo o dilema de Scott.

— Estuprada? Por quem? Alguém que estava no navio? — perguntou Michelle.

— Não, por algum maluco em Ushuaia — o ponto mais ao sul onde é possível ir, o último lugar antes da Antártida — explicou Scott. — Em plena luz do dia! Ela nunca mais foi a mesma, e Dale e eu nos sentimos péssimos por termos deixado que ela descesse do navio sozinha naquele dia.

— Coitada — disse Frankie, com simpatia. — E o que aconteceu com ela depois que vocês deixaram o navio? Vocês estão falando sério sobre a possibilidade de que esta garota seja a amiga de vocês?

— Ela voltaria para a casa de seus pais em Brighton quando nós nos despedimos — explicou Dale. — Prometemos manter contato, e eu liguei e mandei mensagens de texto, assim como Scott, mas ela nunca respondeu. Acho que Scott e eu éramos lembranças indesejáveis daquela tragédia.

— É pura coincidência estarmos em Brighton um ano depois, também — acrescentou Scott. — Acho que, se não houvesse passado tanto tempo desde o cruzeiro, nós provavelmente teríamos procurado por ela. Mas parecia que ela não queria ter notícias nossas.

— Se vocês acham que ela pode ser a garota do jornal — disse Frankie, apontando para a foto —, vocês deviam ligar para a polícia.

— Vamos parecer uns idiotas se não for ela — respondeu Scott. — Mas talvez devêssemos entrar em contato com os pais dela para ver se está tudo bem.

— Ligue para eles agora — sugeriu Frankie.

— Não temos o número deles — disse Scott. — Só o endereço que ela deu a Dale. Tentamos conseguir um número com as empresas telefônicas, mas não havia nada listado.

— Poderíamos ir lá amanhã — disse Dale, impulsivamente. — Não tenho nada marcado até a tarde, e você está de folga amanhã, Scott. Podemos pegar o ônibus das 9h30.

— Eu ligaria para a polícia — disse Frankie, com um suspiro de desaprovação. — Os pais dela podem estar olhando para esta mesma foto agora, e, se não souberem onde a filha está, eles vão entrar em pânico. E duvido que vocês queiram chegar a esse ponto. Além disso, Dale, se Marisa descobrir que você saiu do hotel durante o expediente, ela vai ficar uma fera.

— Se os pais dela pensarem que essa aqui é Lotte, então vão precisar do conforto de alguém que gostava dela — disse Dale, teimosamente. — Em relação à Marisa, vocês não vão dar com a língua nos dentes, não é?

— Claro que não — disseram eles, em coro. — Ela não voltará até amanhã à tarde, mas, se ela voltar mais cedo, o que devemos dizer?

— Digam que eu tive de ir ao dentista, pois estava com uma dor de dente horrível — sugeriu Dale.

— Será mesmo uma boa ideia ir atrás dos pais dela? — Scott perguntou a Dale, bem mais tarde, antes de irem dormir. — Eu entendo que você quer conversar com eles antes de ir à polícia. Mas, e se eles não tiveram notícias de Lotte há algumas semanas, e se não viram a foto dela no jornal da noite? Eles vão ficar aterrorizados, e nós estaremos bem no meio dessa confusão toda. A polícia sabe como lidar com esse tipo de coisa. Nós, não.

— Podemos simplesmente perguntar por Lotte — disse Dale. — Como se fosse uma visita social. Se ela estiver trabalhando, então deixamos um recado para que nos ligue e viremos embora. Mas se fizer algum tempo que eles não a veem, podemos mostrar a garota no jornal ou ir direto à polícia, dependendo do quanto acharmos que eles são fortes.

Scott deu de ombros.

— Se eles entrarem em pânico, a culpa é sua.

♦ ❖ ♦

Capítulo dois

— Eu sempre imaginei que Lotte morasse em uma área suburbana arborizada — comentou Dale conforme o táxi fazia a conversão na orla marítima e entrava em uma rua de casas com terraços e sem jardins. Ela e Scott haviam tomado o ônibus para Brighton, mas decidiram usar um táxi quando descobriram que a rua de Lotte ficava em um ponto mais distante.

Pensativo, Scott olhava, pela janela do táxi, para as casas com aparência suspeita.

— Eu também! Eu pensava que a infância dela havia sido bem protegida, brincando com bonecas, ou no gramado, e brincando com jogos de tabuleiro à noite.

Muitos dos imóveis naquela rua eram casas de aluguel em más condições. Elas tinham a pintura desgastada nas portas de entrada e vasos de flores artificiais nas janelas, e Dale imaginou que os desjejuns servidos ali eram gordurosos, as camas duras e com pouca água quente disponível. Ficava a poucas quadras de distância da praia, mas era um mundo totalmente diferente dos hotéis elegantes que havia ali. Para Dale, era um lembrete de que Brighton costumava ter a reputação de ser um lugar para "fins de semana sujos"; ela imaginava todos aqueles senhores e senhoras Smith vindo para estas bandas nas décadas de 1940 e 1950.

A casa de Lotte, de número 12, tinha telas nas janelas, e a porta da frente estava pintada em um tom de amarelo vivo. Um pequeno furgão branco estava estacionado do lado de fora, com as palavras "E. G. Wainwright, encanador. Aprovado pela Corgi" pintadas em preto.

— Graças a Deus, o pai dela está em casa — disse Scott ao pagar o taxista. — Se a mãe dela entrar em pânico, ele estará aqui para ajudar a acalmá-la.

Dale interrompeu Scott antes que ele tocasse a campainha.

— Lembre-se de que não vamos esfregar a foto na cara deles! Se as coisas estiverem ruins, nós vamos simplesmente cair fora e deixar que a polícia resolva.

O Sr. Wainwright abriu a porta para eles. Ele era um homem alto e magro, por volta dos 55 anos, com os mesmos olhos azuis de Lotte, e com um cabelo que começava a rarear. Ele usava *jeans* e um blusão que certamente eram suas roupas de trabalho, pois estavam gastos e manchados.

— Nós trabalhamos no navio de cruzeiro com Lotte — disse Dale, apresentando a si mesma e a Scott em seguida. — Mas não tivemos notícias dela desde então. Como estamos trabalhando aqui perto agora, pensamos em dar um alô para ela.

O homem franziu as sobrancelhas.

— É melhor vocês entrarem. Minha esposa está no quintal tirando algumas ervas daninhas. Vou chamá-la.

Ele os conduziu pelo estreito corredor de entrada, passando por uma porta fechada que provavelmente levava à sala, chegando finalmente a uma grande cozinha transformada em sala de jantar que era iluminada pela luz do dia. O lugar era um pouco antiquado, com armários verdes e uma mesa com tampo de fórmica pintada, mas tudo era muito limpo e organizado.

Através da porta dos fundos, eles viram um jardim pequeno, mas muito bonito e bem cuidado. A Sra. Wainwright estava curvada no chão, cuidando de um canteiro de tulipas.

O Sr. Wainwright foi até ela. Quando ela se levantou para escutar o que o seu marido dizia, ela olhou para a cozinha.

— Ela é bem mais velha que a minha mãe — disse Dale, supresa. — Parece ter mais de 60. E eles obviamente não viram a foto dela no jornal, ou, pelo menos, não acreditam que seja ela, ou o Sr. Wainwright teria dito alguma coisa.

Scott não teve chance de responder, pois o casal estava entrando na cozinha. A Sra. Wainwright estava acima do peso e tinha cerca de 1,60 metros. Seu rosto era visivelmente enrugado, e tinha o cabelo curto, branco como neve. Ela usava calças e blusa de lã acrílica, característico de mulheres bem mais velhas, mas caminhava com disposição, cruzando rapidamente a distância de 20 metros.

— Desculpe por interrompermos seu trabalho no jardim — disse Dale —, mas Scott e eu queríamos conversar com Lotte.

— Vai ser difícil. Ela está em alto-mar — afirmou a Sra. Wainwright.

— Ela está trabalhando em outro cruzeiro? — indagou Dale, com surpresa. Lotte disse que nunca faria aquilo novamente. — A viagem em que nos conhecemos terminou em março do ano passado. Por quanto tempo ela ficou em terra antes de voltar ao mar?

— Em terra? — A mulher estava com uma expressão séria. — Ela saiu de Brighton há mais de dois anos e não voltou desde então.

Dale olhou para Scott. Ela não sabia como devia prosseguir.

— Quando deixamos o navio de cruzeiro — falou Scott, lentamente, como se estivesse pensando cuidadosamente antes de deixar escapar alguma coisa errada —, ela disse que iria voltar para casa.

— Não sei por que ela diria uma coisa dessas a vocês — disse a Sra. Wainwright, virando-se para a pia para lavar as mãos. — Ela não mora aqui há vários anos. Nós raramente a vimos desde que saiu de casa. A única razão pela qual nos disse que trabalharia em um navio de cruzeiro era porque queria que guardássemos algumas coisas dela aqui em casa.

Scott e Dale se olharam, preocupados. Eles haviam conversado sobre vários resultados possíveis para esta visita, mas nem por um momento esperavam tal frieza da mãe de Lotte. Era como se ela não tivesse nenhum interesse pela filha.

— Vocês sabem onde ela está agora? — perguntou Scott.

— Não fazemos ideia — disse o pai dela. — Recebemos alguns cartões-postais há muito tempo — ele foi até um quadro de camurça pendurado na parede e retirou um cartão. — Este é de São Francisco, quando havia acabado de ser contratada pela empresa de cruzeiros, e o outro era de Trinidad. Nada mais desde então.

— Mas ela me disse que ligava para vocês — disse Dale, lembrando-se do Natal e outras ocasiões em que Lotte disse que havia telefonado para casa. Ela também disse que havia conversado com seus pais após o estupro. — Por que ela me diria isso se não fosse verdade?

— Ela sempre foi uma mentirosa compulsiva — disse a Sra. Wainwright, rispidamente. — Eu imagino que ela tenha contado sua história de Cinderela favorita, dizendo que fomos maldosos com ela, e que ninguém se importa com ela. Ela vive tagarelando sobre isso.

Dale não estava apenas chocada pelo fato de a Sra. Wainwright expor assuntos privados da família a dois desconhecidos, mas também ficou zangada porque aquela mulher estava falando mal de uma pessoa com quem ela se importava.

— Lotte nunca "tagarelou" sobre nada — ela respondeu. — Mas agora que conhecemos vocês, acho que ela tinha vergonha de ter pais tão insensíveis, e nunca teve a intenção de voltar para casa. Se eu soubesse dessa situação, teria levado Lotte para ficar na minha casa, com a minha mãe.

— O que você tem a ver com isso? — perguntou a Sra. Wainwright, com uma expressão desafiadora. — Não gosto dessa sua atitude, menina!

— Eu acho importante explicar que nos sentimos responsáveis por Lotte porque ela foi estuprada na América do Sul — disse Scott, com o olhar entre a mulher e o marido. Ele hesitou por alguns segundos, esperando que eles absorvessem o choque ou demonstrassem surpresa. Mas eles não o fizeram. Simplesmente olharam para ele com uma expressão vazia. — Foi uma coisa horrível. Todos no navio ficaram chocados — ele continuou. — Aconteceu em plena luz do dia, o homem era um completo estranho para ela. Quer dizer que ela não contou para vocês?

Dale olhava para a Sra. Wainwright, esperando que ela desabasse em lágrimas. Mas ela não o fez — simplesmente permaneceu em pé no meio da cozinha, aparentemente sem dar importância àquilo, como se eles tivessem acabado de lhe dizer que Lotte havia tingido o cabelo de ruivo.

Capítulo dois

— Ela inventou isso tudo — ela disse, após pensar na ideia por alguns segundos. — Ela sempre tentou atrair a minha atenção da maneira que pudesse.

— O quê?! — exclamou Dale, incapaz de acreditar que a mulher fosse capaz de dizer tal coisa. — Sra. Wainwright, o homem foi pego no ato! Um casal de hóspedes do navio ouviu os gritos e correu para ajudá-la. Ela foi examinada pelo médico do navio, que confirmou tudo. O homem bateu nela, deixou-a em pânico até mesmo antes de atacá-la. E a senhora acha que ela inventou tudo isso?

O Sr. Wainwright honestamente pareceu se abalar, e deu alguns passos em direção à sua esposa, quase como se buscasse a sua proteção. Mas ela apenas continuou ali, olhando para Dale com uma expressão cínica.

— Meu Deus, mulher! O seu coração é feito de pedra? — disse Dale, com desprezo.

— Pelo menos nós sabemos por que ela não contou a vocês. — Scott balançou a cabeça, sem acreditar. — Ela sabia que vocês agiriam assim, não é?

Olhou para eles na esperança de que negassem aquelas palavras, mas isso não aconteceu.

— Por que vocês não se importam? — ele perguntou, apontando para a parede na sala de jantar, onde havia pelo menos 20 fotos de Lotte quando criança. — Como vocês são capazes de manter todas aquelas fotos ali, olhar para elas todos os dias, mas não se importar sobre onde ela possa estar ou o que aconteceu com ela?

— Aquela não é Lotte — disse o Sr. Wainwright, indignado. — É a nossa Fleur. Ela foi tirada de nós quando tinha dez anos. Eu não consigo imaginar por que vocês acham que era Lotte. Fleur era bonita e muito talentosa.

Dale ficou de queixo caído quando percebeu o que realmente estava acontecendo com este casal estranho e insensível.

— Fleur era mais nova ou mais velha? — ela perguntou.

— Quatro anos mais velha — disse a Sra. Wainwright. — Ficamos arrasados quando ela morreu. Ela era tão especial, sabia dançar e cantar, venceu tantos concursos... linda como uma fotografia, elegante como uma pintura e todos a amavam.

— E vocês ficaram com raiva por terem ficado apenas com Lotte? — disse Dale, com uma incredulidade sarcástica.

— Não se atreva a falar desse jeito comigo, menina! — retrucou a Sra. Wainwright. — Ela nunca poderia se igualar à sua irmã mais velha, em talento, beleza ou inteligência.

— Desculpe, mas Lotte é uma das garotas mais belas, gentis e esforçadas que eu já conheci — disse Dale, sua voz ficando mais alta com a indignação. — Ela é uma estrela, e isso se deve a seus próprios esforços. Como vocês podem ser tão cruéis, excluindo-a desse jeito?

— Quer dizer que ela realmente contou mentiras sobre nós, não é?

— Ah sim, Sra. Wainwright. Ela me contou várias mentiras. Ela via vocês como pais carinhosos, e disse que teve uma infância maravilhosa — disse Dale, aproximando seu rosto da mulher mais velha. — Meu Deus, agora eu entendo por que ela não queria voltar para casa. Eu também detestaria essa ideia se tivesse pais como vocês.

Scott tirou a folha de jornal do seu bolso, alisou-a e segurou-a em frente ao rosto do Sr. Wainwright.

— Esta é Lotte? — ele perguntou.

O homem pegou o jornal com as duas mãos e olhou para ele com uma expressão séria.

— Não sei. Parece com ela, mas eu não a vejo há mais de dois anos.

Scott explicou rapidamente o que se sabia sobre a garota encontrada na praia.

— Achamos que é Lotte, embora nós esperássemos que vocês nos dissessem que esta garota no jornal não é ela. Agora iremos até a polícia.

Dale hesitou antes de se dirigir à porta. Ela havia tido muitas discussões acaloradas com sua mãe, e várias coisas foram ditas por ambos os lados — nem todas elas muito boas. Dale queria acreditar que seria assim com a Sra. Wainwright, e que, uma vez que a enormidade do que havia acontecido com Lotte fosse absorvida, os instintos maternos normais entrariam em ação.

Mas o rosto daquela mulher continuava impassível e tenso. Não havia maneira de fazer com que ela recuasse e demonstrasse alguma emoção.

— Acho que a polícia logo vai estar aqui para conversar com vocês — disse Scott. — Claro, vocês deveriam ir até a delegacia para conversar com eles, e depois ir ao hospital para ver sua filha. Mas diremos à polícia que vocês não se importam com ela!

Do lado de fora da casa, Dale explodiu.

— Que desgraçados! Eu não acredito que alguém consiga ficar tão impassível pelo estupro e possível tentativa de assassinato da sua própria filha. Pobre Lotte!

O lábio de Scott tremia de pena por Lotte, indignado por haver pessoas tão indiferentes.

— Sabe, eu achei que fosse estranho que os pais dela não viessem a Southampton para recebê-la quando saiu do navio. É o que meus pais teriam feito se uma das minhas irmãs fosse estuprada. Para falar a verdade, acredito que eles teriam alugado um helicóptero para buscá-la logo depois que isso acontecesse.

— Minha mãe perguntou se a Sra. Wainwright tinha vindo até o navio — disse Dale. — Eu tentei escapar dessa pergunta, dizendo que Lotte passaria mais um mês no navio depois do estupro, e que ela estava começando a superar aquilo. Minha mãe disse que ninguém se recupera de uma coisa dessas depois de um mês.

Na delegacia, Dale e Scott foram levados até um escritório por um oficial do departamento de investigações criminais. Ele era um homem baixo e magro, com cerca de 40 anos e cabelo castanho que começava a rarear.

Dale mostrou ao investigador algumas fotografias de Lotte que havia tirado durante o cruzeiro, explicando que ela achava que esta era a garota misteriosa encontrada na praia.

— Várias pessoas ligaram na noite passada e novamente nesta manhã, dizendo que sabiam a identidade da garota — disse o investigador, enquanto estudava as fotos. — A maioria das ligações não tinha nenhum embasamento, mas precisamos verificar todas elas. Se vocês aguardarem alguns momentos enquanto eu anoto alguns detalhes, e não se importarem em deixar estas fotografias conosco, nós vamos ver o que podemos fazer.

O homem tomou menos de 15 minutos do tempo deles. Tudo que ele queria nesse estágio da investigação era saber onde eles viram Lotte pela última vez, a relação que tinham com ela, e os nomes e endereços de quaisquer amigos ou familiares que conhecessem.

— Não sabemos muito sobre a vida dela antes do cruzeiro — disse Dale, repentinamente envergonhada por não ter perguntado mais sobre Lotte enquanto estavam juntas. — Ela é o tipo de pessoa que prefere escutar em vez de falar. Ela era cabeleireira aqui em Brighton, mas, além disso, não sabemos mais nada sobre ela.

— Agora que sabemos como os pais dela são, não é de surpreender que ela nunca tenha falado sobre seu passado — disse Scott, passando o endereço da família ao investigador e uma breve descrição sobre a reação deles. — Não espere conseguir muita ajuda ali se esta garota da praia realmente for Lotte. Parece que eles não se importam com ela.

Scott ficou em Brighton para fazer compras, mas Dale pegou o primeiro ônibus de volta ao Marchwood Hotel, chegando lá logo depois das 13 horas. O encontro com os Wainwrights fez com que ela ficasse ansiosa e triste, mas colocou seu uniforme e foi direto para o *spa*.

— Alguém sentiu a minha falta? — ela perguntou a Rosie, que estava terminando de tratar as mãos de uma cliente.

— Não. Mas foi bom ter voltado, porque você tem uma máscara facial agendada para daqui a meia hora — disse Rosie, com um sorriso. — A garota misteriosa era a sua amiga?

Capítulo dois

— Parece que sim, mas nós não saberemos até que a polícia verifique os detalhes. Eu conto tudo depois — disse Dale, enquanto abria o livro de agendamentos para ver que tipo de máscara facial a cliente havia requisitado.

Ela estava colocando água para um banho de vapor facial quando Marisa entrou na sala de tratamento.

— Espero que tenha se divertido muito em Brighton nesta manhã — ela afirmou, com a voz tensa e cheia de rancor. — Não se preocupe com a história de que foi ao dentista, eu sei que não é verdade.

Dale engoliu em seco.

— Eu só disse aquilo porque foi a primeira coisa que me veio à cabeça. Na verdade, eu tinha de ir à delegacia de polícia. Veja, eu li no jornal que uma garota misteriosa foi encontrada na praia, sofrendo de amnésia, e acho que trabalhei com ela no navio de cruzeiro.

— É mesmo? — disse Marisa, friamente. — Um telefonema não teria funcionado da mesma forma? Ou você poderia ter deixado que Scott cuidasse do assunto para vocês. Imagino que ele também a conheça.

— Acho que poderia ter feito qualquer uma dessas coisas, mas pensamos que seria melhor ver os pais da garota antes de conversarmos com a polícia.

— Não vejo com bons olhos os funcionários que desaparecem da empresa quando não estou por perto. Preciso confiar totalmente no funcionamento do *spa*.

— Eu não teria ido se tivesse tratamentos agendados para a manhã — disse Dale. — E me desculpe por ter ido sem a sua permissão. Eu posso compensar esta manhã no meu dia de folga.

— Isso não muda o fato de você ter prejudicado a mim e a toda a equipe — disse Marisa.

Dale estava preparada para ouvir um sermão, mas isso já estava indo longe demais.

— Com todo o respeito, Marisa, essa garota da praia pode ter sobrevivido a uma tentativa de assassinato, ou a um sequestro — ela respondeu. — Eu tinha quase certeza de que sabia quem ela era. Assim, era meu dever informar aos pais dela e à polícia. Não saí daqui por uma razão trivial.

— Você tem esse hábito infeliz de achar que sabe de tudo — reagiu Marisa, estreitando os olhos. — Isso ainda vai ser a sua ruína.

Ela se virou e saiu, deixando Dale com uma sensação desconfortável.

O resto do dia foi difícil. Dale passou o dia ocupada, pois um casamento seria celebrado no hotel no dia seguinte. Muitos dos hóspedes chegaram para passar o fim de semana e, ao descobrirem o *spa*, quiseram fazer todo tipo de tratamento. Becky, a recepcionista, havia agendado duas mulheres que iriam fazer *body wraps*[1] para diminuir medidas, sem se dar conta do tempo que este tratamento demorava. No final, ela foi forçada a correr de uma mulher para outra, enquanto fazia um tratamento para os pés e um para as mãos em outras duas também.

Tentando abrandar a reação de Marisa, já que realmente não queria perder o emprego, Dale se ofereceu para ficar no salão até às 20 horas. Depois de jantar e voltar para o bangalô, tudo que ela queria era a sua cama. Mas o sono fugia dela. Como na noite anterior, imagens de Lotte insistiam em aparecer em sua mente.

Mas as imagens da noite passada, em sua maioria, eram de momentos felizes, das festas da tripulação e dos dias passados em terra. Agora, depois de saber que a sua amiga não tinha pais carinhosos, como ela sempre imaginou, as imagens eram todas do dia em que Lotte foi estuprada.

Tudo ainda estava muito vívido, lembrava-se de acordar naquela manhã e, sonolenta, abrir as cortinas sem perceber que ainda estava nua, ou de que o navio havia atracado tarde em Ushuaia na noite anterior. A poucos

1 Tratamento estético que envolve esfoliação, seguida por uma máscara de argila marinha enriquecida, que ajuda a drenar e desintoxicar o corpo. Após o processo, são aplicadas bandagens de gesso dissolvidas em sais sobre as áreas problemáticas. (N. do T.)

metros da vigia da sua cabine havia homens esperando para descarregar os resíduos e trazer suprimentos, e todos a viram.

Ela gritou, e rapidamente puxou a cortina para cobrir a vigia. Mas demorou demais — os homens estavam rindo, e alguns deles faziam gestos obscenos com os punhos.

Lotte estava acordada em seu beliche, e riu da situação de Dale.

— Você conseguiu — ela disse. — Eles estarão esperando quando você descer do navio.

Dale apenas riu, envergonhada. Ela não sabia por que não tinha notado que os motores do navio estavam parados, ou o ruído que vinha do porto. Caso contrário, ela teria mantido as cortinas fechadas, já que todas as cabines dos tripulantes estavam em andares tão baixos que sempre ficavam na altura das docas quando o navio aportava.

— Mal posso esperar para descer à terra — disse Lotte, pulando da cama e pegando sua toalha para tomar uma ducha. — Uma pena que tenha tantas escovas para fazer antes que eu possa ir. Acho que não vou conseguir sair antes das 13 horas. E você? Algum tratamento agendado?

— Uma massagem daqui a uma hora, e só. Todo mundo vai descer para embarcar nas excursões. Mas eu não vou querer descer, Lotte. Visitei Ushuaia da última vez que passamos por aqui, e não achei muito interessante. E, de qualquer maneira, estou tão cansada que só quero voltar para a cama e passar o dia inteiro nela.

— Não tem problema — disse Lotte, animada. — Eu só quero descer para ver a antiga prisão e dar umas voltas. Não preciso de ninguém comigo.

As garotas tomaram um rápido café da manhã juntas e seguiram seu caminho — Lotte para o salão de cabeleireiro e Dale para a lavanderia, para usar uma das máquinas de lavar antes do horário marcado no salão para a massagem.

Dale estava dormindo quando Lotte voltou para a cabine, na hora do almoço. Ela trocou de roupa tão silenciosamente que Dale só acordou quando ela estava quase saindo, e, sonolenta, pediu que Lotte comprasse alguns cartões postais para ela. Lotte estava usando calças *jeans*, com botas de *cowboy* por cima da barra das calças, um leve suéter cor-de-rosa, e levava uma jaqueta impermeável jogada por cima da sua bolsa. Como de costume, quando não estava trabalhando, seu cabelo estava solto. Dale lembrava-se de pensar que, quando ela saiu pela porta, o cabelo de Lotte parecia uma cortina de ouro brilhante derretido.

Todos no navio, fossem eles oficiais, camareiros, arrumadeiras, atendentes de bar, garçonetes, artistas ou membros da tripulação, tinham de trabalhar durante longos períodos. Os passageiros provavelmente não faziam ideia de que a equipe de funcionários era equivalente, em tamanho, a uma pequena cidade, e eles viviam em alojamentos muito apertados, em dois deques abaixo das cabines dos passageiros.

Além disso, aquela imensa quantidade de pessoas vinha de vários países e culturas diferentes, e alguns deles mal conseguiam falar um inglês rudimentar. Ao serem contratados, eram condicionados a se dar bem uns com os outros, ou o cruzeiro se tornaria o cenário de um pesadelo.

Por essa razão, as pessoas tinham a tendência de farrear mais do que deviam. A qualquer momento que terminassem o serviço, queriam beber e se socializar, e isso, com frequência, avançava até altas horas. Como resultado, após algumas semanas, muitos estavam tão cansados que não tinham alternativa a não ser voltar a seus beliches sempre que tinham algumas horas de folga. Descer a terra era menos interessante depois da segunda vez que voltavam a um mesmo porto; os portos da costa chilena eram pequenos e enfadonhos, e, embora os passageiros do navio pegassem ônibus para visitar ranchos, avistar baleias, pinguins e outras atrações, a tripulação e os outros funcionários costumavam ficar no navio.

Assim, naquela tarde, enquanto quase todos os passageiros saíam em passeios de barco para observar aves e leões-marinhos no canal de Beagle, os restos da antiga colônia penal de Ushuaia e o trem onde os condenados costumavam depositar a lenha que cortavam, Dale e uma boa porção da equipe de funcionários e da tripulação estavam dormindo.

Capítulo dois

Dale acordou com o som insistente de batidas na porta da sua cabine. Quando olhou para o relógio, ficou chocada ao perceber que já passava das 19 horas.

— Estou indo! — ela gritou enquanto descia da parte de cima do beliche. Ela pensou que Lotte havia esquecido sua chave, ou, então, que Scott queria companhia para o jantar.

Abrindo apenas uma fresta da porta, ela viu que era Atkins, um dos oficiais do navio. Dale rapidamente pegou um roupão para cobrir as roupas íntimas que usava.

— O que posso fazer pelo senhor? — ela perguntou, abrindo a porta.

Atkins era um homem alto e muito magro, por volta dos 45 anos, com cabelo castanho-escuro e uma aparência sisuda. Dale nunca teve oportunidade de trocar mais do que algumas palavras com ele, já que ele costumava lidar mais com os hóspedes do navio, e raramente com os membros da tripulação ou os funcionários. Ela não conseguia imaginar o que ele queria ali naquele momento.

— Houve um incidente no porto — ele começou, hesitante. — Lotte Wainwright, sua companheira de cabine, estava envolvida.

Um "incidente" geralmente significava uma briga ou algo do tipo, mas ela não conseguia imaginar Lotte se envolvendo em nada daquilo. Ela era do tipo que fugia desse tipo de situação.

— Lotte está machucada? — ela perguntou.

— Ela foi atacada — ele contou, sem muitos rodeios.

O embaraço óbvio do homem sugeria que os ferimentos de Lotte eram de natureza delicada, e, repentinamente, Dale se assustou. Ela segurou no braço dele.

— Por favor, senhor, me diga exatamente o que aconteceu. Foi algum tipo de ataque sexual? — Ele baixou a cabeça.

— Receio que sim. Ela foi estuprada.

Por um segundo, tudo o que Dale conseguiu fazer foi olhar fixamente para o homem, com o queixo caído. Entre seus amigos, ela tinha a reputação de ser dura e insensível, e era a primeira a admitir o fato. Mas

Lotte tinha um ar de fragilidade em torno de si e um tipo de inocência infantil que fazia com que Dale, assim como a maioria das outras pessoas, quisesse protegê-la.

— Estuprada? — ela repetiu, com lágrimas nos olhos, e sentindo suas pernas fraquejarem. — Oh, meu Deus —, ela gemeu, cobrindo o rosto com as mãos, horrorizada. — Onde ela está agora?

— Dois de nossos hóspedes, o Sr. e a Sra. Ramsden, trouxeram-na de volta para o navio. Parece que resgataram Lotte do agressor. A Sra. Ramsden o golpeou na cabeça com uma garrafa de vinho. Eles insistiram em levá-la à sua suíte. O Dr. Bailey está com ela agora, e estamos esperando por mais informações da polícia de Ushuaia. Fui informado que prenderam o homem.

Dale tentou se recompor, embora se sentisse atordoada com o choque.

— Posso vê-la? — ela perguntou.

Atkins negou com a cabeça.

— Ela pediu que você fosse informada, mas o Dr. Bailey acha que ela tem muito a assimilar por enquanto. É melhor não receber visitas.

— Mas eu a conheço muito melhor do que os Ramsdens. Somos grandes amigas e dividimos a cabine há quase um ano.

As feições de Atkins se suavizaram.

— Sei disso, mas como eles a resgataram, tenho certeza de que ela se sente segura com eles, e o Dr. Bailey também deve pensar assim, ou a teria mandado para a enfermaria dos funcionários. Agora, se você puder pegar alguns dos pertences dela... roupas de dormir, uma muda de roupas e produtos de higiene pessoal. Ela vai passar a noite com os Ramsdens.

Dale voltou para a cabine, deixando Atkins na porta.

Lotte era excepcionalmente organizada. Ela guardava o pijama embaixo do travesseiro, a camisola atrás da porta, e todo o resto estava cuidadosamente dobrado na cômoda ou pendurado dentro do guarda-roupa. Dale, que era desorganizadíssima, frequentemente se divertia às custas de Lotte por causa disso, chamando-a de obsessiva. Mas agora, ao pegar as coisas que sua amiga precisava sem fazer esforço, ela viu que havia sentido na organização de Lotte e sentiu-se culpada pelas suas brincadeiras. Ela também se sentiu muito culpada por ter deixado Lotte descer do navio sozinha hoje.

Dale entregou a sacola com as coisas de Lotte ao oficial.

— Pode dizer a ela que estou preocupada e que lamento pelo que aconteceu? — disse, com a voz trêmula pela emoção. — Se houver qualquer coisa que eu possa fazer... — ela não foi capaz de terminar a frase, pois as lágrimas a dominaram.

— Eu darei seu recado a ela — ele disse. — Por favor, seja discreta sobre este assunto, Srta. Moore. Não queremos que os convidados se sintam ameaçados ou desconfortáveis.

Dale era do tipo que normalmente reagiria furiosamente a um pedido destes, pois era uma pessoa impetuosa, teimosa e franca. Ela quis responder que Lotte deveria estar se sentindo muito mais ameaçada e desconfortável, mas, desta vez, preferiu não provocar uma discussão. Apesar de tudo, Atkins estava apenas fazendo o seu trabalho.

Dale sabia quem era Fern Ramsden, pois havia lhe aplicado uma máscara facial um dia após ela e seu marido terem embarcado no navio em Santiago, há pouco mais de uma semana. Dale não gostou daquela americana ruiva, escultural e glamourosa, especialmente porque parecia ser cheia de si.

Mas Lotte havia cuidado dos cabelos dela quase todos os dias, fazendo penteados para noites formais, ou lavando e fazendo escovas. Para Dale, parecia que a mulher era muito vaidosa, já que gastava tanto tempo cuidando dos cabelos. Mas, muitas das mulheres ricas no cruzeiro eram iguais a ela. O que quer que Fern Ramsden fosse, entretanto, Dale ficou impressionada por ela conseguir quebrar uma garrafa de vinho na cabeça de um estuprador, e ficou muito emocionada por Fern querer cuidar de Lotte.

Dale conseguiu ver sua amiga somente no meio da tarde do dia seguinte. Ela havia passado uma noite insone, preocupando-se com ela, e, nas primeiras horas da manhã, quando os motores começaram a levar o navio para longe de Ushuaia, Dale foi até o convés para caminhar e tentar clarear as ideias.

Lotte não era o tipo de amizade que Dale costumava fazer. Na verdade, quando se conheceram e descobriram que tinham sido designadas para dividir a mesma cabine, Dale havia se sentido consternada.

A imagem de uma boneca Barbie lhe veio à mente, pois Lotte tinha olhos grandes e azuis, típicos de garotas sem muita massa cinzenta, um rosto meigo emoldurado por puros cabelos loiros, e ela estava até mesmo usando um blusão felpudo de lã cor-de-rosa, uma minissaia *jeans* e botas de *cowboy* cor-de-rosa. Dale imaginou que ela seria o tipo de garota que organizaria ursinhos de pelúcia sobre a cama, ligaria para casa constantemente e viveria incessantemente dando risadinhas.

Mas ela percebeu que Lotte não era uma cabeça de vento. Ela, como as pessoas em geral, também tinha uma ideia estereotipada das cabeleireiras, mas tinha pensamentos profundos, era uma excelente ouvinte e conseguia compreender as fragilidades dos outros melhor do que qualquer pessoa que Dale conhecia. Seu gosto para livros era muito refinado; ela gostava de saber o que estava acontecendo no mundo, e sempre tentava encontrar um jornal inglês quando estava no porto.

Lotte gostava de ordem. Dale era incapaz de se organizar. Assim, Lotte decidiu manter a cabine organizada e arrumada, e nunca reclamou de fazê-lo. Ela lavava, passava e fazia reparos nas roupas de ambas. Mesmo assim, não havia nada de santidade nela, pois gostava de beber, dançar e flertar tanto quanto Dale.

Várias vezes elas viram o sol nascer no horizonte enquanto ainda estavam conversando. Uma mentia em benefício da outra quando não conseguiam trabalhar porque estavam de ressaca, defendiam uma à outra quando eram acusadas de tentar beliscar o homem de alguém, e Dale nunca se esqueceria da ocasião em que teve um forte enjoo e Lotte ficou com ela, segurando-a sobre o vaso sanitário.

Dale chegou à porta da cabine dos Ramsdens antes das 9 horas, desesperada para ver Lotte antes de começar a trabalhar. Ela precisava saber os detalhes do que havia acontecido com sua amiga, e saber que ela se recuperaria. Mas Fern Ramsden a mandou embora, dizendo que Lotte ainda estava dormindo.

Dale provavelmente estava sendo irracional ao se convencer de que Fern era uma controladora obsessiva que queria manter Lotte somente para si, e acreditava que Dale seria uma má influência para ela. Mas aquela mulher tinha um jeito autoritário de olhar, sem nenhuma simpatia naqueles olhos azuis saltados. Qualquer mulher certamente entenderia o quanto os amigos de Lotte estariam angustiados, e particularmente Dale, que havia passado quase um ano fazendo de tudo com ela.

Não havia problemas em Lotte estar dormindo, e Dale não esperava que a mulher a acordasse, mas apenas um pouco de informação — se havia conseguido dormir durante a noite, se estava fisicamente ferida de alguma maneira — assuntos de mulher para mulher, era tudo o que ela queria.

Dale voltou às 10h30, em uma brecha entre clientes, para ser informada de que Lotte estava no banho. Ao meio-dia e meia, ela estava dormindo novamente. Mas, às 16 horas, quando Dale estava ficando irritada o suficiente para meter o pé na porta, Fern finalmente deixou que entrasse.

Dale não sabia o que esperar, mas foi um choque terrível ver Lotte deitada no sofá, ferida e marcada pela violência. Não apenas o medonho olho roxo, o lábio inchado e a rigidez de movimentos que denunciava outros ferimentos ocultos; era como se toda a sua alegria tivesse sido arrancada, deixando uma sombra pálida e assustada em seu lugar.

— Somente dez minutos, querida — comandou Fern.

Fern Ramsden era o tipo de mulher impossível de ignorar. Ela tinha 1,70 m de altura, uma figura voluptuosa e ótimas pernas. Naquele dia estava usando um vestido decotado de mangas longas em um tom verde-jade, com um cinto de corrente dourada e sandálias douradas. A cor do vestido destacava seu cabelo ruivo e seu bronzeado. Embora ela, provavelmente, tivesse mais de 40 anos, poderia facilmente passar por uma mulher de 30. Mas Dale ficou irritada porque a mulher parecia tão atraente, enquanto a pobre Lotte parecia estar tão mal; aquilo lhe pareceu cruel.

— Meu Deus, Lotte, que coisa terrível aconteceu com você! Mal posso acreditar — disse Dale, abruptamente. — Mas como você está se sentindo agora? Você conseguiu dormir? Sente dor em algum lugar?

— Ela não quer que fiquem fazendo perguntas — interrompeu Fern. — Se você quiser ficar, sente-se calmamente e fique com ela.

Até aquele momento, Dale estava preparada para acreditar que aquela mulher era uma santa por ter resgatado a sua amiga. Mas agora, sendo tratada como uma criança irritante, a gratidão de Dale a Fern e seu marido havia desaparecido, e ela começou a se ressentir.

Dale precisava dizer a Lotte como se sentia sobre as coisas horríveis que tinham acontecido, mas não conseguia articular as palavras com a outra mulher por perto, cronometrando a sua visita. Tudo que pôde fazer foi abraçar sua amiga e chorar, desejando que não a tivesse deixado descer a terra sozinha, e dizer que queria cuidar dela.

— Isso é certamente impossível — disse Fern, e agora o seu sotaque americano arrastado tinha um toque de aço por baixo. — Você tem de trabalhar, Dale, querida, e Lotte precisa de descanso e tranquilidade se quiser se recuperar.

— Estarei bem em um dia ou dois — disse Lotte, corajosamente, afastando o cabelo de Dale do rosto da amiga, como se Dale fosse a vítima que precisasse ser reconfortada. — Já estou melhorando. Não se preocupe comigo, e mande um beijo a todas as garotas do salão. Diga a elas que peço desculpas por não conseguir atender as clientes.

— Me fale como aconteceu — implorou Dale. — Onde você estava, e como ele lhe atacou?

— Já chega — interrompeu Fern, agarrando o braço de Dale sem nenhum traço de gentileza. — Lotte não quer se lembrar de tudo aquilo de novo. Está na hora de você ir embora.

Talvez Fern tivesse razão, mas, pelo olhar agoniado no rosto de Lotte enquanto Dale era levada para fora da cabine, ela tinha certeza de que sua amiga preferiria ter desabafado.

*

Para Dale, pareceu que ela havia passado a noite em claro, revivendo os eventos daquele dia em Ushuaia. Mas ela deve ter caído no sono em algum momento, pois o toque do seu despertador a acordou de sobressalto o às 7 horas. Ela se levantou imediatamente, ciente de que precisaria estar acordada e bem disposta, já que muitas das convidadas do casamento haviam agendado seus serviços de manicure para esta manhã antes da cerimônia, e Marisa estaria de olho nela.

Mas ela simplesmente não tinha vontade. Aquelas imagens terríveis de Lotte, que viu durante a noite, haviam lhe deixado uma dor interior. Ela rezava silenciosamente para que aquela garota na praia não fosse a sua amiga. Ela já havia sofrido demais, mas um sexto sentido dizia que realmente era Lotte.

Às 7h45, Dale estava no *spa* preparando seus equipamentos de manicure para a primeira cliente, marcada para as 8 horas, quando Scott entrou, usando *shorts* e uma camiseta para o trabalho na academia.

Eles haviam tido apenas uma breve conversa quando ele voltou de Brighton no dia anterior, e foi sobre Marisa ter descoberto que Dale havia saído sem permissão.

— Espero que a polícia entre em contato hoje — ele disse, esfregando os olhos. — Não suporto ficar esperando por notícias. Se aquela garota na praia for Lotte, onde ela esteve durante todo este tempo? Por que nunca nos ligou para dizer onde estava?

Dale foi até ele e o abraçou. A sensibilidade era uma das melhores características de Scott. Ela duvidava que outros homens da idade dele, especialmente os que eram bonitos, se importariam com o que havia acontecido com uma garota que havia apenas sido sua amiga.

— Talvez a gente descubra logo — ela disse, esperançosa.

♦ ❖ ♦

Capítulo três

Logo depois das 15 horas, Becky, a recepcionista, veio até Dale enquanto ela fazia as unhas de uma cliente.

— Tem um policial que quer conversar com você — disse ela. Suas feições agudas estavam ainda mais destacadas pela curiosidade.

Dale sorriu para a sua cliente, uma morena atraente com mais de 50 anos, e continuou a pintar-lhe as unhas.

— Não se preocupe, ele não veio aqui para me prender — ela gracejou. — Ele pode esperar até terminarmos.

Ela olhou para Becky.

— Ofereça um café e diga que falo com ele daqui a cinco minutos — ela disse.

Aquela tranquilidade aparente era totalmente falsa. Dale sequer conseguia controlar as mãos trêmulas enquanto aplicava uma camada de esmalte selante nas unhas da cliente.

— Imagino que você tenha visto a notícia sobre a mulher com amnésia que foi encontrada na praia de Selsey? — ela perguntou. — Bem, acho que talvez possa ser uma amiga minha. Espero que esse policial possa confirmar ou negar a história.

— Oh, coitada! — exclamou a mulher. — Eu não a culparia se você saísse correndo e me deixasse aqui, com a mão feita pela metade.

— Minhas clientes são importantes demais para que eu faça isso — disse Dale, diplomaticamente, esperando que aquele comentário chegasse aos ouvidos de Marisa. Mas aquele comentário fajuto fez com que ela se lembrasse de que Lotte sempre dava muita importância a suas clientes. Na véspera de Natal, durante o cruzeiro, Lotte havia trabalhado das 7h30 até depois das 21 horas, sem parar, cuidando do cabelo de todas as clientes. E não era pelas gorjetas que o trabalho rendia, mas apenas para ver o prazer das suas clientes. Ela era única; nenhuma outra cabeleireira se importava tanto.

Dale prendeu o relógio no pulso da sua cliente e a ajudou a vestir a jaqueta.

— Sente-se na recepção por alguns momentos enquanto o esmalte seca — ela sugeriu. — Becky vai lhe trazer uma xícara de café, se você quiser. E divirta-se esta noite. Você se importa se eu sair agora?

A mulher a agradeceu efusivamente e implorou para que ela fosse. Dale apressou o passo e foi informada por Becky de que o policial a esperava no bar.

O bar só abriria às 17 horas. Assim, não havia ninguém lá além do oficial à paisana sentado perto da janela. Ele aparentava quase 40 anos, tinha ombros largos, cabelo castanho-claro encaracolado e uma expressão amistosa.

— Sou Dale Moore — ela disse, estendendo a mão. Ele sorriu; seus olhos eram de um tom castanho-amarelado incomum. Em algum outro momento, o coração dela teria disparado, pois era um homem muito bonito.

— Inspetor-detetive Bryan — ele respondeu, cumprimentando-a com um aperto de mão. — Espero que chamá-la durante o trabalho não tenha causado nenhum incômodo.

— Não me importo muito se isso aconteceu — ela disse, sentando-se de frente para ele. — Agora, me diga. A garota da praia é minha amiga Lotte?

— Sim, é ela. O pai dela conseguiu identificá-la no hospital — ele contou. — Mas ela ainda não recuperou a memória; não reconheceu nem mesmo os próprios pais.

Capítulo três

— Então vocês não sabem como ela chegou lá, ou o que aconteceu com ela?

— Achamos que ela provavelmente pulou de um barco. Claro, ela pode ter sido empurrada, mas tudo ainda está um pouco misterioso, pois havia marcas de cordas nos seus pulsos e tornozelos. Não tem lógica esperar que alguém remova as amarras se estivesse planejando jogá-la ao mar. Mas, também, ela pode simplesmente ter caminhado para o mar se estivesse em algum tipo de crise. Então, até que se lembre, ou até conseguirmos alguma informação com outras pessoas que possam tê-la visto recentemente, estamos um pouco perdidos.

— Ela vai ficar bem?

— Ela está fraca, sofrendo de hipotermia e exaustão, mas a perda de memória é o aspecto mais problemático.

— Tem algo que eu possa fazer para ajudar?

Bryan assentiu.

— Eu tenho a esperança de que você consiga ajudar a estimular a memória dela.

— Eu gostaria de tentar — concordou Dale. — Embora você talvez tenha de convencer minha supervisora a me dar permissão para ir lá durante o expediente.

— Marisa De Vere? — ele levantou uma sobrancelha.

Dale fez que sim com a cabeça.

— Ela não gosta muito de mim. Por favor, não me peça para fazer nada que a deixe mais chateada comigo.

Bryan sorriu.

— Ela foi um pouco fria quando cheguei aqui e pedi para conversar com você. Achei que eu poderia levar você ao hospital mais tarde, pois, pelo que sei, você não tem outros clientes esta tarde.

Dale concordou.

— Se você puder me contar tudo o que sabe sobre Lotte — ele disse, puxando um bloco de notas. — Os amigos dela além de você, membros da família com quem ela mantinha contato, locais favoritos que ela possa ter mencionado. Mas, antes de tudo, poderia confirmar a data em que a viu pela última vez?

— Dezesseis de março do ano passado.

— E onde estavam?

— No navio de cruzeiro, na manhã em que estávamos saindo. Ela saiu antes da maioria de nós, por volta das 10 horas.

— E ela disse que iria direto para a casa dos pais em Brighton?

— Foi o que ela disse — assentiu Dale. — E eu não tinha motivos para duvidar, porque ela estava alegre e animada no último dia. Parece que já havia arrumado algum outro lugar para ir, mas não consigo imaginar por que não me disse, já que normalmente era uma pessoa muito aberta. Ou, pelo menos, eu pensava que era, até descobrir como os pais dela são. Ela escondeu isso de mim também.

— Com certeza, é um casal bem frio — concordou o detetive Bryan, balançando a cabeça como se estivesse desnorteado pela atitude deles.

— Talvez seja melhor que Lotte nunca se lembre deles — comentou Dale. — Ou do estupro que sofreu na América do Sul.

O policial levantou as sobrancelhas, surpreso, e Dale sentiu-se envergonhada.

— Não me diga que vocês não sabiam disso — ela disse.

— Sim e não. A Sra. Wainwright me disse que você havia comentado a respeito, mas ela e o marido pareciam não acreditar que isso fosse verdade. Eu pedi que entrassem em contato com a empresa de cruzeiros para obter um relatório sobre o caso, mas até conseguirmos, seria de mais ajuda que você me contasse o que houve.

— Foi em Ushuaia, na América do Sul, mas eu só sei alguns detalhes gerais. Lotte não disse nada sobre o estupro até depois de uma semana do acontecido, e ela ainda ficou relutante em contar. Ela havia descido do navio sozinha, e aparentemente o homem conversou com ela em frente a uma loja. Ele perguntou se ela gostaria de tomar um drinque, ou deixar que lhe mostrasse a cidade. Ele era sul-americano — acho que era nativo de Ushuaia, e não parecia ser muito certo da cabeça. Lotte o dispensou.

— Acha que ela pode ter ofendido o homem?

Dale fez que não com a cabeça.

— De jeito nenhum. Ela não gostava de ofender as pessoas. De qualquer maneira, ela começou a andar pela cidade, e, antes que ela percebesse, o homem a estava seguindo em uma área residencial muito tranquila. Ele a agarrou e a arrastou para um barracão, ou uma garagem, e bateu nela quando ela tentou se livrar. Ele a colocou no chão e a estava estuprando quando o Sr. e a Sra. Ramsden chegaram. Aparentemente eles a ouviram gritar. Eu acho que o Sr. Ramsden o acertou com uma barra de ferro ou algo do tipo, e a esposa dele quebrou uma garrafa de vinho na cabeça do homem em seguida. Eles tiraram Lotte de lá e a levaram de volta ao navio.

— Ela deve ter ficado muito agradecida ao casal.

— Oh, ficou sim. Eles cuidaram dela na sua própria suíte por uma semana — disse Dale. — Não deixaram ninguém chegar perto dela.

— Como você se sentiu em relação a isso? — perguntou Bryan.

O rosto de Dale corou. Ela sentia que Bryan estava olhando para dentro da sua alma.

— Um pouco excluída. Eu agradeci pelo fato de que Fern, a Sra. Ramsden, estava cuidando bem dela, mas ela era muito arrogante, muito autoritária. Eu nem pude conversar com Lotte a sós. E eu não gostava do fervor religioso que ela tinha, também.

— Ela era religiosa?

— Bem, era sim. Aquele tipo feliz e saltitante, que se ajoelha e agradece a Deus, não aquela coisa protestante básica. Ela adorava dizer a Lotte que tinha que confiar em Jesus. Eu acho que, se Jesus estivesse por perto naquele dia, ele poderia ter impedido o estupro.

Bryan estava pensativo.

— Como você descreveria a atitude deles em relação a Lotte?

Dale pensou por um momento.

— Bem, talvez eu seja um pouco parcial, pois me ressenti por não terem me deixado ficar com ela. Mas era como se eles fossem os donos dela. Aquilo fez com que eu me sentisse realmente desconfortável perto deles. Mas eu me senti mal por pensar assim, porque eu sabia que eles a estavam ajudando, e, se não fosse por eles, ela teria sido deixada na enfermaria, sem receber carinho e atenção.

— E o que Lotte achava disso?

— Oh, ela achava que eles eram seus médicos, terapeutas, amigos, pais, tudo isso junto. Ela não falava nada de ruim sobre eles.

— Por quanto tempo ela ficou com eles antes de voltar ao trabalho? Ela voltou a trabalhar, eu presumo.

Dale assentiu.

— Sim, uma semana depois.

— Ela estava pronta para isso?

Bryan parecia surpreso.

— Ela teria se sentido enjaulada se não voltasse, imagino — disse Dale. — Ser cabeleireira era mais do que apenas um emprego para Lotte, era a sua paixão; ela precisava da criatividade e de suas clientes. Então, ela voltou a dividir a cabine comigo e nós voltamos a fazer as coisas de sempre, descendo à terra quando o navio aportava, conversando durante a noite. Ela cuidava do meu cabelo, eu cuidava das unhas dela.

— Está dizendo que ela havia superado o que aconteceu?

— Não, não é isso. Ela dizia que sim, fazia tudo da mesma forma que antes, mas eu podia sentir a dor dela. A minha opinião é que ela precisava me contar os detalhes do ataque para realmente conseguir superar. Coisas como descrever o homem, o cheiro dele, exatamente o que ele fez e o que disse a ela. Mas ela não fez nada disso. Eu acho que ela sentia muita vergonha, como se fosse culpa dela. Contar aquelas coisas para mim teria sido muito melhor do que correr para a suíte dos Ramsdens para fazer orações!

Ele fez uma careta, e Dale fez um gesto de desalento com as mãos.

— Eu não acharia estranho se ela fosse até a capela do navio, ou se fizesse preces silenciosas na cama. Mas ela costumava ficar de joelhos na cabine e rezava em voz alta. Aquilo me assustava.

— E os Ramsdens instigavam tudo aquilo?

— Sim. Ela nunca mencionou Deus ou Jesus antes do estupro.

— Então ela pode ter mantido contato com este casal depois de deixar o navio?

— Tenho certeza de que ela fez isso, mas eles eram americanos e estavam voltando para o país deles. O contato se limitaria a escrever cartas ou telefonar. Quero dizer... ela não teria como visitá-los só para tomar uma xícara de chá.

— Esse casal a colocou em contato com algum grupo religioso?

Dale olhou fixamente para o detetive, surpresa.

— Você não acha que ela foi atraída para alguma seita maluca, não é?

Bryan sorriu.

— É uma possibilidade que investigaremos, mas eu não sei de nenhuma seita que esteja operando ao longo do litoral sul. Havia outra pessoa no navio com quem ela tinha feito amizade, e que poderia ter encontrado ou visitado depois do final da viagem?

— Não, havia apenas Scott e eu. Éramos um grupo pequeno. Ela conhecia muitas pessoas, trocou telefones e endereços como todos nós, mas não consigo imaginar que ela tenha ido embora junto com outra pessoa.

— Então, vocês não tiveram nenhum contato desde o dia que saíram do navio, em 16 de março de 2002?

— É isso mesmo — concordou Dale. — Ela nunca ligou ou mandou mensagens de texto para mim ou para Scott depois que saímos do navio. Eu mandei várias mensagens e recados pedindo que ela entrasse em contato conosco, mas, depois de algum tempo, parecia que as ligações não se completavam mais, como se a bateria tivesse acabado.

— Como você descreveria o caráter e a personalidade de Lotte? — ele perguntou.

— Ela era tranquila. O tipo que se senta e observa. Uma pessoa que se doa. Que prefere ouvir em vez de falar. Gentil, sensível em relação às necessidades dos outros, generosa e carinhosa.

— Parece ser uma ótima pessoa.

— Ela era adorável. Ela é adorável — corrigiu-se Dale, rapidamente. — Talvez ela se pareça com uma boneca Barbie, mas é uma pessoa autêntica e muito organizada. Talvez um pouco ingênua — naquela época, confiava nas pessoas sem questionar a razão, e eu não acho que ela tinha noção do seu próprio valor. É claro que, depois que conheci os pais dela, eu entendi o porquê.

— Você diria que ela é impetuosa?

— Não, de maneira nenhuma — Dale balançou a cabeça. — Ela não era do tipo que entraria de cabeça em alguma coisa, nem mesmo compraria alguma coisa por impulso. Definitivamente, não era alguém que assumia riscos. Eu sempre tive a impressão de que, quando ela encontrasse o cara certo, ela se acomodaria, teria vários filhos e não sairia mais daquela vida.

— Ela chegou a comentar sobre algum ex-namorado?

— Não. Mas eu percebi que houve alguém que foi importante. Ela não era inteiramente inocente, apesar de parecer que tinha acabado de sair de um conto de fadas. Ela definitivamente teve alguns casos. Mas ela não era promíscua, nunca se envolveu com ninguém no navio, mesmo havendo vários homens que se interessassem por ela. É o que posso lhe dizer.

— Está certo. Está na hora de levar você e seu amigo Scott a Chichester para visitá-la, de qualquer forma — Bryan se levantou. — Tenho certeza de que não preciso dizer que ela está muito fraca, e ainda sofrendo dos efeitos de ter ficado tanto tempo no mar. Então, não alimente muitas expectativas. Espero que a memória dela possa se recuperar quando vir vocês dois, mas é provável que ela não os reconheça. Por isso, é bom estar preparada. Você precisa de permissão para vir comigo?

Dale fez uma careta, pensando que teria de falar com Marisa para pedir permissão.

— É melhor que eu peça — ela disse. — E eu preciso chamar Scott. Podemos encontrá-lo na recepção em dez minutos?

Uma hora e meia depois, Scott e Dale estavam com Lotte no hospital St. Richard's, em Chichester. Ela havia sido transferida para um quarto particular na ala de pacientes desacompanhados no piso térreo, com um policial de plantão do lado de fora.

— Que merda! — murmurou Scott, ao ver o policial de uniforme. — Eu não imaginei que eles consideravam isso um crime tão sério. Devem estar pensando que ela ainda precisa de proteção.

Capítulo três

Se o detetive Bryan ouviu o que Scott disse, ele não fez nenhum comentário. Ele disse que esperaria do lado de fora, de modo que poderiam estar com Lotte a sós.

— Vocês ficarão menos inibidos sem minha presença — ele disse, com um sorriso. — Provavelmente vocês conseguirão extrair mais coisas dela, se não fizerem muita cerimônia. Conversem normalmente, contem piadas, sejam reais. Chamem se ela começar a se lembrar de alguma coisa. Mas não demorem muito, ela precisa muito descansar.

Dale involuntariamente engoliu em seco quando entraram no quarto, pois Lotte estava horrível, quase irreconhecível em relação à linda garota com quem haviam partilhado vários momentos alegres. Seu cabelo havia sido cortado em vários lugares, de maneira irregular; ela estava muito magra, pálida e com vários hematomas, e a pele do seu rosto estava descamando. Até mesmo os grandes olhos azuis que eles conheciam tão bem pareciam aterrorizados e distantes.

— Você sabe quem somos, Lotte? — perguntou Dale, pegando em sua mão. — Eu sou Dale e este aqui é Scott. Éramos seus melhores amigos no navio de cruzeiro, e estávamos juntos para tudo.

— Dale e Scott — disse Lotte, lentamente, como se estivesse testando os nomes para ver se encontrava alguma referência no que restava da sua memória. Ela observou atentamente os rostos dos outros dois, mas estava claro que ela não os reconhecia.

Dale começou a falar sobre o salão de cabeleireiro e os nomes das outras pessoas que trabalhavam lá.

— Eu costumava chamar você de minha "escrava" — continuou ela, com lágrimas nos olhos e a voz ficando trêmula. — Eu sou tão preguiçosa... você costumava pegar as minhas roupas do chão e lavá-las. Você é a melhor amiga que eu já tive.

Lotte apertou a mão de Dale.

— Parece que eu conheço a sua voz — ela disse, com uma expressão de frustração.

— Faz pouco tempo que tudo aconteceu, e você ainda está muito fraca — disse Scott, se inclinando para beijar sua testa. — Eu costumava chamar você de "Barbie Girl".

Lotte olhou intensamente para Scott por algum tempo, e então suspirou.

— Está aqui, eu sei que está, mas tem alguma coisa bloqueando o caminho.

— Nós vamos descobrir o que é — assegurou-lhe Dale. — Voltaremos amanhã com algumas fotos que tiramos no cruzeiro. Conversaremos muito, até que alguma coisa faça com que você se lembre de tudo.

— Meus pais vieram ontem à noite — disse Lotte, com os olhos umedecidos. — Bem, eles disseram que eram meus pais, mas parecia que não tinham importância para mim. Vocês têm certeza de que são quem dizem?

Aquele comentário fez com que Dale sentisse um nó em sua garganta, pois estava claro que Lotte havia percebido o desinteresse dos pais, mesmo que ela provavelmente não se lembrasse de como era sentir amor e amizade. Seria terrível quando se recuperasse e descobrisse que seus pais não queriam saber dela, que havia sido estuprada, e que talvez alguém tivesse tentado afogá-la. Se aquilo era o que havia em sua memória, talvez fosse melhor não se lembrar de nada.

— Fazia algum tempo que eles não a viam, e você está bem diferente — comentou Dale, afastando o cabelo de Lotte da sua testa. — Seu cabelo era comprido, até o meio das costas, e muito brilhante. Você adorava a cor rosa, e ela lhe caía bem, pois você era uma garota muito meiga.

— Rosa, para fazer os garotos piscarem — disse Lotte, com um sorriso. Mas ela logo adquiriu uma expressão séria. — Por que eu disse isso? Parece que essa frase simplesmente surgiu do nada.

— Acho que é assim que a sua memória vai voltar — disse Scott. — Um pedaço aqui, outro ali, e um pedaço vai levar a outro. Logo, tudo vai voltar. Mas você precisa dormir e ficar forte de novo. Voltaremos para vê-la amanhã à noite.

Capítulo três

Quando voltavam para a viatura da polícia com o detetive Bryan, eles lhe disseram tudo que havia acontecido no quarto. Dale perguntou se ele estava no quarto quando os pais de Lotte a visitaram.

— Sim, infelizmente — ele afirmou. — Eu nunca vi um casal menos emotivo. Eles não tocaram nela uma única vez, não a beijaram, não seguraram sua mão nem tocaram no seu rosto. E ainda assim eles tinham lágrimas nos olhos quando falavam da morte da outra filha. Tudo o que eu pude fazer para não lhes dar uns tapas foi lembrá-los de que eles têm outra filha aqui, que precisa muito de carinho e atenção.

— O que acontecerá agora? — perguntou Dale.

— Um psiquiatra virá amanhã pela manhã para examiná-la — disse o policial. — Espero que ele conheça algum modo de desbloquear sua memória. Além disso, vamos publicar suas fotos na imprensa novamente e pedir que as pessoas se apresentem, caso se lembrem dela.

— E se o que aconteceu for tão ruim que o cérebro dela bloqueou tudo para ajudá-la a se recuperar? — perguntou Dale. — Eu li em algum lugar que essa pode ser uma das razões por trás da amnésia.

— Sim, acredito que isso possa ter acontecido. É muito frustrante para nós da polícia, pois precisamos saber quem foi o responsável pelo trauma dela para poder prender essa pessoa. Mas a minha experiência me diz que esse tipo de amnésia não é permanente.

Lotte deitou-se em seus travesseiros, olhando para o teto. Passava das 23 horas. Estava escuro do lado de fora, e o silêncio estava por toda a parte. As luzes principais do quarto haviam sido apagadas mais cedo, e a enfermeira deixou apenas a luminária de leitura ligada, apontada para a parede, para que não atingisse diretamente o rosto de Lotte.

As pessoas sempre perguntavam como ela se sentia, mas não conseguia explicar, pois não tinha ideia de como se sentia antes de ser encontrada no mar. Ela queria dormir para sempre. Seu corpo inteiro doía e havia alguns pontos doloridos, que a enfermeira disse terem sido causados pelos pedriscos na praia. Ela olhava para as marcas roxas em seus pulsos, desejando poder lembrar do rosto da pessoa que a havia amarrado. O jeito que Dale e Scott haviam falado lhe deu a impressão de que ela devia ter sido uma boa pessoa. Se fosse assim, porque alguém iria querer amarrá-la?

Tudo no quarto parecia estranhamente familiar — não como se ela já tivesse estado ali antes, mas em algum lugar bem parecido. Lotte supunha que a maioria dos hospitais fosse mais ou menos iguais.

Ela estranhou que a sua perda de memória fosse tão seletiva. A amnésia não havia tirado a sua capacidade de falar, ler, usar uma faca e um garfo ou o banheiro, mas, quando disseram seu nome, ela não o reconheceu.

— Rosa, para fazer os garotos piscarem — ela murmurou para si mesma novamente. — Por que isso apareceu na minha cabeça?

Ela conseguia visualizar a cor rosa em sua mente, assim como sabia que as flores no parapeito da janela eram chamadas de tulipas. Seus pais as haviam trazido; sua mãe disse que eram do jardim da casa. Mas talvez ela também tenha dito que aquelas flores eram tulipas.

Ninguém havia lhe mostrado a cor rosa, embora ela reconhecesse a cor. Ela pegou uma das revistas e começou a folhear as páginas, até que viu um vestido cinza, batom rosa e uma fotografia de uma sala com paredes cor-de-rosa.

Ela continuou a virar as páginas, parou repentinamente na foto de uma criança em uma praia. Ela segurava um balde de areia e uma pá e usava um biquíni. Repentinamente, Lotte se lembrou.

Um biquíni cor-de-rosa, com bolinhas brancas, com babados ao redor da cintura. Sua irmã tinha um exatamente igual. Ela sabia até mesmo que era o verão no ano em que ela tinha cinco anos e Fleur tinha nove. Eles haviam passado o dia em Camber Sands. Sua mãe disse "rosa para fazer os garotos piscarem", e Fleur perguntou por que elas iriam querer fazer com que os garotos piscassem.

O desenrolar daquela lembrança era como assistir a um vídeo. Lotte podia ver todos saindo do carro pela manhã, sua mãe empilhando as coisas para a praia e o piquenique nos braços do seu pai, de modo que ele estava quase encoberto.

Capítulo três

Lotte recebeu apenas os baldes e pás para carregar. Fleur estava com a toalha de piquenique, enrolada e amarrada como se fosse uma grande salsicha. Mamãe e papai levavam todo o resto para as dunas de areia, até chegarem à praia.

Era a primeira vez que iam a uma praia com areia. Ela adorava a sensação que a areia causava em seus pés, morna por entre seus dedos, e era emocionante subir pelas dunas sem saber o que havia do outro lado. Mas era ainda melhor quando chegavam ao topo, porque podiam simplesmente escorregar pelo outro lado, admirando quilômetros e quilômetros de areia lisa e dourada em ambas as direções. A maré estava baixando, e havia deixado pequenas piscinas de água que eram ideais para nadar.

Papai acertou a mão com o martelo quando tentava levantar o quebra-vento de tecido listrado, e a mamãe riu dele. Ele a perseguiu com o martelo na mão, e, quando a mamãe subiu pelas dunas para tentar escapar, ele a agarrou pelo tornozelo e a puxou para o chão, rindo dela.

Eles eram assim todos os dias, provocando e fazendo piadas um com o outro. Quando nadavam, jogavam água um no outro, mesmo que ainda estivessem vestidos. Lotte lembrava que o mar estava bem distante quando a maré se retraiu, e puderam ver pequenos buracos na areia que o papai disse terem sido feitos por caramujos.

Fleur cantava a nova música da Madonna, "Papa don't preach", usando uma das pás como microfone enquanto dançava pela praia. O papai disse que queria ter trazido a nova filmadora, mas ficou com medo de que pudesse entrar areia no equipamento. Ele disse que Fleur teria de fazer aquilo novamente quando voltassem para casa para que pudesse filmar.

Lotte não precisava de uma filmadora para se lembrar das coisas. Ela podia ver Fleur, sua face vermelha por causa do sol, o cabelo loiro e encaracolado preso em duas tranças, como se fossem pompons. Ela insistia para que Lotte pulasse por cima das poças de água deixadas pela maré, porque poderia haver algum polvo comedor de gente em uma delas.

Na praia, andavam de mãos dadas e pulavam sobre as ondas. Fleur sabia nadar e tentou ensinar Lotte, segurando-a por baixo da barriga enquanto dizia para mexer as pernas como se fosse uma rã. Ela a soltou várias vezes, e Lotte engoliu um bocado de água, mas não se importava, pois se sentia corajosa quando sua irmã estava por perto.

Mais tarde, naquele dia, Fleur tentou ensiná-la a girar lateralmente, fazendo uma "estrelinha". Ela conseguia fazer mais de dez em sequência, uma após a outra, até chegar à praia. Ela conseguia andar sobre as mãos e dar piruetas, e Lotte queria ser exatamente igual a ela.

A memória sumiu rapidamente, como um filme que de repente foi cortado no meio. Em um momento ela conseguia ver Fleur fazendo uma pirueta, e no outro, não viu mais nada. Ela não se lembrava de ir para casa, nem nada além daquilo.

Ela não se importou muito com aquilo. Pelo menos, era um começo, algo bom para dizer ao médico pela manhã. Parecia engraçado que o casal que a visitou dizendo ser seus pais não se parecia em nada com o casal feliz em suas memórias. Eles se pareciam com eles, apesar de mais velhos, mas não eram felizes como em suas lembranças. E onde estava Fleur? Ninguém havia falado sobre ela.

Capítulo quatro

Na manhã após visitar Lotte no hospital, Dale entrou no *spa* e viu que Marisa a esperava. Com uma olhada na expressão irritada da mulher, ela percebeu que aquilo não era uma visita social.

— Tem algo que eu possa fazer por você, Marisa? — ela perguntou, da maneira mais agradável que conseguiu. — Tenho tempo antes da minha primeira cliente chegar, caso queira uma sessão de manicure ou depilação.

— Eu não quero nem preciso de nenhum tratamento de beleza — respondeu Marisa, irritada. — Eu vim aqui para dizer que, se você acha que você e Scott podem sair daqui sempre que quiserem, só porque uma garota com quem trabalharam perdeu a memória, você está enganada. Ela precisa de um psiquiatra, não de uma esteticista.

Dale olhou Marisa com sarcasmo.

— Imagino que, quando nasceu, você não recebeu a visita da fada-madrinha que distribui compaixão, não é?

— O que você quer dizer com isso? — respondeu Marisa.

— Pense a respeito — vociferou Dale, entrando em uma das salas de tratamento e fechando a porta atrás de si. Ela nem havia pensado em visitar Lotte durante o horário de trabalho, mas não era o fato de ser informada daquilo que a deixava furiosa; era porque Marisa nem mesmo havia perguntado como Lotte estava.

Dale sabia que, no passado, costumava ser mais descuidada em relação às pessoas. Mas tinha certeza absoluta de que ela sempre ficaria curiosa sobre como alguém jovem e bonita foi salva de um afogamento em uma praia. E se aquela garota tivesse sido amiga das pessoas com quem trabalhava, ela se sentiria envolvida.

O pior de tudo era que Dale tinha certeza de que Marisa estava procurando uma desculpa para demiti-la. Ela não sabia por quê, mas aquela mulher não foi com a sua cara desde o primeiro dia. Ela havia sido dura com Rosie e Michelle também, no início, mas Dale sabia que aquilo era para fazer com que se adequassem aos padrões que ela havia idealizado para o *spa*.

Dale estava ciente de que sempre atendeu aos mais altos padrões de qualidade. Marisa não podia dizer nada sobre sua técnica, sua higiene no trabalho ou os cuidados com as clientes. Ela simplesmente não a queria ali, por alguma razão.

Marisa esteve presente na sua entrevista, mas foram Sophia Renato e Quentin Sellers, os sócios-proprietários do hotel, que ela presumia que a haviam escolhido entre as 18 candidatas. Eles raramente vinham até o *spa*, e Carlos, o garçom especializado em vinhos, disse que eles só apareciam no hotel uma vez por semana, deixando todas as decisões a cargo dos gestores.

Frankie pensava que Marisa queria Dale fora dali porque ela era confiante, inteligente e tinha um espírito natural de liderança, e, uma vez que isso ficasse evidente a Renato e Sellers, poderiam achar que torná-la gestora do *spa* seria melhor, e poderiam se livrar de Marisa.

Dale gostava de pensar que eles poderiam achar que ela seria capaz de administrar o *spa*, mas, para falar a verdade, não iria querer esse tipo de emprego. Seria muita responsabilidade, e muito pouco dinheiro a mais. Preferia abrir seu próprio salão em Brighton, onde os lucros seriam todos seus e não teria de trabalhar tantas horas. Mas aquilo era algo para o futuro. Ainda não podia se dar ao luxo de irritar Marisa a ponto de ser despedida.

Mesmo assim, sentia necessidade de ajudar Lotte. Não sabia como, pois não era fácil percorrer o trajeto de 90 quilômetros de ida e volta sem ter um carro. Entretanto, estava determinada a ajudar sua amiga a recuperar a memória e se restabelecer financeiramente, independentemente do que Marisa pensasse a respeito.

Capítulo quatro

Scott disse que tentaria pedir a Michael, o chefe de cozinha, que lhe emprestasse o carro para ir a Chichester naquela noite. Mas mesmo que Michael concordasse, não conseguiriam chegar muito antes das 20h30, e o hospital poderia dizer que já era tarde para visitas, e não teriam condições de fazer aquilo todas as noites.

As dificuldades de transporte eram insignificantes quando comparadas com os problemas de Lotte, entretanto. Lidar com um estupro já era terrível, mas parecia que o que havia acontecido com ela neste último ano era muito pior, ou sua mente não teria bloqueado as lembranças. Como ela lidaria com aquilo quando sua memória voltasse?

O detetive Bryan ligou no fim da tarde para dizer que Lotte não estava bem para receber mais visitas naquele dia.

— Eu levei dois velhos amigos de Lotte nesta tarde — ele explicou. — Eles se apresentaram depois de ler a respeito no jornal. Lotte trabalhou com um deles, e morou no mesmo apartamento com ele e seu companheiro durante algum tempo.

— Eles são cabeleireiros? — perguntou Dale, lembrando-se de que Lotte havia mencionado ter ficado muito amiga de um rapaz homossexual com quem trabalhou.

— Um deles é, embora Lotte não tenha reconhecido nenhum dos dois — disse Bryan. — Mas ela recuperou a memória de um dia na praia com seus pais e sua irmã, quando tinha cinco anos.

— É um começo — disse Dale, com alguma animação.

— Sim, mas creio que o esforço foi demais para ela — respondeu ele. — Os dois rapazes, Simon e Adam, estavam conversando com ela sobre alguns de seus amigos, pessoas com quem ela trabalhou, e, de repente, ela teve algum tipo de crise. Não conseguia respirar; parecia ser um ataque de pânico. Tivemos de chamar uma enfermeira, e ela pediu que saíssemos.

— Ela está bem agora? — perguntou Dale.

— Sim, quando eu liguei para o hospital agora a pouco eles disseram que ela estava descansando tranquilamente.

— Será que ela poderia ser transferida para um hospital perto daqui? — perguntou Dale. — É muito longe para que as pessoas de Brighton a visitem.

— Essa sugestão foi apresentada hoje pelo psiquiatra — disse Bryan. — Acho que ele estava pensando nos pais de Lotte, embora eles nem tenham se dado ao trabalho de ligar para o hospital St. Richard's para saber como ela está. Eles nem sabem que ela lembrou deles.

— Imagino que não queiram levá-la para casa quando sair do hospital. Mesmo que se ofereçam, não acredito que será bom para ela — disse Dale.

— Simon e Adam sugeriram que ela poderia ficar com eles , — disse Bryan.

— Não creio! — disse Dale, sentindo algo que era ridiculamente parecido com ciúmes.

— Ela não poderá fazer isso a menos que se lembre deles — disse Bryan. — De qualquer forma, amanhã será um novo dia, e talvez tenhamos algum outro avanço. E os jornais de alcance nacional e as emissoras de TV vão publicar a história dela, o que talvez nos dê mais algumas pistas.

Algum tempo depois de ter desligado o telefone, Dale se apanhou pensando naqueles dois amigos de Lotte. Sem conseguir se lembrar do nome do salão onde Lotte disse que os conheceu, ela foi perguntar a April, Sharon e Guy, que moravam nas redondezas, se eles teriam alguma ideia a respeito do lugar.

— Se ela disse que era o melhor salão em Brighton, então é o Kutz — disse April, após pensar por um momento. — Eu fiz um treinamento lá. Você sabe o nome do amigo dela?

— Simon ou Adam — respondeu Dale.

— Oh, então é Simon Langford! Ele é um doce de pessoa, e ainda trabalha lá. Eu conversei com ele na semana passada.

April era uma morena pequena e saltitante, que os fazia rir muito com suas histórias sobre a época em que trabalhou em um salão de cabeleireiros no West End, de Londres. Ela havia voltado para morar com a família em Brighton, assim como Guy, com a intenção de economizar o suficiente para poder abrir seu próprio salão.

— Vou ligar lá e tentar falar com ele — disse Dale. — Eu gostaria de conhecê-lo.

Capítulo quatro

Logo depois das 20 horas, Dale saiu do Marchwood Manor em um táxi para se encontrar com Simon e Adam. Ela havia conversado brevemente com Simon pelo telefone, e ele disse que tinha ficado chocado ao ver a foto de Lotte no jornal, e que ainda estava confuso sobre o porquê de ela não ter entrado em contato com ele quando deixou o navio de cruzeiro. Ele estava chateado por ela não ter se lembrado dele e de seu amigo Adam naquela tarde, e ainda mais por terem lhe causado um ataque de pânico. Ele imediatamente pediu que Dale o encontrasse, dizendo que estava ansioso para ter mais informações sobre Lotte.

O apartamento de Simon e Adam ficava sobre uma loja de antiguidades na alameda Meeting House, em North Lanes. Era um lugar tranquilo, e uma escada de ferro em espiral levava até a porta de entrada, que ficava em uma sacada. Dale achou que seria o tipo de lugar interessante onde gostaria de morar, perto de todas as lojas e bares e bem próximo da orla marítima.

Simon era alto e magro e tinha o cabelo castanho bem curto, com as pontas descoloridas. Suas orelhas e nariz eram grandes demais para dizer que era bonito, mas, mesmo assim, não era desagradável aos olhos, pois seu sorriso era amplo e carinhoso, e seus olhos eram de um tom castanho-escuro. Ele usava calças de linho na cor creme com suspensórios, e uma camisa marrom-chocolate que combinava com seus olhos.

— Estou contente que tenha ligado — ele disse, com sinceridade. — É uma pena que Adam tenha sido chamado para fazer outra coisa hoje. Sei que ele ficará desapontado por não poder estar aqui.

— É bom para que eu descubra um pouco mais sobre Lotte — afirmou Dale, quando ele a convidou a entrar. — Desde que descobri que ela não se dava bem com os pais, percebi que não conheço muita coisa a respeito dela.

— Procurei por ela durante muito tempo — Simon pousou uma das mãos no quadril, de maneira bem característica. — Ela me mandava um cartão-postal sempre que chegava a um porto novo, mas, de repente, os cartões pararam de chegar.

Dale lembrava-se de ver Lotte escrevendo cartões-postais; ela havia presumido que eram para os pais.

Ele mostrou a sala de estar, que era bem artística, com imensos sofás azul-marinho, um piso de madeira em tons alternados e imensos pôsteres de arte moderna na parede, todos chamativos e coloridos. Ele a convidou para sentar e ofereceu-lhe uma bebida.

— Houve algum motivo para ela ter parado de enviar os cartões-postais? — ele perguntou, ao lhe entregar uma taça de vinho branco. — Ela encontrou um novo amor, ou foi apenas porque estava envolvida com os novos amigos?

Dale sentiu a confusão e a mágoa nele, e achou que a melhor coisa a fazer seria contar a verdade. Mais do que nunca, Lotte precisava de amigos, e Simon não teria condições de ajudá-la sem saber pelo que ela havia passado.

— Eu preferiria falar sobre isso de uma forma mais gentil — disse Dale. — Mas Lotte não parou de enviar os cartões-postais porque perdeu o interesse em vocês. Ela foi estuprada.

Simon empalideceu, e os olhos de Dale se encheram de lágrimas, como sempre acontecia quando pensava na situação que Lotte havia enfrentado. Conforme contava toda a história a Simon, ela foi tomada pela emoção diversas vezes; pensava que o horror da situação nunca desapareceria.

— Que filho da puta! — sibilou Simon quando ela terminou. — Espero que a polícia tenha lhe dado uma boa sova.

— Acho que dá para imaginar que nunca mais será capaz de estuprar ninguém. Eles dependem do turismo naquela cidade, e a polícia não deixaria alguém como ele assustar outras pessoas a ponto de não quererem descer dos navios — disse Dale, sombria. Ela assoou o nariz, enxugou as lágrimas e tomou um longo gole do vinho, antes de contar a parte sobre a recuperação de Lotte. — Eu acreditei nela quando disse que estava indo para casa. Eu não tinha motivos para não acreditar.

Simon permaneceu em silêncio durante todo o relato, e, conforme ela se aproximava do fim da história, ele se levantou e foi até a janela, olhou pela janela sem falar por alguns momentos.

Finalmente, virou-se para Dale.

— É óbvio que ela foi embora com alguém que estava no navio. Veja bem, se não fizesse isso, teria vindo direto para cá.

Aquilo não pareceu muito lógico para Dale.

— Por quê? — ela perguntou. — Ela poderia ter ido para qualquer lugar.

— Ela viria. Pode apostar que, depois de passar pelo que passou, se sentia da mesma maneira como quando veio ao Kutz pela primeira vez — ele disse, os olhos castanhos cheios de ansiedade. — Ela parecia uma criança abandonada naquela época. Era quase possível sentir a solidão dela, não tinha dinheiro para comprar roupas decentes, ninguém para lhe dar um pouco de amor, parecia se assustar com a própria sombra. Pode acreditar que, se ela não foi obrigada a sair daquele navio com alguém, ela teria vindo correndo para cá o mais rápido possível. Este apartamento sempre foi um local seguro para ela.

— Quantos anos tinha quando chegou ao Kutz? — perguntou Dale, comovida pela afeição que ele tinha pela sua amiga, mas com um pouco de ciúmes também.

— Quase 19. Quando eu descobri o que as vadias com quem morava estavam fazendo com ela, eu a trouxe para morar aqui comigo e com Adam. Ela sempre dizia que me encontrar foi como sair de um lugar escuro e vir para a luz. E, para nós, ela era como uma irmã, mãe, amiga e governanta, tudo isso em uma mesma pessoa. Adorávamos tê-la conosco, ela ajudava a equilibrar as nossas vidas. Por essa razão, sei que teria voltado aqui para nos ver se estivesse sofrendo, pois nós éramos a família dela.

— Você contou isso para o detetive Bryan? — perguntou Dale.

— Eu tentei, mas a polícia costuma achar que *gays* são uns cabeças de vento afetados. Eles não imaginam que podemos ter relações profundas e significativas com mulheres se não fizermos sexo com elas.

— Não tive essa impressão sobre Bryan — retrucou Dale. — O que ele falou quando você lhe disse que Lotte deve ter saído do navio com outra pessoa?

— Eu não acho que ele acreditou que eu conhecia Lotte tão bem para afirmar algo assim. Você também não acha?

— Eu acho que você a conhece muito bem, sim — garantiu-lhe Dale. — Veja, você fala sobre ela do mesmo jeito que eu falo. Então, sei que você viu nela as mesmas coisas que eu vi.

Simon baixou os olhos, e uma vermelhidão subiu pela pele do pescoço.

— O que foi? — ela perguntou.

— Eu acho que eu forcei um pouco a situação hoje, e foi por isso que ela teve aquele ataque de pânico — ele contou. — Eu falei sobre Mark, e de repente ela não conseguiu mais respirar.

— Quem é Mark? — perguntou Dale.

— Um marinheiro por quem ela se apaixonou. Mas se ela lembrou dele, provavelmente lembrou de tudo que aconteceu antes dele. Pode ter sido demais para ela.

Enquanto Dale conversava com Simon, Lotte estava deitada na cama do hospital, com os olhos fechados, fingindo dormir para que ninguém viesse conversar com ela.

Seu coração não estava mais acelerado, e ela não estava assustada ou agitada como ficou quando Simon e Adam estiveram lá. Mas aquilo havia acontecido porque um dilúvio repentino de memórias se abateu sobre ela. Era como ser atingida por um furacão, e nem conseguiu dizer a Simon que não foi por algo que ele tivesse dito, mas que, de repente, ela sabia quem ele era, e tudo o que significava em sua vida.

Aos 19 anos, ela estava ao lado dele, desabafando coisas que nunca havia contado a ninguém antes. Ele foi o homem que mostrou a ela como lidar com tudo aquilo. Ela ficou muito feliz por se lembrar do papel que ele representava em sua vida, pois foi algo muito importante.

Graças a Simon, ela agora sabia por que o quarto do hospital parecia tão familiar, também. Era parecido com o quarto onde Fleur estava antes de morrer.

Nunca haviam contado a Lotte que havia algo errado com sua irmã. Ela se lembrava de ficar confusa sobre a razão pela qual Fleur parou de ir às aulas de dança. Além disso, havia épocas em que Fleur também não ia à escola e parecia dormir demais. Mas ninguém explicava o porquê.

Talvez os pais não tivessem forças para enfrentar a leucemia, ou mesmo para tentar explicar a situação para sua filha mais nova. Mas não saber que Fleur estava doente fazia com que todos os cuidados especiais que ela recebia — doces, roupas e brinquedos novos, além dos passeios a qualquer lugar que ela quisesse — parecessem muito injustos.

Capítulo quatro

Foi a própria Fleur que contou a ela, depois de um bom tempo. Lotte havia levado uma boa surra e foi mandada para a cama sem jantar por haver reclamado sobre ter sido deixada com uma vizinha enquanto a mamãe e o papai levaram Fleur a Londres. Fleur entrou no quarto escondida para levar um pedaço de bolo, uma garrafa de refrigerante e um pacote de balas.

— Eles só me levaram ao hospital — ela disse. — Eu tive de fazer alguns exames especiais porque tem alguma coisa errada com meu sangue.

Lotte pensou que, se ela nunca mais voltasse a reclamar de nada, Fleur ficaria melhor. Mas não foi assim. Ela simplesmente ficou mais fraca, mais magra e mais pálida, e a cada vez que a levavam ao hospital, ela passava mais tempo lá.

Lotte se lembrava claramente do 10º aniversário de Fleur. Um quarto bem parecido com este onde ela estava agora, mas cheio de flores, cartões, ursinhos de pelúcia, bonecas e um bolo no formato da carruagem da Cinderela, conduzida por quatro dos "Meus Pequenos Pôneis" cor-de-rosa. Fleur estava tão fraca que não conseguiu nem soprar as velas, e pediu que Lotte o fizesse por ela.

Uma semana depois, ela morreu.

Lotte recebeu a notícia pela Sra. Broome, a vizinha com quem ela ficava enquanto seus pais estavam no hospital. Ela disse que Jesus havia levado Fleur para morar com ele porque ela era muito especial, e que, quando Lotte voltasse para casa, deveria ser muito boa e educada, porque a mamãe e o papai estavam extremamente tristes.

Lotte voltou para casa mais tarde naquele dia, e seu pai abriu a porta para que ela entrasse. Ele a pegou no colo e a abraçou, e ela se lembrava de que o rosto dele estava todo molhado pelas lágrimas.

Ele a colocou no chão e disse a ela para ir ver a mãe. Lotte parou por alguns momentos no vão da porta, apenas olhando. Aquela sala sempre pareceu fria, pois o sol nunca batia ali. Havia um jogo de sofás grande, de cor vermelho-escura, nas alcovas ao lado da lareira, havia armários de madeira negra. Algumas das prateleiras eram abertas, com livros e ornamentos sobre elas; outras tinham portas deslizantes de vidro, e os melhores copos da casa eram guardados ali.

Sua mãe estava no sofá, encolhida, com a cabeça nas mãos, e ela balançava o corpo, ao mesmo tempo que gemia dolorosamente.

Lotte foi até ela e sentou-se ao seu lado. Não houve reação, como se sua mãe não tivesse notado que ela estava ali. Então, Lotte se ajoelhou ao seu lado e tentou colocar seus pequenos braços em torno dos ombros da mãe.

— Você ainda tem a mim — ela disse.

Ela se lembrava claramente do que sua mãe disse, mesmo depois de 16 anos, devido ao jeito que a mulher reagiu. Ela agitou os braços, atirando Lotte ao chão.

— Eu não quero você, sua fedelha — ela esbravejou. — Tudo o que eu quero é a minha bela Fleur.

Lotte também queria a bela, divertida e alegre Fleur. Havia um grande vazio em sua vida, deixado por sua irmã. Ela sempre havia brincado com Lotte, lido e cantado para ela. Ela explicava coisas que Lotte não entendia, arrumava seu cabelo, contava histórias e, quando iam a alguma loja juntas, ela sabia quanto de troco deviam receber e os melhores lugares para comprar o que quer que fosse.

Por que ninguém entendia que ela também amava Fleuer e sentia sua falta?

Havia muitas memórias dolorosas da época após a morte de Fleur. Parecia que havia novas dores e mágoas a cada dia, e Lotte não sabia por que viviam gritando com ela ou por que ela era constantemente castigada. Mas levar uma surra de cinto no traseiro, e apanhar tanto que não conseguia sentar-se sem sentir dor durante algumas semanas era uma das piores memórias.

Seu único crime foi ser vista brincando com as bonecas Barbie de Fleur.

— Você não é digna de tocar os brinquedos dela — sua mãe gritava, seu rosto roxo e contorcido com ódio, conforme a surrava com o cinto. — Nunca mais entre no quarto dela!

O quarto de Lotte era um pequeno aposento quadrado, sem espaço para nada além de uma cama e uma cômoda. Mas o quarto ao lado, que pertenceu a Fleur, era pelo menos três vezes maior e era ali que sempre brincavam juntas.

Agora, era como se fosse um santuário para Fleur. Sua mãe limpava o quarto e tirava o pó a cada semana, e ficava lá por horas, chorando.

Capítulo quatro

Quando chegou o dia que marcaria o 11º aniversário de Fleur, todas as bonecas tiveram suas roupas lavadas, e sua mãe acendeu velas em um bolo e o levou para o quarto para cantar "Parabéns a você". Ela repetia aquilo todos os anos, mas Lotte nunca ganhava um bolo em seu aniversário, e o presente que ela ganhava era sempre um blusão ou um pijama. Prático e impessoal.

Claro, nunca houve aulas de canto ou dança como as que Fleur teve, e Lotte nunca descobriu se tinha algum talento. Sua mãe mantinha o seu cabelo bem curto, e comprava roupas escuras e sem graça. Mesmo tão jovem, Lotte logo percebeu que isso acontecia para que ninguém fizesse nenhuma comparação favorável entre ela e Fleur.

Seu pai não era malvado com ela, apenas distante. Trabalhando como encanador, com frequência era chamado para emergências à noite e aos fins de semana. Mas, após a morte de Fleur, ele quase nunca parecia estar em casa. Conforme Lotte crescia, percebeu que seu pai parecia concordar com qualquer coisa que a mãe dissesse ou fizesse em troca de uma vida tranquila.

Mesmo assim, sua mãe só mostrava seu pior lado quando elas estavam sozinhas em casa. Lotte sempre teve medo de voltar para casa depois da escola, pois não sabia o que a aguardava.

Às vezes era apenas um olhar duro, ou críticas por estar atrasada ou desarrumada; às vezes era simplesmente ignorada. Mesmo assim, aquilo doía demais, ela se sentia muito sozinha, e achava que era porque havia algo horrível e detestável a seu respeito.

Outras vezes, a situação era muito pior.

Lotte se lembrava de um dia bastante chuvoso, quando tinha por volta de 13 anos. Ela havia desenvolvido a capacidade de saber quando o humor da mãe estava em seus piores dias, apenas sentindo a atmosfera da casa ao abrir a porta da frente. Ela podia pressentir a tensão no ar, sentir o cheiro da sua fúria, como se algo estivesse roto e apodrecido. Naqueles momentos, sempre ficava tentada a fugir dali, e, se tivesse algum parente ou amiga que achasse que pudesse recebê-la e acreditasse no que tinha a dizer, ela teria ido.

Mas não havia ninguém. Uma vez tentou contar à Sra. Broome, a vizinha, mas o rosto da mulher se retesou em descrença, e ela foi direto contar à mãe de Lotte o que ela havia dito. Ela apanhou de chinelo naquele dia.

Então, quando sentiu que teria problemas naquele dia, aos 13 anos, ela fez o que costumava fazer, e se preparou para a malevolência que sabia que estava por vir.

Ao entrar cautelosamente pela porta, viu que sua mãe estava em pé no corredor, usando o vestido escuro de lã rosa que ela, geralmente, usava apenas em ocasiões especiais. Mais preocupante ainda era a expressão alucinada em seu rosto.

— Você roubou o dinheiro que estava na minha bolsa — ela gritou. — Havia uma nota de 10 libras nela ontem à noite, e esta manhã havia desaparecido.

— Eu não peguei nada — disse Lotte, com sinceridade. Ela pôs a mochila no chão. — Pode me revistar se quiser. Eu não tenho dinheiro nenhum.

Ela nunca tinha dinheiro. Ela não recebia mesada, outra coisa que a magoava, mas que nunca ousou comentar.

— Você colocou essa mochila molhada no meu chão limpo — sua mãe gritou. — Você é uma retardada! Por que é que você não morreu no lugar da sua irmã? Você não serve para nada.

Lotte desabou em lágrimas. Havia algumas gotas de chuva no assoalho, mas elas secariam. Não imaginava que se recuperaria de saber que sua mãe desejava que ela estivesse morta.

Mas chorar era a pior coisa que ela podia fazer, pois sua mãe sempre encarava aquilo como um sinal de fraqueza.

— Isso mesmo, chore! Suas lágrimas não significam nada, são só lágrimas de crocodilo. Não é o bastante ter ficado com você quando a minha filha linda e talentosa foi tirada de mim, mas você mente para mim e me rouba também. Deus, eu detesto você!

Lotte havia sido chamada de estúpida, feia, ignorante, má, asquerosa, e tantos outros adjetivos horríveis que achava que já deveria ter parado de se importar com eles, mas ouvir sua própria mãe dizer que se ressentia de ter sido deixada com ela era como se uma faca lhe atravessasse o coração.

— Então ligue para um assistente social e me coloque em algum orfanato! — ela gritou de volta para a sua mãe.

Foi seu maior ato de coragem. Normalmente, não se atrevia a responder, mas as palavras mal haviam saído de seus lábios quando sua mãe pegou uma bengala, que havia sido deixada por um visitante há vários anos, e a atacou com força, atingindo sua cabeça e ombros; Lotte tentou fugir, mas sua mãe a encurralou atrás da porta da frente e deu-lhe uma surra com a bengala, golpeando-a nas costas, nos ombros e braços, o tempo inteiro gritando que ela era uma ladra.

Ela repentinamente ficou sem fôlego, largando a bengala no chão e se dirigindo à cozinha. Lotte se levantou com esforço e se arrastou para o quarto, desejando que pudesse morrer. Ela achava que, se sua própria mãe a desprezava, não haveria esperança que qualquer pessoa viesse a se importar com ela.

Mais tarde, ela soube que foi seu pai que havia pegado a nota de 10 libras. Ele pegou o dinheiro pela manhã, mas não disse nada porque a esposa ainda estava dormindo. Lotte não recebeu nenhum pedido de desculpas.

Demorou duas semanas para que os hematomas e vergões em seu corpo desaparecessem. A sua professora de educação física havia percebido as marcas enquanto Lotte se trocava no vestiário, mas não perguntou o que havia acontecido. Para Lotte, aquilo era a prova de que ninguém se importava com ela. Ela desistiu de esperar pela intervenção de alguém e decidiu que sairia de casa assim que terminasse os estudos.

Ela prestou seis exames GSCE[1], foi mal em todos eles, e preencheu uma proposta de emprego de arrumadeira no Grand Hotel em Brighton, simplesmente porque os funcionários podiam morar no hotel. Ela foi chamada para uma entrevista dois dias antes do fim do semestre e recebeu uma oferta de emprego. O combinado foi de que ela se mudaria para o hotel naquele domingo e começaria a trabalhar na segunda-feira.

Sua mãe suspirou quando Lotte lhe disse que trabalharia no hotel.

---

1 General Certificate of Secondary Education, realizado após a conclusão do ensino médio no Reino Unido. (N. do T.)

— Serve bem para alguém sem nada na cabeça como você — ela disse, com a voz fria de sempre. — Você só tem talento para trabalhos domésticos.

Alguém na sala de aula organizou uma festa na praia para celebrar o fim das provas e se despedir daqueles que estavam deixando a escola. Esperavam que Lotte comparecesse, mas ela sabia que não poderia, pois não tinha nenhum traje bonito para usar e nenhum dinheiro para comprar bebidas. Além disso, não queria que ninguém descobrisse onde trabalharia, pois poderiam ter a mesma reação de sua mãe.

Trabalhar no Grand Hotel era como encostar o nariz na vitrine de uma loja de brinquedos. Ela via pessoas ricas comendo e bebendo, usando roupas caras e joias valiosas, e chegando em carros chiques. Havia muitas salas de conferência no hotel também, que eram alugadas para todos os tipos de empresas, e via garotas que eram apenas um ou dois anos mais velhas do que ela organizando seminários, reuniões de *marketing* e sessões para treinamento de funcionários. Eram elegantes, confiantes a articuladas, o que, para ela, apenas confirmava a crença de que ela realmente não era inteligente, como sua mãe sempre havia dito. Ela não se preocupava em sonhar acordada sobre como seria ficar no hotel como hóspede, ou ter um emprego em que as pessoas a admirassem, realmente acreditava que não era capaz de fazer nada além de limpar a bagunça que as pessoas deixavam.

Mas ela não se importava. Pelo menos, podia ver o mar pela janela enquanto fazia a limpeza dos quartos. A cor do mar mudava todos os dias, de um azul-turquesa brilhante nos dias de sol passando por tons de verde, cinza e preto quando havia uma tempestade. Ela gostava dos dias com vento, quando as ondas ficavam tão altas que arrebentavam por cima da calçada, mas seus favoritos eram os dias com uma leve brisa.

Era interessante observar as pessoas que vinham passar as férias ali também. Casais idosos, com seus melhores trajes, passavam horas sob as marquises observando o mar. Crianças pequenas, que vibravam de entusiasmo ao correrem em direção aos degraus que levavam à praia. Garotas da sua idade que procuravam garotos para paquerar, patinadores, mulheres com carrinhos de bebê, pessoas que passeavam com seus cachorros, senhoras obesas que passavam pela calçada tomando sorvete, e *gays* apoiados nos corrimãos da calçada da praia. Haviam lhe dito que Brighton agora era capital *gay* da Inglaterra, e todos no hotel pareciam saber exatamente quem era *gay* apenas de olhar. Mas Lotte não conseguia saber, a menos que fosse realmente óbvio.

Ela tinha de dividir um quarto escuro e com pouca mobília com uma garota espanhola, que falava um inglês sofrível, no anexo dos funcionários. Ela também tinha que trabalhar muito, mas o resto da equipe era amistosa, até mesmo gentil, e ela era bem mais feliz do que havia sido em sua casa.

Uma noite, enquanto observava sua colega de quarto lutando para fazer uma escova no cabelo, ela se ofereceu para ajudá-la. Para sua surpresa, o penteado ficou muito bom, e, depois daquilo, todas as garotas pediam que ela as ajudasse com os penteados. Os comentários devem ter chegado até Gina, a proprietária do salão de cabeleireiro do hotel, pois ela perguntou a Lotte se não gostaria de ajudá-la por lá quando não estivesse de serviço.

Desde a primeira vez que trabalhou no salão de Gina, Lotte sentiu que a carreira de cabeleireira era a sua vocação. Ela gostava de todos os aspectos da profissão — o cheiro dos xampus e condicionadores, a sensação do cabelo molhado em seus dedos enquanto o lavava, e ver as mulheres que entravam com uma aparência suja, esfarrapada e com os cabelos maltratados saírem bonitas e alegres.

Gina já estava com quase 40 anos, uma loira com alguns quilos a mais, que andava com sapatos com saltos muito altos e usava vestidos tão justos que era impossível saber como tinha entrado neles. Mas ela tinha passado por dificuldades, também. Ela viu o quanto Lotte gostava do salão, e disse que achava que, com o treinamento adequado, ela poderia se tornar uma cabeleireira de primeira classe.

Lotte não precisou explicar que não poderia abrir mão do emprego de camareira para treinar, porque precisava do quarto que conseguiu junto com o emprego. Gina percebeu isso sem perguntar. Assim, ela conversou com o gerente do hotel, sugerindo que Lotte poderia acumular as duas funções.

Das 7 horas até as 10 horas ela arrumaria as camas e limparia os quartos, e depois passaria o resto do dia em treinamento para se tornar uma cabeleireira. Em seu dia de folga, teria de ir a uma escola de cabeleireiros, e a cada noite, tinha de passar uma hora preparando camas e substituindo as toalhas dos quartos.

Lotte nunca se importou de ter de trabalhar um período de 12 horas, e, mesmo aos domingos, ainda ter seus afazeres de camareira durante a manhã. Ela passou a sentir o Grand como a sua casa. De qualquer forma, Gina era muito boa para ela, e ser treinada adequadamente significaria que, algum dia, poderia ganhar um bom salário.

Nos dois anos seguintes, Lotte se dividiu entre o treinamento com Gina, um dia por semana na escola de cabeleireiros e o resto do tempo limpando os quartos e arrumando as camas. No Natal e em seu aniversário, ela não recebeu nenhum cartão, pois não tinha realmente uma vida social, apenas os outros funcionários que moravam no hotel para conversar durante as refeições, e, ocasionalmente, ia ao cinema ou fazia um passeio pela calçada da praia após concluir seus afazeres noturnos.

Ela sempre olhava para as garotas da sua idade e imaginava como seria sair para dançar, ter um namorado, ou mesmo viajar nas férias; mas ganhava tão pouco que não podia se dar ao luxo de comprar roupas novas, e passava a maior parte do seu tempo livre estudando revistas especializadas em cortes de cabelos. Vários dos garçons estrangeiros pediam-na em namoro, mas sua insegurança não permitia que se envolvesse com alguém, e geralmente ria e se afastava.

Pouco antes de fazer 19 anos, se formou na escola de cabeleireiros com distinção, ganhando um prêmio por ser a melhor aluna na escola naquele ano. Era a época da Páscoa, e Gina lhe deu um ovo de chocolate, uma cesta de produtos de beleza e um envelope.

Dentro do envelope havia uma carta de apresentação para o Kutz, o salão onde trabalhavam os melhores cabeleireiros de Brighton.

— Não fique tão confusa — disse Gina, com um sorriso. — Você merece algo melhor do que aplicar xampu e colocar bobes nos cabelos de senhoras velhas que estão de férias. Eu trabalhei com Gerald, o proprietário do Kutz, há vários anos, e somos bons amigos. Eu falei de você para ele, e concordou em contratá-la. Isso vai mudar a sua vida.

Capítulo quatro

Lotte abriu os olhos e voltou para o tempo presente. Do lado de fora do seu quarto, duas enfermeiras conversavam em voz baixa; ela pensou que estavam planejando sair à noite.

— Mudar a minha vida! — murmurou Lotte, visualizando Gina, a primeira pessoa que demonstrou afeição e acreditou que ela teria algum potencial. Ela sempre usava muita maquiagem — sua "pintura de guerra", como ela mesma dizia. Sobrancelhas finas e delineadas, sombra azulada e brilhante sobre os olhos, e cílios engrossados pelo rímel preto. Seu manequim talvez fosse 44, mas sempre parecia sensual, com suas blusas decotadas e sapatos de salto alto.

Gina estava certa; a vida de Lotte mudou, mas não apenas pelo trabalho no Kutz. Foi Simon que agitou a varinha mágica e fez com que as coisas ficassem boas para ela. Talvez essa tenha sido a razão pela qual a voz dele penetrou a barreira da memória de Lotte naquela tarde e fez com que ela se lembrasse.

Mas, embora ficasse muito feliz por se lembrar de Gina, Simon e Adam, três pessoas a quem devia muito, preferiria continuar na ignorância em relação a sua infância. As batalhas que travou para superar o legado de inutilidade que seus pais haviam transmitido a ela eram dolorosas e vergonhosas. E, pela maneira distante com que sua mãe e seu pai haviam agido quando vieram visitá-la, ela sabia que não poderia ter havido nenhum tipo de reconciliação nos últimos quatro anos.

A porta se abriu e Janice Easton, a enfermeira-chefe, entrou.

— Como se sente agora? — ela perguntou.

— Muito melhor — disse Lotte. A presença de Janice era reconfortante; com cerca de 25 anos, ela tinha a aparência de uma bela garota do campo, com alguns quilos a mais, um cabelo loiro levemente acobreado e bochechas rosadas. — Mas estou preocupada, pois Simon e Adam se sentirão responsáveis por terem causado meu ataque de pânico.

— Não precisa se preocupar. Qualquer coisa pode ter causado o ataque, mas a razão mais provável é que eles tenham estimulado você a se lembrar de alguma coisa. Foi isso o que aconteceu?

Lotte fez que sim com a cabeça.

Janice se apoiou na cabeceira da cama de Lotte, seu rosto iluminado pela curiosidade.

— Quer falar sobre isso?

Lotte se sentou, colocando atrás de si um travesseiro para se apoiar contra a cabeceira. Ela ainda se sentia muito enrijecida. Seus braços e pernas doíam e, embora tenham lhe dito que a dor era causada porque provavelmente havia nadado por muito tempo antes de chegar até a praia onde foi encontrada, também poderia ser explicado por outros exercícios físicos pesados feitos recentemente. Sua pele estava descamada e seca. Seu cabelo tinha a aparência de esponja de lã de aço. As enfermeiras haviam lavado a maior parte do sal que havia nele, mas seria necessário uma lavagem mais profunda e alguns litros de condicionador para trazê-lo de volta ao normal.

Ela achava estranho que o estado do seu cabelo não a preocupava realmente antes das memórias sobre trabalhar como cabeleireira voltarem. Comentou isso com a Janice, e a enfermeira riu, dizendo que, pela manhã, ela poderia entrar no chuveiro e lavá-lo ela mesma.

— Já que você se lembrou de que era cabeleireira, pode me dizer como você conheceu aqueles seus dois belos amigos? — perguntou Janice.

Lotte não queria contar a ninguém sobre a sua infância infeliz, ou mesmo as dificuldades que enfrentou enquanto trabalhava no Grand. Mas ela não se importava de contar a Janice sobre ser admitida no Kutz, o salão de cabeleireiros de maior prestígio em Brighton.

— Era um salão bem elegante — ela disse, com um sorriso. — Dois andares, e tudo feito em preto, branco e cromo brilhante. Acho que ainda hoje é assim. Mas era maravilhoso para mim naquela época; todos os funcionários eram muito elegantes e eu havia ficado escondida em um salão de cabeleireiro de hotel, responsável pelo estoque dos cremes de cabelo azulados. Também não foi bom ter me mudado para um apartamento com três outras garotas que eram horríveis comigo — ela disse, com uma expressão séria.

— Garotas invejosas e interesseiras? — perguntou Janice.

— Pior do que isso. Elas eram más — contou Lotte. — Costumavam me fazer esperar para cozinhar o jantar até que tivessem terminado de comer o delas, mas deixavam toda a louça suja e a cozinha imunda. Elas usavam toda a água quente do banheiro, nunca levavam o lixo para fora do apartamento, e eu tinha de fazer aquilo tudo também. Eu não tinha dinheiro para comprar roupas bonitas, e elas faziam comentários maldosos a meu respeito o tempo todo.

— Tudo isso e mais um emprego novo, também? — perguntou Janice, com simpatia.

Lotte fez uma careta.

— Eu também me sentia uma aberração lá. Minha única saia preta era antiquada, e a minha camisa branca estava encardida pelo tempo; nem dá para explicar o quanto eu me sentia inferior. Era horrível.

— E como a situação mudou?

— Bom, um dia eu cheguei em casa e encontrei Mandy e Laura mexendo nas minhas roupas e rindo alto — disse Lotte.

Ela conseguia visualizar tudo com clareza. O corredor longo e estreito tinha um tapete vermelho puído. Ela já estava no meio do caminho entre a sala de estar e os fundos quando ouviu Mandy conversando em seu quarto.

— Olhe que saia horrível! — ela dizia, e Lotte ficou paralisada, sabendo que Mandy estava mostrando o conteúdo do seu guarda-roupa para alguma outra garota.

— Parece algo que uma missionária usaria — gargalhou Laura. — E o que me diz dessa blusa? Não parece coisa de vovó?

Lotte desejou que o chão se abrisse e a engolisse, mas ela se aproximou da porta e espiou pela abertura da porta. As duas garotas eram autoconfiantes e elegantes, vindas de famílias de classe média, que haviam frequentado a Universidade de Sussex e que depois decidiram ficar na cidade. Mandy estudava publicidade e Laura, *marketing*, mas ambas se achavam especialistas em moda.

A saia em questão era feita de flanela cinza escura, comprida até a panturrilha, adquirida em um mercado. Lotte havia visto uma modelo usando uma saia bem parecida com aquela em uma revista de moda e havia gostado muito, mas ela supunha que, sem as botas certas e sem uma jaqueta para combinar com ela, talvez realmente tivesse uma aparência antiquada.

Em relação à blusa xadrez, ela a havia comprado porque era barata, e logo reconheceu que isso foi um erro. Ela sabia que não era muito boa para combinar roupas, porque não tinha prática. Quando trabalhava no hotel, sempre vestia um macacão.

— Você deu uma bronca nelas? — perguntou Janice.

— Não. Eu tinha medo delas, acho. Chorei na cama antes de dormir naquela noite, e acho que eu ainda estava com o rosto inchado na manhã seguinte, porque Simon me perguntou o que havia de errado.

— E você contou a ele?

— Eu desabei a chorar e lhe disse tudo. Ele foi muito gentil, me abraçou e disse que eu deveria ir para a casa dele naquela noite, quando faria um jantar para mim e conversaríamos sobre tudo o que havia ocorrido.

Lotte duvidava de que conseguiria explicar adequadamente a alguém como aquela noite com Simon foi boa. O apartamento que dividia com Adam ficava próximo do salão, escondido em uma pequena alameda. Lotte achou o lugar maravilhoso, desde a primeira olhada na escada em espiral que levava até a porta de entrada. Adam era decorador de vitrines, mas desejava ser *designer* de interiores, e isso ficava aparente no apartamento, pois a sala tinha uma parede amarela com dois sofás azuis, e, em um dos cantos, havia uma imensa luminária branca de fibra de vidro no formato de um buldogue, cujo arremate era uma coleira com cravos de metal. Ela nunca havia visto nada assim antes.

Simon preparou um espaguete à bolonhesa e conversou com ela como se fosse um irmão mais velho.

— Você não acredita que é bonita, não é mesmo? — ele começou. — Você tem um corpo perfeito, e imagino que também não se dê conta disso. Mas quer saber por que eu acho que as pessoas são cruéis com você?

Lotte assentiu.

— É porque você tem um jeito submisso de andar por aí com a cabeça baixa. Isso faz com que os fanfarrões queiram tirar uma casquinha de você. Até mesmo pessoas que são gentis provavelmente vão querer se aproveitar de você.

Lotte estava espantada, e olhava para ele com a boca aberta.

Capítulo quatro

— Você tem de ser mais assertiva, andar com a cabeça erguida, olhar diretamente para as pessoas e não aceitar tudo o que jogam em você — ele insistiu, apontando o dedo para ela. — Além disso, você não usa maquiagem, suas roupas são grandes demais, e parece que foram compradas em um brechó de caridade; então, vamos ter de arrumar isso. Olhando pelo lado positivo, você é muito gentil com suas clientes e uma ótima cabeleireira, mas elas querem ver um pouco de *glamour* e personalidade, também. Nós trabalhamos na indústria da beleza e precisamos ter uma aparência de acordo.

Ele disse que ela precisava de uma renovação, e isso significava sair para comprar roupas novas, fazer um corte mais moderno em seu cabelo e aprender a respeito de maquiagem.

Estranhamente, Lotte não se sentiu embaraçada pelas críticas de Simon. Ele tinha um jeito muito gentil de fazer observações incisivas, e ela sentiu que ele se importava com ela, por isso não recebeu os comentários como insultos.

Adam chegou naquele momento. Ele era bem mais convencional do que Simon, com o cabelo cortado de forma elegante e roupas sóbrias e casuais. Lotte nunca teria adivinhado que ele era *gay*, pois era musculoso e sensual, e tinha uma voz grave. Ele foi muito receptivo, também, e demonstrou simpatia quando Simon explicou as coisas que haviam acontecido com ela.

— Simon me disse que você parecia muito assustada no seu primeiro dia no salão — ele admitiu. — Ele queria trazer você para cá na mesma hora, pois tem espírito materno, mas eu disse que ele poderia assustá-la ainda mais, e que seria melhor esperar.

No decorrer da refeição, e após duas garrafas de vinho, tanto Simon quanto Adam fizeram perguntas sobre o seu passado. Mas houve também muitos risos, e Lotte sentiu-se relaxada e feliz na companhia deles.

Ela não estava acostumada a beber e ficou um pouco alta. Assim, Simon disse que seria melhor que passasse a noite no quarto de hóspedes. A última coisa de que se lembrava pensar antes de cair no sono foi que era engraçado nunca ter admitido nada a respeito de si mesma ou de sua família para ninguém, mas ela havia contado quase tudo àqueles dois homens.

O que Lotte não esperava era que Simon envolveria todos no salão com a sua renovação, e muito menos que todos ficassem tão animados em relação a isso. Eles cortaram seu cabelo em camadas, adicionaram outros dois tons mais claros de loiro, delinearam suas sobrancelhas, e duas das principais estilistas a instruíram sobre maquiagem.

Simon e Jenny, uma das estilistas assistentes, se tornaram seus conselheiros de compras, e a levaram para lojas que ela nunca havia tido nem mesmo a coragem de olhar antes. Eles foram brutais, não permitindo que ela escolhesse as roupas folgadas e de cores insossas que ela tendia a preferir, mas forçavam-na a experimentar trajes que marcavam o corpo, cores vivas, roupas que ela achava que eram simplesmente esquisitas.

— Acorde para a vida! — exclamou Simon, quando ela perguntou se as roupas não eram chamativas demais. — Você é linda, por que não deixar que o mundo inteiro perceba que você existe?

Lotte não queria que ninguém reparasse muito nela, mas logo percebeu que Simon tinha um real talento para roupas e sabia o que cairia bem nela. Cada vez que ela saía do provador para mostrar a ele e a Jenny outra saia curta, *jeans* justos ou uma blusa que mostrava o umbigo, ela podia ver em seu rosto, e nos olhares de aprovação das outras garotas, que ela estava com uma ótima aparência. Com uma blusinha rosa-bebê e uma saia pregueada *jeans*, até ela gostou de si mesma.

Ela gostaria de ter comprado a maioria das roupas que a fizeram experimentar, mas não tinha condições de pagar por tudo aquilo. No fim, escolheu três conjuntos e um par de sapatos, e, mesmo assim, gastou o salário de uma semana inteira de trabalho. Ela também sabia que aquilo não acabaria ali; agora que havia aprendido a se produzir, ela iria querer ter mais roupas e opções de maquiagem. Ela se sentiu maravilhosa, pois a renovação não havia simplesmente alterado a sua aparência. Havia mudado a forma como todos a tratavam. De repente, ela era uma das garotas do salão, e não mais uma intrusa.

Uma satisfação ainda maior foi dizer despreocupadamente às garotas com quem dividia o apartamento que sairia dali. Simon havia lhe oferecido o quarto de hóspedes em seu apartamento.

— Você não pode sair assim! Por que não nos avisou com antecedência? — sobressaltou-se Laura, enquanto Lotte jogava suas poucas roupas em um saco plástico.

— Vocês deviam ter me tratado melhor — disse Lotte, sorrindo com muita confiança, pois Simon a esperava na porta do prédio. — Não acho que devo nada a vocês.

Ao sair, ela jogou uma nota de 10 libras para Laura para custear a sua parte da conta de eletricidade. — Por falar nisso — ela disse, olhando diretamente para o cabelo descolorido da garota —, você precisa retocar a raiz.

Lotte contou a Janice apenas uma versão alegre e muito abreviada daquele período em sua vida. Que ela era muito tímida quando se conheceram, mas Simon havia se tornado seu amigo, fez com que ela desabrochasse e lhe deu um quarto em seu apartamento.

— Eu fiquei tão feliz por morar com ele e com Adam — disse ela, de forma simples. — Eu os amava como irmãos, e espero que possa ficar com eles novamente quando sair daqui.

— Estou certa de que eles ficarão felizes de ouvir que você lembrou do que representaram na sua vida — disse Janice, levantando-se. Ela pegou o braço de Lotte para medir-lhe o pulso. — Não acho que vai demorar até que você se lembre de todo o resto.

Depois que Janice saiu, Lotte pensou a respeito do que havia se lembrado e ponderou sobre os quatro anos mais recentes, que ainda eram um mistério. Parecia-lhe que estas memórias estavam trancadas dentro de uma série de caixas, e que ela precisava de alguém que lhe desse a chave.

Ela tinha certeza de que Dale, a garota de cabelos escuros, havia sido muito importante para ela, e era muito frustrante e assustador não saber por quê. Dale havia dito que elas haviam dividido uma cabine em um navio de cruzeiro, descido à terra firme em lugares como Buenos Aires e Cidade do Cabo, mas nada daquilo parecia ter significado. Por que ela não conseguia se lembrar desses fatos?

— Me conte sobre esse marinheiro que Lotte namorou — pediu Dale a Simon. Ele havia aberto uma segunda garrafa de vinho, e Dale havia lhe contado tudo sobre como ela e Lotte se conheceram, e sobre os bons momentos que tiveram juntas. — Eu percebi que houve alguém especial na vida de Lotte, por causa de uma expressão que tomava conta dela sempre que as pessoas falavam sobre relacionamentos amorosos. Mas ela nunca falou nada sobre ele.

— Ela o conheceu no seu aniversário de 20 anos — disse Simon. — Ela era como um ratinho amedrontado quando veio morar conosco, mas, no decorrer daquele ano, havia se tornado uma bela mulher. Pode acreditar, alguns rapazes vinham cortar o cabelo no salão apenas para ficarem perto dela! Um cabelo lindo, um belo rosto e o corpo de uma *top model*. Ela ainda não era a garota mais autoconfiante do mundo, mas tinha coisas a dizer, conseguia se defender, e as pessoas gostavam dela. Lotte era gentil, alegre e muito autêntica.

— Ela teve alguns encontros, mas acho que não estava preparada para fazer nada além daquilo. De qualquer modo, no seu aniversário, todos os funcionários do salão se encontraram na danceteria Loco's para celebrar, e Adam e eu vimos quando ela conheceu Mark.

Ele fez uma pausa, e seus olhos escuros tinham um ar sonhador.

— Foi exatamente como em um filme. Eles se olharam na danceteria, se aproximaram, e aconteceu! Amor à primeira vista. Ela não deu atenção a nenhum de nós naquela noite, tudo o que ela via era o rapaz, e nós deixamos que apreciassem a companhia um do outro. Acho que ficaram cerca de dez dias juntos antes que ele precisasse voltar para o navio. Nunca vimos ninguém tão feliz como ela estava.

— Mas ele morreu em um acidente de trânsito.

— Ele morreu?! — exclamou Dale. Ela não esperava por aquilo.

— É difícil acreditar que o destino possa ser tão cruel com ela — disse Simon, seus olhos brilhando com as lágrimas contidas. — Ela encontra o rapaz perfeito, se apaixonam e fazem planos para o futuro. Mas a licença dele acaba, e quando está a caminho da estação de trem, é atingido por um caminhão.

— Coitada, coitada de Lotte! Como ela ficou depois disso? — perguntou Dale, impaciente, sentindo um nó se formar em sua garganta.

— Foi horrível. Ela ficou prostrada com a tristeza. Adam e eu a vigiávamos para que ela não tentasse se suicidar — ele disse, com a voz carregada de emoção. — Nós realmente pensamos que ela tentaria acabar com tudo. Não era apenas seu primeiro e único amor. Nós consideramos tudo o que havia também: a morte da irmã, a rejeição dos pais e todos aqueles anos em que teve de crescer sem ter um amigo no mundo, tudo estava reprimido dentro dela. Adam e eu dizíamos que a amávamos, mas, por algum tempo, foi como se fosse uma boneca de pano, sem reagir a nada que disséssemos ou fizéssemos. Ela não comia nem ia trabalhar. Simplesmente ficava na cama, chorando. Nós não sabíamos o que fazer. Era horrível de ver.

— E o que a tirou dessa situação? — perguntou Dale.

— O fato de que eu fiquei doente — disse Simon, com um sorriso sombrio. — Peguei uma virose estranha, e estava tão fraco que não conseguia fazer nada. Adam não pôde tirar folga do serviço. Eu estava vomitando e passando mal, de repente, ela se levantou e começou a cuidar de mim.

Dale suspirou.

— Lotte é exatamente assim. Se fosse eu, você não teria conseguido me arrancar do meu infortúnio se precisasse de uma enfermeira. Isso teria me deixado ainda mais angustiada.

Simon sorriu.

— Eu guardei, em algum lugar por aqui, o primeiro cartão-postal que ela mandou do cruzeiro. Ela escreveu: "A minha companheira de cabine é uma vaca egoísta e desorganizada, mas há algo de especial nela".

— Ela disse isso de mim? — Dale suspirou, e depois riu. — Ela estava coberta de razão, mas eu achava que ela escrevia para casa dizendo que eu era legal.

Simon levantou uma sobrancelha.

— Ela pode ter um coração bom, mas não é ingênua. Eu acho que ela viu em você alguma outra coisa que gostou. Depois de algum tempo, os cartões-postais estavam cheios de "nós fizemos isso" ou "nós fizemos aquilo".

— Fico com vergonha de admitir que dizia, de brincadeira, que ela era minha "escrava", porque ela costumava lavar minhas roupas junto com as suas e também arrumar a bagunça que eu deixava. Costumava brincar comigo, jogando as minhas coisas em cima de mim. Mas com o tempo realmente passei a gostar dela, e nunca havia sentido algo assim por nenhuma outra amiga. Não consigo suportar a ideia de que tudo isso tenha acontecido a ela.

— Bem, como eu disse, acho que quem quer que seja responsável pelo seu estado atual, estava naquele navio de cruzeiro — disse Simon, com firmeza. — Vamos lá, Dale, pense em todas as pessoas que ela conheceu. Havia alguém que poderia tê-la convencido ou coagido a ir para outro lugar?

— Bem, Fern e Howard Ramsden, o casal que a resgatou do estupro e que cuidou dela, são óbvios. Mas eram americanos e estavam voltando para o seu país. Além disso, eram religiosos e não prenderiam alguém contra a sua vontade.

— Americanos religiosos provavelmente são as pessoas mais propensas a fazer esse tipo de loucura — disse Simon, levantando um pouco a voz. — Talvez o homem esteja envolvido com poligamia, e queria que Lotte fosse sua segunda esposa.

— Isso é impossível — disse Dale, desconsiderando a hipótese. — Esse tipo de gente não viaja em cruzeiros, eles moram em áreas remotas de Utah, Montana e Nevada, e se casam com as filhas de seus amigos, mulheres que foram criadas de acordo com essa filosofia de vida.

— Não tenha tanta certeza disso — afirmou Simon, com pessimismo. — Além disso, há outras seitas e cultos bizarros nos Estados Unidos que nunca ouvimos falar a respeito. E a nossa pequena Lotte, com a sua ingênua confiança em qualquer um que apareça na sua frente, seria um alvo fácil!

Dale sentiu-se estremecer.

— Sim, mas ela não apareceu nos Estados Unidos, não é?

— Não apareceu, mas e se ela descobriu que era para lá que eles queriam levá-la?

Dale sentiu-se incapaz de acompanhar as especulações de Simon. Ela ainda estava abalada por Lotte nunca ter comentado sobre toda a tristeza em seu passado enquanto estavam no cruzeiro. Mesmo assim, tudo aquilo provava que ela era mais forte do que Dale havia imaginado, pois a maioria das pessoas usaria aquilo para obter compaixão. Ela imaginou o que mais descobriria sobre sua amiga antes que tudo estivesse resolvido.

◆ ❖ ◆

Capítulo cinco

— Bom dia, Lotte — disse o Dr. Percival, ao entrar abruptamente em seu quarto, sem nem mesmo bater na porta.

Uma das enfermeiras havia dito a Lotte que o apelido deste neurologista era "Touro", e Lotte conseguia perceber a razão. Ele se parecia com um touro — ombros largos, pescoço grosso e feições grandes, com uma compleição avermelhada. Lotte pensou que ele ficaria melhor em um campo de rúgbi, em vez de em uma ala de hospital. Entretanto, a enfermeira havia dito que ele era renomado em sua área e que, uma vez que ela superasse seus modos bruscos, perceberia que era uma pessoa bem agradável.

Eles conversaram por algum tempo sobre o estado geral da sua saúde, e Lotte lhe disse que havia conseguido recuperar algumas lembranças.

— Maravilhoso — afirmou ele, com seus olhos cinza-azulados brilhando. — Isso faz com que você se sinta melhor?

Lotte concordou, embora achasse que ainda tinha um longo caminho pela frente, pois havia mais quatro anos de memórias a recuperar.

— Vou tentar dar uma ajuda, então — disse ele, apoiando o peso nos pés da cama. — Qual era o sexo do seu bebê? Menino ou menina?

Lotte olhou para ele, desconfiada.

— Bebê?

— Sim, seu bebê. Descobrimos que você deu à luz recentemente, quando a examinamos no dia em que você foi internada.

Lotte sentiu um calafrio percorrer-lhe a espinha. Ele devia estar confundindo as coisas. Com certeza, nenhuma mulher poderia bloquear as memórias relativas ao seu próprio bebê.

— Eu não sei — ela disse, exasperada, olhando para ele com os olhos arregalados de horror. — Eu não posso ter tido um bebê, não é? Você tem certeza?

A expressão do médico se suavizou.

— Você realmente não sabe o que aconteceu com você, não é? — ele disse, como se, até aquele ponto, pensasse que ela estivesse fingindo.

— Eu tenho certeza de que não sei nada sobre um bebê — retrucou Lotte. — Olhe, eu lhe contei exatamente o que consegui me lembrar até agora. O resto é como se fosse uma porta fechada. Eu quero abri-la, mas não existe maçaneta. E agora você me diz que eu tive um bebê! Há quanto tempo isso aconteceu? — Sua voz começou a se elevar com o nervosismo, pela enormidade do que ele havia lhe dito. — Você não acha que, se eu soubesse que tive um filho, eu estaria desesperada para saber como e onde ele está? Agora você realmente está me assustando!

— Desculpe-me, Lotte, eu não quis assustar você — ele disse, tentando acalmá-la. — Nós imaginamos que o parto aconteceu há dois meses, ou três, no máximo. Não fizemos nenhuma pergunta a respeito porque você não tinha condições de lidar com a situação, especialmente se tivesse sofrido um aborto. Mas, apesar dos esforços da polícia, dos serviços de assistência social e muitas outras agências, ninguém conseguiu saber onde você deu à luz esta criança. Precisamos descobrir onde ele ou ela está, pois, se a criança nasceu viva, é possível que ela possa estar sozinha e sem receber cuidados.

— Oh, meu Deus! — exclamou Lotte, imaginando um bebê deitado em um berço, chorando, molhado e faminto. Seus olhos se encheram de lágrimas e olhou para o médico, em súplica. — Isso está ficando cada vez pior! O que eu posso fazer para ajudar? Você não pode me hipnotizar, ou algo do tipo, para descobrir mais a respeito?

— Isso só funciona em filmes — ele disse, tocando em sua mão. — Você já se lembrou de muita coisa, e eu tenho certeza de que o resto voltará em breve. Nós decidimos que, por causa da urgência da situação, precisamos acionar a imprensa ainda hoje. Alguém deve saber sobre o bebê, e é indispensável que falemos com essa pessoa. Enquanto isso, você e eu podemos trabalhar juntos, conversando sobre as coisas de que você se lembrou.

Com as duas mãos, Lotte agarrou a mão do médico, com os olhos cheios de lágrimas.

— Eu tenho de me lembrar agora, pelo bem do bebê.

Por volta das 15 horas, no mesmo dia em que Lotte ainda estava deitada na cama do hospital imaginando ansiosamente sobre como ela poderia ter tido um bebê e não se lembrar de nada a respeito, David Mitchell, o homem que a resgatou, entrava em um *pub* em Selsey.

Jim Lerner, um homem que ele conhecia da academia de ginástica que frequentava, o cumprimentou com entusiasmo.

— Oi, Jim — respondeu David, sem muito ânimo. Ele não gostava muito daquele homem, e pediu apenas meia caneca de cerveja em vez de um *pint*[1].

— Ouvi dizer que foi você que encontrou aquela garota misteriosa na praia — disse Jim.

— É verdade — admitiu David. — Foi um grande susto para mim, também. Eu pensei que ela estivesse morta. Mas ouvi dizer que está se recuperando.

— Se eu encontrasse uma garota bonita como aquela, eu a visitaria todos os dias no hospital e me ofereceria para cuidar dela quando recebesse alta — disse Jim, com um grande sorriso. — Você viu a foto dela no jornal de ontem?

David havia se tornado uma celebridade local por ter encontrado a garota na praia. O jornal local havia colocado uma equipe na porta da sua casa, e seu nome foi mencionado pelo noticiário da televisão. Ele achava aquilo um tanto embaraçoso, pois não fez nenhum tipo de resgate dramático. Tudo o que ele fez foi chamar uma ambulância.

1 Medida de volume equivalente a 568 ml. É o tamanho-padrão das canecas de cerveja no Reino Unido. (N. do T.)

Ele não queria prolongar a conversa com Jim, pois aquele homem só sabia falar sobre três assuntos: as garotas com quem dormia, futebol e quantos *pints* conseguia tomar. Mas David viu que havia um jornal no balcão, em frente a Jim, e a curiosidade tomou conta dele.

— Não está nesse jornal, não é? — ele perguntou, se aproximando.

— Claro que está! Eu o trouxe para mostrar às pessoas — respondeu Jim, abrindo o jornal e apontando para a foto de uma garota com um *short* curto e um *top*. David teve de olhar duas vezes para perceber que era a mesma garota que havia ajudado. Ele nem mesmo havia considerado a sua aparência quando a encontrou — mas naquela foto ela parecia tão linda quanto qualquer modelo, e muito diferente do primeiro retrato feito pelos desenhistas da polícia.

— Minha nossa! — ele exclamou involuntariamente, apesar de desejar manter a calma diante de Jim.

Nos quatro dias desde que David havia encontrado a garota, ele pensou muito a seu respeito. Chegou a telefonar duas vezes para o hospital no dia em que a resgatou para se certificar de que ela havia sobrevivido. Ele também queria saber de toda sua história: ela tinha sido empurrada de algum barco, ou havia tentado dar fim à própria vida? Quem era ela? Era das redondezas?

Ele pagou pela bebida e a engoliu enquanto lia o artigo. Havia mais detalhes naquela edição, porque, embora a polícia ainda não soubesse como ela apareceu na praia de Selsey, em razão de sua falta de memória, eles já haviam localizado os seus pais. Seu nome era Lotte Wainwright, tinha 24 anos, nasceu em Brighton e era cabeleireira. Aquela foto foi tirada por uma amiga enquanto trabalhavam juntas em um navio de cruzeiro. Mesmo assim, nem seus amigos nem seus pais pareciam saber onde ela esteve no último ano, desde que deixou o navio. A polícia estava apelando para que qualquer pessoa que tivesse alguma informação sobre ela se apresentasse na delegacia.

— Um camarada com quem eu estava trabalhando hoje de manhã disse que um amigo dele costumava transar com ela — disse Jim quando David terminou de ler o artigo.

— Espero que ele tenha ido até a polícia, então — retrucou David, severo. Ele não entendia por que alguns homens tinham de levar tudo o que se relacionava às mulheres até as raias da baixaria. — Ele pode ajudar a esclarecer algumas coisas.

— Duvido que ele vai admitir as coisas que fez — disse Jim, e gargalhou com a sua própria piada.

— Preciso ir — afirmou David, terminando de beber a cerveja.

Ele havia aguentado Jim o bastante naquele dia, mas pensou que não haveria mal em seguir o conselho de ir ao hospital mais tarde para ver a garota.

Eram quase 18 horas quando David chegou ao St. Richard's, trazendo flores e uma caixa de chocolates, e perguntou à recepcionista em qual ala Lotte estava. A recepcionista estava um pouco atarefada, pois havia muitas pessoas lhe fazendo perguntas, e disse que o horário de visitas começaria somente às 18h30, mas ela apontou para a ala de pacientes desacompanhados, no piso térreo, e David presumiu que aquilo significava que ele poderia esperar no corredor.

O corredor da ala de pacientes desacompanhados estava deserto. Por trás das portas dos diferentes quartos havia um suave murmúrio de conversas, o som de cortinas sendo movimentadas e carrinhos com medicamentos e refeições sendo empurrados, mas a atmosfera era serena; estava claro que não havia nenhum drama ou emergência ocorrendo naquele momento. David percorreu o corredor que passava em frente à enfermaria masculina e chegou à enfermaria feminina, onde verificou a lista com os nomes das pacientes. Ela não estava ali, ele seguiu em direção aos quartos.

Havia nomes em cada porta, exceto em uma delas, mas ele relutou em olhar pelo vidro da porta para ver se Lotte estava ali, pois isso seria uma invasão de privacidade. Assim, ele voltou pelo corredor procurando por uma enfermeira a quem pudesse perguntar.

Ele interceptou uma enfermeira que estava a caminho da enfermaria masculina.

— Você terá de conversar com o policial que está do lado de fora do quarto dela — ela lhe disse rapidamente, antes de desaparecer pelo corredor.

David ficou confuso, pois não havia visto nenhum policial por ali, mas, pensando no caso, deveria haver um guarda se alguém houvesse tentado afogá-la, atirando-a de um barco.

Ele estava dando meia-volta para voltar até o quarto sem nome na porta, quando viu que um homem estava prestes a entrar. Não era um médico, pois não usava um avental branco, e claramente não era um policial, pois não estava usando uniforme. Ele decidiu que não haveria motivo para esperar pelos corredores, especialmente agora que havia outra pessoa ali com ela. Assim, ele entraria no quarto, entregaria as flores e os chocolates, diria a ela que foi ele quem a havia encontrado, e que estava feliz por ela estar se recuperando. Depois, se percebesse que ela não queria a sua presença ali, simplesmente iria embora.

David foi até a porta, mas olhou pela pequena janela de vidro antes de entrar. Para a sua surpresa, o outro visitante estava curvado ameaçadoramente por sobre o leito. David não tinha certeza de que Lotte estava na cama, ou do que o homem estava fazendo à paciente, pois as costas dele bloqueavam a visão. Mesmo assim, David pode ver que os braços e as pernas sob os lençóis estavam se debatendo. Aquilo era o suficiente para ter certeza absoluta de que o homem estava agredindo quem quer que estivesse ali.

David entrou no quarto de súbito, jogando as flores e os chocolates em uma cadeira.

— Que diabos você pensa que está fazendo? — ele gritou, pegando o homem pela gola do casaco e desferindo-lhe um soco.

Infelizmente, David não conseguiu segurar o casaco do homem com firmeza, e ele se esquivou do soco. Antes que David pudesse agarrá-lo novamente, o agressor saiu correndo pela porta.

David apertou a campainha que chamava as enfermeiras. Era Lotte quem estava na cama. Ela parecia aterrorizada e esfregava o pescoço com as mãos, mas não havia tempo para ajudá-la.

— Diga à enfermeira o que aconteceu, eu vou atrás dele — disse David, apressado.

Quando David saiu do quarto, as portas duplas estavam se fechando no fim do corredor. Ele correu atrás do homem, quase derrubando um paciente idoso que se apoiava em um andador.

Capítulo cinco

A recepção estava cheia de pessoas que chegavam para visitar os pacientes, e David não conseguiu mais avistar o homem. Mas ele faria questão de dizer à polícia que ele era de estatura mediana, magro, tinha cabelo castanho-claro e usava uma jaqueta marrom.

Ele correu até o estacionamento, mas havia tantos carros chegando e pessoas desembarcando que era impossível dizer quem estava chegando ao hospital e quem estava saindo dele. Seu coração batia forte, provavelmente devido ao choque do que havia testemunhado, mas percebeu que, se o homem tivesse um mínimo de inteligência, não atrairia a atenção para si tentando sair dali imediatamente. David se posicionou na saída do estacionamento, para que pudesse anotar a placa do carro, se visse o homem novamente, e discou 999 em seu telefone celular, o número para comunicar emergências.

— O senhor fez bem — disse o policial uniformizado, um sargento corpulento de meia-idade, três horas mais tarde, quando praticamente todos os carros no estacionamento já tinham ido embora. David estava desapontado por não ter conseguido identificar o agressor de Lotte em nenhum deles. — Existe a possibilidade de ele ter estacionado em algum outro lugar, ou até mesmo que tivesse um cúmplice esperando, em um carro com o motor ligado. Mas, graças a você, aquela pobre garota não sofreu mais nenhum dano.

— Posso apenas desejar boa noite a ela? — perguntou David.

Ele sentia-se estranhamente exausto; imaginava que era em razão do trauma e por ser forçado a explicar o que havia visto à polícia, e ter que descrever várias vezes o homem. Sentia que havia feito a sua parte, ajudando a verificar cada carro que saía do estacionamento, e imaginava que, se pelo menos pudesse ver Lotte sorrir, seria capaz de apagar da memória o horror que viu em seus olhos durante a tarde.

— Apenas cinco minutos — disse o sargento, com um sorriso compreensivo. — Diga a Boyce que eu autorizei. Mesmo assim, pode ser que as enfermeiras tenham outras ideias. Você terá de falar com elas.

O policial Boyce estava ao lado da porta do quarto de Lotte. Parecia que o homem que a atacou havia vigiado o lugar mais cedo, e aproveitou o momento em que o guarda foi até a cafeteria para pegar algo para comer.

Boyce estava com uma expressão acanhada quando David lhe disse que o sargento havia autorizado a visita a Lotte. Ele certamente havia sido duramente repreendido por deixar seu posto naquele dia.

— Pode entrar — ele disse. — Graças a Deus você chegou na hora certa. — Não valeria a pena viver a minha vida se ele tivesse conseguido matá-la.

David hesitou no vão da porta. Ele não havia pensado em Lotte como vítima de um crime quando a encontrou na praia, pensava que era uma mulher bêbada ou depressiva que havia tentado tirar a própria vida, e, embora tivesse pena dela, não sentiu nenhum tipo de envolvimento. Mas ler sobre o mistério que a cercava, e finalmente vir até aqui e presenciar alguém tentando matá-la, fez com que ele sentisse um forte desejo de protegê-la, como se fosse uma de suas irmãs.

Ela usava uma das tradicionais camisolas brancas do hospital, e seu rosto estava quase tão branco quanto a camisola. Os lábios dela estavam rachados, e a pele de seu rosto estava descamando. Ele percebeu que havia acertado ao pensar que alguém havia tosado o cabelo da garota, pois estava armado em tufos ao redor da sua cabeça. Mas mesmo que ela estivesse com um aspecto tão ruim, seus olhos azuis eram lindos, e, quando sorriu para ele, viu a mesma garota bonita que estava na foto publicada no jornal.

— Posso tentar de novo? — ele perguntou. — Não sei se alguém lhe contou, mas eu sou David Mitchell, a pessoa que encontrou você na praia.

Ela sorriu novamente.

— Parece que você está adquirindo o hábito de me salvar — ela disse, com a voz um pouco rouca. — Esperava que você conseguisse vir aqui algum dia para que eu pudesse agradecer por ter me encontrado na praia, mas acho que não poderia ter havido um momento melhor para tê-lo aqui. Eu devo a minha vida a você.

David sorriu, envergonhado. Ele não se enxergava como algum tipo de herói. Foi simplesmente o acaso que fez com que interrompesse o homem que a atacou.

— Você o conhecia? — ele perguntou. — Ou já o tinha visto antes?

— Não sei — ela deu de ombros, seus olhos arregalados e assustados. — Não tive a sensação de que o conhecia, não da maneira que senti em relação a outras pessoas. Isso faz com que a minha perda de memória seja ainda mais assustadora, pois não sei quem é bom e quem é mau. Mas obrigada pelas flores e pelos chocolates — ela apontou para as flores que haviam sido colocadas em um vaso e que agora estavam em cima do armário. — São lindas.

— Ele machucou você? — perguntou David, aproximando-se.

— Estou um pouco dolorida aqui — ela pôs as mãos em volta do pescoço. — E assustada, mas não vamos falar sobre isso, nem sobre o que aconteceu. Fale sobre você.

Apenas com aquela frase, David sentiu que sabia tudo a respeito dela. Uma garota sem qualquer traço de egoísmo, e que se importava mais com os outros do que consigo mesma.

— Tenho 32 anos, sou solteiro, e recentemente terminei um relacionamento com a minha namorada; venho de uma cidadezinha perto de Bristol. Sou o segundo mais velho entre oito irmãos — ele disse, sentindo-se como se alguém tivesse ligado um holofote sobre ele. — Recentemente abri a minha própria empresa no ramo de telecomunicações. Mas acho que você não vai querer saber os detalhes, é meio tedioso.

— Oito irmãos, hein? Pelo jeito, não deixavam sua mãe trabalhar. Disseram que você me encontrou na praia bem cedo, mas por que você estava na praia àquela hora?

David sorriu com a franqueza dela.

— Eu saio para correr. Levo Totó, o cachorro do meu vizinho, porque Fred está com uma perna quebrada e não consegue fazer muita coisa com aquelas muletas. Mas o Totó escapou e estava cheirando você. Achei que você fosse um saco de lixo ou algo do tipo, até que cheguei mais perto. Você se lembra de estar na água?

— Não, apenas a última parte, quando senti os pedriscos da praia me machucando, porém me lembro de quando você falou comigo e que colocou alguma coisa quente ao meu redor. Até isso é uma memória enevoada, como se fosse um sonho. Eu acho que só me dei conta do que realmente estava acontecendo depois que cheguei aqui.

— Você lembrou de outra coisa? — ele perguntou. — Li nos jornais que você era cabeleireira e que trabalhou em um navio de cruzeiro. Você tinha algum namorado?

— Eu me lembro de algumas coisas, como o lugar onde costumava trabalhar em Brighton, e as pessoas que conheci ali. Mas tudo que aconteceu desde aquela época ainda é um mistério para mim.

— Imagino que, se você tivesse um namorado, ele já teria entrado em contato — disse David.

Lotte sorriu timidamente.

— Não se eu tiver sido cruel com ele! Ou, pior ainda, ele pode ser o responsável por eu estar no mar.

— Não imagino que qualquer homem pensaria em machucar você — afirmou David.

— Bem, aquele homem que veio aqui esta tarde não veio me trazer um cacho de uvas — ela disse, com um suspiro. Ela olhou duramente para ele, como se estivesse tentando decidir se poderia lhe confiar um segredo.

— Queria saber por que tudo isso está acontecendo. Foi um dia horrível. Primeiro, o médico me disse que tive um bebê há cerca de dois meses. Como é possível que não me lembre disso? — ela quase gritou. — Estou tão preocupada sobre o bebê estar sozinho e ferido, e agora tem alguém tentando me matar. Por quê? O que foi que eu fiz?

O bebê acrescentava uma dimensão ainda mais horripilante ao seu martírio, e David desejou poder se atrever a tomá-la nos braços e afagá-la, mas tinha medo de que aquilo fosse assustá-la ainda mais.

— Lamento, deve ter sido terrível para você — ele comentou, sem jeito, ciente de que um bebê desaparecido seria um dos problemas mais sérios que uma mãe poderia enfrentar, mas incapaz de achar as palavras para expressar aquele sentimento. — Porém, tenho certeza de que a polícia vai esclarecer isso, e os médicos aqui ajudarão a recuperar a sua memória.

Uma enfermeira abriu a porta e disse-lhe que a sua visita havia chegado ao fim.

— Posso voltar novamente para visitá-la? — ele perguntou a Lotte.

— Claro que pode — ela disse. — Eu adoraria.

— Quer que eu traga alguma coisa? Comida, xampu, ou algo do tipo?

— Não, tenho alguns amigos em Brighton que vão cuidar disso. Traga a si mesmo.

Quando David saiu, olhou para trás e ela deu um pequeno aceno. Naquele momento, soube que ficaria arrasado se um eventual namorado surgisse.

*

Lotte teve enjoos fortíssimos naquela noite. Ela sequer conseguiu sair da cama e entrar no banheiro do quarto do hospital antes de começar a vomitar.

Assustada, apertou a campainha para chamar uma enfermeira.

— Foi o choque que causou isso — disse a enfermeira, amparando-a, enquanto enxugava o suor da sua testa. — Você teria de ser feita de aço para não ter uma reação como essa depois que alguém tentou matá-la. Mas você pode ficar tranquila, isso não voltará a acontecer. O policial do lado de fora da porta recebeu ordens para não sair dali por qualquer motivo, até que seja substituído.

Mesmo depois de o enjoo ter passado, Lotte ainda tremeu de frio por um minuto, e depois sentiu sua temperatura subir, deitada no quarto escuro e sentindo-se miserável. Lágrimas rolavam pelo seu rosto, pois se sentia tão solitária.

Quase tudo de que havia se lembrado até agora provava que a sua vida havia sido miserável, embora Simon, Adam, Dale e Scott dissessem que ela era querida e amada por todos, ainda assim tinha sido resgatada de um afogamento na praia. Aquilo lhe dizia que devia haver alguma coisa repugnante a seu respeito, e que a tornava um alvo para o ódio.

Seus pais não gostavam dela, não tinha um namorado e alguém queria que ela estivesse morta.

Mas muito, muito pior foi saber que havia tido um bebê; entretanto, até que o médico lhe desse a notícia, não tinha a menor ideia de como aquilo havia acontecido. Embora pudesse aceitar sem ressentimentos que não conseguia se lembrar de nada do que aconteceu nos últimos anos, ela tinha uma sensação de vergonha por não se lembrar do seu filho.

Sempre lhe disseram que as mães têm um sexto sentido em relação a seus filhos. Então, por que é que o dela não estava funcionando? Apenas alguns meses de vida, e ela já havia fracassado.

E se descobrissem que havia fugido e abandonado a criança? Um bebê não poderia viver por muito tempo sem leite, e poderia morrer antes que a polícia o encontrasse. Isso, com certeza, seria considerado assassinato.

Não saber o sexo do seu bebê, quem era o pai, ou nada sobre ele, era tão frustrante que ela sentia vontade de gritar e bater a cabeça contra a parede.

Às 10 horas da manhã seguinte, uma das enfermeiras apareceu para dizer a Lotte que o hospital havia acabado de receber uma ligação de Simon.

— Ele disse que gostaria de vir aqui hoje à tarde para dar um jeito no seu cabelo. Eu disse que você não teria problemas com isso. Acertei?

Lotte assentiu com um gesto frágil. Uma dupla de policiais já havia vindo visitá-la, nesta manhã, para fazer mais perguntas sobre o ataque do dia anterior. O ataque e posteriormente o enjoo durante a noite fizeram com que se sentisse muito mal, e certamente não se importava com a aparência do seu cabelo. Mesmo assim, precisava conversar com alguém que a conhecesse bem, e Simon só estaria livre para visitá-la aos domingos. Quando veio durante a semana, teve que cancelar vários agendamentos com suas clientes.

Mais cedo, enquanto Lotte tomava banho, percebeu que sua barriga estava flácida e que havia algumas estrias também, prova de que realmente havia tido um parto. Mas quem havia cortado seu cabelo daquela maneira, e por quê? Não fazia sentido fazer aquilo se planejavam matá-la. A menos, é claro, que quisessem humilhá-la.

— Você está bem? — perguntou a enfermeira, talvez pressentindo sua ansiedade. — Me contaram sobre o que ocorreu ontem — deve ter sido horrível.

— Estou bem agora — mentiu Lotte. — Ficarei ainda melhor quando cortar o cabelo.

Simon chegou às 14 horas, trazendo uma grande bolsa esportiva vermelha.

— Trouxe tudo o que precisamos para deixar você linda novamente — ele disse, abraçando-a.

Pousando a bolsa sobre a cama, retirou um presente embrulhado em papel prateado, com um laço de fita roxa.

— É um presente de todos os funcionários do salão.

Lotte abriu o pacote e encontrou dois pijamas de seda, um rosa e o outro azul-turquesa.

— São maravilhosos — ela disse com um sorriso agradecido. — Eu me sinto muito feia nessa camisola de hospital.

Simon mexeu mais fundo na bolsa e tirou uma pequena sacola de plástico.

— Adam e eu escolhemos isto para você, algumas coisas que sabíamos que você precisaria.

Lotte olhou na sacola e viu um par de chinelos, um pacote com três calcinhas, creme para o rosto e vários cosméticos. Repentinamente, não conseguiu mais segurar as lágrimas.

— O que houve? — perguntou Simon, alarmado. — Passei dos limites trazendo coisas pessoais? Desculpe, eu só queria trazer coisas que você estava precisando.

— Você é tão gentil — soluçou Lotte. — É bem o seu jeito, pensar assim nas pessoas. Você não passou dos limites, mas, depois de todas as coisas ruins que aconteceram, eu não esperava que um dia fosse me acontecer algo de bom novamente.

Simon a abraçou com força contra seu peito e deixou que chorasse até que estivesse pronta para lhe dizer o que havia acontecido.

Ela começou com o atentado à sua vida no dia anterior, contando a história de forma direta, entre os soluços do choro. Depois, disse que imaginava que quem quer que tivesse cortado o cabelo dela daquela forma estaria tentando humilhá-la; finalmente, contou que o médico havia lhe contado que ela teve um bebê.

Simon estava de queixo caído.

— Minha nossa, garota! É demais para alguém conseguir assimilar de uma vez — ele gemeu. — Não sei o que dizer.

Ele ficou em silêncio por um tempo que pareceu ser muito longo para Lotte, sentado na cama, com um olhar vazio.

— Estou bem, Simon — ela arriscou. — Eu me lembrei de você e Adam, então me lembrarei de todo o resto em pouco tempo.

— A sua amnésia não é tão preocupante quanto este homem que estava tentando lhe machucar — ele disse. — A polícia o pegou?

Lotte fez que não com a cabeça, e explicou que David Mitchell apareceu no momento exato, e que havia perseguido o homem.

— Graças aos céus por ele ter chegado! Mais alguns minutos e acho que ele realmente teria me esgoelado.

— Por isso que o policial do lado de fora me interrogou e revistou a minha bolsa como se suspeitasse que eu fosse Jack, o estripador! — disse Simon.

— Estou com tanto medo, Simon — ela admitiu. — Não tanto do homem que tentou me matar, porque acredito que a polícia vai me proteger, mas pelo bebê. Eu não suporto a ideia de não conseguir me lembrar do parto, de quem é o pai, e, acima de tudo, estou aterrorizada por não haver ninguém cuidando do bebê agora.

— Mas deve haver um registro do nascimento — exclamou Simon, esfregando a testa com um lenço.

— A polícia não encontrou nada. O policial que falou comigo pela manhã disse que achavam que o parto ocorreu na França, e que eu estava voltando para a Inglaterra no barco, e que pulei para o mar ou fui jogada. Eles mandaram alguns homens para investigar.

— Coitada de você, querida — disse Simon, colocando os braços ao redor dela e embalando-a. — É um pesadelo, mas a polícia vai revistar todos os lugares. Eles vão informar os jornais?

— Acho que talvez já esteja nos jornais de domingo, e nos noticiários da TV hoje à noite — ela comentou. — Com certeza, vai estar na imprensa nacional amanhã.

— As pessoas não vão ignorar um bebê desaparecido — ele afirmou. — Aposto que a polícia ficará inundada de informações, e você já recuperou tantas lembranças que tenho certeza de que o resto voltará em pouco tempo.

— O Dr. Percival, neurologista, virá aqui mais tarde para falar comigo novamente — ela contou.

— Então é melhor deixarmos você linda para que ele se apaixone por você, como todos os outros — disse Simon, mas seu sorriso não alcançou os seus olhos. — E isso vai fazer com que ele se esforce ainda mais para ajudá-la.

Meia hora depois, com os cabelos lavados e condicionados, Simon fez com que ela sentasse em uma cadeira, com uma camisola ao redor do corpo e outra no chão, onde os cabelos que ele estava aparando pudessem cair. Ele havia ficado misteriosamente em silêncio enquanto lavava os cabelos, e Lotte imaginou que ele estivesse se sentido tão desamparado quanto ela.

— Por que alguém iria querer tosar este cabelo tão lindo? — ele disse repentinamente, provando que estava pensando no assunto. — Estava no meio das suas costas quando você deixou o Kutz, tão sedoso e brilhante que todos o admiravam.

— Me parece que pode ter sido algum castigo — comentou Lotte.

— Não consigo imaginar você fazendo algo tão ruim que justifique um castigo assim — ele disse, ao esfregar um pouco de gel de cabelo com os dedos. — Mas, pelo menos, será fácil de cuidar agora, e ele está ótimo.

Lotte achou que estava parecida com uma fada, com o corte repicado que lhe emoldurava o rosto, mas ela gostou do resultado.

— Faz você parecer ainda mais jovem — disse Simon, olhando intensamente para ela, enquanto removia a camisola que estava ao redor dos seus ombros. — Agora, vá para o banheiro, vista um pijama novo, aplique um pouco de creme no rosto, e você se sentirá uma nova mulher. Vou recolher esse cabelo do chão.

Cinco minutos depois, Lotte saiu do banheiro, vestindo o pijama rosa. Seu rosto parecia muito menos ressecado depois de ter aplicado o creme. Ela acrescentou um pouco de *blush*, rímel e batom, também.

— Uau, garota, agora sim você se parece com a velha Lotte! — exclamou Simon.

— Eu me sinto bem melhor — ela disse, timidamente. — As marcas nos meus pulsos e tornozelos estão começando a sumir, mas olhe como o meu pescoço está marcado!

Ela levantou o queixo e Simon pode ver as marcas de polegares na sua traqueia e os vergões deixados por três dedos em cada lado do seu pescoço.

— Elas vão desaparecer bem rápido — afirmou Simon. Ele ficou abalado ao ver as marcas, mas intencionalmente fez com que aquilo não parecesse tão sério, pois não queria que Lotte percebesse a sua aflição. — Agora, volte para a cama, pois trouxe algumas fotos para você olhar, achei que poderiam ajudar a reviver as velhas memórias.

Simon era um entusiasta da fotografia, levava a sua câmera a todas as festas e eventos importantes, e chegava a fotografar suas clientes se fizesse um trabalho que considerasse realmente bom. Ele era igualmente metódico para organizar as fotos em álbuns, todas datadas e com uma legenda explicativa.

Lotte deixou suas preocupações de lado por alguns momentos com a alegria de ver tantos rostos familiares e momentos de que havia participado. Havia várias festas dos funcionários — aniversários, Natal, noivados e despedidas. Algumas eram simplesmente noites de balada com os outros membros da equipe do Kutz, onde todos estavam vestidos para matar. Ela riu ao ver Simon em um *smoking* branco e outra foto de Adam patinando pela calçada da praia usando somente uma sunga Speedo e carregando um guarda-chuva. Ela se lembrava que ele havia feito aquilo para levantar dinheiro para caridade.

Havia a festa da "era espacial", quando Adam se vestiu como o Sr. Spock de *Jornada nas estrelas* e Simon estava fantasiado de capitão Kirk. Lotte estava vestida como a princesa Leia de *Guerra nas estrelas*. Ela aparecia em muitas fotos, e tinha certeza de que nunca havia visto antes: em um jantar com amigos, em um carrossel no parque de diversões, e deitada no sofá no apartamento de Simon.

— E esta aqui, que tal lhe parece? — Simon perguntou quando virou a página, e lá estava ela de novo, com *shorts* justos e blusa de alcinhas. Parecia que estava em uma danceteria ou restaurante.

Capítulo cinco

Lotte olhou fixamente para a foto. Ela estava muito bronzeada, e, embora não se recordasse de ter visto aquela foto antes, repentinamente lembrou-se da ocasião. Havia sido tirada em seu vigésimo aniversário, em junho de 2000. Ela havia tirado uma semana de férias e o tempo estava tão bom que passou os dias deitada na praia. Ela quase conseguia sentir o calor abafado na danceteria naquela noite, ouvir a música de Ricky Martin e Christina Aguilera, "Nobody wants to be lonely". Ela sabia que estava linda e sentia que qualquer coisa poderia acontecer naquela noite.

— E então? — perguntou Simon, com uma expressão preocupada, mas também determinada. — Você se lembra?

— Sim — ela suspirou.

Ela entendeu por que ele estava com aquela expressão. Aquela noite foi um marco em sua vida, mas Simon temia que lembrar daquela ocasião poderia ser demais para ela.

Ela lembrou-se de outra canção daquela noite, "Whole again", do Atomic Kitten. Havia sido a música "deles", e assim como os eventos daquela noite haviam feito com que se sentisse completa novamente, ela sabia que deveria recobrar todas as memórias novamente para ajudar na sua recuperação.

Ela podia ver Mark como se fosse a primeira vez. O rosto fino com um cabelo escuro e curto, olhos castanhos sonolentos que olhavam diretamente para ela, pele profundamente bronzeada, que brilhava como se tivesse se esfregado com manteiga de cacau. Magro e musculoso, usando uma camiseta preta e *jeans*.

Eles sorriram um para o outro, e ele desapareceu. De repente, ele estava logo atrás dela. "Você é linda", ele sussurrou direto em seu ouvido.

Cada fio de cabelo em seu corpo se arrepiou, e sentiu seu estômago estremecer, bem diferente do que sentia quando bebia demais.

— Espero que a memória não seja muito dolorosa — disse Simon, pegando em sua mão e apertando-a. — Mas achei que, se conseguíssemos recuperar essa, talvez outras surgiriam. Todos os seus amigos do salão que estavam lá naquela noite se lembram claramente. Você e aquele rapaz se aproximaram como se fossem dois ímãs, um atraído pelo outro. Queria ter tirado uma foto dele também.

— Não preciso de uma foto. Eu consigo me lembrar de tudo — retrucou Lotte.

Simon continuou a virar as páginas de seus álbuns. Havia fotos tiradas em eventos para cabeleireiros e exposições, com muitas das modelos ostentando penteados totalmente extravagantes. Uma das fotos mostrava Lotte recebendo o troféu pelo melhor corte de cabelo para um casamento, e outra pelo terceiro lugar em todo o sul da Inglaterra por um corte que ela fez. Ela se lembrava daquelas noites, o prazer de saber que era uma cabeleireira realmente competente, a satisfação de ouvir os cumprimentos das pessoas, o aroma dos produtos enchendo o ar, as conversas e os risos, e a tensão subjacente enquanto os competidores aguardavam para serem julgados. Mesmo assim, depois de Mark, nada daquilo a tocou tão profundamente, nada nunca foi tão importante novamente. Na realidade, ela só havia entrado nas competições para ajudar a promover o salão, não por interesse próprio.

— Você parece estar cansada — disse Simon, posteriormente, talvez notando que ela havia ficado em silêncio por algum tempo. — Acho que é hora de eu ir. Fiquei aqui mais tempo do que pretendia. Você está bem?

— Foi bom olhar as suas fotos — ela afirmou, com sinceridade. — Mas acho que preciso de uma soneca antes de o médico chegar.

Ele juntou suas coisas e as enfiou de volta na bolsa esportiva vermelha, jogando-a por cima do ombro.

— Até mais, garota — ele disse, curvando-se para beijá-la. — Vou tentar conversar com o médico antes de ir embora e ver o que ele acha sobre você vir ficar comigo e com Adam. Eu acho que a polícia ficará preocupada com a sua segurança, mas podemos deixar o lugar bem seguro, não é?

Lotte sorriu para ele, emocionada com sua gentileza e pelo desejo de se restabelecer.

— Tenho certeza que sim. Desde que eu mantenha a porta trancada, quem poderia entrar?

Por melhor que fosse receber a visita de Simon, Lotte ficou feliz por estar sozinha de novo, pois poderia ouvir "Whole again" tocando em sua mente, e ela queria retornar às memórias daquela noite.

Mark levou-a para o meio das outras pessoas que estavam na pista de dança, mas eles não chegaram realmente a dançar, apenas se abraçaram e sorriram. Havia luzes coloridas girando, havia muito ruído para se conversar, e as pessoas viviam esbarrando neles, mas nada daquilo importava. As mãos dele estavam na sua cintura, e as mãos dela estavam nos ombros dele. Os dois se moviam juntos como se fossem uma só pessoa.

Ela não se importava com o emprego que ele tinha, onde morava, ou qualquer coisa que houvesse para saber sobre ele. Pela primeira vez em sua vida, ela conhecia a sensação de desejar um homem. E, simplesmente pelo jeito que ele a olhava, ela sabia que a desejava também. Aquilo bastava.

Mark comprou uma garrafa de Cava[2] algum tempo depois e eles desceram até a praia para beber. Era uma noite quente e abafada, sem vento, e a lua projetava uma trilha prateada sobre o mar. Havia muitos outros casais fazendo exatamente a mesma coisa que eles. Sentados no cascalho da praia, passando a garrafa de um para o outro, eles podiam ouvir o barulho da cidade atrás deles. Mas nada disso os atrapalhou; tudo o que ouviam era o som suave das ondas quebrando na praia.

Mark lhe disse que estava na marinha, e tinha uma licença de duas semanas. Ele tinha 24 anos, e a rua onde a sua família morava ficava próxima da casa dos pais de Lotte.

Ninguém nunca a beijou como ele. Beijos sensuais e profundos que faziam o seu estômago estremecer, e toda a noção de realidade desaparecer. Se ele tentasse despi-la ali mesmo na praia, cercados pelos outros casais, ela tinha dúvidas que o teria impedido. Ela simplesmente o queria.

Mais tarde, voltaram para o apartamento em que Lotte morava. Por sorte, Simon e Adam ainda estavam fora. Eles se deitaram em sua cama de solteira e fizeram amor.

Estava tão quente que não usaram lençóis por cima de seus corpos, e, com as janelas escancaradas, os sons da noite de sábado em Brighton — música, trânsito e bêbados gritando — entravam sem dificuldade.

Lotte sentiu-se envergonhada porque ele queria que ela colocasse o preservativo nele, mas realmente não sabia como fazer aquilo, e, quando ele a penetrou, a dor foi maior do que ela havia imaginado. Mas mesmo que não fosse tão maravilhoso quanto as carícias e os beijos que eles haviam trocado anteriormente, Lotte sentiu que havia se tornado mais madura.

2 Vinho espumante espanhol, similar ao champanhe. (N. do T.)

Na manhã seguinte, ela acordou cedo e ficou deitada, encolhida ao lado de Mark, observando e admirando-o por inteiro. Ele era tão bonito quanto ela havia visualizado na noite anterior, mesmo com um pouco de barba por fazer cobrindo-lhe o queixo. Lábios com um formato gracioso, carnudos e macios, voltados para cima nas extremidades, como se estivesse sorrindo. Ela gostava do seu cabelo, cortado como o de Tom Cruise no filme *Top gun*, com algum volume no topo da cabeça e bem curto nas laterais e atrás. Ele tinha um pescoço longo e um nariz reto e pequeno, e um peito massudo e musculoso com uma leve penugem escura.

Ele acordou enquanto ela o observava.

— Olá, linda — ele disse, sonolento. — Achei que tinha sonhado com você. Mas você é real.

Nos dez dias seguintes, Lotte frequentemente sentia a tentação de fingir estar doente para que pudesse passar o dia inteiro com Mark. Daquela maneira, eles passavam metade da noite fazendo amor, e ela se arrastava para o trabalho no dia seguinte, quase dormindo em pé. Mark a encontrava para almoçarem juntos, apenas meia hora sentados ao sol de mãos dadas, e depois ela tinha de esperar até às 17 horas para encontrá-lo esperando por ela novamente.

— Ele é um gatão — comentou Simon, pensativo, observando pela janela do salão enquanto Mark atravessava a rua. — O que você vai fazer quando ele voltar para o mar?

— Recuperar as horas de sono perdidas — ela disse rindo.

Ela já havia ponderado várias vezes sobre aquela pergunta, sabia que amava Mark, mesmo que não ousasse lhe dizer, e a ideia de ficar longe a enchia de pânico. Era como se a sua vida só estivesse funcionando pela metade até que ele surgisse e ativasse a outra metade. Ela pensava em Mark desde o momento em que acordava até a hora em que adormecia. Conseguia falar com ele sobre qualquer assunto — havia até mesmo lhe contado sobre seus pais uma noite. Ele lhe disse que havia frequentado a escola primária com Fleur, e, embora não lembrasse muito a respeito dela, por ser dois anos mais novo que a irmã de Lotte, sabia que ela havia morrido e lembrava de que seus pais disseram que a situação foi muito trágica.

Capítulo cinco

Na última noite antes que tivesse que voltar para Plymouth, Mark disse que a amava, e prometeu que a levaria para conhecer seus pais na sua próxima licença.

— Eles vão adorar você — ele disse, segurando o rosto dela com as mãos, como se tentasse guardar cada detalhe do rosto de Lotte em sua mente.

O amor que fizeram naquela noite foi lento e carinhoso, ambos cientes de que as horas que ainda tinham juntos estavam chegando ao fim. Aquela era uma bela manhã de sábado, prometendo um aumento de temperatura durante o dia, e ele caminhou com ela até o Kutz antes de voltar para casa para pegar sua bagagem e tomar o trem para Plymouth.

Lotte chorou durante a despedida, mas ele prometeu que telefonaria e escreveria sempre que pudesse.

— Minha fada Sininho — ele murmurou, afastando o cabelo que cobria o rosto dela. Era o apelido que ele havia dado a Lotte — Mark dizia que ela havia espalhado o pó mágico em sua vida. — Agora estamos juntos para sempre, algumas semanas de separação não farão diferença. Você estará no meu coração em todos os minutos de cada dia. Nascemos um para o outro.

Por volta das 10 horas, uma cliente entrou no salão e disse que alguém havia sido atropelado por um caminhão perto da estação de trem. No horário do almoço, o programa de notícias da TV local anunciou que um homem havia morrido naquele acidente de trânsito, mas a polícia estava mantendo seu nome em sigilo até que a família fosse informada.

Lotte não percebeu nada daquilo. Sua mente estava distante, pensando em como sobreviveria às próximas semanas sem Mark. Mas, ao sair do salão às 18 horas, com Simon a seu lado, arrastando os pés devido ao cansaço, ambos viram a primeira página do jornal vespertino em uma banca de jornais.

"Licença acaba com morte para um marinheiro local"

Lotte empalideceu, e, de repente, suas pernas pareciam ser feitas de gelatina.

— Não pode ser ele — arfou Simon, e foi até a banca para ler a reportagem. Mas a maneira como seus ombros se curvaram, enquanto ele lia a primeira página, fez com que Lotte soubesse que Mark havia morrido.

As pessoas diziam coisas como "Vocês se conhecem há tão pouco tempo". Como se isso pudesse fazer a dor diminuir! Quando ela visitou a família de Mark, eles olharam para ela com estranheza, como se ela estivesse tentando se intrometer na perda e na dor que eles sofreram. Para eles, estava claro que Lotte era apenas a garota com quem ele esteve transando durante a sua licença. Sua mãe chegou até mesmo a dizer que, se ele não ficasse acordado até tão tarde da noite, talvez não tivesse atravessado a rua na frente do caminhão. Lotte não teve seu lugar reservado no enterro; suas flores não foram postas sobre o caixão. Ela nem mesmo conhecia os amigos que ele tinha na marinha, que vieram de Plymouth para prestar-lhe a últimas homenagens.

Se não fosse por Simon e Adam, ela poderia ter se jogado na frente de algum caminhão também. Ela pensou várias vezes que a morte era preferível a viver com tamanha dor.

Lotte chorava ao lembrar-se daquelas semanas terríveis e dolorosas após a morte de Mark. Ela lembrou-se de que se recusava a sair da cama, comer, tomar banho ou falar com quem quer que fosse. Apenas quando Simon ficou doente, ela voltou à vida para, então, cuidar dele.

— Algum dia, você vai encontrar alguém, e vai sentir a mesma coisa em relação a essa pessoa — assegurou-lhe Simon. — Você pode superar isso. Vai chegar um dia em que você vai se dar conta de que não pensou nele por um dia, uma semana ou mesmo por um mês.

Lotte achava que Simon estava certo. Ela não sabia se havia pensado constantemente em Mark durante todo esse tempo, mas lembrar-se dele não doía tanto quanto ela se lembrava.

Teria havido algum outro namorado desde então? Ela teria que perguntar a Dale.

Capítulo seis

— Qual é o problema com você? — Marisa gritou com Dale. — Os hóspedes que vêm até o *spa* querem receber um tratamento de beleza, ou se sentirem especiais. Eles certamente não querem ser recebidos por alguém que esteja fungando e chorando!

— Não estou fungando e chorando! — retrucou Dale.

— Seus olhos estão vermelhos e inchados — disse Marisa, com desprezo. — Parece que você passou a noite inteira chorando.

Dale havia chorado quase a noite inteira.

Simon havia telefonado no dia anterior, quando saiu do hospital, para dizer a ela e a Scott que Lotte havia sido atacada no sábado e que, na manhã daquele mesmo dia, um médico havia dito a Lotte que ela havia dado à luz um bebê recentemente.

Todos os jornais do domingo traziam artigos sobre o bebê. Reportagens sobre o caso e sobre o ataque haviam ido ao ar no rádio e na televisão naquela manhã. Mas ninguém no *spa* havia lido os jornais de domingo ou ouvido os noticiários do rádio ou da televisão, então Simon teve que lhe dar as terríveis notícias. Dale ficou tão chocada que sequer conseguiu falar. A voz de Simon estava entrecortada, e ficou claro que ele não estava em condições de discutir aquilo em detalhes.

Após receber as notícias, Dale conseguiu aplicar uma massagem e fazer as unhas de uma cliente sem se abalar. Mas quando a última cliente foi embora, ela correu de volta para o bangalô. Frankie, Scott, Michelle e Rosie estavam lá, e, no minuto em que Dale os avistou, ela desabou em lágrimas.

Todos ficaram imóveis com o choque das novidades. Scott estava tão desconcertado quanto Dale, dizendo que, se este homem estava arriscando tudo para tentar matar Lotte em um local público, haveria algo bem mais complexo no mistério da sua aparição naquela praia. A pergunta que pairava no ar era: o que ela poderia ter feito de tão ruim para que quisessem matá-la?

— Isso não está certo — Dale continuava a repetir, por entre seus soluços. — Ninguém poderia passar por coisas tão horríveis. Onde está o bebê? Quem era o pai? Quem é este homem que tentou matá-la? E por que ele queria fazer isso?

Scott estava quase tão perturbado quanto Dale, e Frankie tentou fazer com que o humor deles melhorasse, indo até a cozinha e voltando com o jantar em uma bandeja. Mas não era comida o que eles queriam, e sim as respostas que ninguém podia dar.

Frankie ligou para o hospital em nome deles para ter notícias de Lotte. A enfermeira-chefe disse que ela não estava ferida e que havia se lembrado de algumas coisas, mas os aconselhou a não a visitarem por alguns dias, pois ela precisava de repouso absoluto.

Dale tomou vários copos de conhaque, na esperança de conseguir esquecer aquilo, mas, em vez disso, passou a noite em claro chorando, imaginando como a sua amiga conseguiria se recuperar de tudo isso.

E, na manhã seguinte, Marisa não a deixou em paz.

— Bem, o que houve? Terminou com o namorado? — ela perguntou, incisiva.

Dale sentiu vontade de estapear aquela mulher. No entanto, percebeu que Scott e Frankie a observavam pela porta que levava até a piscina, e sentiu que torciam para que ela não cedesse às provocações.

— Homens não terminam comigo, eu é que termino com eles — respondeu Dale. — Mas eu posso me dar ao luxo de chorar quando alguém tenta matar a minha melhor amiga, e quando descobrem que ela teve um filho recentemente, que a polícia não encontrou. Mas não imagino que você perderia o sono por causa de uma criança pequena que perdeu a mãe, não é? Você não tem coração!

— Como você se atreve a falar comigo desse jeito? — Os olhos de Marisa brilharam perigosamente. — Vou registrar essa sua insolência na administração. E agora, cubra esses olhos inchados com maquiagem e volte ao trabalho.

— E eu vou registrar a sua falta de compaixão — Dale sibilou de volta. — Você teria sido uma ótima carcereira em um campo de concentração.

Na tarde de quarta-feira, oito dias depois de Lotte ter sido encontrada na praia, Dale e Simon estavam no St. Richard's para uma reunião com o Dr. Percival.

— O problema — ele disse, com as mãos unidas como se estivesse orando em frente ao seu nariz — é que a Srta. Wainwright não tem ferimentos que exijam uma internação hospitalar. Fisicamente, ela está muito bem. Mas estou muito preocupado com a sua saúde mental.

Dale e Simon pediram aquela reunião, na esperança de que o médico apoiasse seu desejo de deixar que Lotte voltasse a morar no apartamento de Simon, em Brighton. Mas Dale sentiu uma antipatia imediata pelo Dr. Percival, achando-o arrogante e sem compaixão.

Desde o momento em que ela e Scott tiveram certeza de que a garota da praia era Lotte, temiam pela sua segurança. Mas, agora que haviam tentado matá-la e que a informaram de que havia tido um bebê há cerca de dois meses, eles temiam que ela se tornasse cada vez mais introvertida e que, talvez, não se recuperasse.

Quando a visitaram na noite anterior, Dale e Scott se esforçaram muito para não deixar que ela percebesse que a possibilidade de seu bebê estar em algum lugar, faminto e desprotegido, também estava lhes tirando o sono. Ou que eles imaginavam que qualquer homem que passasse pelo corredor do quarto dela poderia ser o homem que a atacou, retornando para terminar o serviço. Mas podiam ver que era exatamente isso o que ela estava pensando.

Dale e Scott sentiam-se oprimidos por tudo aquilo e desamparados por não conseguirem estimular a memória dela ou protegê-la de outros perigos. Mesmo assim, eles viam que Lotte reagia muito bem à presença de Simon e Adam e sentiam que aquelas eram as duas pessoas que poderiam ajudá-la a recobrar a memória e defendê-la.

Dale havia decidido acompanhar Simon hoje, porque desejava que o médico soubesse que ela e Scott o apoiavam em tudo, juntamente com Adam.

— Ela não está louca, só perdeu a memória — disse Dale, incisiva, temendo que o Dr. Percival quisesse transferir Lotte para um hospital psiquiátrico. — Nós achamos que ela se recuperará mais rápido se tiver amigos ajudando constantemente. E Simon e Adam poderão mantê-la a salvo.

— A loucura, da maneira que as pessoas imaginam, é uma coisa muito rara — ele respondeu, desconsiderando o comentário. — Existem vários tipos de doenças mentais, e a amnésia é apenas uma entre elas. Embora, às vezes, possa ser um problema passageiro causado por qualquer motivo, como um golpe na cabeça, trauma ou cirurgias, pode também ser permanente. Mas no caso da Srta. Wainwright, parece ter sido causado por um evento profundamente perturbador, que ela reprimiu subconscientemente.

— Sabemos disso — disse Dale, irritada pela maneira com a qual ele conversava com ela, menosprezando-a. — Então, como vocês estão pensando em tratá-la, e onde?

— No hospital Vale — ele respondeu.

— Certamente que não — assustou-se Dale. — Uma das garotas do salão de cabeleireiro do Marchwood disse que seu avô havia sido internado no Vale quando ficou senil, e que o lugar era horrível.

— Acho que você ouviu muitos mitos sobre o Vale — disse o Dr. Percival, ríspido. — É um dos melhores hospitais psiquiátricos no sudeste da Inglaterra.

— Lotte vai se fechar cada vez mais lá — disse Simon, firmemente. Ele queria acrescentar que não achava que a sua amiga deveria estar em um lugar cheio de pessoas senis, depressivas, bipolares e alcoólatras tentando largar o vício, mas ele relutou em dizer qualquer coisa que pudesse indispor o médico.

— O que faz um jovem sem qualquer experiência em saúde mental imaginar que sabe mais do que alguém que trabalha na área há vinte e cinco anos? — O Dr. Percival quase parecia se divertir com a insolência de Simon.

— Talvez eu não saiba nada sobre saúde mental, mas conheço Lotte muito bem — afirmou Simon, se inclinando para frente em sua cadeira e colocando seus punhos fechados na mesa do médico. — Penso que, assim que ela estiver instalada em um ambiente familiar, começará a desenredar o que quer que tenha acontecido a ela.

— E você não imagina que ela precisará da ajuda de profissionais para lidar com todos os problemas relacionados ao bebê? Em primeiro lugar, ela precisa recuperar a memória do parto, e como se sentiu sobre a concepção, pois não sabemos se aconteceu em meio a um relacionamento de amor e carinho. Há também a possibilidade de que o bebê esteja morto.

Simon estava ciente de que aquilo provavelmente seria um campo minado para o lado emocional de Lotte conforme ela recuperasse a memória. Seus quatro amigos suspeitavam que a concepção do bebê, o parto e os eventos que aconteceram em seguida teriam sido dignos dos piores pesadelos. Mas acreditavam que ela teria melhores condições de lidar com aquilo se estivesse cercada pelo carinho dos amigos em vez de ter apenas médicos e enfermeiras à sua volta.

— Aquela criança pode ter morrido em circunstâncias horríveis — continuou o médico. — É possível que o corpo nunca seja encontrado para dar as respostas que Lotte precisa para se recuperar. Não estou tentando alarmá-lo, rapaz, apenas mostrar que ela pode ter de enfrentar problemas imensos e muito difíceis.

Simon engoliu em seco, repentinamente sentindo-se inseguro. Ele gostava muito de Lotte, queria e precisava ajudá-la, mas seriam ele e Adam as pessoas certas para fazê-lo? Ele poderia ter certeza de que amor e carinho em relação a ela seriam suficientes para curá-la?

Ele fez uma pausa, olhando rapidamente para o rosto tenso de Dale. Ela segurou na sua mão com força, silenciosamente assegurando-o de que ele seria capaz de fazer aquilo.

— Admito que estamos arriscando muito — ele disse, aprumando-se. — Mas creio que Lotte será capaz de enfrentar até mesmo o pior caso se estiver em um ambiente onde haja segurança e carinho. Adam e eu podemos não ser psiquiatras, mas somos sensíveis, carinhosos e a amamos. Traremos Dale e Scott para nos ajudar, também. Diga se este lugar não é melhor do que o Vale para que ela se recupere?

— Então, agora, você quer me ensinar a fazer o meu trabalho — disse o médico, mas havia uma expressão menos dura em seus olhos, que sugeria que ele estava começando a aceitar a ideia de que um bando de amadores tomaria conta da sua paciente.

— Não, senhor —, insistiu Simon. — Seguiremos todas as suas instruções. Mas o hospital está lotado, e os outros pacientes no Vale provavelmente deixarão Lotte assustada. Ela tem associações felizes com meu apartamento, e eu posso fazer com que o lugar fique tão seguro quanto Fort Knox[1]. Duvido que o senhor possa fazer o mesmo no Vale.

— Nisso você tem razão — suspirou Percival. — Então vou autorizá-lo a levá-la para a sua casa no fim de semana, mas sob a condição de que você entre em contato comigo regularmente e que, se houver qualquer motivo para preocupação, você a traga de volta para cá.

— De acordo — disse Simon, sorrindo para o médico.

Simon e Dale teriam que esperar meia hora até o horário de visitas, e foram até a cafeteria. Lá, onde Simon contou a Dale que o detetive Bryan havia ligado para o seu apartamento na noite anterior.

— Ele havia acabado de voltar da busca pelo homem que atacou Lotte, mas não havia boas notícias. Ele disse que não conseguiram obter

1 Instalação militar de alta segurança do governo dos Estados Unidos, que guarda os depósitos em ouro do tesouro do país. (N. do T.)

nenhuma imagem do rosto do homem nas câmeras de segurança do hospital, nem do carro, o que significa que ele deve ter estacionado fora do hospital. O conhecimento da área do hospital sugere que seja um homem da região. Então, fizeram com que David Mitchell, o cara que impediu o ataque, olhasse para fotos de homens com passagem pela polícia para tentar fazer um retrato falado — Simon respirou fundo. — Infelizmente, ele não conseguiu ver direito o no rosto do agressor.

— Devemos muito a David — disse Dale. — Ele é quase um herói. Mas já faz oito dias que ele a encontrou na praia. A polícia não deveria ter descoberto alguma coisa a respeito? Bryan comentou se eles têm pistas sobre o bebê?

O bem-estar e a localização do bebê eram motivo de preocupação para todos na cidade desde que a imprensa publicou a história. As pessoas discutiam o assunto nas ruas, lojas e bares, e praticamente só se falava disso no Marchwood Manor.

— Acho que não. Ele queria saber sobre as pessoas com quem Lotte costumava se encontrar na área de Brighton. E ficou especialmente interessado em ex-namorados. Ele pensava que ela poderia ter entrado em contato com um deles quando deixou o navio de cruzeiro e que aquilo resultou na gravidez.

— Você sabe se houve alguém? — perguntou Dale.

— Não — respondeu Simon, parecendo abatido. — Mas, como disse antes, Lotte nunca teria vindo a Brighton sem entrar em contato comigo e com Adam. E se ela tivesse engravidado, se estivesse feliz ou infeliz a respeito, ela teria ligado ou escrito para nós. Eu disse a Bryan que isso é uma prova irrefutável de que ela foi mantida em cativeiro em algum lugar.

— E o que ele disse sobre isso?

— Ele lembrou que ela não ligou ou escreveu para falar do estupro na América do Sul.

— Ele tem razão nesse ponto — concordou Dale.

Simon balançou a cabeça, como se aquela não fosse a sua opinião.

— Bryan também sugeriu que o pai do bebê poderia ser alguém que ela estivesse protegendo. Ele poderia ser casado, ou ser uma personalidade pública. Eu disse que ela pelo menos teria ligado para nos dizer que não poderia explicar com quem estava. E Bryan ponderou que ela pode ter ficado com medo de me dizer alguma coisa, pois eu poderia contar aos pais dela. E eu pergunto: isso é homofobia ou não? Eu acho que ele acredita no velho clichê de que todos os *gays* são fofoqueiros!

— Não acho que ele seja homofóbico — disse Dale, de maneira reconfortante. — Acho que ele teria dito o mesmo a qualquer pessoa, homem ou mulher, solteiro ou casado. Ele ainda está buscando motivos pelos quais Lotte quisesse se manter afastada de nós. Mas, desde que aquele homem invadiu o hospital e tentou matá-la, é óbvio que essa situação é muito mais séria do de um romance com um amante misterioso. Imagino que eles tenham de explorar todas as possibilidades. Ele disse se encontraram alguma nova evidência?

— Eles descobriram que Lotte foi para Londres depois que o cruzeiro terminou, porque ela comprou roupas na rua Oxford com seu cartão de débito — contou-lhe Simon. — Ela também sacou dinheiro naquela semana. Mas não voltou a movimentar a sua conta, nem notificou o banco sobre seu novo endereço. Aparentemente eles ainda estão enviando os extratos para a agência que lhe arrumou o emprego no navio de cruzeiro.

A expressão de Dale ficou séria.

— Bom, isso prova que ela estava sendo mantida prisioneira por alguém, não é? Ninguém consegue viver apenas de ar. E o celular dela?

— Eles verificaram. A última vez que foi usado foi para mandar uma mensagem de texto para você, enquanto vocês ainda estavam no mar — disse Simon.

— Não me lembro exatamente do que teria sido, mas provavelmente era o horário em que ela me encontraria no bar, pois a maioria das mensagens que trocávamos era sobre isso. Você está dizendo que ela não ligou nem mandou mensagens de texto para ninguém depois de chegarmos a Southampton?

— Ninguém — confirmou Simon.

Dale parecia aturdida.

— Mas eu mandei mensagens para cerca de 20 pessoas assim que desembarcamos. O que isso significa, se Lotte nem respondeu?

— Que ela já havia decidido que não voltaria para Brighton — disse Simon, com tristeza. — Ela não mandou mensagens para seus amigos sobre o seu paradeiro porque sabia que não aprovaríamos.

— Ou então a pessoa que estava com ela confiscou seu telefone — disse Dale, melancólica.

Quando chegaram à ala dos pacientes desacompanhados, Dale estava tensa. No começo daquela tarde teve outra discussão com Marisa. Desta vez era sobre sair cedo do trabalho para vir até aqui, e havia também toda a ansiedade da conversa com o Dr. Percival.

Por isso, quando a enfermeira disse que eles só poderiam ficar com Lotte durante dez minutos, já que a polícia queria conversar com ela novamente, Dale ficou irritada. Ela sabia que não conseguiria visitar a sua amiga novamente antes do sábado, e, embora tivesse ficado incomodada menos se Lotte conseguisse se lembrar de algo a seu respeito, o que não havia acontecido, a maior parte da conversa ficou entre ela e Simon.

Embora fosse perfeitamente compreensível que Lotte não fizesse ideia do quanto Dale havia significado para ela, aquilo ainda lhe doía, e Dale sempre teve uma postura muito dominante em qualquer grupo de amigos. Era difícil para ela aceitar que seu caráter não fosse forte o bastante para quebrar as barreiras da amnésia de Lotte.

Não ajudou o fato de que, no caminho de volta para Brighton, Simon só tenha falado sobre Lotte poder voltar para o seu apartamento. Ele falava sobre como ele e Adam pintariam o quarto dela para deixá-lo mais alegre. Que comprariam roupas novas para ela e, talvez iriam até a casa dos pais dela para recuperar alguns objetos pessoais que ela havia deixado lá.

— Vou tentar motivar a família dela para que se envolvam — ele disse, animado. — Muita água passou por baixo dessa ponte, e eles podem estar prontos para se reconciliar com ela.

De volta ao bangalô dos funcionários no Marchwood, Scott, Frankie, Michelle e Rosie se reuniram para ouvir as notícias sobre Lotte. Todos que trabalhavam no hotel estavam muito interessados no caso; eles comentavam as reportagens do jornal e assistiam aos noticiários em busca de qualquer novidade. Mas a equipe do *spa* se sentia mais envolvida ainda, porque ela era amiga de Dale e Scott.

Assim, Dale sentou-se na sala e contou todos os detalhes sobre a entrevista com o Dr. Percival. Ela disse que Simon havia sido muito gentil e atencioso, e que ele finalmente conseguiu permissão para levar Lotte para casa no sábado. Depois, ela falou sobre o desenvolvimento da investigação policial, comentando sobre a conta bancária de Lotte e a compra de roupas na rua Oxford.

Scott ficou entusiasmado.

— É uma questão de tempo até que descubram quem estava em Londres com ela — ele disse. — E será ótimo, para ela, voltar a morar com Simon, porque poderemos visitá-la a qualquer hora.

— Em todos os lugares, as pessoas estão tão perturbadas com a ideia de haver um bebê abandonado que elas ficarão com os olhos e ouvidos abertos — comentou Frankie. — Aposto que, dentro de uma semana, isso tudo estará resolvido. O homem que a agrediu vai estar atrás das grades, o bebê estará recebendo cuidados em um hospital, e o mistério estará completamente resolvido.

Embora o comentário de Frankie fosse sincero, parecia que ele estava transformando a seriedade da situação em algo trivial, e Dale sentiu lágrimas correrem pelo seu rosto. Ela percebeu que, mesmo que o bebê fosse encontrado e estivesse bem, era o produto de um estupro, e Lotte poderia não querer a criança por conta disso. Mas Dale não conseguiu verbalizar aquele pensamento. Quando Scott perguntou por que ela estava chorando, disse a primeira coisa que veio a sua cabeça.

— Tenho medo de que ela nunca se lembre de mim — ela explodiu.

— Você está com ciúmes de Simon! — retrucou Scott, olhando duramente para ela.

— Não estou, não seja ridículo — esbravejou Dale. — Gosto de Simon e estou feliz por ela ter uma pessoa forte e gentil que possa cuidar dela.

— Não duvido, mas você ainda acha que ele está tirando Lotte de você.

Frankie, Rosie e Michelle ouviam o diálogo com atenção. Mas, para Dale, isso não era apenas mais um capítulo de novela. Era algo real.

Ela havia visto Lotte logo depois do estupro em Ushuaia, e sentiu que sua amiga havia passado por horrores demais para uma vida só. Mas isto era muito, muito pior, especialmente porque havia muito mais coisas que precisavam ser descobertas. E se tudo aquilo fosse tão terrível que, quando Lotte se lembrasse, enlouquecesse? Mesmo que conseguisse manter a sua sanidade, nunca mais voltaria a ser jovem e despreocupada.

Dale não sabia se devia rezar para que o bebê estivesse bem, ou para que tivesse sido abortado. Mesmo assim, ela sabia que, quaisquer que fossem as circunstâncias de seu nascimento, Lotte ainda agonizaria pela criança perdida.

— Não estou com ciúmes por Simon tirá-la de mim — soluçou Dale. — Vocês não entendem que eu me sinto inútil porque não consigo fazer nada por ela? Estou temendo muito por Lotte. Como alguém pode passar por tudo o que ela passou sem enlouquecer?

Michelle e Rosie vieram abraçá-la.

— Você já fez muito por ela. Não se esqueça de que foi você que a reconheceu no jornal e foi até os pais dela.

— Você encontrou Simon e Adam também — disse Frankie. — E você arriscou o seu emprego quando saiu para visitá-la no hospital.

Scott se aproximou e colocou os braços ao redor dela, tocando sua testa na dela.

— Desculpe se o meu comentário a ofendeu — ele disse. — Eu acho que estou me sentindo excluído também, fiquei frustrado por não conseguir sair daqui para ir à reunião com o neurologista hoje, também estou me remoendo por ter sido aquele cara, David, que apareceu para visitar Lotte na hora exata, quando devia ter sido eu. E estou tão triste quanto você por Lotte não ter se lembrado de nós ainda, mas será muito mais fácil visitá-la quando ela voltar a morar com Simon e Adam, e não teremos mais a pressão de Marisa nos vigiando a toda hora.

— Estou com tanto medo, Scott — soluçou Dale. — Eu me sinto tão impotente.

— Tome uma bebida conosco e vá para a cama mais cedo — ele sugeriu. — Você precisa se acalmar, ou não conseguirá fazer bem a Lotte.

Dale foi para a cama mais cedo, mas isso não a deixou nem mais nem menos alegre. April, do salão de cabeleireiros, chegou às 21h30, e era óbvio que ela veio atrás de Scott. Ele estimulou a situação, fazendo com que a garota se sentisse bem-vinda, e flertando com ela, e, se Dale sentia-se um pouco excluída por Simon e Lotte, ela sentia-se ainda mais por Scott e April. Ela esperava que Scott não deixasse que April passasse a noite ali. Dale pensou que gritaria se ouvisse sons de pessoas fazendo amor vindo do quarto de Scott.

Ao ouvir os sons de risos e conversas na sala, e sentindo-se muito sozinha, ela se lembrou de que fazia mais de um ano desde que havia tido um namorado. Ela achava que uma nova vida se abriria para ela se viesse trabalhar em Brighton. Mas a verdade era que estava sempre trabalhando, não tinha amigos além dos colegas de trabalho, e parecia nunca haver oportunidades de conhecer novos namorados em potencial. Era bem parecido com a vida no navio de cruzeiro, mas lá, pelo menos, ela visitava lugares diferentes.

Ela também sentia falta dos pais, dos irmãos e da irmã. Sua casa em Chiswick nunca foi muito silenciosa, e sempre havia algo acontecendo. Mas sua mãe, Kim, e seu pai, Clarke, não eram pessoas exatamente convencionais. Seu pai trabalhava em uma gráfica na década de 1980, e quando foi dispensado porque a empresa começou a ficar cada vez mais automatizada, ele e a esposa começaram a fazer algo que gostavam de chamar de "caçar coisas", ou seja, compravam e vendiam coisas antigas. Às vezes, eram antiguidades, mas geralmente eram apenas tranqueiras interessantes. Durante a infância, Dale cresceu vendo o porão da casa grande de sua família cheio de baús de madeira, cabeceiras de cama, cadeiras, mesas e bibelôs. Aquilo se espalhava pelo resto da casa, pois seus pais adoravam objetos malucos. Eles tinham uma balança que falava o peso das pessoas em um dos corredores, uma coleção de pássaros empalhados em caixas de vidro na sala de estar e a cozinha estava cheia de objetos antigos de porcelana, latas de produtos, porcos de porcelana que um dia decoraram um açougue, e um flamingo rosa cintilante com mais de 1,20 m de altura que sua mãe havia convencido um decorador de vitrines a lhe vender.

Dale era uma entre quatro filhos. Kyle, quatro anos mais velho, estava trabalhando no Japão; Carrina, dois anos mais nova, era assistente odontológica em Londres; e George, de 21 anos, estava fazendo as provas finais do curso de direito corporativo na Universidade de Bristol. No Natal, quando se reuniram, a casa ficou cheia de música e risos, e Dale se lembrava de pensar, na época, que era feliz por ter uma excelente família. Ela pensava que aquilo significava que ela finalmente havia crescido, pois havia uma época em que ela se sentiria envergonhada por seus pais se vestirem como dois hippies velhos e transformarem a casa no quintal de *Steptoe*[2].

Ela imaginava se agora seria melhor afastar-se de Lotte, deixar que a polícia descobrisse o que havia acontecido e que Simon e Adam cuidassem dela. Assim, não teria de aguentar Marisa vigiando-a, e teria tempo de encontrar novos amigos que pudessem alegrá-la, em vez de decepcioná-la e enchê-la de ansiedade.

---

2 Referência ao seriado humorístico britânico *Steptoe & Son*, cujo foco era uma família que vivia de recolher sucata pelas ruas de Londres. (N. do T.)

David passou a semana dizendo a si mesmo que não visitaria Lotte novamente, mas, na noite de sexta, não conseguiu evitar. Havia algo nela que fazia com que desejasse estar em sua companhia.

Ele ficou espantado com a melhora na sua aparência, agora que seu cabelo estava com um corte adequado e que o seu rosto não estava mais descamando e ressecado. Ela dizia que ainda se sentia fraca, mas a dor nos braços e pernas estava desaparecendo. Contou-lhe que iria para Brighton pela manhã, e ele sentiu uma pontada de tristeza ao olhar para ela, tão adorável em seu pijama cor-de-rosa. Ele pensou que aquela seria a última vez que a veria.

— Então, esta é a sua última noite em Chichester? — ele indagou, tentando parecer bem mais contente do que realmente estava.

— Sim, estou feliz por sair daqui — ela disse, com um largo sorriso. — Todos foram muito bons comigo aqui, mas me sinto muito entediada por ter de passar o dia inteiro enfurnada neste quarto. Pelo menos no apartamento de Simon eu posso fazer alguma coisa, como cozinhar e limpar.

— Vai haver um policial vigiando o lugar? — perguntou David.

— Acho que não. Falei com Simon ao telefone ontem à noite e ele disse que instalou uma câmera para que eu possa ver quem está na porta. Se aparecer alguém suspeito, posso ligar para o 999. Além disso, ele vai tirar essa primeira semana de folga para ficar comigo e, depois desse tempo, poderá me ver quando não tiver clientes agendadas. O apartamento fica bem perto do salão onde ele trabalha.

David desejou que a polícia pudesse vigiar o apartamento, pelo menos enquanto o homem que a atacou ainda estivesse solto. Mas ele não disse nada, temendo deixá-la nervosa.

— Parece que você vai ficar bem, então. Há alguma chance de eu poder telefonar ou fazer uma visita?

— Claro que sim, eu adoraria — ela disse, com sinceridade. — O que eu mais gosto em você, David, é que eu não preciso tentar me lembrar de nada a seu respeito. Não esqueci de nada do que você fez por mim.

David assentiu. Ele entendeu o que ela queria dizer, embora aquilo reforçasse a ideia de que ele havia entrado muito tarde em sua vida.

— A reportagem sobre o bebê trouxe alguma pista para a polícia?

O rosto dela se fechou imediatamente.

— Algumas ligações, e só — ela contou, entristecida. — Eles estão em contato com a polícia francesa. Pensam que quem quer que tenha me jogado no mar navegou para lá, talvez levando o bebê. O detetive Bryan sempre aparece aqui para fazer perguntas, mas, honestamente, acho que a polícia não sabe para onde ir.

— Você realmente precisa recuperar essa memória. Surgiu algo de novo?

— Nada que seja útil para a polícia — ela deu de ombros. — Quase todo dia há alguma coisa. Um cheiro, um trecho de música que me faz lembrar de alguma cena ou uma pessoa do passado. Ontem eu me lembrei de ir ao cinema com um homem, do qual eu costumava cortar o cabelo. Essa lembrança voltou porque um dos médicos usava a mesma loção pós-barba que ele.

— E esse homem foi importante na sua vida? — perguntou David.

Lotte sorriu.

— Não, ele tinha quase 40 anos. Eu só aceitei o convite porque o filme era *Um lugar chamado Notting Hill*, com Hugh Grant, e eu estava louca para assistir. Acho que ele não gostou da minha escolha e pensou que eu fosse uma boboca.

— Eu gostei de *Notting Hill* — disse David. Ele estava mentindo, havia achado o filme muito piegas, mas ele sentiu que conseguiria suportar qualquer nível de pieguice se Lotte estivesse sentada a seu lado.

— Pensei que você fosse o tipo que gosta de filmes de ação e aventura — ela disse.

David sorriu, porque ela havia reconhecido seus gostos.

— Eu gosto deles também — ele concordou. — Mas é bom variar. Que tipo de comida você prefere?

Lotte ficou pensativa.

— Não tenho certeza. Eu gosto de massas, comida tailandesa e chinesa também. Mas não há muita coisa de que eu realmente não goste, fui criada para comer tudo que era posto na minha frente.

Ao fazer aquele comentário, uma cena apareceu repentinamente em sua cabeça. Ela estava sentada em uma mesa e sentiu-se enjoada com o cheiro e a aparência do prato de comida na sua frente. Eram rins.

Ela olhou para David, confusa.

— Que estranho! Eu acabei de lembrar de uma cena, mas não sei quando ou onde aconteceu.

Ela detalhou a cena para David.

— Comer rins me parece mais com um pesadelo — disse ele, rindo. — Mas há alguém na sala com você? Parece ser uma memória recente?

Lotte fez que sim com a cabeça.

— Sinto que conhecia a sala muito bem, mas não sei a quem ela pertencia, ou onde ficava.

— Consegue pensar nela novamente, mas com mais intensidade? Tente pensar o que você fez com a comida que provocou enjoo em você, ou se a pessoa que a preparou conversou com você.

Lotte se concentrou por algum tempo, com os olhos fechados.

— Não está funcionando — ela disse, finalmente. — É como uma fotografia. Não consigo sair da sala, nem levantar da mesa, e ninguém mais aparece.

— O que você está vestindo? — perguntou David. — Isso pode nos dizer a época do ano. A cozinha é chique e elegante, ou normal?

— Estou usando um vestido azul rodado. Sobre a cozinha, ela é clara, com armários brancos, um balcão longo e estreito de granito preto, e a mesa onde estou sentada fica próxima de uma janela bem pequena — Lotte franziu a testa, e olhou para David. — Como algo pode ser tão familiar e ainda assim eu não sei onde aconteceu?

— Você estava usando um vestido azul quando a encontrei na praia — afirmou David. — A polícia mostrou o vestido para você?

— Não — ela disse, um pouco indignada. — Talvez seja minha culpa, eu deveria ter perguntado a eles.

— Não é sua culpa — disse David, colocando sua mão sobre a de Lotte. — Eles são pagos para investigar tudo, qualquer coisa, e acho que verificar suas roupas deveria ser uma prioridade, especialmente porque aquele vestido era bem antiquado. Você me dá a impressão de sempre ter andado na moda.

— Só depois de Simon e os outros me ensinarem — ela disse com uma risadinha, e contou a ele sobre a renovação pela qual passou quando começou a trabalhar no Kutz.

— Vou ligar para Bryan quando sair — disse David. — Direi a ele que o vestido é importante. Se for o mesmo que você estava usando no mar, a cozinha pode ser parte da casa onde estava antes de aparecer na praia, então é muito importante. Acho que deveria tentar desenhar a cozinha e o vestido.

— Não sei desenhar.

— Eu também não, mas não faz diferença. Simplesmente ter um lápis nas mãos, pensando no que havia lá, pode trazer mais coisas. Vou pedir uma folha de papel para uma das enfermeiras.

Enquanto ele estava fora, Lotte procurou se concentrar bastante. O cheiro dos rins pareceu ficar mais forte, quase fazendo com que ela engasgasse, mas parecia que não havia nada mais a lembrar.

Quando David voltou, ela fez um desenho grosseiro da disposição do cômodo. Depois, desenhou cada uma das quatro paredes e o que ela lembrava haver em cada uma.

— As janelas eram realmente tão pequenas? — perguntou David. Para ele, elas não pareciam maiores do que seteiras[3] na parede de um castelo. — Devia ser muito escuro lá dentro.

3 Pequenas frestas em castelos medievais onde os arqueiros ficavam posicionados para que pudessem alvejar exércitos inimigos. As seteiras tinham poucos centímetros de largura para que os arqueiros pudessem visualizar o campo de batalha, e ao mesmo tempo, ficarem protegidos pelas paredes do castelo. (N. do T.)

Lotte olhou para ele, franziu as sobrancelhas e depois sorriu.

— Não, não era escuro, mas você acabou de me lembrar de que havia uma daquelas janelas Velux[4] no teto. As outras janelas eram um pouco mais do que frestas, mesmo.

— É curioso — disse David, olhando para o desenho novamente. Ele apontou para um pequeno círculo. — Isso é uma outra janela?

— Não, era um daqueles relógios navais.

— E estes? — Ele apontou para um grupo de caixas ou quadros.

— Ah, eram umas coisas do tipo... exemplos de nós ou outras coisas que existem em navios.

— Como os que as pessoas têm quando vivem à beira-mar?

Lotte se esforçou.

— Sim, acho que sim.

— Você se lembra de sentir o cheiro do mar? De ouvir ondas ou alguma coisa do tipo?

Lotte tinha uma expressão sombria.

— Não, só consigo me lembrar do cheiro daqueles rins, e isso está fazendo meu estômago embrulhar.

— O relógio é importante? — perguntou ele. — Você se lembra de prestar atenção nele? Ele mostrava a hora certa? Há algum motivo para você se lembrar dele?

Lotte balançou a cabeça.

— Não faço ideia. Eu simplesmente me lembro de que ele estava lá, isso é tudo.

David suspirou.

— Diria que há uma grande chance de que você estava em algum lugar próximo do mar e com pessoas que trabalham com barcos. Não apenas pelas coisas de que você se lembra, mas porque não consigo imaginar que alguém estivesse planejando transportar alguém, vivo ou morto, em um barco, sem que possuísse um.

— Isso não deixa as coisas mais específicas, quando moramos em uma ilha com um litoral de centenas de quilômetros de extensão — disse Lotte.

---

4 Janela basculante, como uma claraboia. (N. do T.)

— Bem, duvido que alguém teria navegado centenas de quilômetros para jogar alguém do seu barco — comentou David, pensativo. — Se fosse eu, teria ido direto para alto-mar e faria aquilo imediatamente.

— Não sabemos se fui jogada. Minhas mãos e pés não estavam amarrados. Posso simplesmente ter pulado pela amurada — lembrou Lotte.

— Bem, se você fosse fazer isso, teria feito assim que pudesse, ou seja, logo depois que o barco partisse. Você não esperaria até que estivesse em alto-mar.

— Duvido que conseguiria nadar mais do que dez quilômetros — disse Lotte. — Certo, talvez a corrente tenha me trazido de volta. Então, precisamos pensar em portos próximos a Selsey.

— A baía de Chichester é um lugar óbvio — disse David. — Infelizmente, é uma área vasta com milhares de barcos, mas, talvez, se você olhar algum mapa, possa haver um nome que traga alguma lembrança.

Ele olhou intensamente para ela.

— East e West Wittering, Bosham, Birdham, Itchenor. Algum desses lugares parece familiar?

— Todos parecem ser um pouco familiares — ela afirmou, fazendo um gesto de aflição com as mãos. — Assim como Nova York, Sydney e Bali, e, até onde eu sei, nunca estive em nenhum desses lugares.

— Mas estes nomes são de uso comum. As vilas ao redor da baía de Chichester são conhecidas somente pelas pessoas que vivem na região.

Lotte deu um pequeno sorriso.

— Tenho certeza de que vou me lembrar de tudo quando estiver no apartamento de Simon, me sentindo segura e relaxada. Mal posso esperar. Tenho uma consulta com o Dr. Percival amanhã antes de sair. Não gosto muito dele, então não vou me arrepender por não ter de vê-lo novamente. Mas eu espero voltar a ver você!

David sorriu e segurou a mão pequena de Lotte entre suas duas mãos grandes.

— Estarei lá enquanto você me aguentar.

David não foi direto para casa após se despedir de Lotte. Em vez disso, ele foi à delegacia de polícia e exigiu falar com o detetive Bryan, determinado a obrigá-lo a fazer tudo o que fosse possível em suas investigações. Para a sua surpresa, o detetive apareceu depois de alguns minutos e pediu que o acompanhasse até uma sala de interrogatório.

David decidiu não pressioná-lo muito sobre sua sensação de que a polícia não estava fazendo o bastante, pelo menos por hora. Em vez disso, ele contou a Bryan o que Lotte havia se lembrado e mostrou-lhe o desenho que ela havia feito.

— Algo me diz que este é o lugar onde ela estava presa — ele disse, e fez um relato sobre o que Lotte havia lhe dito. — Estava pensando sobre ela ter recebido um prato de rins para comer, e pensei que é bem estranho que pessoas inglesas comam isso nos dias de hoje. Mas é um prato alemão comum. Acho que a casa fica próxima ao mar, e quando disse os nomes das vilas ao redor da baía de Chichester, ela disse que pensava que todos pareciam familiares. Você não acha que é um bom lugar para começar a procurar?

— Há alguma outra coisa que você gostaria de nos ensinar em nosso próprio trabalho? — disse Bryan, com um forte sarcasmo.

— Sim, examine o vestido que ela estava usando quando a encontrei — sugeriu David. — Era um vestido antiquado, e, pelo que percebi, não era o estilo dela. Você não o mostrou a Dale nem a Simon, não é?

— Não, mas verificamos a etiqueta da peça. Foi feito por uma empresa americana.

— Faz sentido — disse David, pensativo. — Parece um vestido que alguém que mora no campo usaria.

— Talvez, mas foi comprado em Londres — verificamos as roupas que ela comprou lá alguns dias depois de sair do cruzeiro. Ela comprou várias peças em uma mesma loja. Infelizmente, todos os funcionários que trabalhavam lá na época da compra já não estão mais; é uma das lojas que contrata e demite pessoas com bastante frequência. Assim, não havia ninguém que se lembrasse da ocasião em que Lotte comprou o vestido, ou se estava acompanhada.

— Você verificou os americanos que estavam no navio onde ela trabalhou?

— Sim, é claro. Foi uma das nossas primeiras linhas de investigação. Eles pegaram um avião em Heathrow[5] na mesma noite em que o navio atracou em Southampton e não voltaram à Inglaterra.

— Oh — disse David, decepcionado.

— Investigamos todas as pessoas no cruzeiro, incluindo a tripulação — continuou Bryan —, com atenção especial nas pessoas que morassem ou tivessem propriedades no litoral sul, e aqueles que possuíam barcos. Fizemos também longos inquéritos em ancoradouros, marinas e clubes de velejadores em torno da baía de Chichester. Verificamos cada nascimento que ocorreu naquele período, tanto em hospitais quanto em casas, e isso não resultou em nada, pois todos os bebês que investigamos estão com os registros em ordem. Fizemos longos contatos com a polícia francesa também. Agora, se houver alguma coisa que você pense que possamos não ter feito ou tentado, por favor, nos informe. Pode acreditar em mim, cada oficial de polícia no sul da Inglaterra quer encontrar aquele bebê.

— Não quis dizer que vocês não estão fazendo o seu trabalho — disse David. — Acho que os medos de Lotte em relação ao bebê estão me afetando. Temo que a pessoa que tentou matá-la não vai desistir. Só espero que os amigos de Lotte em Brighton tenham realmente transformado o apartamento em um local seguro.

— Pode ficar tranquilo em relação a isso — confirmou Bryan. — Dois oficiais da divisão de Brighton estiveram lá nesta manhã para verificar a instalação do circuito fechado de TV e checar as trancas nas portas e janelas.

— Parece que é uma maneira educada de me dizer que não devo meter o nariz onde não sou chamado — respondeu David, com um sorriso forçado.

5 Nome do principal aeroporto da Inglaterra. (N. do T.)

— Não exatamente — afirmou Bryan, sorrindo também. — Estou enxergando a situação pelo seu ponto de vista. Lotte é uma garota muito bonita, o caso é intrigante, e, como você a encontrou, é compreensível que queira se envolver. Mas a melhor maneira de ajudar é conversar com ela e tentar ativar suas lembranças. É assim que resolveremos o caso, e, espero, descobriremos onde está o bebê. Só espero que não seja tarde demais.

◆ ❖ ◆

Capítulo sete

Simon olhou para o rosto pálido e imóvel de Lotte, e estendeu o braço por trás do assento de Adam para segurar na mão dela. Ela não havia dito uma palavra desde que saiu do hospital.

— Demos uma ajeitada no seu quarto — disse Adam, no assento do motorista. — Achamos que a parede branca era meio desagradável, então compramos um papel de parede. Posso dizer que fiz um ótimo trabalho, colando-o.

— Mas fui eu que escolhi e comprei as cortinas — afirmou Simon.

— Não precisam conversar assim comigo, como se estivessem pisando em ovos — disse Lotte, com a voz lenta e enfadonha. — Estou bem, só um pouco quieta porque me deram uns comprimidos.

— Pode ficar em silêncio pelo tempo que quiser — disse Adam, por cima do ombro. — Estamos felizes por você voltar para casa conosco. Estava imaginando se você gostaria que eu fosse até a casa dos seus pais para pegar as coisas que você deixou lá antes de partir no cruzeiro. Você vai precisar de algumas roupas e sapatos, e acho que deixou algumas coisas pessoais por lá também.

Lotte sentiu a rigidez do seu *jeans* novo. Simon e Adam o haviam trazido naquela manhã, junto com uma camiseta azul-clara de mangas compridas, um sutiã, e um par de sandálias para ela usar quando fosse para casa. Eles disseram que as garotas do Kutz haviam feito uma vaquinha para comprá-las. Ela não havia se dado conta de que não tinha nada para vestir além de pijamas. Imaginou onde poderiam estar todas as roupas e os objetos que tinha enquanto trabalhava no navio de cruzeiro.

— Não me lembro de ter levado nada para a casa deles — ela disse. — Por que fiz isso? Não poderia ter deixado as coisas com vocês?

— Você nunca nos disse nada a respeito — respondeu Simon. — Certamente não dissemos que você não poderia deixar suas coisas com a gente, mas, em virtude do que sabemos sobre você e seus pais agora, achamos que usou suas coisas como uma forma de testar a reação deles.

Lotte suspirou.

— Então eles já devem ter jogado tudo fora.

— Não jogaram — disse Simon. — Liguei para eles ontem à noite para dizer que você sairia do hospital hoje. Seu pai me disse que havia uma mala que pertencia a você na casa deles, e perguntou se você estava precisando dela.

— Ele disse isso? — Lotte ficou surpresa. — Daqui a pouco você vai me dizer que eles querem me visitar!

— Eu diria que o seu pai quer — afirmou Simon.

— A minha mãe não vai permitir — disse Lotte, bruscamente. — E, de qualquer forma, não quero realmente vê-los.

Houve um silêncio desconfortável por um momento, finalizado quando Simon perguntou o que ela gostaria de comer em sua primeira refeição.

— Que tal um frango assado? — ele sugeriu.

— Ummm — disse Lotte. — Com aquelas batatas assadas fantásticas que você costumava fazer!

— Vagens frescas, minicenouras e o meu molho especial para carnes. Será um banquete nesta primeira noite — disse Simon, com alegria na voz.

Lotte se recostou no banco e fechou os olhos. Era verdade que os comprimidos que haviam receitado deixavam-na indisposta para conversar. Mas, mesmo sem eles, seria difícil conversar, pois sua mente estava fixa no bebê que havia tido, mas que não conseguia se lembrar.

Capítulo sete

Desde pequena, ela gostava de bebês; era o tipo de criança que sempre perguntava se podia levar os bebês das vizinhas para passear. Na adolescência, corria para ver qualquer bebê que estivesse chorando; costumava imaginar que, quando se casasse, teria pelo menos quatro filhos.

Embora nunca tivesse presenciado um parto, ouvia as mulheres que haviam tido filhos dizerem que era uma experiência inesquecível. Mas o parto em si não era tudo, havia também os nove meses entre a concepção e o nascimento, a barriga crescendo a cada dia, e o bebê se mexendo dentro do corpo da mãe. Então, como algo tão importante podia ter sido apagado da sua mente?

O Dr. Percival havia dito que a amnésia podia funcionar como uma válvula de segurança natural, bloqueando as memórias de eventos terríveis ou traumáticos, até que o paciente estivesse forte o bastante para lidar com aquilo. Isso sugeria que o nascimento do bebê e, consequentemente, a concepção e a gravidez foram um longo pesadelo para ela, algo que não gostaria de recordar.

O detetive Bryan parecia acreditar que ela foi mantida como prisioneira por um grupo de pessoas, mas, sem qualquer evidência disso, Lotte estava mais inclinada a pensar que era apenas um homem. Poderia ser alguém que ela tivesse conhecido e por quem tivesse se apaixonado no navio? Talvez ela não tenha contado a ninguém por medo de que não aprovassem a sua escolha.

Talvez eles fossem felizes e vivessem isolados no início, mas ele poderia ser do tipo ciumento, desequilibrado, e quando ela expressou a necessidade de reencontrar velhos amigos, ele temeu que ela pudesse abandoná-lo e a aprisionou.

Mas seu sequestrador poderia ter sido um psicopata qualquer, talvez um motorista de táxi nas docas de Southampton, que, no calor do momento, decidiu que ela era a garota que ele desejava e a levou para algum lugar secreto.

Ela soube pela polícia que nenhum hospital em todo o Reino Unido havia recebido uma mulher em trabalho de parto que se encaixava na sua descrição. Assim, se o bebê tivesse sido concebido com amor ou à força, não seria estranho imaginar como teria sido passar pelo seu primeiro parto sem assistência médica. Talvez o bebê tivesse morrido; talvez essa fosse a razão de o pai sentir que teria de matá-la também, para encobrir o fato de que ela não recebeu apoio médico. Ela desejava apenas saber a verdade, por pior que fosse. Nada poderia ser pior do que imaginar um bebê morrendo por causa da fome e falta de cuidados; e aquelas eram as imagens que insistiam em invadir sua mente.

— Espero que Dale e Scott possam vir ao apartamento hoje à noite para ver você — disse Adam, por cima do ombro, interrompendo os pensamentos de Lotte. — Nós gostamos muito deles. Afinal, você se lembrou de alguma coisa sobre eles e o cruzeiro?

— Não, nada —, respondeu Lotte. — Conversei com eles, ri com eles, mas ainda não consigo me lembrar deles. Às vezes, parece que alguém abriu o meu cérebro e arrancou um pedaço.

— E o que você acha de David Mitchell? — perguntou Adam, com um tom de riso na voz. — Além de resgatá-la por duas vezes, uma das enfermeiras nos disse que ele estava encantado com você. Você ficará contente se ele aparecer para visitá-la?

— Sim, eu gosto dele — ela admitiu. — Ele disse que procuraria o detetive Bryan para perguntar sobre o vestido que eu estava usando quando ele me encontrou. Ele pensa que pode ser uma boa pista, porque era um vestido antiquado, não algo que você encontra em uma rua cheia de lojas modernas.

— Gostaria de ter visto o vestido — disse Simon. — Eu saberia dizer à polícia, imediatamente, se era algo que você vestiria ou não. Bryan lhe contou que eu pensava que você poderia ter sido capturada por alguma daquelas seitas religiosas esquisitas?

— Sua amiga Dale me falou sobre os americanos esquisitos que...

Simon ficou em silêncio repentinamente, antes que desse com a língua nos dentes que ela havia sido estuprada enquanto trabalhava no cruzeiro. Aquilo era algo que todos haviam concordado em não mencionar até que ela se lembrasse por si mesma.

— Que fizeram o quê? — perguntou Lotte.

— Oh, que se afeiçoaram muito a você. Mas eles eram religiosos.

— Eu não era uma pessoa religiosa, ou era? — perguntou Lotte. — Nem me lembro de frequentar a o catecismo.

— Bem, você não era quando nos deixou para trabalhar no cruzeiro — disse Adam, tirando os olhos da rua para sorrir para ela. — Você queria ganhar muita grana, encontrar um milionário para se casar e curtir a vida; tudo isso é bem mundano!

— Meu dinheiro! — exclamou Lotte. — Devia ter perguntado à polícia sobre isso.

— Eles verificaram isso. Não lhe contaram? Você fez algumas compras na rua Oxford e sacou dinheiro em um caixa eletrônico durante a semana após sair do navio, mas sua conta não foi movimentada desde então — disse Simon. — Acho que me lembro de você dizer que o seu salário seria depositado no banco aqui enquanto estava fora, e você esperava ganhar o bastante com as gorjetas para nunca precisar mexer na conta.

— Eu fiz isso? — ela perguntou.

— A polícia não nos contou sobre esses assuntos particulares — comentou Adam. — Mas você pode telefonar para o banco e mudar o endereço para o nosso novamente, e eles enviarão um extrato.

Lotte começou a se sentir muito melhor quando entraram em Brighton e viu lugares que eram familiares novamente. Era um dia estranhamente quente para aquela época do ano, e as ruas estavam cheias de pessoas aproveitando o calor ao máximo. Simon começou a apontar o que ele chamava de "crimes contra a humanidade", que incluíam homens sem camisa com imensas barrigas de cerveja, mulheres gordas com *tops* tomara que caia e *shorts*, e homens usando chinelos e meias pretas. Lotte ria, de um jeito que não conseguia imaginar que fosse possível quando estava no hospital. Era como se ela estivesse se transformando em uma pessoa diferente.

Quando Adam entrou com o carro pela estreita Alameda Meeting House, Lotte ficou animada. Ela sempre gostou do fato de que o apartamento ficava escondido, embora, na realidade, ficasse bem no centro da região de North Lanes, com suas numerosas lojas e restaurantes. Quando ela trabalhava com Simon no Kutz, era ótimo poder chegar lá em dois minutos e dar um pulo em casa na hora do almoço. Ela nunca compreendeu por que o proprietário do apartamento, que tinha uma loja de antiguidades no andar térreo, não morava ali, mas ela supunha que ele devia ter uma mansão em algum outro lugar.

— Quem é o jardineiro? — perguntou Lotte, quando olhou para a escada de metal em espiral e viu vasos e floreiras por toda a sacada, em sua maioria repletos de flores e folhagens. A sacada estava completamente vazia quando ela havia morado lá. — Está fabuloso!

— Sou eu — disse Simon, um pouco acanhado, quando saiu do carro e deu a volta para abrir a porta para ela. — Plantei algumas coisas no começo do ano passado, apenas para conseguir um pouco de privacidade quando tomávamos sol na sacada. Mas acabou ficando viciante, não parava de ir à loja de jardinagem buscar mais coisas, e hoje até leio livros sobre jardinagem. Eu adoro cuidar das plantas à noite, adoro aguá-las e tratar delas. Mais uma semana e vou poder colocar todas as floreiras de plantas para o verão.

— Ele deixou o lugar lindo — disse Adam, trancando o carro e subindo pelas escadas até a porta da frente. — Estou realmente ansioso para poder sentar aqui fora com uma cerveja nas noites quentes, em nosso pequeno paraíso.

Em pouco mais de uma hora, Lotte sentia que realmente estava no paraíso. Ela havia vivido uma vida muito feliz no antigo quarto de hóspedes com paredes brancas, com um aspecto quase monástico. Ele, agora, havia sido transformado com um belo papel de parede Laura Ashley, nas cores verde e branco, e havia também persianas de renda branca e cortinas de seda verde. Mas não era apenas o lindo quarto, e sim a segurança de estar de volta com os dois amigos em quem ela sabia que sempre poderia confiar.

Muitas memórias começaram a voltar a sua mente quando entrou na sala e viu os grandes sofás azuis, os pôsteres e quadros em cores vivas, em sua maioria produzidos pelos seus amigos artistas, e o imenso tapete felpudo branco no chão. Não era tão minimalista quanto ela se recordava. As estantes, que guardavam apenas um busto, uma escultura ou algum outro ornamento, agora estavam apinhadas com livros, CDs e milhares de bugigangas, enfeites e outras miudezas.

Tudo aquilo era, porém, uma lembrança do imenso círculo de amigos que os rapazes tinham, e das noites de farra, quando todos se reuniam ali. Lotte se lembrava de várias noites selvagens, quando ela estava bêbada demais para ir do sofá até sua própria cama, ou quando a polícia aparecia e pedia para diminuírem o volume da música. Ela quase conseguia ouvir *Fallin'*, o álbum de Alicia Keyes, tocando; Simon o adorava e ouviu-o constantemente durante várias semanas.

No início da noite, Lotte teve um importante avanço na recuperação da sua memória. Durante a tarde, sentiu que coisas do passado com pouca importância apareciam na sua cabeça — peças de roupa que ela usava, discos, filmes —, e Simon disse que todas aquelas memórias pertenciam ao ano de 2000.

Os três ainda estavam sentados na mesa da cozinha, comendo queijo com biscoitos após a refeição, quando Adam mencionou o ataque às Torres Gêmeas em 2001. Lotte não sabia do que ele estava falando, mas, sentia, pelo seu tom de voz, que estava falando de um evento importante que abalou o mundo, então pediu-lhe que explicasse. Simon disse que havia gravado uma parte daquilo em uma fita de vídeo, e que talvez ela pudesse se lembrar do evento se assistisse às imagens.

Foi a histeria na voz do apresentador do noticiário da TV ao descrever a cena da primeira torre sendo atingida por um avião, e depois a outra, que abriu a porta trancada na sua mente. Ela conseguia ouvir outras vozes históricas ao seu redor, um burburinho de ruídos, confusão e desespero conforme a verdade sobre o que estava acontecendo em Nova York surgiu.

Porém, mais importante do que isso, Lotte percebeu onde estava naquele momento crucial. Em um salão de cabeleireiro, em um navio!

Ela se lembrou de uma mulher americana entrando afoita no salão e gritando que não podia entender por que o navio ainda estava se dirigindo para o sul, para longe de Miami, onde estiveram ancorados no dia anterior.

Aquele dia havia sido chocante e traumático, mas Lotte estava exultante por ter conseguido revivê-lo, pois era prova de que outras memórias que estavam bloqueadas também poderiam ser acessadas.

Os detalhes sobre aquele período estavam todos novamente lá em sua cabeça — ela podia ver, cheirar, sentir o gosto. As memórias podiam não ser as mais felizes, mas ficou satisfeita em recuperá-las.

Quando Dale falou sobre o salão de cabeleireiros no navio, Lotte havia imaginado que o lugar era escuro e apertado, mas não era; era bem iluminado, com uma atmosfera leve e arejada. Havia até mesmo uma porta que levava para uma sacada, e o mar visto dali era de um tom azul-turquesa, e tranquilo como o lago de uma represa.

Havia cinco ou seis cabeleireiras trabalhando ali naquela manhã, incluindo ela. Souberam do desastre cerca de meia hora antes de a mulher americana entrar esbaforida no salão, e, embora todas estivessem comentando o fato com suas clientes, e algumas mulheres tivessem cancelado os agendamentos para aquele dia, tudo ainda estava bastante calmo, talvez porque elas ainda não tivessem realmente assimilado o quanto as coisas estavam ruins.

— O capitão deveria virar o navio e voltar para Nova York — gritou a mulher americana, com os olhos arregalados e fora de si com a histeria. — E vocês deveriam ter vergonha de si mesmas, por continuar trabalhando como se nada tivesse acontecido.

— Seria uma atitude irresponsável se o capitão chegasse a considerar a possibilidade de aumentar a confusão em Nova York navegando para lá — disse rudemente Alice, a gerente do salão, agarrando os braços agitados da mulher e tentando fazer com que ela se sentasse em uma cadeira. — Agora, se acha que precisa ir até lá, tenho certeza de que podemos arranjar para que desembarque no próximo porto. Mas, a menos que tenha parentes próximos com quem precise estar, sugiro que fique longe.

Capítulo sete

Lotte lembrava-se de ficar tão impressionada com a compostura de Alice quanto ficou amedrontada com o comportamento ensandecido da mulher americana. Daquele momento em diante, entretanto, ninguém mais tentava se comportar de maneira normal, com os clientes cancelando os agendamentos e outros passageiros e funcionários entrando no salão para discutir os eventos, conforme a escala do desastre se desenrolava em sua totalidade.

Da mesma maneira que deve ter acontecido em lojas e escritórios em todo o mundo, as cabeleireiras e esteticistas se reuniram em volta de uma televisão no salão e observaram os momentos dramáticos. Lotte tinha certeza de que tinha visto imagens gravadas dos momentos dos impactos dos aviões nas torres pelo menos cem vezes naquele dia.

E ela finalmente se lembrou de Dale.

Ela estava indo de um lado para o outro entre os salões de beleza e os de cabeleireiros — parecia que algumas das suas clientes não haviam desmarcado os agendamentos. Lotte se lembrava de como ela havia retorcido seu cabelo no topo da cabeça e amarrado o penteado com uma rosa branca artificial. Com o seu bronzeado escuro, ela tinha uma aparência muito exótica.

Provavelmente eram cerca de 15 horas quando Dale entrou no salão de cabeleireiros e desabou em uma cadeira, longe do resto das garotas que se acotovelavam em volta da televisão.

— É mórbido ficar assistindo isso sem parar — ela disse com uma voz alta e desdenhosa. — Não vai ajudar a melhorar as coisas, e vocês podem apostar que os americanos vão ficar falando disso durante vários séculos, de qualquer maneira.

— Você não se importa? — indagou Amy, uma garota sul-africana.

— Você acha que ficar se lamentando em frente à TV mostra que você se importa? — respondeu Dale, com um pouco de sarcasmo. — Detesto essa loucura que acontece sempre que há alguma tragédia, é como se as pessoas se excitassem com essa coisa toda. A qualquer momento vai surgir um apelo por dinheiro. Por que eles precisam fazer isso? Ninguém ficou sem casa, ninguém está com frio ou faminto. A maioria dessas pessoas tem um seguro de vida com beneficiários, e o dinheiro não vai fazer o sofrimento delas diminuir.

— As esposas dos bombeiros que morreram deveriam ganhar alguma coisa — alguém argumentou, com ardor.

— Por quê? — perguntou Dale. — Elas recebem pensão quando ficam viúvas, como qualquer outra mulher que perde o marido. Não passamos a sacolinha de doações quando uma mulher inviúva porque o marido morreu de ataque cardíaco ou foi atropelado quando ia para o trabalho. Certo, os bombeiros foram corajosos, mas esse é o trabalho deles, como soldados, policiais e qualquer outra profissão de risco.

Lotte deu um meio sorriso ao lembrar de como a sua amiga estava irritada naquele dia. Entretanto, talvez esta fosse a razão pela qual não havia se lembrado de Dale imediatamente no hospital, pois ela havia agido de forma bem diferente lá — emotiva, gentil e plácida, certamente não de maneira teimosa ou sem papas na língua.

No cruzeiro, Dale havia passado uma imagem de ser dura feito aço, crítica, teimosa e até mesmo um pouco intimidadora, mesmo que tudo isso fosse temperado por ser uma mulher bonita, divertida e charmosa quando decidia ser. Porém, ela realmente foi sincera a respeito de suas ideias naquele dia, e, embora dificilmente fosse o momento apropriado para falar de forma tão enfática, suas palavras faziam sentido. Dale certamente mantinha o seu lado sensível bem escondido, mas Lotte já sabia que ela daria seu último centavo a alguém que realmente precisasse.

E finalmente se lembrou de Scott, também. A primeira lembrança foi vê-lo entrando no salão usando apenas um calção branco e uma camiseta regata, sua pele bronzeada em um tom dourado com o resplendor da boa forma. Ele perguntou se havia alguém que poderia cortar o seu cabelo imediatamente. Deve ter sido no primeiro ou no segundo dia, bem no início do cruzeiro, porque se lembrava dos murmúrios entre as outras garotas quando o viram. Todas estavam sussurrando, perguntando-se quem era ele.

Lotte se ofereceu para cortar o seu cabelo e ele deu um daqueles sorrisos de parar o coração.

— Certo, Barbie —, ele disse. — Faça com que eu me pareça menos com o leão Lenny e mais com o campeão da boa forma.

— E então? — disse Simon, desligando o vídeo. — Funcionou?

Lotte assentiu. Ela ainda estava um pouco atordoada por recuperar tantas memórias de uma só vez e precisava de tempo para organizar suas ideias.

— Eu me lembro de Dale agora, e que éramos ótimas amigas. Mas aquele dia foi louco, as pessoas estavam chorando e não paravam de falar sobre aquilo. Sei que foi uma atrocidade terrível, mas não consegui realmente entender a profundidade do choque e da dor. Aquilo tudo me lembrou do dia em que Lady Di morreu.

— Foi bem parecido por aqui — disse Adam. — Em cada *pub*, cafeteria e nas lojas, também, as pessoas estavam coladas na TV.

— Eu também me lembrei de quando conheci Scott.

Contou-lhes um pouco sobre a ocasião e ambos riram, porque entendiam o impacto que ele teria causado em um grupo de garotas. Simon disse que causaria o mesmo efeito em alguns de seus amigos.

— E então, a sua memória vai além de 11 de setembro? — perguntou Simon, algum tempo depois. — Você se lembra do Natal daquele ano?

— Não tente apressá-la — Adam reprovou seu amigo. — Deixe-a pensar sobre o que já lembrou.

Dale e Scott chegaram por volta das 20 horas e ficaram muito felizes ao descobrir em que Lotte havia se lembrado deles. As memórias transbordavam — um mergulho em Montevidéu, quando estavam bêbados; a vez em que Scott entrou em uma competição de dança, na Jamaica, e ficou espantado ao ser derrotado por uma mulher de 100 quilos. Dale se lembrou de uma ocasião em que os três haviam saído para uma danceteria na Cidade do Cabo, e, quando Dale não conseguiu encontrar Lotte, imaginou que a amiga tivesse voltado para o navio. Faltando pouco mais de dez minutos para o navio zarpar e sem nenhum sinal de Lotte, Scott decidiu voltar correndo para a danceteria para verificar. Lotte havia adormecido no vestiário e, se Scott não a tivesse encontrado, teria sido deixada para trás na África.

As histórias continuavam a voltar, uma após a outra, até que Lotte sentiu o corpo doer de tanto rir. Simon os interrompeu e disse que era hora de Dale e Scott irem embora, pois Lotte não deveria exagerar, e estava na hora de ela voltar para cama. Dale se arrepiou com a atitude de Simon, e lembrou a Lotte de como ela nunca gostou que dissessem o que fazer.

— Haverá outras oportunidades — Lotte assegurou sua amiga. — Talvez quando você tiver um dia de folga nós possamos passá-lo juntas e conversar sobre o que fizemos.

— Dale é muito cheia de si — disse Simon, após ela sair com Scott. — Gosto dela, mas ela é uma daquelas pessoas que acham que o mundo gira ao seu redor.

— Ela pode parecer assim, mas há muito mais coisas por trás dessa imagem — disse Lotte em sua defesa. Ela havia percebido que Dale parecia ressentir o fato de que Simon e Adam eram amigos de Lotte há mais tempo do que ela. Sempre que algum deles relembrava de algum evento do passado, Dale tentava superar aquilo com uma história que havia acontecido durante o cruzeiro. — Acho que ela se sente um pouco excluída. Quero dizer, foi ela que me reconheceu no jornal e entrou em contato com a polícia e com os meus pais. Ela gostaria de poder ter a oportunidade de cuidar de mim.

— Apenas para se sentir mais importante — afirmou Simon, maliciosamente.

— Não, ela se importa comigo — disse Lotte, firmemente. — Não seja cruel com ela, ou vou brigar com você.

— E o que me diz de Scott? — Simon mudou o assunto. — Ele é um cara bonito. Aconteceu alguma coisa entre vocês?

Lotte sorriu.

— Gostaria que tivesse acontecido — ela disse. — Tanto Dale quanto eu gostávamos dele, mas todas as garotas também o queriam, então nos contentamos em ser suas amigas, e ele acabou se tornando um grande amigo.

— Diria que ele gosta de você de um jeito que vai além de uma simples amizade — disse Simon. — Eu até apostaria algum dinheiro nisso.

Lotte simplesmente riu. Ela não acreditava naquilo. Simon sempre dizia que todos os homens gostavam dela.

No domingo, David veio de Chichester para visitá-la, e Simon e Adam o convidaram para ficar para o almoço. Ele estava elegante, com uma camisa social azul-clara que combinava com seus olhos e ornava perfeitamente com a sua calça cáqui.

— Quanto tempo você vai ter de ficar trancada aqui? — ele perguntou, enquanto Lotte arrumava a mesa na sala.

Ela havia se perguntado a mesma coisa naquela manhã, ao ver o sol brilhando novamente e as pessoas andando pela alameda rumo à calçada da praia. Sabia que Simon nem mesmo cogitava que seria seguro, para ela, se sentar na sacada, e, embora não se importasse tanto com aquilo, se sentia um pouco arrependida por não poder estar lá fora com David, pois sua questão sugeria que ele preferiria estar ao ar livre.

— Não sei. Até que a polícia descubra quem foi o responsável, eu acho —, ela disse com um suspiro. — Mas não espero que alguém fique comigo em casa o tempo todo.

— Seria um prazer ficar em casa com você —, respondeu David, com um sorriso largo. — Mas seria ainda melhor levá-la para jantar, ou caminhar pela calçada da praia.

Lotte se aproximou dele e o beijou no rosto.

— Que galante — ela afirmou, provocante.

Ele a segurou pelos braços e a deteve por um momento.

— Eu não consigo pensar em nada além de você desde que a encontrei na praia — disse, olhando fundo nos olhos dela. — No início dizia a mim mesmo que era o mistério que a cercava, mas agora sei que não é apenas isso.

— David, eu posso ter feito coisas horríveis, de todos os tipos — ela comentou. Ela sentia que tinha de alertá-lo, mesmo que realmente gostasse dele. — Já sabemos que tive um bebê, posso ser casada, posso até mesmo ter cometido algum crime. Não quero que você se envolva até que possamos saber tudo o que aconteceu comigo.

— Não acredito que você tenha feito algo de ruim, nunca —, ele disse, levantando uma mão para acariciar a face dela. — Mas, mesmo que você tenha feito, quero estar por perto para apoiá-la quando tudo isso vier à tona.

Foi Lotte que se aproximou para beijá-lo. Ela não conseguiu se conter. A boca dele parecia tão suave e atraente, e sua mão em seu rosto estava fazendo seu coração disparar. Foi o beijo doce, gentil e demorado, que sugeriu que as asas da paixão estavam se abrindo.

— Ummm — ele disse quando ela se afastou. — Foi delicioso. Alguma chance de repetirmos?

Simon entrou na sala naquele momento e olhou para eles com severidade, como se pressentisse que algo estava acontecendo.

— O almoço vai ficar pronto logo. Quer uma cerveja, David?

David seguiu Simon até a cozinha, e Lotte terminou de arrumar a mesa. Quando voltou para a cozinha para pegar algumas escumadeiras, ouviu Simon falando sobre ela.

— Ela precisa descansar após o almoço. O médico disse que é importante que recupere as forças, juntamente com a memória. Você é bem-vindo para ficar enquanto ela tira uma soneca, mas duvido que vá para o quarto se deitar enquanto você estiver por aqui.

Lotte sabia que Simon tinha razão. Ela se cansava facilmente, mas não gostava de ouvi-lo dizer a David que devia ir embora. Era muito perturbador ter tantos espaços vazios em sua memória, e ela se sentia bem ao estar com David, que sabia não fazer parte do seu passado.

Mas ela não teve coragem para desafiar a autoridade de Simon, e não disse nada.

No decorrer do almoço, Lotte percebeu que estava gostando cada vez mais de David. Ele era uma companhia muito agradável, supunha que aquilo vinha de ter nascido em uma família tão grande. Havia um interesse sincero em seus olhos enquanto Adam conversava sobre a decoração de vitrines e de interiores. Ele fazia perguntas, e não havia nenhum viés de desprezo ou homofobia que muitos homens heterossexuais costumavam assumir quando conversavam com *gays*. As preferências de David e dos rapazes para a música eram similares. Eles riam dos mesmos tipos de piadas, e David gostou dos pratos que Adam e Simon prepararam.

Adam preparou uma receita de pudim que nunca havia feito antes e que tinha alguns ingredientes de nomes estranhos. Ele perguntou a David se gostaria de experimentá-lo ou se preferiria a opção mais segura, que era comer frutas frescas na sobremesa.

— Eu experimento qualquer coisa pelo menos uma vez, exceto incesto e as danças de Morris[1] — respondeu David, e Adam e Simon gargalharam alto.

— Essa piada não é minha, é de Oscar Wilde — admitiu David, com uma honestidade que agradou os dois ainda mais.

— Ele é ótimo — sussurrou Adam, quando David foi ao banheiro enquanto tomavam café. — Estamos vendo que você gosta dele também, pelo menos uma coisa na sua vida parece ser promissora.

— Mais de uma, tenho vocês em minha vida de novo — ela respondeu, com um grande sorriso. — Tenho a sensação de que vou me lembrar de tudo em breve, os bandidos serão punidos e poderei voltar ao trabalho e à normalidade.

Na terça-feira, Scott veio visitar Lotte em seu dia de folga.

— Dale esperava que pudesse tirar folga também, mas Marisa não aceitou — ele explicou. — Na verdade, ela não vai conseguir nenhum dia de folga nesta semana. Marisa está obrigando Dale a pagar pelas outras folgas que tirou.

— Quando ela foi ao hospital? — perguntou Lotte.

Scott fez que sim com a cabeça.

— Ela não suporta Dale — ele comentou, com rancor. — Eu não sei qual é o problema dela, mas está sempre implicando com Dale. Tentei conversar sobre isso com Marisa uma vez, mas a conversa não chegou a lugar algum.

---

1 Danças folclóricas comuns no Reino Unido, executadas por grupos de homens, geralmente vestidos de branco. Acessórios como bastões, espadas, lenços e sinos podem ser incorporados à apresentação pelos participantes. (N. do T.)

— Provavelmente se sente atraída por você, e acha que você tem alguma coisa com Dale.

— Dale é uma boa amiga, e só — disse Scott.

— Acho que ela não acredita que seja só isso — riu Lotte. — Além disso, Dale é linda, trabalha bem e provavelmente seria capaz de gerenciar o *spa* de Marchwood. São razões suficientes para aquela mulher detestá-la.

— Você sempre foi boa em enxergar a situação como um todo — disse Scott, pensativamente. — Você é uma ótima pacificadora, também. Quando tudo isso estiver terminado e você começar a pensar sobre voltar ao trabalho, seria fantástico se viesse ao Marchwood.

— Duvido que Marisa me desse as boas-vindas — riu Lotte. — Ela pensaria que sou mais uma garota do seu harém, e que Dale seria muito mais ameaçadora se tivesse uma aliada.

— Pode ser que você esteja pensando que não quer trabalhar por longos períodos por causa de um novo homem no horizonte. — Scott levantou uma sobrancelha loira inquisidora.

Lotte riu e sentiu o rosto corar.

— Está falando de David? Eu mal o conheço.

— Você entregou o jogo com esse rosto vermelho — provocou Scott. — Meu coração está partido. Eu tinha tanta esperança de que pudéssemos dar certo.

Lotte riu. Um dos melhores aspectos sobre recuperar as lembranças sobre ele e Dale era descobrir o quanto ela os amava. Se pudesse escolher um irmão e uma irmã, com certeza eles seriam os escolhidos.

— É ela! — O homem mais velho ao volante do furgão azul, que estava parado na calçada do Marchwood Manor, apontou para a garota de cabelos escuros que usava *jeans* branco e camiseta vermelha e estava saindo do hotel e indo em direção ao ponto de ônibus. — Belos seios e traseiro, melhor do que na foto que nos deram, também.

Era a manhã da quarta-feira, 11 dias desde que Lotte havia recebido alta do hospital.

Capítulo sete

— Como sabemos se ela vai visitar a loira? — seu companheiro mais jovem perguntou.

— Não sabemos, mas o chefe tem certeza de que ela irá até lá, pois é seu primeiro dia de folga desde que a loira saiu do hospital.

O homem mais novo estava roendo as unhas.

— Não me importo de descobrir sobre onde a garota está ficando, mas não gosto da ideia de sequestrá-la — admitiu ele.

Bill olhou com desprezo para o homem mais jovem, um pouco surpreso com sua relutância. Ele sabia que Alex havia feito coisas piores no passado do que jogar uma garota em um furgão, e, como tinha um vício caro em drogas, seria um imbecil se desperdiçasse a chance de ganhar mil libras em troca de algo tão fácil.

Bill tinha 38 anos, havia saido da cadeia há apenas seis meses, e precisava de dinheiro para viajar à Espanha. Ele tinha uma promessa de emprego lá — trabalhar como segurança em uma danceteria. Era a sua chance de começar uma vida nova. Ele não conhecia nem se importava com a razão pela qual queriam a garota loira, pois aquilo não era problema seu; tudo que tinha de fazer era entregá-la. A primeira parte daquele trabalho era descobrir onde ela estava.

— Vai ser moleza — afirmou Bill. Ao ver que o ônibus se aproximava por trás dele, deu a partida e se preparou para segui-lo quando a garota morena embarcasse. — Mas não vá se acovardar se tivermos uma chance de pegá-la mais tarde. Eu preciso daquele dinheiro.

— Não vou dar para trás, não posso me dar ao luxo de fazer isso — disse Alex, observando a garota entrar no ônibus.

Ele tinha 28 anos, sua garota o havia deixado, sua família não queria mais saber dele, e estava arriscado a ser despejado do apartamento onde morava. Queria entrar para um programa de recuperação de viciados para tentar sair do submundo. Sua vida era um desastre, mas as mil libras o ajudariam a recomeçar.

Enquanto estava no ônibus que a levaria a Brighton, Dale se distraía enviando mensagens de textos para sua irmã, seus irmãos e alguns amigos.

Ela desejava que seus pais chegassem ao século 21 e comprassem um telefone celular, mas se recusavam, dizendo que não viam motivo para fazer isso quando tinham um telefone fixo que funcionava perfeitamente. Isso significava que Dale tinha de ligar para eles usando o telefone público do hotel aos domingos. Era algo bem aborrecido, porque ela gostava de ir ao *pub* aos domingos, e seus pais ficavam irritados se ela esquecesse de ligar. Mensagens de texto eram a sua maneira preferida de manter contato com as pessoas — em poucas palavras, ela podia confirmar que estava viva e bem, e que pensava nelas, sem precisar perder tempo com conversa fiada.

Ela estava ansiosa para passar o dia com Lotte. Marisa cancelou a sua folga na quarta-feira passada porque um grande grupo de senhoras havia feito reservas para o dia todo no *spa*, e as outras esteticistas não conseguiriam dar conta de tanta gente sem Dale. Marisa fez questão de enfatizar que Dale havia tirado várias folgas para ver Lotte, e que esse era o momento de compensar.

Ela havia ido a Brighton com Scott para visitar Lotte três vezes durante a noite. Mas Simon e Adam sempre estavam lá, e Dale se irritava porque falavam sobre pessoas que ela não conhecia. Era como se quisessem tomar Lotte para si, e não pensavam que outras pessoas tinham importância para ela. E havia David, também. Ele não havia aparecido enquanto Dale estava lá, mas Lotte sempre o mencionava. Aquilo a deixou um pouco enciumada também, mesmo sabendo que era um comportamento egoísta.

A pobre Lotte ainda não havia se lembrado do estupro em Ushuaia, nem de nada que houvesse acontecido após deixar o navio de cruzeiro. Ela se sentia muito abalada em relação ao bebê, mesmo que não conseguisse se lembrar do seu nascimento.

O detetive Bryan havia seguido centenas de indicações de pessoas que diziam ter visto Lotte no ano anterior, e ainda mais de pessoas que relatavam ter ouvido um bebê chorar, ou que tivessem visto uma mulher, com um bebê nos braços, que pensassem estar agindo de forma suspeita. Mas todas essas pistas resultaram em becos sem saída. Ele havia dito a Dale que achava improvável que o bebê estivesse vivo.

Capítulo sete

Todos os estaleiros e marinas ao longo do litoral sul foram investigados. A polícia fez buscas por impressões digitais em vários locais abandonados que poderiam ter sido usados como cativeiro para Lotte, e investigou algumas casas depois de receber informações. Mas conforme o tempo passava e não surgiam evidências, e Lotte não recuperava a memória sobre onde havia estado e com quem, Bryan temia que o seu sequestrador pudesse ter fugido do país.

Dale perguntava-se por quanto tempo Lotte ainda teria de ficar entocada no apartamento, e estava surpresa por Lotte não perder o juízo, especialmente agora que o tempo estava tão agradável. Mas Lotte sempre havia sido muito mais paciente do que ela.

Hoje, Dale pretendia tentar fazer com que Lotte esquecesse tudo aquilo. Em sua cesta, tinha uma lasanha que o chefe de cozinha do Marchwood havia preparado para ela, Frankie deu um vinho, Michelle e Rosie alguns chocolates. Até mesmo Marisa havia sido gentil o bastante para enviar alguns cremes para as mãos e um desejo de melhoras.

Bryan perguntou várias vezes a Dale se ela achava que Lotte havia se lembrado do estupro que sofreu na América do Sul, mas não havia dito nada ainda. Dale achava que isso era improvável, pois, embora Lotte não falasse de seus problemas pessoais, o estupro havia sido um evento tão sério que certamente diria alguma coisa.

Dale imaginou que Bryan esperava que ela ajudasse Lotte a se lembrar daquele momento, e, desta forma, o restante das suas memórias poderia voltar, também. Dale não conseguia se decidir o que era menos horrível — ouvir o relato do que aconteceu, ou recobrar a memória do fato por si mesma.

— Rápido! Saia daqui e siga-a! — disse Bill, estacionando ao lado da calçada no centro de Brighton. A garota morena havia acabado de descer do ônibus e estava atravessando a rua. Bill percebeu que ela estava se dirigindo para North Lanes, e ele não conseguiria segui-la com o furgão. — Fique perto de qualquer lugar em que ela entre, e me ligue. Eu o encontrarei lá.

— Estou com poucos créditos no meu celular — disse Alex.

— Mande uma mensagem de texto, então —, comentou Bill, irritado. — Eu vou segui-lo como puder, não estarei longe.

Alex saiu do carro e começou a seguir Dale. Tinha 1,85 m de altura, era magro como uma vareta, cabelos castanhos lisos que imploravam por um corte, uma jaqueta *jeans* desgastada e calças *jeans* ainda mais maltratadas. Bill esperava que não ficasse tão óbvio que ele a estava seguindo, de modo que o percebesse. Ele não parecia ter sido um dos melhores alunos da sua classe, de qualquer maneira. Ele estava pedindo dinheiro pelas ruas até ser recrutado para este trabalho.

Dale passou pela rotina de tocar a campainha cinco vezes como Simon havia insistido, e depois encarou a câmera do circuito fechado de TV.

Ela ouviu Lotte rindo enquanto vinha pelo corredor.

— Quem vem lá? Amigo ou inimigo? — gritou ela.

— Somente eu, que venho do mar, disse Barnacle Bill, o marinheiro — cantarolou Dale pela caixa de correio.

— Scott costumava cantar essa música quando batia na porta da nossa cabine! — disse Lotte, exultante, ao abrir a porta. Ela colocou os braços ao redor do pescoço de Dale. — É estranho como essas memórias voltam quando você menos espera.

Dale entrou, e Lotte trancou a porta com a chave e travou com o trinco.

— O carteiro tocou a campainha hoje de manhã e quase tive certeza de que era só a correspondência. Consegui vê-lo pela câmera e as mãos dele estavam cheias de cartas. Mas não tive coragem de abrir a porta. Eu me senti uma tola quando deixou um cartão dizendo que tinha um pacote para Adam, e agora terá que ir recebê-lo na agência do correio.

— É melhor apostar na segurança — disse Dale. — Vai me fazer um café ou não?

Ela estava muito aliviada por ver que Lotte se parecia muito com a amiga que havia conhecido, estava usando *jeans* com a barra logo abaixo do joelho e uma camiseta azul-turquesa, havia ganhado alguns quilos desde que saíra do hospital, e os hematomas e a descamação do seu rosto já tinham desaparecido. Seu novo corte de cabelo curto combinava com ela, e se pudesse tomar sol e recuperar um pouco da cor nas faces, ninguém desconfiaria das coisas pelas quais havia passado.

— Como tem passado? Me diga a verdade — perguntou Dale, enquanto iam juntas à cozinha.

Lotte hesitou antes de colocar a chaleira no forno.

— Estou bem... quero dizer, não estou doente nem louca. Mas estou tendo dificuldades em lidar com essa área da minha vida que parece estar vazia. Imaginar coisas provavelmente é pior do que encarar a realidade, especialmente em relação ao bebê. Fico esperando sentir alguma coisa dentro de mim, algo que me convencerá que realmente tive um filho. Mas acho que isso não vai acontecer até que eu me lembre.

Dale a abraçou em silêncio. Ela não fazia ideia do que dizer, nem mesmo conseguia imaginar como seria estar no lugar da sua amiga.

Era muito bom voltar a se reunir sem que ninguém se intrometesse. Elas se sentaram de pernas cruzadas, uma de frente para outra em cada ponta do sofá, como costumavam sentar no beliche que havia em sua cabine, e falaram sobre as primeiras semanas no cruzeiro.

— Eu pensava que você fosse uma cabecinha de vento na primeira vez que a vi — admitiu Dale.

— E eu pensei que você fosse uma fanfarrona, do tipo que faz *bullying* — respondeu Lotte.

— Mas comecei a gostar de você no fim da primeira noite, quando você me deu um copo d'água assim que me deitei na parte de cima do beliche e disse que isso ajudaria a evitar que eu sofresse com a ressaca no dia seguinte. Minha mãe costumava fazer isso, e foi uma sensação muito boa — admitiu Dale.

— E eu comecei a gostar de você quando você me desejou "bons sonhos" no escuro. Eu não me senti tão sozinha — disse Lotte.

— Formamos uma parceria muito improvável — comentou Dale. — Eu, toda desorganizada, jogando as roupas ao redor da cabine, e você gostava que tudo estivesse em seu lugar.

— As outras garotas apostavam que não duraríamos uma semana sem nos estapear — riu Lotte. — Mesmo assim, nós nunca nos desentendemos, não é?

— Bem, houve aquela vez em Valparaíso, quando você estava gamada por um marinheiro que trabalhava em outro navio de cruzeiro — lembrou Dale. — Você estava caindo de bêbada, e ele ia levá-la para um hotel.

— Eu lembro, você me impediu de ir com ele — disse Lotte, fazendo uma expressão de falsa mágoa. — Eu era muito inocente. Achava que era o amor da minha vida.

— Você me deu um tapa na cara e disse que eu estava com ciúmes — recordou Dale. — Se estivesse sóbria, você nem teria dado bola para ele. Ele era o tipo de cara que usa correntes de ouro e medalhões, só tem sexo na cabeça, e que gostava de andar sujo. Ele me acusou de ser lésbica.

Lotte riu.

— Tenho de admitir que o vi novamente na manhã seguinte e você estava certa — ele era detestável. Ele andava balançando o corpo como o marinheiro Popeye, tinha os braços tão musculosos que não conseguia esticá-los, e achava que era o presente de Deus para as mulheres.

Dale continuou ajudando Lotte a se lembrar de outros incidentes, gradualmente levando-a a relembrar o ano, passando por todos os eventos até o Natal. Havia pessoas e ocasiões de que Lotte não se lembrava, mas havia outras que ela lembrava e que Dale havia esquecido.

Elas riram muito, trocando experiências com clientes difíceis que tiveram de atender no salão e alguns dos seus colegas de trabalho mais estranhos.

— Lembra daquela garota na equipe da governança que tirou a roupa no bar quando estava bêbada? — riu Lotte. — Ela era tão gorda e peluda que quase morremos de vergonha. Acho que ela queria se jogar do navio no dia seguinte quando suas amigas lhe contaram o que havia feito.

— Ela veio até mim para fazer uma depilação com cera uns dois dias depois, mas não comentei sobre o que ela havia feito — disse Dale, com um sorriso. — Deus sabe que já fiz a minha parte de coisas vergonhosas quando estava bêbada. Eu não gostaria que ninguém ficasse me lembrando disso.

Elas esquentaram a lasanha depois de algum tempo e abriram a garrafa de vinho.

— Acho que vou ficar com sono — Lotte avisou Dale. — Isso sempre acontece quando bebo durante o dia.

— Não tem problema, eu preciso pegar o ônibus de volta às 16 horas, pois é o último — disse Dale. — E você precisa descansar durante a tarde, de qualquer maneira.

Por volta das 14h30, Lotte foi ao banheiro e voltou alguns minutos depois, com uma expressão preocupada.

— Você não teria um absorvente na bolsa? — ela perguntou a Dale. — A minha menstruação começou a descer, inesperadamente, não tinha ideia de que isso aconteceria, então estou sem nada.

Dale procurou em sua bolsa e encontrou um absorvente no fundo.

— Mas você vai precisar de mais — ela disse. — É melhor eu dar uma saída e comprar alguns para você.

— Você é um anjo — afirmou Lotte. — Eu não gostaria de ter de pedir a Simon para comprar isso para mim.

— Não é nenhum problema. De qualquer maneira, preciso comprar um desodorante também.

Assim que Dale saiu, Lotte percebeu que estava com as pernas um pouco bambas, e percebeu que não devia ter bebido vinho enquanto ainda tomava os comprimidos que haviam receitado. Mas ela sentia-se bem, muito menos ansiosa em relação a tudo. Era ótimo ter Dale por perto e relembrar toda a diversão que tiveram juntas.

Quando ouviu os cinco toques na campainha, foi direto para a porta da frente e a abriu, esquecendo-se de olhar primeiro pela tela do circuito interno de TV.

Assim que viu os dois homens de aparência rude na sacada, sentiu que queriam lhe fazer mal, e tentou fechar a porta novamente. Mas era tarde demais — o mais velho estava com a mão nela, impedindo que a porta se fechasse.

— Você vem com a gente, docinho — ele disse. Sua voz era áspera como uma lixa de parede. — Podemos fazer isso por bem ou por mal, a escolha é sua.

♦ ❖ ♦

Capítulo oito

O homem mais jovem agarrou Lotte antes que ela pudesse gritar. Ele a segurou tão firmemente que foi impossível soltar os braços para se livrar dele, e ele forçou um pedaço de pano na sua boca. Depois a virou e amarrou suas mãos às costas, com o que parecia ser um laço de corda grossa.

— Pronto. Vamos para o furgão — disse o homem mais velho.

Lotte olhou para o lugar onde a câmera estava instalada na parede acima da porta e viu, aterrorizada, que haviam coberto a lente com alguma coisa. Ela nem mesmo teria a segurança de saber que a polícia poderia identificar aqueles homens.

— Segure-a como se estivesse bêbada — ordenou o homem mais velho. — Segure o rosto dela contra o seu ombro, eu vou na frente para abrir a porta do furgão.

Percebendo que essas instruções foram dadas para impedir que alguém que passasse pela alameda percebesse que ela estava sendo levada contra a vontade, Lotte estava determinada a fazer com que aquilo fosse o mais óbvio possível. Infelizmente, a alameda estava deserta; poucas pessoas passavam por ali, e não havia ninguém quando os homens desceram com ela pela escada. Mas assim mesmo ela lutou, jogando-se para trás a cada passo, batendo a cabeça contra o ombro do homem e chutando os balaústres para fazer o máximo de barulho.

— Pare com isso ou vou machucar você — sibilou o seu sequestrador, apertando-a ainda mais contra si e apertando a sua bochecha com força. — Eu tenho uma faca e vou usá-la, se tiver de fazer isso.

Eles chegaram à rua, e o homem mais velho estava segurando a porta do furgão azul para apressar o trabalho. Assim que Lotte foi jogada para dentro do veículo, ela ouviu a voz de Dale.

— O que vocês estão fazendo? Soltem ela! — Ela gritou, e, embora Lotte não pudesse se virar para vê-la, podia ouvir a amiga correndo em direção ao furgão.

Lotte queria poder gritar para que Dale anotasse a placa do furgão e ligasse para a polícia, mas não conseguiu falar com o pano em sua boca. Infelizmente, sabia que Dale não faria nada daquilo, e lutaria para salvá-la.

Lotte foi empurrada para dentro do furgão com o rosto para baixo, e, embora pudesse ouvir Dale gritando alto o bastante para alertar todas as pessoas nos prédios vizinhos, repentinamente tudo ficou quieto.

— Rápido, Alex, coloque uma mordaça e amarre as mãos dela antes que acorde — o homem de voz áspera disse, confirmando que ele havia nocauteado Dale. — E vamos cair fora daqui logo.

— Mas não podemos levá-la com a gente — disse o mais novo, exasperado.

— Não temos escolha, ela nos viu.

Lotte rolou para ficar de lado quando a porta do furgão foi trancada. O motor foi acionado e roncou alto, mas o motorista estava claramente tenso e atrapalhado, pois o furgão começou a andar para frente aos solavancos, com a marcha errada engatada.

O primeiro pensamento de Lotte foi que Dale poderia não conseguir respirar com aquele pano enfiado em sua boca, então rolou para perto da amiga e se contorceu até que suas mãos, ainda amarradas, estivessem na altura do rosto de Dale. Ela puxou o pano que tampava a boca da amiga.

Ela soltou um gemido fraco, e Lotte desejou poder retirar a mordaça da sua própria boca, pois, além de impedir que ela falasse, o pano sujo fazia com que sentisse náuseas.

Capítulo oito

— Você está bem? — perguntou Dale, com a voz trêmula, pela dor ou pelo medo.

Lotte deu um grunhido e levantou os joelhos para cutucar a amiga com os pés, esperando que aquilo a fizesse perceber que precisava que a sua mordaça também fosse removida. Dale não reagiu, então Lotte se virou e se contorceu para se aproximar dela, de modo que pudesse beliscar a amiga com os dedos. Ela esperava que Dale percebesse o que precisava ser feito.

— Acho que ele quebrou meu queixo. Está doendo muito, sinto que um dos dentes de trás está solto — choramingou Dale. — Eu não devia ter saído e deixado você sozinha.

Lotte grunhiu furiosamente, virando-se novamente para que Dale pudesse ver o seu rosto.

— Ah, entendi. Você não consegue responder porque está amordaçada! — disse Dale.

Lotte não conseguia entender por que Dale, até então, não tinha compreendido que ela tinha de remover a sua mordaça. Ela grunhiu outra vez, e finalmente Dale caiu em si. Mas em vez de se virar para removê-la com os dedos, encostou o seu rosto no de Lotte e puxou o trapo de algodão com seus dentes. Lotte respirou aliviada.

— Isso é o mais próximo que pretendo chegar de beijar você — murmurou Dale. Ela estava aterrorizada, mas sentia que tinha de tentar descontrair um pouco.

As duas garotas estavam deitadas, frente a frente, com as mãos amarradas para trás.

— Este furgão fede a peixe — sussurrou Dale.

— Talvez pertença a um pescador — sugeriu Lotte. — Será que foram esses homens que me levaram para o mar? Não foi nenhum deles que me atacou no hospital.

Dale não conseguia imaginar por que os homens queriam Lotte, mas as atitudes desesperadas lhe diziam que era algo muito sério.

— Significa que há várias pessoas envolvidas nisso, então precisamos de um plano — ela disse, com nervosismo. — Eles acharam que só teriam de lidar com você; duas de nós deixarão as coisas mais difíceis. Quando chegarem ao lugar para onde estão indo, acho que deveríamos fingir que estamos tontas e atordoadas, pois assim vão estar com a guarda baixa. Vou trombar com as coisas e fingir um desmaio, e isso pode lhe dar a chance de fugir.

— Eu não vou sair de lá sem você!

— Não seja tola. Provavelmente não vamos conseguir sair de lá juntas. Mas uma de nós tem uma chance melhor de fugir e procurar ajuda. É melhor que seja você. Aquele soco que ele me deu está doendo muito, e o choque pode impedir que eu corra.

— Mas eu estou descalça — disse Lotte. — Não vou conseguir correr, a menos que o terreno seja grama ou areia. Então, terá de ser você.

Dale suspirou.

— Além disso, sou eu que eles querem, então provavelmente não vão correr atrás de você — acrescentou Lotte.

— Não seja ingênua — sibilou Dale. — Eu posso identificá-los. Eles não vão deixar nenhuma de nós sair assim tão facilmente. Droga, deve ser algo muito sério para que se arrisquem a nos capturar em plena luz do dia. Como será que descobriram onde você estava?

O furgão estava sacolejando pelas ruas, e, com as mãos amarradas, as garotas não conseguiam impedir de ser jogadas de um lado para o outro. Lotte estava tão assustada que tinha dificuldade até para respirar.

— Me desculpe por ter envolvido você nisso — ela sussurrou, com lágrimas nos olhos. — Você acha que vão nos matar?

Dale não respondeu imediatamente, pois ainda estava pensando em tudo o que aconteceu. Embora seu coração estivesse disparado pelo medo, sentia que os dois homens eram apenas dois brutamontes contratados somente para capturar Lotte. Se aquele fosse o caso, provavelmente não estariam dispostos a matar, a menos que oferecessem mais dinheiro. E aquela negociação levaria algum tempo.

Dale sussurrou para Lotte o que havia pensado. O furgão fazia muito barulho para que os homens conseguissem ouvir o que diziam, mas era bom agir com cautela.

Capítulo oito

— Nós atrapalhamos os planos deles, então precisamos aproveitar a situação. Podemos agir feito menininhas, chorando e fingindo que somos ingênuas, mas precisamos manter a cabeça no lugar e observar tudo a nossa volta.

— Você estava com o seu celular quando saiu do apartamento? — perguntou Lotte, com o coração aos pulos.

— Não, eu o deixei lá com você.

— Oh — suspirou Lotte, desanimada. — Acho que seria esperar demais.

— Só um pouco — retrucou Dale. — O que eles fizeram com a minha bolsa? Está aqui conosco? Talvez haja alguma coisa que possamos usar.

Lotte conseguiu se sentar dentro do furgão e olhou ao redor da escuridão, se arrastou pelo assoalho do veículo e agarrou a bolsa com os pés, depois voltou para perto de Dale.

— Sente-se, vire de costas para mim e revire o que houver dentro. Você vai conseguir sentir o que tem aí pelo tato.

— Tem uma tesoura para cortar unhas — sussurrou Dale, quando enfiou as mãos amarradas na bolsa que estava nas suas costas.

— Ótimo, pegue-a — disse Lotte. — Teremos que escondê-la em algum lugar da minha roupa, mas veja antes se há alguma outra coisa.

Ela sentiu que havia também uma lixa de unhas, uma caneta, um pequeno bloco de notas e um isqueiro. Dale tinha várias outras coisas na bolsa também, incluindo uma barra de chocolate, o absorvente que ela havia comprado, até mesmo um preservativo, mas provavelmente não eram coisas que aqueles homens iriam querer confiscar.

As garotas quase conseguiam enxergar o lado engraçado daquilo, enquanto Dale, com as mãos amarradas, tentava enfiar a tesoura por dentro do sutiã de Lotte.

— Merda! — ela exclamou. — Isso é mais difícil do que aquele jogo de colocar o rabo no burro!

O isqueiro entrou no sutiã de Lotte também, mas a lixa de unhas, a caneta e o bloco de notas tiveram de ser colocados no bolso do *jeans*, pois seria impossível escondê-los em outro lugar por causa do seu formato.

— Se ficarmos de boca fechada e não falarmos nada, talvez eles não percebam imediatamente que conseguimos tirar as mordaças — disse Lotte, enquanto tentavam sentar em uma posição mais confortável, com as costas apoiadas na partição de madeira. — Se houver alguém por perto, nós podemos gritar com toda a força.

— Queria saber para aonde estamos indo — comentou Dale. — Nos filmes, as pessoas conseguem saber disso ao sentir as curvas da estrada e a inclinação das colinas, mas eu não faço a menor ideia.

— Acho que estamos a oeste de Brighton — disse Lotte. — Mas só pensei nessa possibilidade porque fui encontrada perto de Chichester. O furgão com cheiro de peixe sugere o litoral, mas é como procurar uma agulha em um palheiro.

— Quando a polícia vir esses homens no circuito fechado de televisão, eles vão conseguir rastreá-los — disse Dale, confiante.

— Eles colocaram alguma coisa por cima da câmera — lembrou-se Lotte. — Eles tocaram a campainha cinco vezes, então pensei que fosse você e abri a porta sem olhar pela tela de segurança. Desculpe.

— Cinco vezes? — disse Dale, pensativa. — Ninguém faria isso por acaso. Eles deviam estar por perto esta manhã e ouviram quando eu fiz isso. Isso significa que eles provavelmente me seguiram para encontrar você.

— E como sabiam sobre você?

— Bom, eu apareci nos jornais. Acho que o jornal local até mesmo chegou a dizer onde eu trabalhava. Mas é assustador pensar que alguém andou me seguindo ou ficou por perto para descobrir para onde eu ia.

— Gostaria de saber o que essas pessoas querem comigo — disse Lotte, temerosa. — Sinto muito que você tenha sido arrastada comigo nisso tudo. Simon e Adam vão ficar desesperados quando descobrirem.

— É melhor que eu esteja com você do que se você estivesse sozinha — disse Dale, resoluta. — Juntas, vamos conseguir escapar deles.

Nenhuma delas conseguia olhar para os relógios para descobrir que horas eram, e, na escuridão, parecia que estavam viajando há horas. Quando o furgão diminuiu a velocidade e fez uma curva fechada à esquerda, elas imaginaram que haviam saído da estrada principal. Embora houvesse várias curvas e junções, obviamente ainda era uma estrada bem movimentada, porque elas podiam ouvir muitos outros veículos. Mas, de repente, não havia mais som nenhum além do motor do furgão, e elas concluíram que estavam em alguma estrada secundária.

— Prepare-se, não devemos estar longe agora — disse Dale, contorcendo-se enquanto se deitava de lado. — Se eu conseguir correr, tente derrubar o cara que me seguir; qualquer coisa para me dar alguns segundos de vantagem.

Elas não voltaram a conversar, apenas ficaram deitadas, lado a lado, com as mãos amarradas nas costas. Ambas estavam mergulhadas em seus próprios medos e pensamentos. O furgão fez uma curva fechada à direita e depois continuou, bem mais devagar do que antes, e elas ouviram galhos raspando contra as laterais do veículo.

— Um lugar remoto — disse Dale, com a voz trêmula. — Mas se eu não conseguir fugir, pelo menos estaremos juntas.

O furgão virou novamente à direita, e desta vez teve de praticamente se espremer por entre árvores ou cercas vivas, porque elas rangeram em protesto dos dois lados do veículo. Finalmente, eles pararam.

— Chegamos — disse Dale, quando o motor foi desligado e elas ouviram os homens descerem do furgão. — Não esqueça, finja que está tonta e desnorteada, fique cambaleando como se você não soubesse que dia é hoje.

As garotas apuraram os ouvidos para escutar o que se passava quando as portas do veículo não foram abertas de imediato.

— Acho que foram falar com alguém — comentou Dale, após alguns minutos de total silêncio. Elas conseguiam ouvir o canto dos pássaros, mas nada além disso. O calor começou a aumentar dentro do furgão, como se ele estivesse parado diretamente sob o sol.

— Acho que não vou conseguir fugir se houver mais gente aqui — sussurrou Dale.

Lotte sentiu que Dale estava aterrorizada pela possibilidade do fracasso, e, por algum motivo, aquilo fez com que se sentisse mais forte.

— Vou tentar criar algum tipo de distração para que você consiga — ela disse. — Mas se não der certo, não tem problema.

Vinte longos e desconfortáveis minutos se passaram antes que elas voltassem a ouvir as vozes dos homens.

— Mas que diabos nós deveríamos fazer? — elas ouviram a voz áspera do mais velho resmungar. — Se tivéssemos deixado a outra lá, isso seria errado também. Ele pode resolver essa situação, eu fiz a minha parte e não quero ter mais nada a ver com isso.

As garotas presumiram que estava falando com o homem mais jovem, mas ele não respondeu. De repente, as portas do furgão se abriram, e a luz brilhante do sol encheu o compartimento de carga onde elas estavam, ofuscando-as momentaneamente.

— Saia daí — disse o homem mais velho, agarrando Lotte pelos pés e puxando-a em direção à porta.

Lotte não abriu a boca nem se debateu, apenas permitiu que o homem a arrastasse como se ela fosse uma boneca de pano, e quando seus pés tocaram o chão, ela tombou contra o corpo do homem.

— Ela está bem? — o mais jovem, que arrastava Dale para fora do veículo, parou o que estava fazendo para perguntar.

Lotte não foi capaz de olhar em volta, pois aquilo confirmaria que ela estava bem e atenta, mas, para o seu desespero, algum tipo de pano grosso foi colocado por sobre sua cabeça, bloqueando a sua visão. Incapaz de ver se Dale já estava de pé, ou se os olhos dela haviam sido cobertos também, tudo que Lotte conseguiu fazer foi gritar e espernear. Espernear com os pés descalços não impressionou o seu sequestrador corpulento. Ele lhe deu um soco no estômago, tirando-lhe o ar, e aquilo fez com que ela parasse de gritar.

Ela foi levantada no ar e jogada por cima do ombro do homem, e percebeu o momento exato em que foi levada para dentro, pois o ar ficou imediatamente mais fresco. Mas a temperatura do lugar onde ela estava, e mesmo a ansiedade que sentia em relação a Dale, por um minuto ou dois, tornaram-se menos importantes do que um aroma familiar.

Gerânio-limão. O seu sequestrador havia esbarrado naquela flor.

O cheiro trouxe uma torrente de memórias. Podia ser mera coincidência que aquela planta aromática estava ali, próxima da porta de entrada — afinal de contas, era uma planta bem comum. Mas, de algum modo, ela pensava que não era apenas coincidência.

Atordoada, sem fôlego e incapaz de enxergar qualquer coisa, Lotte tinha apenas uma noção de ter sido carregada por uma escada que descia e de ser jogada descuidadamente sobre uma cama.

— Me deixe aqui e solte a minha amiga em algum lugar distante — ela implorou ao seu sequestrador, com a voz abafada pelo saco sobre a sua cabeça. — Eu não sei o que fiz, mas sei que ela não está envolvida e não é justo mantê-la presa.

— Tarde demais para fazer isso — ele disse. — E não é problema meu, também. Agora, seja uma boa menina e faça o que lhe disserem.

Ela ouviu o outro homem chegar.

— Tive de bater nela de novo. Ela tentou escapar — ele contou, e Lotte sentiu que Dale havia sido jogada ao seu lado.

Os homens saíram, sem trocar outra palavra. Dois pares de pés subindo as escadas, o som de uma chave virando em uma fechadura e as luzes sendo apagadas.

— Dale — Lotte disse, com esperança. — Você consegue me ouvir?

Era muito frustrante estar com as mãos amarradas, pois não conseguia tirar o saco que cobria a sua cabeça, nem tocar na sua amiga.

— Aquele filho da puta me bateu de novo — gemeu Dale, com a voz balbuciante. — O que colocaram sobre os meus olhos?

— Acho que é algum tipo de saco. Colocaram um em mim também — disse Lotte. — Precisamos tirá-los e desatar os nossos pulsos. Fique parada, vou tentar me virar até que as minhas mãos estejam perto da sua cabeça.

O cheiro do gerânio-limão havia sido como colocar uma chave na caixa fechada das memórias de Lotte, e, conforme ela se movia na cama de ferro e sentia o estrado, sabia que já havia estado ali. Tudo indicava que sim — o cheiro de mofo do quarto, a sensação da colcha que cobria a cama onde ela estava, a sensação de que a cabeceira da cama era fria e lisa.

Quando estava sentada com as costas em frente ao rosto de Dale, um simples puxão removeu o saco que estava sobre a cabeça dela. Ela tocou nas cordas que atavam os pulsos de Dale, dedilhou o nó e rapidamente o desfez.

— É muito bom estar livre de novo — disse Dale. — Dois segundos e eu desamarro as suas mãos, também.

— Graças a Deus — afirmou Lotte, quando Dale retirou o saco que cobria a sua cabeça. O quarto estava escuro, mas não totalmente, pois um pequeno raio de luz vinha através de uma pequena janela no alto de uma das paredes. Com uma olhada ao redor, Lotte soube exatamente onde estava.

Ela olhou para os sacos e viu que eram feitos de algodão grosso, usados para fazer depósitos de dinheiro em bancos.

— Ummm — gemeu Dale, esfregando seus pulsos. — Apesar do olho que está ficando roxo e dos dentes frouxos, me sinto quase bem.

Lotte sentia-se um pouco enjoada, mas não sabia se aquilo era devido ao soco no estômago ou os fragmentos da memória que estavam retornando. Nada daquilo era bom.

Dale se jogou de volta na cama e Lotte se deitou ao seu lado. Elas ficaram lado a lado, em silêncio por algum tempo, ambas considerando a situação em que se encontravam.

— Deveríamos explorar cada canto desse quarto, esconder as coisas que tiramos da minha bolsa e planejar a nossa fuga — disse Dale, demoradamente.

— Não é necessário explorar — afirmou Lotte, tranquilamente. — Tem um banheiro naquele canto, podemos lavar o seu rosto ali e colocar uma compressa fria sobre o seu olho, mas não existe outra saída, exceto a porta por onde entramos.

Capítulo oito

— Como você sabe? — perguntou Dale.

Não havia curiosidade na voz da sua amiga, apenas medo. Lotte se virou de bruços e começou a chorar.

— Não chore, Lotte. Vamos ficar bem, vamos dar um jeito de convencê-los a nos deixar sair daqui, de algum modo — disse Dale.

Mas o tom lamurioso na voz da sua amiga trouxe outro conjunto de memórias.

Ela estava no navio de cruzeiro, e Lotte estava tentando consolá-la, enquanto as lágrimas rolavam pelo seu rosto.

Lotte sentia-se como se estivesse jogada contra uma imensa muralha, como uma barreira que pudesse conter uma represa. Mas essa represa não continha água, e sim tudo que havia acontecido com ela nos últimos dois anos. Os lugares, os sons, as pessoas, as imagens, as emoções, tudo aquilo estava por trás daquela muralha.

Era incrível que o gerânio-limão que havia ao lado da porta de entrada da casa, com seu cheiro adocicado e pungente, pudesse fazer um pequeno buraco naquela muralha, mas foi o que aconteceu. E agora, outras memórias começavam a emergir, como aquela pequena janela no alto da parede e a sensação da colcha por baixo delas, e faziam com que a rachadura ficasse cada vez maior.

Ela sentia que toda aquela estrutura ruiria a qualquer momento, e ela seria levada pela enchente de lembranças.

— Você lembrou de tudo que há aqui? — perguntou Dale. Ela se aproximou da amiga, e, se apoiando sobre um cotovelo, afastou o cabelo que cobria o rosto de Lotte.

— Sim, estou sentindo que tudo está voltando — soluçou Lotte. — É tudo minha culpa, tudo porque sou tão carente e imbecil. Por que, com amigos tão bons quanto você e Scott, e Simon e Adam, eu não fui capaz de admitir para um de vocês que precisava de ajuda?

— Eles roubaram mais de um ano da minha vida e o meu bebê. Eles quase roubaram a minha sanidade e a minha vida, também. — Ela parou por um momento para tomar fôlego, com medo de ter um ataque de pânico. — Não há como recuperar nada disso, e também não há maneira de conseguirmos sair vivas daqui — ela concluiu.

♦ ❖ ♦

Capítulo nove

Dale sentiu um calafrio percorrer-lhe a espinha ao ouvir as palavras de Lotte. Mas ela não pediu uma explicação, pois sentia que Lotte estava sobrecarregada com as memórias que retornavam, e talvez estivesse sentindo-se um pouco paranoica. Ela achava que seria melhor deixá-la chorar, porque aquilo poderia acalmá-la posteriormente.

Mesmo assim, Dale estava longe de sentir-se calma. Ela estava aterrorizada, desnorteada, e seu rosto estava dolorido. Mas, acima de tudo, estava furiosa consigo mesma por tentar resgatar Lotte sem parar para pensar, quando deveria ter tentado soar o alarme.

Sua mãe sempre a acusava de entrar de cabeça em qualquer situação, sem avaliar antes, e este era um exemplo incontestável do que ela dizia. Mas entrar de cabeça em casos amorosos, comprar roupas caras que não tinha condições de pagar ou confiar demais nas pessoas não era perigoso. Quem estava por trás daquilo não havia trazido Lotte de volta a este lugar para conversar. Eles queriam que ela fosse silenciada definitivamente, e Dale seria morta com ela.

— Preciso colocar água fria no seu olho para diminuir o inchaço — disse Lotte, depois de algum tempo.

Dale seguiu obedientemente a sua amiga até o banheiro, emocionada porque, mesmo nas circunstâncias em que se encontravam, Lotte ainda estava pensando em outra pessoa em vez de pensar em si mesma.

Quando a forte luz do banheiro foi acesa, Dale viu que o porão onde haviam sido trancafiadas fora decorado como um quarto de hóspedes. Apesar de a luz do dia entrar apenas por uma janela pequena no nível do solo, e do odor de mofo e umidade, o quarto era confortável, com papel de parede lilás, um tapete em um tom um pouco mais escuro e móveis brancos, incluindo uma cama de ferro. Havia também gravuras de crianças da época eduardiana fazendo um piquenique na praia.

O banheiro era pequeno; tinha apenas um chuveiro, uma privada e uma pia, mas estava imaculadamente limpo, e havia toalhas grossas de cor lilás na parede.

— Uma prisão cinco estrelas, então — zombou Dale, forçando um sorriso e sentando-se na privada para que Lotte lavasse o olho. — Espero que a água quente funcione.

Lotte deu um sorriso sem graça, mas não respondeu. Ela pegou alguns chumaços de algodão no armário, embebeu-os na água fria e pressionou-os contra o inchaço no lado direito do rosto da sua amiga.

— Está horrível — ela disse. — Já está bem vermelho e inchado. Hoje à noite provavelmente você não vai conseguir abrir o olho. Mas tem alguns analgésicos no armário, acho que deveria tomar alguns.

Ela falava como se estivessem passando a noite em um hotel de beira de estrada, e aquilo deixou Dale irritada. Ela agarrou o pulso de Lotte.

— Esqueça os analgésicos! Comece a explicar. Que lugar é esse? Era aqui que você estava antes?

— Sim. Não é longe de Chichester — contou Lotte. — Uma vila no litoral.

Dale assentiu.

— Então você se lembrou de tudo?

— Eu não sei — Lotte tirou a mão da amiga de seu braço e colocou as mãos em sua testa, como se estivesse sentindo dores, e com os olhos se enchendo de lágrimas. — É tanta coisa ao mesmo tempo, e algumas delas são tão chocantes — ela se afastou, olhando para Dale com olhos tristes. — Mas você sabe do que estou falando, não é? É por isso que você não me falou que eu havia sido estuprada?

Capítulo nove

Dale se levantou e se aproximou para abraçar Lotte.

— Eu não tive coragem — ela afirmou, em voz baixa. — Eu cheguei a pensar que seria melhor você nunca se lembrar daquele episódio. Você se lembrou por causa dos homens que agarraram você?

— Não, foi o cheiro de uma planta — Lotte soluçou contra o ombro de Dale. — Cheiros nos levam a vários lugares, não é? O cheiro da cera que lustrava o piso da escola, o primeiro perfume que você usou, alcatrão, fogueiras... mas a planta cujo cheiro senti hoje, quando o homem esbarrou nela, fui eu mesma que comprei.

Dale fez uma expressão séria, não compreendendo.

— Como assim?

Lotte se afastou dela, olhando ao redor do quarto, descontroladamente.

— Você tem de se deitar — ela agarrou o braço de Dale e a levou de volta para a cama, puxando a colcha para que a sua amiga pudesse se deitar por baixo dela. — Você teve um choque muito grande hoje.

Dale realmente sentia-se um pouco atordoada pelo choque, mas não estava preparada para deixar que Lotte guardasse segredo sobre onde estavam.

— Você também. Não tente desviar do assunto — ela disse, um pouco ríspida. — Me fale sobre este lugar.

— Tenho de voltar a Ushuaia imediatamente — afirmou Lotte, com o desespero tomando-lhe o rosto. — Aquele homem roubou uma parte de mim, e resultou em tudo o que aconteceu.

Dale revirou os olhos, frustrada. Tudo o que queria saber era quem era o dono deste lugar e por que estavam sendo mantidas ali. Mas Lotte parecia tão enlouquecida que Dale pensava que seria melhor adaptar-se à situação. Assim, ela se deitou e puxou a colcha por cima do seu corpo.

— Certo, pode falar agora! — ela confirmou.

— Não consegui falar sobre o estupro com você no navio — disse Lotte, e seus olhos se encheram de lágrimas novamente. — Eu queria, Dale, mas era tudo muito bruto, horrível demais, então conversei com Fern. Eu sentia que ela e Howard eram meus salvadores porque haviam me resgatado.

— Nas primeiras noites, toda vez que fechava os olhos, via aquilo acontecer de novo. Sentia que ele estava entrando em mim à força, sentia o cheiro do seu suor e aquele hálito nojento. Fern me abraçava com firmeza. Ela me dizia que eu estava segura, e me fazia rezar com ela.

Dale bufou, cheia de escárnio.

— Sei que você pensava que ela era uma crente esquisita — comentou Lotte, e ela se sentou na cama, com as costas na parede, olhando para Dale. — Mas me sentia segura quando estava com ela, e também amada e protegida. Ela compensou o que eu nunca recebi da minha mãe, e todas as injustiças que sofri quando era criança. Ela me disse que a única maneira de manter aquela sensação de estar segura, amada e aceita seria oferecer a minha vida a Deus.

— Então ela está por trás de tudo isso? — perguntou Dale, incrédula. — Ela capturou você e a prendeu aqui? Em nome de Deus!

— É muito mais complicado que isso, então deixe eu explicar do meu jeito — implorou Lotte. — Você se lembra de quando voltei a trabalhar no navio? Para todo mundo, eu estava superando o estupro. Um pouco machucada, mas me recuperando. Era nisso que você acreditava?

Dale confirmou com a cabeça.

— Mas não era assim, Dale, eu estava destruída por dentro. Queria uma mãe, me sentia como uma criança pequena perdida em uma cidade movimentada, estava com medo de tudo e de todos. Eu me forcei a descer à terra com você e com Scott algumas vezes, e fingi que estava gostando daquilo, mas, na verdade, era um sacrifício, um tipo de penitência terrível ter de estar em um bar bebendo e dançando. Comecei a perceber, assim como Fern, que aquilo era o caminho do diabo. Foi aí que entendi por que algumas mulheres se tornam freiras. Eu queria escapar do mundo.

— Por que você não me disse isso? — perguntou Dale.

— Tinha medo que você pensasse que eu estava ficando louca — disse Lotte, lacônica. — Talvez estivesse, não sei. Você é uma garota esperta e ousada, você não suporta pessoas loucas ou neuróticas, e eu queria que você continuasse sendo minha amiga, então fingi que estava bem.

Capítulo nove

— Oh, Lotte! — suspirou Dale. — Eu realmente gostaria de dizer que entenderia a situação, mas, para ser honesta, acho que teria ficado impaciente com você. Sou uma vaca egoísta, mesmo. Queria que você superasse aquilo e saísse para curtir a vida comigo, não ficar remoendo algo que eu não tinha condições de entender.

Lotte deu um meio sorriso e esticou a mão para afastar o cabelo da amiga do seu rosto.

— Eu adoro a sua honestidade — ela disse. — Mas você é uma pessoa muito melhor do que imagina.

— Continue a história — pediu Dale. — Não suportaria se eles nos arrastassem até aqui para nos executar sem saber como tudo aconteceu.

— Por favor, não faça piada com isso — Lotte reprovou-a. — Não está muito longe da verdade, pois corremos muito perigo. Mas você precisa entender o que aconteceu comigo, e sobre eles, para que possamos pensar juntas em um jeito de sobreviver.

— Que merda, Lotte, isso é muito sério! — exclamou Dale.

— É sério, sim — disse Lotte, pegando um travesseiro para apoiar as costas. — Interrompa se você ficar perdida na história ou se tiver alguma coisa que não entenda.

Dale repentinamente percebeu que o perigo era real. Não era uma história exagerada pelos jornais, fofocas ou suposições. Lotte estava pronta para contar o que realmente havia acontecido, e ela precisava abrir bem os ouvidos e escutar tudo.

— Está bem — ela disse, aconchegando-se sob a colcha. — Fale.

— Você se lembra quando eu disse que voltaria para a casa dos meus pais em Brighton? Eu sabia que nunca seria capaz de fazer aquilo, e, agora que você os conhece, sabe por quê. Mas eu achava que não poderia ser um fardo para Simon e Adam também, pois eles queriam que eu saísse para farrear com eles, e eu não tinha condições de fazer aquilo.

— Eu realmente não tinha um plano, mas pensei em ir para Dorset ou Devon, algum lugar calmo e tranquilo no campo, até que estivesse forte novamente.

Dale viu que a sua amiga estava se recostando, e ficou claro que sua mente a estava levando de volta ao último dia no navio, pois ela começou a falar como se estivesse revivendo aqueles momentos.

— Você se lembra como o mar estava agitado quando passamos pela baía de Biscaia? Aquele vento gelado de março, e o céu cinzento e carregado?

Dale lembrava. Muitos dos passageiros se sentiram enjoados porque o navio estava se inclinando, e algumas das garotas no salão de cabeleireiros tinham dificuldade de se manter em pé enquanto cortavam e penteavam os cabelos das clientes.

— Fern chegou às 11 horas, o horário que havia marcado para arrumar o cabelo, usando um conjunto de sarja verde-esmeralda que ficava ótimo com o seu cabelo ruivo — continuou Lotte.

Fern era vaidosíssima com relação ao seu cabelo, que chegava até os ombros, e Lotte havia percebido que ela queria que estivesse perfeito todos os dias, como se ela fosse uma estrela de cinema ou pertencesse à família real. Ela nunca o prendia ou colocava um elástico no cabelo, como a maioria das mulheres fazia. Nas noites formais, fazia um penteado que armava o cabelo; durante o dia, fazia uma escova, para que ficasse sempre com um penteado perfeito. Assim, mesmo que não fosse lavado, seu cabelo tinha de estar úmido para poder ser tratado.

— Não sei como vou lidar com meu cabelo sem você — ela disse certo dia, depois que Lotte lavou as mechas para depois penteá-las. — Você é a melhor cabeleireira que já tive.

Lotte ficou alegre com aquelas palavras, e, quando Fern perguntou se ela pensava em voltar a trabalhar em Brighton depois de visitar seus pais, ela admitiu que realmente não tinha planos de voltar para casa.

— Não vou conseguir encará-los — ela comentou. — Eu lhe contei como meus pais são; voltar para lá está fora de cogitação. Mas vai ser pior com meus velhos amigos. Não posso voltar a sair para *pubs* e danceterias. Então, pensei em ir para o oeste da Inglaterra, encontrar um apartamento pequeno em alguma cidade tranquila, fazer longas caminhadas e ler livros até me sentir segura para procurar um novo emprego.

Capítulo nove

— Acho que isso seria um erro, querida — disse Fern, parecendo preocupada. — Ficar sozinha pode parecer uma boa ideia quando você está em um navio, com todo esse barulho e agitação à sua volta, mas é muito diferente quando você não tem ninguém a quem recorrer. Por que não vem até a minha cabine mais tarde para conversarmos sobre isso?

Lotte não tinha mais clientes agendados depois das 16 horas, pois praticamente todos estavam arrumando as malas para deixar o navio no dia seguinte. Quando caminhava pelos corredores que levavam à cabine dos Ramsdens, ela viu que havia malas empilhadas ao lado de várias portas, esperando para serem levadas pelos carregadores.

Fern não havia nem mesmo começado a arrumar as malas, e Lotte se ofereceu para ajudá-la. Enquanto estendia cuidadosamente os vestidos e casacos sobre a cama, para depois dobrá-los com papel toalha para que não se amarrotassem, Fern conversava com ela.

— Você é muito boa nisso — ela disse, observando Lotte esvaziar sistematicamente o guarda-roupa, deixando apenas os trajes que Fern precisaria para aquela noite e para a manhã seguinte. — Sempre faço tudo de maneira muito apressada, e, quando volto para casa, preciso passar todas as roupas a ferro, mesmo que não as tenha usado.

— Gosto de fazer esse tipo de coisa — admitiu Lotte. — Nos velhos tempos, provavelmente teria sido uma ótima dama de companhia.

— É exatamente disso que eu preciso — disse Fern, brincando. — Alguém que guarde minhas roupas, que as estenda, que cuide do meu cabelo e que, talvez, pinte as minhas unhas também.

Elas conversaram durante todo o tempo em que Lotte fez as malas dela e de Howard. Então Fern sugeriu que ela viesse a Londres com eles.

— Nós reservamos uma suíte no Dorchester, e há um pequeno quarto anexo que seria ideal para você.

— Não posso aceitar isso.

Lotte desejou não ter dito a ela que iria sozinha para o oeste do país. Ela não queria que Fern sentisse pena dela.

— Claro que pode. Temos tantos eventos importantes para participar, e seria muito bom ter você por perto para me ajudar com minhas roupas e com o meu cabelo. Mas, acima de tudo, querida, você teria espaço para respirar e decidir o que fazer depois, quando voltarmos para os Estados Unidos. Você estaria em um ambiente seguro conosco, podemos ver todos os lugares importantes de Londres, e, também, daremos algum dinheiro. Diga que virá conosco. Você sabe que se tornou a filha com a qual nunca fomos abençoados.

Além de Lotte ter começado a ver Fern como uma figura materna, e sentir-se muito acolhida ao ser convidada a ir a Londres com ela, a americana estava falando sobre um prazo de apenas duas semanas. Pareceu-lhe cruel rejeitar uma oferta tão generosa, e ela poderia ir para o oeste da Inglaterra depois, se quisesse.

Assim, aceitou a proposta de bom grado, e, quando Howard voltou, algum tempo depois, ele parecia estar exultante. Comparado com a personalidade forte da sua esposa, que tinha muito a dizer e que socializava facilmente com as pessoas, Howard era muito reservado. A princípio, Lotte achava que ele era tímido, mas não era o caso. Ele era apenas um homem que ficava feliz em deixar os outros conduzirem a conversa, era de estatura média e magro, com cabelo castanho, feições aristocráticas refinadas e dedos longos e finos. Lotte achava que se parecia com um pianista. Ela havia dito isto a ele e ele riu, dizendo que era capaz de tocar algumas músicas em uma calculadora, mas aquilo era tudo. Seu principal interesse era o comércio de equipamentos esportivos, mas Fern havia dito que tinham muitos outros interesses comerciais.

Quando Lotte voltou a sua cabine mais tarde, decidiu que não contaria nada daquilo a Dale. Sua amiga não gostava dos Ramsdens, então jogaria um balde de água fria no plano. Lotte achou que ela acabaria por admitir que nunca telefonou para os pais para contar sobre o estupro, e que não havia possibilidade de ir para a casa deles.

Mas Dale estava tão animada com a volta para sua própria casa que não fez nenhuma pergunta incisiva, se deitou no beliche falando sobre sua família e deixou que Lotte arrumasse suas malas.

— Scott quer sair para tomar uma bebida antes de finalmente nos separarmos — disse Dale, mais tarde. — Disse que nos encontraríamos com ele e alguns dos outros por volta das 13 horas, no bar que fica logo depois da alfândega. Está bem para você?

Lotte engoliu em seco, temendo que seria descoberta, pois os passageiros do navio já teriam desembarcado por volta das 22h30, e havia combinado de se encontrar com os Ramsdens na área de recebimento de bagagens do cais.

— Já liguei para a minha mãe para dizer que estarei no trem das 23 horas — mentiu ela. — Ela vai ficar muito magoada se eu ligar de novo para dizer que quero sair para beber antes.

Aquela última noite foi uma das melhores do ano, embora já passasse da meia-noite — quando todos os funcionários eram liberados para beber e se divertir. Quase todos os amigos que Lotte e Dale haviam conhecido deixariam o navio, assim como elas. Apenas os oficiais e as pessoas com cargos importantes seriam contratadas para mais um ano. Todos estavam bem sentimentais, lembrando dos bons momentos, rindo das calamidades e jurando que manteriam contato para sempre.

Como todos naquela noite, Lotte deu o número do seu celular para várias pessoas e registrou, no seu, vários outros números também. Quando foi para a cama mais tarde, sentia-se tão animada a respeito de tudo, que acreditava que, dentro de algumas semanas, se sentiria pronta para entrar em contato com vários deles novamente.

Na manhã seguinte ainda estava animada, e Lotte não se sentiu envergonhada de não ter contado a verdade a Dale e Scott sobre o lugar para onde estava indo, porque pretendia entrar em contato com eles em breve.

Ela ficou espantada quando viu os olhos de Dale se encherem de lágrimas ao se despedir dela.

— Você foi a melhor amiga que já tive — ela afirmou, com os lábios tremendo. — Não se atreva a desaparecer da minha vida.

Dizer adeus a Scott foi quase tão ruim quanto aquilo. Ele lhe deu um abraço de urso dos mais fortes.

— Cuide-se bem, Barbie, — ele disse, rispidamente. — Venha para a Cornualha no verão. Minha mãe e minhas irmãs vão adorar você. É uma honra poder ser seu amigo.

Tudo estava frenético naquela manhã: os passageiros que não sabiam aonde deveriam ir para recolher as bagagens, se conseguiriam pegar uma conexão por trem ou avião, ou se o parente que deviam encontrar havia conseguido chegar a Southampton. Era um dia frio e cinzento, e, embora todos os funcionários estivessem fazendo o possível para permanecerem calmos e atenciosos por mais algumas horas, Lotte podia ver, pelas suas expressões, que o bom humor estava acabando.

Ela escapuliu alguns minutos depois que os Ramsdens saíram do navio, para encontrá-los na área de bagagens, como combinado.

Lotte não deu falta do seu celular até que estivessem na suíte do Dorchester, várias horas depois, naquela tarde.

Mesmo os melhores quartos no Grand, em Brighton, não chegavam aos pés da suíte em que os Ramsdens haviam se hospedado. O quarto e a sala de estar ficavam em frente à Alameda Park, com uma vista impressionante para o Hyde Park[1]. A suíte era decorada em tons de azul-claro e prata, com um candelabro maravilhoso no teto, grandes sofás macios, cortinas e carpetes suntuosos, e o banheiro era digno de um estúdio cinematográfico em Hollywood. Até mesmo o pequeno quarto de Lotte era requintado, e ela sentiu que havia feito a escolha certa ao vir com Fern e Howard.

— Vou ligar para a locadora de carros e perguntar se encontraram o seu telefone enquanto desfaz as nossas malas — disse Fern. — Imagino que tenha caído da sua bolsa no carro.

Howard recebeu um telefonema logo depois daquilo, e disse que ele e Fern teriam que fazer uma viagem urgente a Nova York para resolver alguns negócios inadiáveis. Lotte disse que não teria condições de ficar no hotel sem eles, mas eles insistiram, e Howard disse que ficariam fora

1 O maior parque público urbano do Reino Unido, localizado no centro da cidade de Londres. (N. do T.)

do país por apenas duas noites, desde que conseguissem as reservas com a companhia aérea.

Na manhã seguinte, a locadora de carros ligou para dizer que não haviam encontrado o celular de Lotte. Ela não achava que aquilo era uma calamidade, pois raramente havia usado o aparelho no ano anterior, apenas algumas mensagens de texto para Simon e para algumas outras pessoas no salão de cabeleireiros, e tinha apenas cerca de uma libra em créditos.

Ela estava muito cansada depois do cruzeiro, e, com Fern e Howard fora do país, pôde descansar pelo tempo que desejava, ler, assistir à televisão e passear pela rua Oxford, nas proximidades, para olhar as lojas.

Ela passou duas noites sem Fern e Howard. Quando eles voltaram, estavam ansiosos para levá-la para todos os pontos turísticos, como o palácio de Buckingham, a Torre de Londres e a Praça Trafalgar. Tudo era tão sensacional que ela não voltou a pensar no telefone.

Lotte havia estado em Londres apenas duas vezes, participando de competições entre cabeleireiros, e nunca chegou a ver o que a cidade tinha a oferecer. Fern e Howard já haviam visto tudo antes, mas pareciam estar muito felizes em mostrar a cidade a ela.

Foi apenas no quarto dia, quando eles estavam no London Eye[2], que Lotte sentiu vontade de enviar uma mensagem de texto sobre a experiência para Dale e Scott. Naquele momento, percebeu que não tinha anotado o telefone de ninguém em outro lugar. Estavam todos registrados no aparelho perdido. Ela nem mesmo se lembrava do seu próprio número, para poder pedir à empresa de telefonia um número novo.

Lotte ficou um pouco triste naquela noite, porque havia perdido os meios de entrar em contato com seus amigos, mas Fern a convenceu a vestir seu único vestido longo e formal para jantar no hotel. Ela havia comprado o vestido especialmente para o cruzeiro, mas o havia vestido apenas uma vez, na festa de Natal dos funcionários. Era um vestido de renda preta com gola alta e mangas longas. Dale a havia deixado desanimada, dizendo que

2 A maior roda-gigante do mundo, usada pelos turistas que desejam uma vista panorâmica da cidade de Londres. (N. do T.)

era algo que apenas Mortícia, da Família Addams, usaria. Mas Fern disse que o vestido era elegante e sofisticado.

— Você está linda — comentou Fern, insistindo para que Lotte usasse os brincos com pingentes de brilhantes que ela emprestaria. — Seu cabelo, sua pele, seu corpo e seu rosto, tudo é tão perfeito, junto com a índole mais doce que já tive o privilégio de conhecer. Acho que perder o telefone e todos aqueles contatos foi a maneira que Deus encontrou para trazê-la para o tipo de vida que você merece.

Eles jantaram lagosta e beberam um champanhe de uma safra antiga naquela noite. Fern disse que deviam celebrar a libertação de Lotte de seu passado, das pessoas que sussurravam à boca pequena, e daqueles que sentiam pena dela.

— Nunca imaginei que Dale fosse uma boa companhia para você. Ela é o que chamo de "pessoa com poder de atração".

Durante os dois dias seguintes, enquanto caminhava pelo Hyde Park ou pela rua Bond, ou outras ruas "elegantes", como Fern as chamava, ela continuou a elaborar a sua teoria sobre "pessoas com poder de atração". Eram pessoas com personalidades dominantes, que atraíam outras, como um ímã atrai limalhas de ferro, que acabariam por se tornar seguidores e admiradores.

Ela chegou a dizer que algumas pessoas desse tipo trabalhavam em prol do bem, citando Gandhi, Nelson Mandela e outras mulheres e homens famosos que haviam arrebatado vários seguidores. Mas ela falava com muito mais intensidade sobre pessoas que usavam seu dom para fins malignos, e usou Mugabe, Hitler e Stalin como os exemplos mais notáveis.

Embora não dissesse com todas as letras que Dale fosse egoísta, ou mesmo perversa, dizia que ela havia mudado Lotte. Isso, com certeza, era verdade, pelo menos até onde Dale a havia estimulado a ser mais assertiva, extrovertida e audaciosa. Mas Fern foi adiante em seus comentários, insinuando que a influência de Dale fez com que Lotte passasse a usar roupas mais provocantes, e que também se arriscasse a andar sozinha por territórios desconhecidos, que seriam os motivos que levaram ao seu estupro. Fern também disse que a razão pela qual Dale ficou zangada a respeito de ela cuidar de Lotte após o ocorrido era porque Dale queria ter o controle total sobre sua amiga.

Lotte não acreditou na teoria de Fern logo de início, mas a ideia era como uma goteira pingando lentamente em um balde, e, conforme o tempo passava, acabou reconhecendo que aquilo era verdade. Ela até mesmo chegou a acreditar que estava melhor sem seus velhos amigos. Fern não aprovava a homossexualidade, e Simon e Adam seriam considerados piores do que Dale.

Mas Lotte concordou que as minissaias, os *jeans* justos e as blusas decotadas eram provocantes, mesmo que Dale nunca a tivesse ajudado a escolher aqueles modelos. Desde que foi estuprada, Lotte havia decidido usar calças e camisetas mais folgadas, porque queria ficar invisível. Quando Fern sugeriu ajudá-la a comprar roupas novas, mais recatadas, mas ainda assim bonitas, ela ficou muito contente.

Os vestidos estampados, saias cuja barra ficava pouco acima dos tornozelos, blusas de gola alta e blusões em tons pastéis escolhidos por Fern teriam feito Dale cair na gargalhada, mas eles faziam Lotte se sentir segura. Às vezes, olhando-se no espelho, tinha a impressão de ser uma figurante saída de algum filme americano da década de 1950. Mas ela queria se mesclar ao ambiente, e as suas roupas a ajudariam a fazer aquilo. Ninguém olhava para ela duas vezes.

Ela adorou as duas semanas no Dorchester. Quando Fern e Howard estavam em suas reuniões de negócios, ela podia ler, assistir a vídeos ou caminhar pelo Hyde Park. No ano anterior, ela praticamente não teve nenhum tempo para si mesma, para ficar em silêncio e pensar nas coisas. Dividir uma cabine com Dale era como morar em uma estação de trem, com pessoas entrando e saindo o tempo todo e ruídos incessantes. Mesmo no salão, sempre havia pressão: as clientes podiam ser pessoas muito difíceis, a gerente sempre tentava encaixar clientes extras todos os dias, e as outras garotas às vezes eram cruéis.

Tudo o que tinha de fazer agora era cuidar das roupas de Fern, cuidar do seu cabelo e das unhas e atender ao telefone enquanto estivessem fora. Ela não tinha absolutamente nada com o que se preocupar e não precisava tomar nenhuma decisão, porque Fern e Howard cuidavam de tudo.

Ao fim da primeira semana, estava imaginando como conseguiria viver sozinha quando voltassem para a América. Ela podia tomar conta de si mesma, mas se sentia amedrontada em meio às multidões, e frequentemente ficava paralisada quando um estranho se aproximava dela. Mudar-se para o oeste da Inglaterra não parecia mais uma ideia tão atraente.

Por volta da metade da segunda semana, Howard lhe disse que estavam considerando ficar na Inglaterra por mais alguns meses, para ampliar seus contatos e investimentos comerciais por ali.

— Mas isso depende de encontrarmos um bom imóvel para alugar, e também uma governanta — ele disse. — Fern não sabe cozinhar, lavar roupas ou limpar a casa. Vai ser difícil encontrar uma boa governanta, pois precisamos de alguém que seja leal, totalmente discreta, e que não somente respeite nossas crenças, mas que as compartilhe.

Lotte afirmou que seria sua governanta.

Eles tentaram dissuadi-la, dizendo que ela poderia não gostar de ficar sozinha o dia todo, ou de não ter amigos por perto. Mas Lotte insistiu que aquilo não a preocupava, e que ainda precisava de mais tempo em um ambiente tranquilo e isolado antes de voltar para a sua antiga vida. Ela ficou exultante quando disseram que adorariam mantê-la. Eles chegaram até mesmo a falar sobre levá-la com eles para os Estados Unidos no fim do ano, ou que, se ela desejasse voltar a trabalhar como cabeleireira, a ajudariam a abrir seu próprio salão no lugar que ela escolhesse.

Lotte ficou surpresa por eles terem encontrado uma casa para alugar tão rapidamente. Eles saíram na manhã de quinta-feira e voltaram à noite, com os acordos fechados, e Howard havia comprado uma nova Mercedes preta, também.

— Fica perto daquele lugar exótico chamado Chichester — comentou Fern. — Estamos perto do mar para velejar e a casa é muito bonita.

Capítulo nove

Eles deixaram o Dorchester na manhã de sábado, parando para almoçar no caminho, e depois em um supermercado próximo a Chichester para comprar comida. Eles chegaram na vila de Itchenor, cerca de 11 ou 12 quilômetros depois de Chichester, pouco antes das 16 horas.

Lotte estava se sentindo muito bem naquele dia, animada, alegre e otimista sobre o futuro. Ela lembrava-se de sentir que finalmente havia saído de um túnel escuro e que estava sob a luz do sol. O dia estava bonito também, e havia sinais da primavera por todo o caminho: carneiros nos campos, narcisos nos jardins e cerejeiras florindo. No trajeto, Fern disse a Lotte que ela devia aprender a dirigir, pois acabaria se sentindo isolada, já que não havia linhas de ônibus por perto.

— Vou comprar uma bicicleta — disse Lotte, pensando em como seria bom pedalar pelas estradas rurais ou até a praia nos dias quentes. Ela não conhecia aquela parte de Sussex, mas ouviu dizer que era muito boa para pedalar, pois era bem plana.

Porém, quando Howard entrou em uma viela estreita entre cercas vivas e árvores altas e Lotte viu a casa pela primeira vez, seu entusiasmo desapareceu, e ela se sentiu intimidada.

Fern havia dito que a casa era bonita. "Esquisita" foi a palavra que surgiu na mente de Lotte, rapidamente seguida por "assustadora".

A vila se estendia ao longo de uma alameda larga e comprida, delimitada por gramados e várias e belas árvores antigas. Quase todas as casas pareciam pertencer a pessoas ricas, e não havia duas iguais. Havia casas grandes com telhados de palha que pareciam ter saído de cartões-postais, grandes palacetes no estilo Tudor, e várias casas para famílias inteiras construídas durante as décadas de 1920 e 1930 para pessoas endinheiradas. A maioria tinha amplos jardins, e até mesmo as construções menores e mais velhas, feitas de pedra, que provavelmente foram o lar de agricultores, haviam sido cuidadosamente restauradas.

Mas "Drummond", como era chamada a casa que Fern e Howard haviam alugado, era construída com pedras cinzentas e feias, com janelas em forma de frestas, ameias no telhado e uma porta de entrada que parecia ser muito pesada, como se fosse o portão de um castelo.

Lotte não fez nenhum comentário, pois, se Fern achava que a casa parecia bonita, ela não queria desapontá-la.

Ficou claro que os proprietários das casas vizinhas haviam vendido uma pequena porção do seu terreno para que Drummond fosse construída, com um acesso estreito para a estrada por entre os dois jardins adjacentes. Lotte pensou que isso aconteceu por volta da década de 1930, quando os tempos eram difíceis e os conselhos urbanísticos das cidades não se esforçavam muito para fazer com que as propostas de construção se adequassem à área em que seriam erguidas. Em sua mente, não havia dúvida de que os proprietários das casas vizinhas haviam cultivado aquelas cercas vivas altas para que não tivessem de olhar para a feiura do seu vizinho.

Até mesmo o jardim da frente estava maltratado. Não havia narcisos nem árvores florindo, apenas a passagem estreita em forma de túnel através das cercas vivas, que terminava em uma área cimentada maior, em frente à casa. Havia alguns canteiros de flores ladeando o pátio que levava até a porta de entrada, mas que, além de alguns tufos de ervas daninhas, só continham terra.

— Não é linda?! — exclamou Fern novamente, enquanto entravam com as malas e sacolas de supermercado. — É tão inglesa!

Lotte queria dizer que a casa não era inglesa, de forma alguma, que talvez tivesse um estilo mais próximo do baronial escocês, mas ela achava que o arquiteto precisava ser trancado em um hospício. Ela não disse nada, é claro, mesmo que o interior da casa fosse sombrio, por causa das janelas estreitas. A cozinha era mais clara, pois ali havia uma claraboia no teto, mas a decoração da casa inteira mantinha o estilo tristonho: azuis, vermelhos, marrons e mogno, todos em tons escuros.

— Nosso escritório — disse Fern, indicando o cômodo ao lado da porta de entrada. — E a sala de jantar — ela continuou, abrindo a porta em frente ao escritório para uma sala pintada de azul-escuro, com várias miniaturas de veleiros em caixas nas paredes e vários outros objetos náuticos, incluindo uma grande bússola. Até mesmo a mesa e as cadeiras pareciam ter saído de um navio, feitas de uma madeira avermelhada escura e forradas com couro castanho. A cozinha também tinha vários ornamentos marítimos, um relógio náutico de latão, conjuntos de nós complicados em caixas de vidro e coisas do tipo. Havia até mesmo um pote de biscoitos com a forma de um farol marinho.

No andar de cima, o quarto do casal tomava toda a parte frontal da casa, e aquele era o único lugar em que as janelas estreitas pareciam ser elegantes. Havia quatro delas, do teto até o chão, que era decorado com um carpete vermelho-escuro. Lotte gostava do papel de parede e das cortinas em tons escuros da era vitoriana, e supunha que havia sido este quarto, com sua imensa cama e guarda-roupas que cobriam a parede inteira, que fez com que Fern alugasse a casa.

Lotte ficou feliz por seu quarto estar nos fundos da casa e ter janelas maiores. A decoração em tons avermelhados que tendiam para o marrom não era tão opressiva quanto a de alguns dos outros cômodos, e, além do gramado emoldurado pelas cercas vivas, ela podia ver campos e várias árvores florindo.

Mesmo naquela primeira noite, Lotte sentiu que havia algo estranho. Conforme ela e Fern guardavam as compras na cozinha, parecia estranho o fato de Fern ter um plano firme sobre onde tudo deveria ser colocado. As pessoas não costumavam agir assim em uma casa nova. Quando uma lâmpada queimou no corredor, Howard foi direto a um armário ao lado da porta de entrada e pegou uma nova. Ela não teria pensado em procurar ali. Embora estivesse feliz por eles se sentirem tão adaptados à casa, parecia que aquela adaptação era um pouco artificial.

Lotte não percebeu que havia um quarto e outro banheiro no porão até alguns dias depois. Quando ela chamou a atenção de Fern para a porta que levava para baixo, pensando que não soubesse do que se tratava, Fern pareceu achar aquilo engraçado.

Entretanto, apesar de pensar que a casa fosse esquisita, e lamentando ter perdido todos os telefones e endereços de seus amigos, porque realmente gostaria de ter entrado em contato com alguns deles, Lotte sentia-se feliz. Fern e Howard não eram exigentes, comiam qualquer coisa que ela cozinhasse para eles, não exigiam que trabalhasse em horários rígidos, e gostavam de tê-la cuidando deles.

Eles saíam quase todos os dias, às vezes por apenas algumas horas, outras vezes para velejar ao redor da baía, pois haviam comprado um pequeno barco a vela e o deixaram ancorado ali. Eles faziam as compras de que precisavam e traziam tudo para casa.

Lotte limpava a casa e lavava roupa pela manhã, e saía para caminhar durante a tarde. West Itchenor e o mar ficavam a pouco mais de 1,5 quilômetro de distância, mas gostava tanto do lugar que ia lá quase todos os dias. A baía de Chichester era um imenso porto natural, com a ilha Hayling em um lado, West Wittering com suas lindas praias de areia do outro lado, e pequenas vilas como Bosham, Birdham e West Itchenor espalhadas ao redor.

Não havia muita coisa em West Itchenor. Apenas um *pub*, um estaleiro e algumas casas bem antigas, mas havia também uma pequena balsa que ia até Bosham. Lotte gostava de observar o mar e as aves marinhas, sentindo o vento bater no seu cabelo. Naquele lugar, os eventos de Ushuaia pareciam ficar bem distantes.

Mas não passava um dia sem que Lotte pensasse em Simon ou Adam. Ela não tinha a desculpa de não saber seu endereço ou o seu telefone, porque ambos estavam gravados em sua mente. O medo de que eles aparecessem para visitá-la a impedia de contatá-los. Ela sabia muito bem que Fern e Howard não aceitariam receber um casal assumidamente *gay* em sua casa. Se ela pedisse a seus amigos que não ligassem, eles saberiam o motivo, e ela quase conseguia ouvir Simon perguntando como ela conseguia suportar trabalhar para pessoas com esse tipo de preconceito. Porém, quanto mais adiava, mais difícil a situação se tornava, pois sabia que eles ficariam magoados e preocupados com o seu silêncio.

Quando o tempo melhorou, em abril e maio, Lotte se concentrou nos canteiros de flores vazios que havia no jardim da frente. Seus pais sempre gostaram muito de jardinagem, e, embora nunca permitissem que ela fizesse mais do que aguar as plantas ou remover ervas daninhas, ela sabia diferenciar uma flor da outra e as condições que elas gostavam. Havia vários entusiastas de jardinagem na vila, que colocavam plantas que tinham de sobra à venda. Eles as deixavam em uma mesa ao lado do seu portão com uma caixa para que as pessoas depositassem o dinheiro. Fern dava uma mesada de 20 libras a Lotte toda semana, e ela não tinha nada com que gastar o dinheiro, pois raramente ia à cidade. Assim, Lotte usou o dinheiro para comprar plantas.

O gerânio-limão estava entre o primeiro lote de flores que ela comprou, mas o plantou em um vaso e o colocou ao lado da porta da frente, porque sabia que ele não resistiria ao inverno. Além disso, era agradável sentir o cheiro da flor ao passar perto dela.

Ela deixou os canteiros que havia em frente à casa muito bonitos com orquídeas, flores de lavanda e gerânios. Quando o verão chegasse, iriam florescer ao longo do caminho e suavizar a feiura da casa.

Uma noite, perguntou a Fern e Howard, durante o jantar, se eles sabiam se o proprietário do imóvel se importaria caso ela fizesse um canteiro de flores no quintal, pois seria necessário remover um pedaço do gramado.

— Não há porque fazer isso — disse Howard, abruptamente. — Não ficaremos aqui por muito tempo.

Fern pareceu ficar um pouco agitada com o comentário do marido, mencionando que eles sempre haviam dito que voltariam aos Estados Unidos.

— Sim, vocês mencionaram mesmo — retrucou Lotte, olhando de um para o outro, confusa, porque sentia que havia algo que não haviam lhe contado. — Ah, não se sintam mal por minha causa — ela acrescentou, pensando que estavam com medo de abandoná-la sem casa e sem dinheiro. — Posso voltar para Brighton. Já estou melhor agora.

Ela também sentia que estava bem. Havia parado de sentir palpitações toda vez que um homem sozinho vinha em sua direção, e, às vezes, até sentia vontade de aproveitar uma noitada no *pub*, e teria feito isso se tivesse alguém com quem ir. Ela sentia tantas saudades de Dale e Scott que teria feito qualquer coisa para poder ligar para eles e organizar um encontro. E se realmente fosse honesta consigo mesma, ela estava cansada de todas as orações que os Ramsden esperavam que ela fizesse.

Howard gostava de ler longos trechos da *Bíblia*. Era reconfortante no início, e descobriu que orar sozinha funcionava como meditação, acalmando-a. Mas não achava que aquilo era necessário agora, e era um pouco irritante ter de se curvar às crenças deles.

— Nós nos sentimos mal em relação a deixar você aqui, porque esperávamos que você estivesse conosco quando tivermos o nosso bebê — disparou Fern, repentinamente.

— Vocês vão ter um bebê? — exclamou Lotte. Ela imaginava que, como já havia passado dos 40, Fern estava velha demais para isso. — Que maravilha!

— Oh, não, não sou eu que vou tê-lo. Não posso, nunca pude ter um filho — respondeu Fern, rapidamente. — O que estamos dizendo é que estamos tentando encontrar alguém disposto a nos dar um bebê.

— Quer dizer que vocês vão adotar? — perguntou Lotte.

— Não, o filho será nosso. Bem, pelo menos, de Howard.

Lotte os encarou, séria.

— Então vocês vão encontrar uma mãe de aluguel?

— Algo assim.

Após algumas doses de conhaque, Fern contou a Lotte a história triste de como perdeu vários bebês no início do casamento, e acabou tendo de passar por uma cirurgia para retirar o útero. Comentou o quanto ela e Howard tinham a oferecer a uma criança — um lar adorável nos Estados Unidos, dinheiro no banco e muito amor. Ela lhe disse que queriam ter adotado uma criança há alguns anos, mas as entidades diziam que estavam velhos demais para fazer isso agora.

Eles haviam visitado várias organizações na Inglaterra que ofereciam-se para entrar em contato com jovens mulheres dispostas a ter uma criança com um doador de esperma, mas, quando pesquisaram mais a fundo, descobriram que eram mulheres pobres e usuárias de drogas, ou pessoas que tinham algum desequilíbrio, que poderiam agir de forma irracional quando o bebê nascesse.

— Nos indicaram uma mulher na Romênia que seria perfeita para nós. Tanto que é para onde pretendemos ir a seguir, em vez de voltar diretamente à América. Mas eu ainda não tenho certeza. Essa mulher não fala inglês, então não temos como nos certificar de nada.

Fern parecia tão triste e desolada que Lotte a abraçou.

— Nunca soube que você queria tanto ter um bebê — ela disse, com um carinho sincero. — Gostaria de poder fazer alguma coisa para ajudar vocês.

— Você nos ajuda estando por perto — afirmou Fern, acariciando a face de Lotte afetuosamente.

Fern e Howard foram para a Romênia, mas voltaram depois de dois dias.

— Ela era quase da minha idade — contou Fern, com uma expressão deprimida e decepcionada. — Achamos que ela deve ter sido uma prostituta; ela parecia bem suja e maltratada.

— Do tipo que estava fazendo isso só pelo dinheiro? — perguntou Lotte.

— Bem, é a razão pela qual qualquer uma delas faria isso — disse Howard.

— Não eu. Eu faria isso por amor — retrucou Lotte.

As palavras saíram de sua boca sem que pensasse no que estava dizendo. O que Lotte quis dizer foi que gestar um bebê para outra pessoa deveria ser somente um ato de amor. Como uma mulher que gestasse um filho para a sua irmã infértil. Mas o rosto de Fern se iluminou.

— Você faria isso por nós? — ela disse, sua voz rouca com a emoção.

Aquele foi o momento crucial, quando Lotte deveria ter explicado que estava falando em termos gerais e idealistas, não realmente se oferecendo para ter o bebê por eles.

Mas Fern e Howard não lhe deram a menor oportunidade de dizer nada. Eles estavam tão ocupados se abraçando, dando graças ao Senhor mandá-la para eles, que Lotte se viu incapaz de dizer que eles a haviam compreendido mal.

♦ ❖ ♦

Capítulo dez

— Você concordou em ter um bebê para eles? — interrompeu Dale, incrédula.

— Não concordei — respondeu Lotte. — Só disse que isso deveria ser feito por amor. Mas Fern era como um trator, ela simplesmente ignorava tudo o que eu dizia sobre aquilo. Juntei coragem um dia depois para expicar que ela havia me entendido mal, e que eu realmente não poderia fazer aquilo. Mas ela riu de mim, disse que eu estava com medo, e que me acostumaria com aquilo em breve.

— Antes que eu me desse conta, ela estava fazendo planos, desenhando tabelas de ovulação e explicando como tiraria a minha temperatura a cada manhã para que soubessem quando estava na parte mais fértil do meu ciclo. Não dá para dizer o quanto eu estava assustada. Eu sabia que teria que tentar fugir.

— Por falar em fugir — disse Dale —, não deveríamos tentar derrubar a porta?

— É impossível, já tentei — suspirou Lotte. — Ela é feita de carvalho sólido, e só uma serra elétrica conseguiria atravessá-la.

— Quem você acha que está lá em cima? — Dale esticou o pescoço para tentar ouvir.

— Duvido que haja alguém — disse Lotte. — Provavelmente Howard estava, mas acho que já foi embora. Não estou ouvindo nada. Não acho que ele vai voltar até resolver o que fará com a gente. Mesmo assim, provavelmente vai mandar alguém fazer o serviço sujo.

— Isso significa que não vamos receber nada para comer? — perguntou Dale, com a voz vacilante.

Lote hesitou.

— Não sei — ela disse, em voz baixa.

Percebendo que aquela era a maneira gentil, usada por Lotte, para prepará-la para literalmente morrer de fome — afinal de contas, não há razão para alimentar pessoas que você planeja matar —, Dale esforçou-se para suprimir o terror e o pânico que cresciam dentro dela.

— Bem, então é melhor planejar o que faremos para levar a melhor sobre aqueles homens quando voltarem para nos pegar — ela afirmou, tentando parecer bem mais animada do que realmente estava.

— Pensei muito sobre isso quando estive aqui antes — disse Lotte. — Tive a ideia de fingir que estava desmaiada na cama. Assim, quem viesse aqui teria de me carregar nos braços. Eu enfiaria a minha lixa de unhas no olho dele, e, se tudo desse certo, enquanto estivesse gritando desorientado, eu poderia fugir para fora daqui.

— Não foi assim que fui levada. Você quer que eu continue a contar o que aconteceu comigo?

Dale concordou com a cabeça. Ela precisava de alguma coisa para afastar a mente da seriedade da situação em que estavam.

— Eles saíram da casa alguns dias depois daquela conversa sobre querer um bebê — continuou Lotte, afundando-se contra a cabeceira da cama, rememorando exatamente o que havia acontecido.

Ela havia acordado em meio ao som da chuva batendo contra a janela, e, quando foi tomar um banho, sentia calafrios, embora o fim de maio estivesse próximo. Mais tarde, ao colocar um dos vestidos estampados que Fern a estimulou a comprar, percebeu que ficava muito feia com aquelas roupas. Foi um momento decisivo, pois, de repente, foi capaz de enxergar, através daquilo que ela percebia como gentileza e carinho, sua própria necessidade de ser amada, e perceber que Fern e Howard a estavam usando como uma peça em um jogo de tabuleiro.

Capítulo dez

Eles a haviam atraído para o seu modo de vida quando a levaram a um hotel de luxo. Fizeram com que se divertisse muito, e, ao mesmo tempo, afastaram-na de seus velhos amigos, com a desculpa de que a estavam protegendo. Eles haviam até mesmo jogado suas antigas roupas fora e feito com que comprasse roupas novas, como um modo de reforçar a paranoia que ela tinha em relação a homens que olhassem para ela. Uma vez neste lugar, ela teve a ilusão da liberdade — afinal de contas, podia sair pela porta da frente sempre que quisesse. Na verdade, eles a estavam levando a um estado mental onde se sentia tão comprometida e dependente que não tinha vontade própria.

Mas eles não haviam conseguido que ela chegasse ao ponto de se sentir preparada para ter um bebê para eles. Agora que entendia que aquele era o plano, sabia que devia fugir deles o mais rápido que pudesse.

— Vamos a Londres hoje — disse Fern, durante o café da manhã. — Gostaria de vir conosco?

O coração de Lotte saltou. Não por causa da oportunidade de ir a Londres, mas pela oportunidade perfeita de escapar. Eles ficariam fora por várias horas, e, embora fosse uma atitude covarde não contar a eles que iria embora, ela não conseguiria encarar a chantagem emocional de Fern, dizendo o quanto eles haviam sido bons para ela.

— Acho que prefiro ficar aqui, se vocês não se importarem — ela afirmou. — O tempo está tão feio, e se estiver do mesmo jeito em Londres, não vou poder caminhar e explorar a cidade enquanto vocês estiverem ocupados.

Eles não pareceram ficar preocupados com a decisão dela, e saíram cerca de meia hora depois, dizendo que provavelmente não voltariam até as 20 horas.

Lotte lavou a louça do café da manhã, limpou e arrumou a cozinha, e, em um impulso, decidiu olhar os documentos de Fern e Howard antes de ir embora.

Normalmente, ela não costumava bisbilhotar as coisas particulares de alguém. Mas supunha que se sentiria menos culpada sobre a fuga se descobrisse algo no escritório que indicasse que eles não eram realmente as pessoas honestas e cristãs que diziam ser.

Entretanto, o armário de arquivos estava trancado. Lotte nunca o viu aberto, e, de acordo com o que sabia, talvez houvesse coisas que pertenceram ao proprietário da casa guardados ali. Mas ao puxar uma das caixas em uma das prateleiras acima da escrivaninha para ver o que havia dentro, uma pequena chave caiu no chão.

A caixa continha mais correspondência, em sua maioria cartas recentes, relativas a uma propriedade comercial que os Ramsdens estavam comprando em Southampton. Lotte os ouviu discutindo isso em várias ocasiões. Era um depósito semiabandonado que esperavam demolir e substituir por um prédio de escritórios, mas, estranhamente, toda a correspondência estava endereçada ao Sr. e Sra. Gullick, não Ramsden.

Ela não se preocupou em olhar nenhuma das outras caixas, pois todas já estavam lá quando se mudaram para a casa — ela supôs que todas pertencessem ao proprietário — e, em vez disso, experimentou a chave pequena no armário de arquivos. A chave girou na fechadura e ela teve acesso às três gavetas.

Na gaveta de cima, em meio a várias caixas menores, estava o seu velho telefone celular.

Era inconfundível, pois, embora fosse um Nokia preto comum, Lotte o havia personalizado, colando vários cristais ao redor da tela.

Ela sentia-se como se alguém tivesse lhe dado um soco no estômago, estava sem ar. Lágrimas surgiram, porque haviam mentido quando disseram não ter visto o aparelho, ligaram para a locadora de carros para perguntar se eles o haviam encontrado e, posteriormente, quando estava irritada por perder contato com todos os seus amigos, sugeriram que alguém pudesse ter roubado o telefone da sua bolsa nas docas de Southampton.

Devia ter sido muito fácil para Fern enfiar discretamente a mão na bolsa de Lotte e pegar o telefone enquanto estavam no carro. Era o modo perfeito de isolá-la de todas as pessoas que conhecia.

Fazer tal coisa era a prova de que as suas intenções nunca haviam sido sinceras.

Capítulo dez

Depois de todo aquele tempo, a bateria estava completamente descarregada, e, infelizmente, Lotte havia jogado o carregador no lixo enquanto ainda estavam no hotel Dorchester. Mesmo assim, ficou muito contente por ter encontrado o telefone. Ela poderia comprar outro carregador em Chichester e encontrar todos os números.

A segunda gaveta do armário tinha várias pastas suspensas de arquivo, todas com nomes que não tinham nenhum significado para ela, mas uma estava etiquetada com "Drummond", o nome da casa. Ela retirou aquela pasta.

A carta no topo do arquivo era uma declaração de conclusão de venda, feita por um agente imobiliário em Londres. Tinha a data de setembro de 2000 e relatava a compra de "Drummond" pelo Sr. e Sra. Gullick, pela quantia de 250 mil libras.

Lotte imaginou que o arquivo pertencia ao proprietário do imóvel, e estava a ponto de recolocá-lo no lugar quando percebeu um bilhete escrito à mão grampeado na pasta. Era apenas uma lista de móveis, com um armário de arquivos, uma escrivaninha e uma estante de livros entre eles, mas estava escrito com a letra de Fern.

Confusa sobre a razão pela qual Fern colocaria qualquer coisa neste arquivo se não pertencesse a ela e Howard, Lotte folheou o seu conteúdo. Entre os papéis, havia a fotocópia de uma carta escrita a mão endereçada a alguém chamado J. C. Wetherall sobre objetos que o Sr. e a Sra. Gullick gostariam que estivessem incluídos na compra da casa. A letra de Fern era inconfundível, e, mesmo que estivesse assinada por E. Gullick, não havia dúvida sobre a real identidade da autora.

Lotte estava atordoada. Não apenas pelo nome diferente, pois aquilo poderia ser explicado se Gullick fosse o nome de solteira de Fern, e se, por alguma razão, ela e Howard o achassem mais conveniente para transações de negócios. Mas por que mentiram sobre terem alugado a casa? Qual seria a razão para fazerem aquilo?

Nervosa, Lotte puxou a pasta ao lado de "Drummond", que estava etiquetada com a palavra "Farnley".

Aquela pasta continha cartas escritas à mão que estavam endereçadas ao Dr. e Sra. Kent em Hartford, Connecticut, e haviam sido enviadas por Marion Farnley de um endereço no estado de Illinois. Parecia que as cartas tinham sido enviadas a este lugar por uma terceira pessoa, pois havia uma nota para Fern anexada em uma delas, dizendo "Acho que você deveria ver isto", com uma assinatura ilegível.

Parecia que a autora das cartas, Marion Farnley, estava grávida, e o bebê nasceria em julho. Na realidade, todas as cartas falavam sobre o progresso da sua gravidez, suas visitas à clínica pré-Natal e quanto peso ela havia ganhado.

Lotte sentiu que os Kents a estavam ajudando financeiramente, o que sugeria poderia ser parente deles. Na carta mais recente, com data de 12 de maio, Marion perguntava se tudo estava em ordem na maternidade onde o bebê nasceria.

A última carta tinha um tom levemente incisivo. Marion queria saber quando o dinheiro seria transferido para a sua conta. Mas um calafrio percorreu a espinha de Lotte quando ela leu: "Espero que isto aconteça antes que eu entregue o bebê a seus novos pais".

Lotte ficou parada por um momento, ao lado da gaveta aberta do armário de arquivos, cobrindo a boca com a mão, chocada. Imediatamente, ela percebeu que o Dr. e a Sra. Kent, assim como os Gullicks, não eram outras pessoas se não Fern e Howard, e transferir fundos juntamente com um bebê a novos pais significava apenas uma coisa: Eles vendiam bebês!

Lotte examinou as outras pastas, uma por uma, e, para seu horror, viu que estava certa. Farnley não era apenas um caso isolado, mas havia também dezenas de mães em quase todos os estados da América, e a maioria havia entregado sua criança há algum tempo.

Estava tudo documentado ali, com registros de pagamentos às mães, que, em sua maioria, recebiam mil dólares quando entregavam seu bebê. Havia registros organizados para os novos pais, não apenas a taxa de 25 mil dólares cobrada pelos Ramsdens, mas também as despesas das mães na maternidade.

Capítulo dez

De acordo com o que Lotte percebeu, havia mais alguém envolvido no esquema, agindo no endereço de Connecticut e possivelmente administrando o lugar enquanto os Ramsdens estavam fora. Mesmo assim, parecia que Fern e Howard tinham o hábito de voltar lá regularmente, pois havia várias referências na correspondência de pacientes que passavam por consultas com o Dr. Kent, incluindo a data em março, quando deixaram o hotel Dorchester para ir rapidamente aos Estados Unidos.

Não ficou claro para Lotte como os Ramsdens encontravam estas mulheres. Algumas, Lotte percebeu, estavam grávidas quando eles as conheceram, mas certos comentários em algumas das cartas, escritas à mão por mulheres que claramente haviam recebido pouca educação, sugeriam que algumas haviam concordado em engravidar com o esperma de doadores.

Com toda aquela correspondência apavorante, mas que estranhamente prendia sua atenção, Lotte perdeu a noção do tempo. Ela queria ler tudo para ter a noção exata de como Fern e Howard haviam conseguido manter este negócio lucrativo por tanto tempo sem atrair a atenção. Ela imaginava que tinham passaportes falsos para usar com seus pseudônimos, mas não conseguia perceber como encontravam casais que estavam tão desesperados para pagar milhares de dólares por um bebê. Não havia como fazer propaganda de um serviço desse tipo.

Havia uma carta de agradecimento de um casal em Dallas, que havia anexado a fotografia de um bebê muito bonito, com cabelo encaracolado escuro. “Nós damos graças pelo dia em que Muriel, na Birthright, nos passou o seu telefone”, eles escreveram. “Eles estavam nos enrolando há mais de dois anos, e achávamos que nunca nos ajudariam. Vocês nos levaram a sério imediatamente, e realizaram todos os nossos sonhos. Deus os abençõe.”

Lotte se perguntou se a Birthright seria uma sociedade idônea de adoções, e se essa pessoa chamada Muriel que trabalhava lá ganhava alguma coisa dos Ramsdens para cada casal desesperado que mandasse para eles.

Quanto mais informações Lotte descobria, mais se enfurecia, e ficava cada vez mais aterrorizada com o que Fern e Howard faziam. Ela se perguntava como se atreviam a passar por cristãos devotos quando estavam ganhando uma fortuna com o dinheiro que recebiam de casais sem filhos. Lotte sabia que entidades de adoção reais verificavam todos os detalhes dos casais a quem entregavam bebês, mas ela imaginava que a única coisa que Fern e Howard faziam era se certificar de que os casais a quem pretendiam entregar uma criança poderiam pagar o preço que cobravam. Eles não sabiam nem se importavam se os casais eram doentes, mentalmente instáveis ou pervertidos sexuais.

E as mães verdadeiras dos bebês? Qualquer mulher que concordasse em entregar um bebê em troca de dinheiro era suspeita. Elas poderiam ter problemas com drogas ou bebida, doenças sexualmente transmissíveis, e possivelmente um QI muito baixo. Ela imaginava que os bebês não passavam por um exame médico completo antes de serem entregues.

O coração de Lotte estava disparado, pois percebeu que o que havia descoberto era dinamite pura, e tinha de sair dali o mais rápido possível e informar a polícia. Ela voltou a examinar os arquivos e retirou algumas cartas particularmente incriminadoras de cada pasta, guardando-as em um grande envelope pardo. Depois de fechar as gavetas e trancar o armário, recolocou a chave onde a havia encontrado e correu para o andar de cima, para pegar suas coisas e sair dali.

Lotte saiu pela porta da frente, levando a mala vermelha e a colocou no chão para trancar a porta com a chave. Ela havia acabado de tirar a chave da fechadura quando ouviu o carro entrando pela ruela que levava ao pátio.

Ela sentiu seu coração parar, e um tremor de medo correu pela sua espinha. Era tarde demais para destrancar a porta e voltar para dentro, e não haveria como escapar. Havia um portão para a lateral da casa, mas ele estava trancado com um cadeado, e as cercas de madeira e as sebes grossas que circundavam a casa impediam que escapasse por ali.

O Mercedes preto parou e Howard saiu, mantendo a porta do motorista aberta, praticamente bloqueando o caminho estreito por entre as cercas vivas altas e árvores. Fern saltou pelo lado do passageiro e caminhou até Lotte, que estava paralisada pelo medo, na soleira da porta.

Capítulo dez

— Vai a algum lugar?

Seu rosto estava impassível. Seus olhos verdes estavam quase negros agora. Como sempre, estava elegantemente vestida, com uma echarpe com estampa de oncinha no pescoço do seu sobretudo impermeável cáqui, e com a maquiagem impecável, como quando havia deixado a casa mais cedo. Até mesmo o seu cabelo, que Lotte havia arrumado em um penteado plissado francês naquela manhã, ainda estava perfeito.

— Sim, decidi que é melhor eu ir embora — desabafou Lotte. — Quero ir para casa.

Fern sempre teve uma presença dominadora, mas agora, conforme se aproximava de Lotte, parecia ainda mais alta e totalmente aterradora.

— Você sabe que não é bem-vinda na casa dos seus pais — ela disse, com a voz macia. — Vamos para dentro, e podemos conversar a respeito tomando uma xícara de café. Estou tão decepcionada que você tenha tentado fugir como uma ladra na noite enquanto não estávamos aqui. Mas talvez você possa explicar isso!

Howard se posicionou ao lado da sua esposa, e Lotte percebeu que, se tentasse passar, ele a agarraria facilmente. Ela pensou que a defesa poderia ser a melhor linha de ataque.

— Vocês me assustaram quando sugeriram que eu deveria ter um filho para vocês — ela explicou. — Isso mudou tudo. Eu só quero ir embora, agora.

— Oh, cresça, Lotte —, disse Fern, desdenhosamente, enquanto Howard destrancava a porta. — Se você realmente detestasse essa ideia, não teríamos insistido com você.

— Vocês não deviam nem ter sugerido — afirmou Lotte, indignada.

Fern segurou o braço de Lotte com firmeza e a levou para dentro da casa. Howard pegou a mala e a levou para dentro, fechou a porta e a trancou. Tirou a chave e guardou-a em seu bolso.

— Não quero ficar para tomar café e falar sobre nada — disse Lotte, sentindo-se desajeitada e assustada. — Deixe-me sair daqui!

— Por que a pressa? — perguntou Fern. — Você não teria colocado nada na sua mala que não lhe pertença, não é?

— Claro que não.

Lotte sentia-se enjoada, pois Fern havia colocado a mala sobre uma das poltronas da sala e estava a ponto de abri-la. O envelope pardo estava bem em cima.

— Então você não vai se importar se eu der uma olhada — disse Fern, abrindo a mala.

A princípio, não percebeu o envelope, revistando entre as roupas, mas ergueu-se com ele nas mãos.

— O que é isto? — ela perguntou, encarando Lotte com um olhar duro e frio.

Lotte sabia que tudo estava perdido. Fern abriria o envelope, e quando visse o que havia dentro, não a deixaria sair dali por nada deste mundo.

— É melhor eu olhar, pois parece que o gato comeu a sua língua — disse Fern.

Ela retirou as cartas e empalideceu ao perceber o que tinha nas mãos.

— Sua maldita ingrata! — ela rugiu para Lotte, dando um passo em sua direção e lhe acertando um tapa no rosto. — Nós fizemos tudo que podíamos por você, mas você nos retribui revirando nossos documentos particulares!

— Vocês vendem bebês! — retrucou Lotte, indignada. — Não há como justificar isso! Foi por isso que vocês me ajudaram depois do estupro? Vocês esperavam que eu engravidasse para que vocês pudessem lucrar com isso?

Fern avançou para estapeá-la novamente, mas Lotte segurou sua mão e a empurrou em direção à parede.

— Não ouse me bater novamente. Você vomitou toda aquela bobagem religiosa, você fingia que se importava — ela gritou. — Mas você não passa de uma pilantra do pior tipo, uma vigarista mentirosa e calculista que se aproveita dos fracos e vulneráveis.

Howard, que estava apenas observando a discussão, deu um salto à frente, agarrou os braços de Lotte e os torceu por trás das suas costas.

— Você pode se acalmar no porão — ele disse.

Capítulo dez

Ele a levou para baixo tão rapidamente que ela sequer percebeu o que estava acontecendo. A porta no topo da escada foi fechada com força, e ela ouviu a chave virar na fechadura, seguida pelo barulho de passos que se afastavam em direção à cozinha.

Lotte estava furiosa demais consigo mesma, até mesmo para chorar. Ela não conseguia acreditar que não havia previsto que poderiam querer testá-la, voltando para casa mais cedo. Talvez soubessem que deviam redobrar a vigilância desde que sugeriram que ela poderia ter um bebê para eles. Por que passou tanto tempo lendo todas aquelas cartas? Por que não havia agarrado algumas e ido direto à polícia?

Mas o pior de tudo era saber que nunca mais a deixariam sair dali. Eles não poderiam fazer aquilo, pois, se o fizessem, seriam condenados a vários anos de prisão.

Demorou 48 horas até que voltassem para falar com ela.

Durante esse tempo, Lotte tentou gritar e socar a porta. Ela tentou quebrar as dobradiças com uma lixa de unhas que encontrou em uma gaveta, e também tentou empurrar o guarda-roupa para perto da pequena janela para ver se conseguiria escalar a parede e sair da casa. Entretanto, ao se equilibrar precariamente no banco da penteadeira em cima do guarda-roupa, percebeu que a janela era tão pequena que não conseguiria fazer com que seus ombros passassem por ela. Pensou em quebrar o vidro e gritar, mas sabia que a janela estava situada em um pequeno barranco atrás da casa, e era improvável que a sua voz chegasse a qualquer uma das casas vizinhas. Além disso, enquanto Fern e Howard estivessem na casa, provavelmente cobririam aquela janela com tábuas se a ouvissem, então só usaria aquilo como um último recurso, quando estivessem fora.

Quando Howard finalmente abriu a porta, o cheiro de frango assado que veio da cozinha quase fez com que ela desmaiasse por causa da fome.

— Está com fome?

Lotte só conseguiu fazer que sim com a cabeça. Ela estava fraca demais para fazer qualquer outra coisa.

— Você pode subir e comer conosco, desde que se comporte — ele disse. — Queremos conversar com você.

Uma hora depois, Lotte estava olhando fixamente para Fern, sem palavras, enquanto ela explicava o que aconteceria.

Ela havia devorado o frango assado que serviram no jantar, convencida de que a mudança de ideia em relação a alimentá-la significava que estavam prontos para negociar. Ela esperava que oferecessem dinheiro para esquecer o que havia descoberto, e, após passar dois dias trancafiada sem comer, Lotte estava preparada para apagar tudo aquilo de sua mente em troca de uma boa refeição.

Mas não era aquilo o que tinham em mente.

Fern disse que Lotte teria que gestar um bebê para eles, e que Howard seria o pai. Quando o bebê nascesse, ela deveria registrar o nascimento e pedir o passaporte, e todos eles, mais o bebê, viajariam de volta à América. Então Lotte estaria livre para voltar para casa, e eles lhe dariam 5 mil dólares, desde que ela assinasse um contrato dizendo que havia consentido em engravidar com o esperma de Howard e dar o seu bebê quando nascesse.

Howard falou pouco, apenas sentou-se à mesa com os braços cruzados, olhando primeiro para Fern e depois para Lotte. Devido às suas feições refinadas e modos gentis, era tentador pensar que ele realmente não queria tomar parte nisso, mas foi ele quem se passou pelo Dr. Kent e convenceu dezenas de mulheres de que era realmente um médico.

— Por que vocês querem que eu vá para os Estados Unidos com vocês? — perguntou Lotte.

— Para ficarmos de olho em você até o fim, é claro —, explicou Fern. — Sabemos que se você fosse até uma delegacia em Nova York, na Filadélfia ou em qualquer outro lugar da América, com essa história e sem nada que pudesse comprová-la, as pessoas ririam de você. E, é claro, com a sua assinatura no contrato, você não teria como provar nada do que diz.

Mas estamos apenas tentando ser justos e é por isso que mandaríamos você de volta para casa com dinheiro suficiente para começar uma vida nova.

Howard a levou de volta para o porão, dizendo que ela precisaria pensar sobre o que eles haviam dito.

Lotte não precisava pensar a respeito, pois eles não lhe ofereceram qualquer escolha. Independente do que dissessem, eles não a libertariam, nem nos Estados Unidos, nem aqui, nem em qualquer outro lugar, nem agora, nem nunca. Eles não poderiam fazer isso. Ela sabia demais.

Ela podia fazer qualquer coisa para convencê-los de que estava disposta a ir adiante com o plano de ter um bebê para eles, de que queria apenas o dinheiro e que nunca falaria sobre o caso para ninguém, mas eles nunca voltariam a confiar nela.

No final, teriam de matá-la. Agora, se ela não concordasse em ajudá-los com seus planos, ou depois, quando conseguissem o que queriam. Há alguns meses, ela não podia imaginar que fossem capazes de mentir, ou mesmo de vender bebês ou matar. Mas não restava mais nenhuma dúvida sobre isso.

Ela se perguntava por que nunca percebeu aquele olhar fanático nos olhos verdes de Fern antes, ou a dissimulação que havia em Howard. Quando faziam orações ou liam trechos da *Bíblia*, faziam o papel de pastores. Quem saberia dizer que tipo de pessoa eles fingiam ser em outros lugares? Ela sabia sobre Howard fingir ser médico, mas talvez houvesse mais. Como podia ter confiado neles, de forma tão cega, por tanto tempo?

Outras 24 horas se passaram antes que Fern abrisse a porta do porão novamente.

— Como vai ser, então? — ela perguntou, apoiando-se contra o batente da porta, com os lábios curvados em um sorriso cruel. — Você vai cooperar? Ou quer ficar aqui embaixo por mais alguns dias sem comida?

Lotte sentiu seu estômago enjoar por causa do medo.

— Como você pode fazer isso comigo? — ela perguntou, chorando. — Você foi tão gentil e paciente quando fui estuprada. Você disse que pensava em mim como se eu fosse sua filha, e agora faz isso.

— É por causa dos nossos sentimentos em relação a você que a escolhemos para ser inseminada pelo esperma de Howard — contou Fern, com um largo sorriso, como se aquilo fizesse a sua proposta terrível parecer algo trivial.

Lotte percebeu que Fern era realmente perturbada, pois, com certeza, apenas uma mulher louca poderia achar que aquilo era algo de pouca importância.

Ela não tinha nada a ganhar com a sua resistência. Sabia que Fern não se importaria em deixá-la passar fome por vários dias. Se fizesse o jogo deles, talvez a sorte pudesse lhe sorrir e dar uma oportunidade para fugir.

— Tudo bem, eu terei o bebê para vocês — disse Lotte, forçando-se a parecer resignada, embora não entusiasmada.

— Boa menina — sorriu Fern. — Sabia que você acabaria concordando. Agora você pode subir para jantar.

⬩ ❖ ⬩

Capítulo onze

— Cheguei! — gritou Simon, entrando no apartamento logo após às 17 horas, carregando uma sacola de compras.

Quando Lotte não respondeu, imaginou que ela poderia estar dormindo, e foi até a cozinha para guardar as compras na geladeira. Ficou surpreso com a louça suja que estava na pia; não era do feitio de Lotte, que sempre lavava tudo logo depois das refeições.

Ele preparou uma xícara de café e atravessou o corredor em direção à sala. Percebeu onde Lotte e Dale haviam sentado no sofá, pois as almofadas ainda tinham o contorno dos corpos delas. As sandálias de Lotte ainda estavam no chão, assim como dois copos e uma garrafa de vinho vazia.

Simon sorriu. Ali estava a explicação para a louça suja na pia: o vinho. Ele colocou o café na mesa de centro e pegou os copos e a garrafa para levá-los até a cozinha. Quando atravessou a sala, pôde visualizar o quarto de Lotte pela abertura da porta, mas ela não estava deitada sobre a cama.

Alarmado, entrou no quarto. Ela não estava lá, e nada parecia estar fora do lugar. Ela também não estava no quarto que ele dividia com Adam nem no banheiro, e, embora quisesse acreditar que ela havia apenas saído para ir até alguma loja nas redondezas com Dale, de algum modo sabia que ela não faria aquilo.

Com o coração aos pulos, pegou o telefone e ligou para o número que o detetive Bryan havia lhe dado.

Adam chegou alguns minutos depois, enquanto Simon ainda estava esperando a polícia chegar. Foi ele que descobriu que alguém havia coberto as lentes da câmera do circuito interno de televisão com cera, e que o sistema confirmava que Lotte não havia saído para fazer compras com Dale.

— Não entendo por que abriria a porta se ela não pudesse ver quem estava lá — disse Simon, agitado, descontrolado pela ansiedade. — Achei que tínhamos lhe dado toda a segurança de que precisava!

— Calma, Simon — pediu Adam, abraçando-o. — Alguém deve ter visto alguma coisa. A polícia vai encontrá-la.

Conforme as horas passavam, a confiança de Adam na polícia e em seus vizinhos começou a desaparecer. Ninguém que morava ou trabalhava na alameda havia visto nada. A polícia trouxe rapidamente a equipe de investigação forense para verificar o apartamento e a escada em espiral do lado de fora. Porém, sem encontrar ninguém que tivesse visto os homens ou o veículo usado para raptar Lotte, encontrá-la seria como procurar agulha no palheiro.

Adam ligou para o Marchwood Manor antes que a polícia chegasse, pois havia encontrado o telefone celular de Dale no sofá. Ela não havia voltado ao *spa*, e Scott disse que ela planejava voltar no ônibus que saía de Brighton às 16h30, o que significava que ela já devia ter chegado ao hotel há dez minutos.

Scott ficou muito abalado e preocupado com Lotte, mas, naquele ponto, não fazia sentido imaginar que Dale havia sido levada com ela. Afinal de contas, ela poderia ter perdido o ônibus, e decidido voltar mais tarde, de táxi. Mesmo assim, se esse fosse o caso, era estranho que não tivesse voltado ao apartamento de Simon para buscar seu telefone. Simon ligou para David em seguida, desesperado para informar o que havia acontecido a todos que se importavam com Lotte.

David chegou ao apartamento em pouco tempo, enquanto a equipe de investigação ainda estava lá. Ele tinha gotas de suor na testa; seu terno escuro estava amarrotado e havia medo em seus olhos.

— Imagino que ela se esqueceu de olhar a tela do sistema de segurança antes de abrir a porta — ele comentou no corredor com Simon e Adam, observando os homens da polícia forense fazendo seu trabalho na sacada. — Mas isso me diz que ela pensou que fosse um amigo. Talvez Dale voltando para buscar o telefone?

— Acho que essa pode ser a resposta — disse Simon. — Mas como eles sabiam que Lotte estava aqui?

— O local onde Dale e Scott trabalham foi mencionado nos jornais. Eles podem ter seguido Dale até aqui esta manhã — sugeriu David.

— Eles vão matá-la, não é? — os lábios de Simon começaram a tremer.

— Não necessariamente — disse David, mas faltava convicção em sua voz.

— Acorde! Que outra razão teriam para sequestrá-la, se não fosse para ter certeza de que ela nunca contaria o que sabe à polícia? — exaltou-se Adam.

— Mas o que ela pode saber de tão ruim para que alguém se arrisque a esse ponto? — perguntou Simon, balançando a cabeça, sem conseguir acreditar.

Um dos investigadores forenses encontrou uma impressão digital parcial no corrimão da escada em espiral, e um pouco de areia nos dois primeiros degraus.

— Diria que havia dois homens, e que ambos estavam usando luvas — disse o homem alto e magro, com sobrancelhas caídas. — Há vários locais nos corrimãos que estão muito limpos, compatível com uma mão enluvada segurando no corrimão. Mas o homem que estava segurando a garota provavelmente tirou a luva enquanto descia, porque tinha algo complicado para fazer. Amarrá-la, talvez, ou destrancar o veículo. A areia é interessante; acho que foi trazida até aqui em um sapato, vinda de uma praia em vez de alguma construção.

— Vocês conseguem identificar a área de onde essa areia veio? — perguntou David.

O investigador forense deu de ombros.

— Apenas uma área geral. Mas faremos o melhor que pudermos.

O detetive Bryan chegou algum tempo depois, com uma expressão severa após de ouvir que Dale ainda não havia chegado ao Marchwood Manor.

— Parece que ela foi levada também — ele contou, passando os dedos pelos cabelos distraidamente. — Vamos verificar todas as gravações de circuitos fechados de TV pela cidade e questionar as pessoas em todas as lojas e apartamentos por aqui. Se estas pessoas seguiram Dale desde Marchwood, elas ficaram aqui a maior parte do dia esperando. Então, alguém deve tê-los visto, ou o veículo em que vieram. Dale recebeu uma mensagem de texto em seu telefone às 15h50 e respondeu-a em seguida; então, sabemos que ela ainda estava aqui naquele momento. Simon voltou às 17h15. Então, temos um intervalo de uma hora onde as garotas podem ter sido levadas.

— A maioria das lojas e escritórios já está fechada — indicou Simon.

— Verificaremos assim que abrirem amanhã pela manhã — assegurou Bryan, e sugeriu que Simon e Adam esperassem em casa, prometendo que lhes informaria imediatamente se houvesse progressos.

— Você pensou no que eu disse outro dia? Você sabe que eu imaginava que o barco de onde Lotte foi empurrada, ou de onde ela escapou, tivesse vindo de algum ponto da baía de Chichester? — perguntou David, esperando que Bryan dispensasse a sua opinião.

Mas, para a sua surpresa, Bryan disse que David podia estar certo.

— Poucas pessoas se arriscariam a navegar no escuro em mar aberto, a menos que fossem marinheiros bem experientes. Mas as pessoas que deixam seus barcos ancorados no porto e navegam apenas ao redor da baía podem se sentir confiantes para navegar além do porto se houver uma emergência. Jogar alguém no mar se enquadra nessa situação, eu diria, e talvez eles tenham feito o mesmo com o bebê.

David sentiu um calafrio ao pensar naquilo. Um bebê não conseguiria sobreviver muito tempo no mar gelado, e poderia ter sido arrastado para longe de Lotte. Haveria alguma mãe que iria querer se lembrar daquilo?

— E por que vocês não revistaram os barcos que estavam na baía? — ele perguntou.

— Interrogamos centenas de donos de barcos, mas estamos falando sobre uma área imensa, David. Vinte e oito quilômetros quadrados de água, mais de 3.500 ancoradouros, 14 clubes de velejadores e cerca de 12 mil embarcações que visitam a baía todos os anos.

— E que tal fazer uma revista casa a casa? — sugeriu David. — Se essa pessoa deixa o barco ancorado ali, ele pode morar por perto, também. Não é algo tão complicado de fazer. Itchenor, por exemplo, tem apenas 206 casas. Algumas das outras vilas são ainda menores. Não acha que é hora de começar a fazer isso?

— Não há evidências concretas de que ela esteve lá para justificar uma revista casa a casa — rebateu Bryan, parecendo um pouco irritado por David estar lhe dizendo como fazer o seu trabalho.

— Há um bebê desaparecido — insistiu David, com convicção. — Isso não justifica passar por cima da burocracia, independentemente da evidência?

— Lotte pode ter tido o bebê em praticamente qualquer lugar. Pode nem ter acontecido na Inglaterra — disse Bryan, parecendo cansado. — Eu já lhe disse que verificamos todos os registros de nascimentos na época em que acreditamos que o bebê nasceu, e todos estão em ordem.

— Pode ter nascido em uma garagem, ou em alguma latrina, ou em algum outro lugar, sem qualquer cuidado médico. Talvez tenha sido um natimorto, ou o bebê tenha morrido logo após o parto, e as pessoas que sequestraram Lotte se livraram dele — disse David, descontrolado, com a voz carregada de emoção. — Eu não tenho respostas, mas algo me diz que Lotte estava aprisionada em uma casa à beira-mar.

Bryan colocou a mão no ombro de David, demonstrando simpatia.

— Nossa melhor pista até agora é aquela impressão digital parcial que encontramos na escada, ou do furgão de quem capturou Lotte ter sido filmado por alguma câmera. Já começamos a verificar isso. Está muito em cima da hora para fazer um apelo às testemunhas no noticiário das 18 horas, mas com certeza vai haver algo no jornal das 22 horas. A primeira coisa que faremos amanhã é interrogar pessoas que estejam a caminho do trabalho.

— Você considerou que eles podem matá-la assim que possível? — disse David, desesperado. — Eles não vão demorar a fazer isso, eles simplesmente terminarão o trabalho e irão para longe.

— Concordaria com isso, se tivessem levado apenas Lotte, mas parece que pegaram Dale também — disse Bryan, olhando para o telefone como se quisesse que ele tocasse, trazendo boas notícias. — Não acredito que quisessem levá-la, e isso deve ter atrapalhado os seus planos. Acho que Dale e Lotte juntas vão causar problemas para quem quer que as tenha levado.

Bryan saiu do apartamento pouco depois, e, em pouco tempo, Scott havia chegado ao local. Ele estava pálido e atordoado. Dale não havia voltado para o Marchwood, e todos os funcionários estavam preocupados. Simon fez mais café, e os quatro homens se sentaram na sala para discutir o que fariam.

— Acho que deveríamos fazer a nossa própria revista casa a casa — afirmou David. — Se dividirmos a região em quatro, imagino que podemos verificar a maior parte das casas em dois dias.

Simon e Adam não sentiram muita segurança na ideia. Aquilo poderia atrapalhar o trabalho da polícia.

— Bem, acho que é uma boa ideia — disse Scott, apoiando David com entusiasmo. — Não vou conseguir trabalhar em paz enquanto estiverem desaparecidas. Eu começaria a procurar agora mesmo se pudesse.

Simon e Adam se entreolharam.

— Certo — disse Adam. — Simon e eu iremos participar também. Se a polícia não gostar, eles que vão para o inferno. As garotas são muito mais importantes.

Scott colocou a mão no bolso da jaqueta e tirou uma foto que mostrava as duas garotas juntas.

— Vocês têm um *scanner* para imprimirmos algumas cópias dessa foto e mostrá-la para as pessoas?

Adam disse que tinha, e pegou a foto. Era uma das garotas em um restaurante, e parecia estar bem bronzeada e com a aparência de uma modelo. David olhou para ela e franziu a testa.

— É uma bela foto, mas duvido que Lotte estivesse com essa aparência enquanto esteve presa. Sou bom com computadores. Se vocês tiverem uma foto dela com uma aparência mais habitual, sem maquiagem e adereços, talvez com o cabelo amarrado para trás, poderia sobrepor algumas roupas mais antiquadas nela, como aquele vestido que estava usando quando a encontrei.

— Se ela esteve presa, ninguém a teria visto, de qualquer forma — disse Simon, um pouco aturdido.

— Ela poderia não estar presa no começo — respondeu David, provando que ele havia passado muito tempo pensando naquilo. — A polícia sabe que ela esteve em Londres por algum tempo porque ela comprou roupas novas com o cartão. O que não sabemos é se estava em Londres com essa pessoa, ou pessoas, ou se os encontrou lá. De qualquer maneira, é quase certo que ela foi para algum outro lugar com ele, ela ou eles posteriormente, e, de algum modo, acho que isso não foi contra a vontade dela.

— Por que não? — perguntou Simon.

— Seria muito difícil manter alguém como prisioneiro durante um tempo tão grande — disse David. — E ela engravidou durante esse tempo, também. Então pode ter sido um caso amoroso que acabou de um jeito horrível.

— Mas não temos como saber que ela foi capturada dessa maneira — contestou Adam.

— Não temos como saber, mas provavelmente foi isso que aconteceu. Ela pode ter recebido uma oferta de emprego, pode ter sido atraída para alguma religião maluca, ou simplesmente se juntou com algum cara que lhe ofereceu amor e segurança. Mas, qualquer que seja a razão, aposto que ela veio até aqui por livre e espontânea vontade.

— Com todo o respeito, David — disse Simon, amigavelmente —, você só conversou com ela durante cinco minutos. Como você sabe disso?

David deu de ombros de forma expansiva, agitando as mãos também.

— Ela me pareceu ser uma garota cautelosa, não uma desmiolada que poderia ser atraída com a promessa de algo exótico ou divertido. Imagino que ela talvez nem mesmo iria para uma área com a qual não estivesse familiarizada. Mas Chichester pareceria um local seguro. Não é longe da sua cidade Natal, e ela sabia o que havia ali.

— David está certo sobre ela ser cautelosa. Demorou muito até eu conseguir convencê-la a aceitar o emprego no navio — disse Simon, como se tivesse repentinamente se lembrado daquilo. — Até mesmo no dia do embarque, esperava que fosse desistir da ideia.

— O que motivou Lotte a querer trabalhar no navio? — perguntou David.

— Principalmente o dinheiro — contou Simon. — Ela queria ganhar o suficiente para dar entrada em seu próprio apartamento. A razão pela qual ela não desistiu foi que todos nós passávamos o dia inteiro provocando-a, dizendo que ela não teria coragem de partir. Acho que pensou que tinha que fazer aquilo para salvar a sua reputação.

— David tem razão — disse Scott. — Lotte não faz o tipo audaciosa. A menos que recebesse uma pancada na cabeça e fosse trancafiada em algum lugar, ela não teria problemas em concordar em ir para um local onde se sentisse segura, com pessoas em quem confiasse. Assim, isso sugere que ela não estava presa, pelo menos não a princípio. Há uma forte possibilidade de que algumas pessoas possam tê-la visto.

— Certo, então concordamos. Sabemos, por causa do vestido que ela estava usando quando a encontrei na praia e pelas outras roupas que comprou em Londres, que Lotte provavelmente não estava se produzindo para chamar a atenção — David fez uma pausa e pressionou a foto com o dedo. — Então, ninguém vai fazer a ligação entre essa garota glamourosa e a moça tímida com roupas antiquadas que possam ter visto. Acho que um dos maiores erros que a polícia cometeu foi divulgar aquela foto onde ela aparecia de forma exuberante.

— Temos várias fotos dela no computador — Simon levantou-se. — Vamos olhar e ver se achamos alguma que seja adequada à situação.

— Vocês realmente estão dispostos a sair amanhã para procurá-las? — perguntou David. — O que vão dizer nos seus empregos?

— Lotte é mais importante do que um emprego patético — disse Adam, e Simon sorriu para ele, com afeição.

— Acho que Marisa vai me enforcar e me esquartejar — afirmou Scott —, mas Dale e Lotte são como irmãs para mim, e minhas duas melhores amigas. Não posso deixá-las nessa situação, então não estou me importando muito com o meu emprego.

Capítulo onze

Às 8 horas da manhã seguinte, David se encontrou com Scott no estacionamento da cafeteria da marina de Chichester, como haviam combinado na noite anterior. Scott usava um *jeans* e um moletom vermelho; David achava que estava usando roupas mais elegantes do que a situação pedia, com calças cáqui e um *blazer* xadrez.

— Teve problemas para tirar o dia de folga? — ele perguntou a Scott, enquanto entravam na cafeteria.

Scott torceu o nariz.

— A gerente não aceitou muito bem a situação. Ela nunca gostou de Dale. Mas acho que vai ter de enfrentar uma greve se me demitir; todos os outros funcionários do *spa* estão me apoiando. E você?

— Bem, posso fazer meu próprio horário — contou David. — Apenas vou ter de trabalhar um pouco mais depois que tudo isso acabar — ele estava pronto para pedir um café quando Adam e Simon entraram no lugar. — Quatro cafés — ele disse à garota que estava no balcão.

Na noite anterior, Simon havia encontrado a fotografia perfeita de Lotte. Adam a havia fotografado sem que ela percebesse, enquanto estava olhando para o horizonte, pensativa. Ela estava sem maquiagem, o cabelo preso em duas tranças e usava um suéter azul-claro com gola redonda. Ela estava com uma aparência antiquada, tímida, vulnerável e um pouco preocupada.

Com o título "Você viu esta pessoa?", acima da foto, e um breve lembrete de que ela era a garota encontrada na praia de Selsey, e que podia estar correndo perigo, pois havia sido sequestrada novamente, a imagem transmitia uma mensagem forte e emocional. Pedia-se que quem a tivesse visto entrasse imediatamente em contato com a polícia.

Simon imprimiu centenas de cópias, e o plano dos rapazes era mostrá-las às pessoas e conversar com elas a respeito de Lotte. Eles deixariam a foto em locais onde as pessoas se reuniam, como esta cafeteria.

— Sugiro que cada um de nós comece por um dos ancoradouros — disse David. — Vamos mostrar a foto para quem estiver a bordo de cada um dos barcos, vamos perguntar sobre os proprietários de barcos vizinhos também, se eles estavam aqui quando Lotte foi encontrada na praia, no dia seis de maio. Peguem o nome e telefone de qualquer pessoa que estava aqui na época, ou de qualquer pessoa que ache que possa ter visto Lotte antes.

— Passaremos o dia inteiro aqui — comentou Adam, olhando pela janela e vendo a imensa quantidade de iates ancorados na marina.

— Cuidado para não ficarem batendo papo sobre outras coisas — disse David. — Precisamos falar com o máximo de pessoas que conseguirmos.

Simon e Adam foram até o final de uma das filas de barcos para começar por ali, e David e Scott foram para o outro lado, de modo a se encontrar no meio. Era uma manhã enfadonha e havia uma brisa forte, que fazia o dia parecer bem frio. A maioria das pessoas a bordo dos barcos estava tomando seu café da manhã.

Do seu lado do ancoradouro, David descobriu que as pessoas eram atenciosas e demonstravam interesse no caso, por vezes até em excesso, ele tinha dificuldades para se livrar delas. Mesmo assim, ninguém reconheceu Lotte, e algumas das pessoas que não eram daquela área nem mesmo sabiam que ela havia sido encontrada na praia. Em duas horas, David encontrou apenas uma pessoa que estava ali na época em que Lotte apareceu em Selsey, e ele não havia levado seu barco para fora da marina.

Scott disse que havia descoberto as mesmas coisas, quando se encontraram no meio da manhã.

— Eles estavam muito dispostos a fazer fofoca sobre os outros donos de barcos — ele disse, desapontado. — Um cara não parava de reclamar de outro, que traz uma garota nova com ele a cada fim de semana. Eu lhe perguntei como o homem as matava, e ele disse, "ah, ele não as mata, apenas transa com elas". Ele era tão imbecil que nem percebeu que eu estava sendo sarcástico.

David sorriu, mas estava começando a se sentir desencorajado com a tarefa que haviam decidido enfrentar. Com mais de 3.500 pontos de ancoragem por toda a baía, demorariam semanas para verificar todos. Mas talvez pudessem dar conta de toda aquela marina nesse mesmo dia, e começar a bater nas portas das casas no dia seguinte.

Capítulo onze

Eram quase 18h30 quando os quatro se reuniram, depois de conversar com cada dono de barco que estava por ali. Eles haviam almoçado apenas sanduíches com café e continuaram com as perguntas. Ninguém havia visto Lotte, mas haviam conseguido os nomes de cinco pessoas que estiveram por ali na época em que Lotte foi encontrada em Selsey.

— Será que devo entregar os nomes a Bryan? — perguntou David aos outros, enquanto caminhavam para o estacionamento. Eles haviam planejado ir a um restaurante indiano para jantar, e Scott passaria a noite na casa de David, em Selsey.

— É uma boa ideia — disse Simon. — Talvez isso faça com que ele acorde. Só Deus sabe o que os seus subordinados estão fazendo!

Scott e David chegaram à casa de David por volta das 22 horas, após o jantar no restaurante indiano. Simon e Adam os haviam deixado ali e voltariam para Brighton. David pegou cervejas na geladeira e falou sobre Simon e Adam. Ele admitiu que nunca havia estado na companhia de *gays* antes.

— Acho que nunca mais vou ser homofóbico — disse Scott, com uma risada. — Nem pensei neles como *gays* durante a noite toda, e eles foram uma ótima companhia. Eles se importam muito com Lotte, como se ela fosse uma irmã mais nova. Para ser honesto, acho que preferia estar com eles a estar com metade dos homens heterossexuais que conheço. Eles sabem falar de outras coisas além de futebol, são sensíveis e têm um ótimo senso de humor. Eu costumava me sentir bem dessa forma quando estava com Dale e Lotte, também. Nós ríamos e ríamos, até a barriga doer.

— Você nunca teve vontade de partir para algo além de uma simples amizade? — perguntou David. — Você sabe, as duas são adoráveis.

— No começo, tive sim — admitiu Scott. — Mas envolver-se com alguém durante o trabalho em um navio de cruzeiro é um campo minado. Além disso, elas nunca insinuaram que queriam nada além de amizade, e para mim a situação estava ótima. Eu podia fingir que uma delas era a minha namorada se alguma outra mulher estivesse dando em cima de mim. Mas se quisesse arrumar alguém, elas não se importavam. Eu podia confiar nelas, me sentia à vontade perto delas, era muito bom. Eu daria qualquer coisa para tê-las de volta comigo.

David assentiu, hoje também havia tido boas experiências sobre a amizade. Ele não conhecia nenhum outro rapaz *gay*, e Scott era o tipo de herói musculoso que fazia com que se sentisse inadequado. Mesmo assim, hoje se sentiu ligado àqueles três homens. Ele havia até mesmo conseguido admitir durante o jantar que achava que tinha se apaixonado por Lotte. Ele não viu nada além de compreensão nos olhos deles. Nenhum ressentimento por ele estar conduzindo a busca, nem mesmo qualquer irritação por ele a conhecer há tão pouco tempo. De fato, agiam como se o que David sentia por Lotte fosse ainda mais forte que os sentimentos deles.

— O que faremos se descobrirmos que as garotas foram mortas? — disse David. A voz dele era pouco mais do que um sussurro.

— Não sei, meu camarada — disse Scott, balançando a cabeça. — Parece que tudo isso é um sonho estranho. Uma coisa irreal, distante de mim. Mas a polícia já deve ter entrado em contato com os pais de Dale, e estarão por aqui amanhã. Isso vai fazer com que a coisa pareça bem real, nem consigo imaginar como vou encará-los.

David viu que os olhos de Scott estavam cheios de lágrimas, e em um gesto de amizade, colocou a mão em seu ombro

— É, vai ser difícil — ele concordou.

— Eu queria saber o que elas estão fazendo agora — disse Scott. — Será que Lotte se lembrou de outras coisas, agora que tantas coisas ruins aconteceram?

♦ ❖ ♦

Capítulo doze

Enquanto os rapazes jantavam no restaurante indiano, Lotte estava deitada na cama ao lado de Dale, aliviada por sua amiga ter finalmente se acalmado e adormecido.

Embora Dale estivesse calma quando foram jogadas naquele porão, ela havia acordado, naquela manhã, como se estivesse possuída. O fato de seu olho estar fechado pelo inchaço não facilitava as coisas, e ela não conseguia aceitar que não receberiam nada para comer ou beber no café da manhã. Algum tempo depois começou a reclamar, enfurecida por não ter conseguido dormir por causa fome. Como conseguiria aguentar aquela fome, que aumentaria com o passar do dia?

Lotte havia tentado convencê-la de que gritar enquanto estivessem no cativeiro não ajudaria. Não havia ninguém na casa além delas, e os vizinhos estavam muito longe. Mesmo assim, Dale arrastou o guarda-roupa até perto da janela pequena e colocou o banco em cima dele, para tentar alcançar a fresta, que era muito pequena para que conseguisse sair.

— Passei meses aqui — Lotte disse a ela, várias vezes. — Não há um único ponto na parede ou mancha no carpete que eu não conheça. Me escute! O que precisamos fazer é descansar e planejar o que vamos fazer quando voltarem aqui. Ficar correndo e bufando só vai diminuir a sua força.

Estranhamente, a única maneira que Lotte encontrou para fazer com que Dale se deitasse a seu lado e descansasse foi relatar outras coisas que Fern e Howard haviam feito a ela. Mas era muito difícil dizer aquilo, pois lembrar o que ela havia passado era como estar em um filme surreal, onde a única explicação para os eventos bizarros é a de que os protagonistas da obra são insanos.

Lotte pensava que deveria estar louca mesmo, porque não havia reconhecido a insanidade de Fern e Howard desde o começo. Qualquer pessoa normal certamente teria tentado se afastar de um casal que insistia em se ajoelhar para rezar em um navio de cruzeiro. E se aquele casal realmente fosse santo, por que não davam um pouco da sua fortuna para os pobres e necessitados, em vez de gastá-la com prazeres hedonistas?

Mas agora que Dale estava dormindo, o silêncio era total. Enquanto estava no quarto no andar de cima, Lotte ouvia o pio das corujas e o barulho de pequenos animais tentando atravessar as cercas vivas durante noite. Quando o sol brilhava, ouvia o canto dos pássaros, o som dos caminhões passando pela estrada, cascos de cavalos e o latido dos cachorros. Aqui embaixo não havia som nenhum. Mesmo quando chovia, não conseguia ouvir.

Ela havia contado a Dale uma versão básica do que havia acontecido com ela depois que tentou escapar, e, sem dúvida, nos próximos dias, daria mais detalhes. Conforme contava a história, sentia que outras memórias voltavam a sua mente.

Seria fácil desabar em lágrimas agora, sentir novamente o terror e o desamparo contra os quais havia lutado antes, neste mesmo lugar. Mas não cederia ao medo novamente. Analisaria calmamente o que aconteceu antes, os erros que cometera e os erros que os Ramsdens cometeram, e, assim, se preparariam para quando os homens voltassem para pegá-las.

Lembrando-se do seu cativeiro anterior neste porão, Lotte estava certa de que eles a estavam drogando quase todo o tempo. Embora se sentisse aterrorizada nos primeiros dias, quando a forçaram a passar fome, a sua mente estava bem alerta. Mas não foi assim nos dias que se seguiram, nem depois que começou a se alimentar regularmente. Na verdade, ela se lembrava de passar muito tempo deitada na cama, como se estivesse em um tipo de transe.

Capítulo doze

Mas, mesmo que não estivesse drogada, Lotte sabia que, uma vez que Fern conseguisse o que pensava ser o consentimento de Lotte, ela não começaria imediatamente a elaborar os planos para o bebê. Ela traçou uma tabela de ovulação e tirava a temperatura de Lotte todas as manhãs antes de lhe dar uma xícara de chá, para descobrir quando estaria mais fértil.

No sexto dia do seu cativeiro, Fern sorriu para ela.

— Esta é a noite — ela disse, guardando o termômetro de volta no estojo. — É melhor você vir ao nosso quarto, pois a cama lá é maior.

Até aquele momento, Lotte pensava que Fern iria inseminá-la com uma seringa ou algum instrumento do tipo, mas percebeu que não seria assim.

— Oh, não — ela tentou se afastar de Fern. — Não vamos fazer desse jeito!

— Não seja ridícula — esbravejou Fern. — É um método bem mais eficiente, e o esperma é mantido na temperatura correta.

— Não vou suportar a ideia de fazer isso com Howard — explodiu Lotte. — E como você consegue suportar isso? Ele é o seu marido, pelo amor de Deus!

— Eu quero ter um filho dele — disse Fern, e novamente com aquele brilho maldoso em seus olhos —, para que eu possa criá-lo. E não pense em dificultar as coisas para ele, pois já está achando difícil aceitar a situação desta maneira.

Lotte se lembrou que percebeu, naquele dia, que Howard era um nada. Ele era razoavelmente atraente, com seu corpo magro e feições refinadas, mas não tinha personalidade. Ele nunca havia expressado sua opinião sobre nada, e também não era dado a conversar. Mesmo quando estava sozinho com Fern, era ela que provavelmente dominava a conversa. Ele não expunha nada sobre si mesmo, seus gostos sobre as coisas do dia a dia, música, livros ou esportes.

Assim, era difícil imaginar que Howard conseguiria demonstrar emoção em alguma coisa, especialmente em atos carnais ou na paternidade. Lotte pensava que ele havia abdicado do seu livre-arbítrio há muito tempo, e que só fazia o que a esposa mandava. Mesmo assim, ele parecia estar muito contente. Durante todo o tempo em que estiveram em Londres juntos, ela nunca os viu discutindo.

Eles jantaram às 19h30 naquela noite, e Fern deu vinho a Lotte.

— Para ajudá-la a relaxar — ela explicou, dando-lhe também um pequeno comprimido azul.

Depois que Lotte saiu do banho, estava se sentindo mais entorpecida e teve de se apoiar contra a parede para não cair. Fern estava em pé na porta do banheiro e veio até ela para segurar-lhe pelo braço.

— Vá para a cama — ela disse, de maneira muito fria. — Howard estará aqui em um minuto.

O último pensamento lúcido de Lotte antes que Howard surgisse na porta, usando apenas uma cueca *boxer* azul-clara, era que a sua melhor chance de fugir poderia ser após a relação sexual. Howard não estaria na defensiva, pois havia deixado as calças em algum lugar no andar de baixo, e a chave da porta da frente provavelmente estaria em seu bolso. Fern provavelmente estaria ocupada com Howard, e, se Lotte dissesse que voltaria para o quarto no porão, ela duvidava que iriam tentar impedi-la.

Foi a experiência mais estranha da vida de Lotte, enquanto Howard a observava, em pé. O comprimido e o vinho fizeram-na sentir-se como se estivesse flutuando, mas ela sabia que Fern estava sentada na cama, e parecia que tinha a intenção de permanecer ali.

— Venha, querido — Fern disse a Howard, dando tapinhas na cama ao lado de Lotte. — Não há por que ter medo.

O comentário fez com que Lotte imaginasse que eram três crianças fingindo ser adultos. Aquela sensação ficou mais forte enquanto Howard finalmente se deitou ao seu lado, colocando seu braço sobre ela, como se quisesse abraçá-la.

Fern afastou os lençóis que cobriam o corpo de Lotte, e levantou a sua camisola de algodão para expor-lhe o corpo. Lotte imediatamente fechou seus olhos, apertando-os com força, porque não queria ter de encarar os olhos de Howard, nem vê-lo sem roupas. Ela estava muito desorientada naquele momento para se importar com o que fariam com ela; tudo o que ela queria era que aquilo acabasse logo, para que pudesse dormir.

Capítulo doze

Ele experimentou tocar o seio de Lotte com uma das mãos e depois acariciou a sua barriga; pelo menos ele era gentil e cheirava a sabonete de lavanda. Sua mão desceu até os pelos púbicos de Lotte e ela sentiu que neste momento ele estava ficando mais excitado, pois sua respiração estava se acelerando.

Ela não sentia nada — nem repulsa, nem prazer. Ele murmurou alguma coisa sobre ela estar seca, e quase instantaneamente sentiu que ele aplicava algum tipo de gel frio, e que os seus dedos entravam dentro dela mais facilmente.

A respiração pesada de Howard e a curiosidade sobre onde estaria Fern fizeram com que ela abrisse um pouco os olhos. Howard estava deitado ao seu lado, e, para o horror de Lotte, Fern estava encostada nas costas do marido, com um braço ao redor da cintura dele, a sua mão acariciando-lhe o pênis ereto enquanto lhe beijava os ombros.

— Penetre-a agora — ela ordenou.

Lotte tinha a sensação de estar assistindo a um filme pornográfico. Embora Howard houvesse afastado as pernas de Lotte e se ajoelhado entre elas para penetrá-la, Fern parecia estar orquestrando tudo. Ela estava se movimentando em ondas contra as costas do seu marido, em uma penetração simulada, e, embora não conseguisse nem quisesse ver, ela tinha quase certeza de que aquela mulher estava se masturbando ao mesmo tempo.

Ambos murmuravam palavrões, e a excitação de ambos estava se tornando febril. Howard tentava beijar Lotte, mas ela desviava o rosto em direção ao travesseiro e tentava ignorar a sensação de ter os dedos dele lhe apertando as nádegas, forçando-a a se movimentar com ele. Ela queria que aquilo acabasse rápido, e que a paixão daquele casal os fizesse dormir tão profundamente que ela teria chance de escapar.

Aquilo pareceu durar um longo tempo. Os dedos dele se enterravam na carne das nádegas dela, a respiração dele estava quente nos ombros de Lotte, e ela sentia as estocadas contínuas dentro de si. Mas o pior era saber que Fern sentia uma espécie de prazer depravado com aquilo tudo. Ela era capaz de ouvir aquela mulher gemendo e murmurando coisas que Lotte não queria ouvir.

De repente, Howard berrou que iria gozar, e Fern colocou seu rosto perto do dele pare que pudesse beijá-lo no momento em que ele ejaculasse.

Aquela foi a pior parte, pois Lotte estava deitada, com Howard ainda dentro de seu corpo, e ele estava beijando a esposa como se pensasse que estivesse penetrando-a. Lotte nunca se sentiu tão usada e envergonhada, e aquele foi o momento em que ela realmente começou a odiá-los.

— Vou para a minha cama agora — ela disse, contorcendo-se para se afastar de Howard, que ainda estava beijando Fern com sofreguidão.

— Não, você deve ficar deitada por algum tempo — disse Fern, se afastando do marido.

Mas Howard estava buscando Fern, e Lotte podia ouvir o som dos dedos dele penetrando a esposa, os lábios dele no corpo dela. Era tão asqueroso que Lotte achou que fosse vomitar.

Aquilo ficou ainda mais obsceno, pois, embora as cortinas estivessem fechadas, ainda havia alguma claridade do lado de fora. Lotte viu que Howard havia se movido pela cama para satisfazer Fern com a língua. Ela podia ouvir os sons de sucção, sentir que a cama se movia com eles, a respiração pesada e os gemidos de Fern.

Lotte não poderia aguentar aquilo nem mais por um minuto, e sentia que eles não perceberiam que ela havia saído da cama enquanto estivessem grudados um no outro. Ela se moveu lentamente em direção à beirada da cama, e colocou as pernas no chão. Ficando de joelhos para que eles não a vissem, e foi em direção à porta.

Não havia tempo para se vestir, nem mesmo para procurar sapatos. Eles poderiam saltar da cama a qualquer momento, e tudo o que ela tinha de fazer era correr em direção a um vizinho para pedir ajuda. Ela sentiu que o esperma de Howard estava escorrendo pelas suas pernas enquanto ela descia as escadas silenciosamente, e aquilo a enjoava ainda mais.

Ela esperava encontrar as calças de Howard na sala de estar, mas elas não estavam ali, nem na cozinha e nem no estúdio. Fern parecia estar chegando ao clímax, pois estava praticamente gritando agora, e Lotte imaginou que, quando ela terminasse, imediatamente perceberia que a sua prisioneira estava tentando escapar. Não havia mais tempo para tentar encontrar a chave.

A única chance que ela tinha de escapar era ir deitar na cama do seu antigo quarto. Se ela fingisse estar dormindo quando descobrissem onde ela estava, poderiam deixá-la ali se estivessem se sentindo relaxados. Mais tarde, quando tivessem voltado para a cama e estivessem em um sono profundo, ela desceria pela janela do quarto até chegar no telhado da extensão da cozinha. Dali poderia tentar pular sobre a grama, escalar o portão lateral e se esgueirar pelo caminho que levava até a estrada.

Ela não havia se deitado há muito tempo. Talvez há apenas cinco ou dez minutos, quando Fern entrou. Lotte sentiu que Fern viera direto até onde ela estava e a estava olhando com atenção, mas devia ter se convencido de que ela realmente estava dormindo, porque voltou para a cama com Howard.

Howard desceu até a cozinha para fazer uma bebida quente, e Lotte sentia tanto sono que estava a ponto de adormecer.

— Deixe a porta aberta, caso ela acorde e pense em tentar sair — disse Fern, enquanto Howard voltava para o andar de cima com as bebidas. — Sei que todas as chaves estão aqui em cima conosco, mas prefiro fazer tudo o que for possível para impedir que ela fuja.

Lotte esperou por um bom tempo, forçando-se a permanecer acordada. Eles haviam desligado a luz do abajur ao lado da cama, mas ainda continuaram a conversar em voz baixa durante um período que pareceu muito longo.

Finalmente houve silêncio, mas ela ainda teve que esperar até que tivesse certeza absoluta de que estavam dormindo. Finalmente ela ouviu um ronco suave, e outro também, um pouco mais alto. Ela se levantou silenciosamente da cama, colocou um pijama — os únicos trajes que ainda havia no quarto — e, fechando a porta com muito cuidado, abriu a janela.

O telhado que cobria a extensão da cozinha ficava a uma altura maior do que ela havia imaginado. A janela era muito estreita e ficava em uma posição perigosa, mas o seu desespero para escapar compensava o medo que sentia. Primeiro, jogou um cobertor para se proteger do arame farpado que corria por cima do portão lateral. Depois, passando pela soleira da janela, rolou por sobre a barriga e gradualmente se retorceu para trás e para baixo, enquanto se segurava no batente da janela, com os pés esticados para tentar tocar o telhado abaixo. Mas seus dedos não conseguiram aguentar o peso do corpo, agarrados a um rebordo tão fino, e ela caiu. Não foi uma queda muito grande, pouco mais de meio metro, mas ela machucou os pés descalços e fez um barulho alto.

Foi ainda mais difícil descer do telhado da cozinha para o chão do quintal. Ela temia que a calha pudesse se soltar caso tivesse que se segurar nela; mesmo o cano por onde a água escoava parecia estar se soltando da parede quando tentou usá-lo para descer. Mas a luz não havia se acendido no quarto acima, então eles obviamente não a tinham escutado. De alguma forma, ela conseguiu passar pela calha, e, segurando-se com toda a força com as mãos e os joelhos apertados em volta do cano, conseguiu deslizar por ele e saltou quando estava perto do chão.

Esgueirando-se cautelosamente pela área do quintal próxima à cozinha, ela foi em direção ao portão lateral. Ele tinha cerca de dois metros de altura, com um batente por cima, onde o arame farpado estava pregado. Lotte jogou o cobertor por cima do arame farpado e escalou o portão. Foi fácil, pois havia vários lugares para apoiar suas mãos e pés na cerca viva que havia ao lado. Ela conseguiu pular o portão e passar para o outro lado em apenas um minuto. Tudo o que restava agora era o trecho de cascalho por onde o carro entrava na propriedade.

Ela nunca havia sido boa em andar descalça sobre pedras, e andou cuidadosamente pela lateral da casa, gemendo a cada passo. Mas, apesar da dor, era muito bom estar livre, e planejava correr para algum telefone público e ligar para a polícia, depois se esconder no jardim de alguém até que as viaturas chegassem.

Mas, ao chegar ao final da parede lateral da casa, Fern apareceu na sua frente, rapidamente seguida por Howard.

— Onde você pensa que está indo? — perguntou Fern, com a voz cheia de sarcasmo.

Os dois estavam vestidos com pijamas e calçando chinelos, mas tinham uma expressão tranquila, como se não tivessem precisado se apressar para descer até ali. Eles provavelmente haviam ouvido quando ela desceu da janela, mas deixaram que se cansasse com a tentativa de fuga.

Foi uma derrota humilhante. Lotte havia se preparado para a possibilidade de que eles poderiam ouvi-la no cascalho e sair da casa para persegui-la, mas não esperava que estivessem à espreita. E não havia como tentar empurrá-los para abrir caminho, pois eles bloqueavam a sua passagem e estavam preparados para agarrá-la à força, se fosse necessário.

Lotte gritou, com força, e por tanto tempo quanto foi capaz. Howard a agarrou e lhe deu um tapa no rosto para fazer com que se calasse, mas ela reagiu, e continuou gritando até que ele a empurrasse para dentro da casa.

— É uma bela maneira de nos agradecer por tratarmos você de forma tão gentil — disse Fern, depois de fechar e trancar a porta. — Tentar fugir daqui como se fosse uma ladra na noite!

Lotte gritou e xingou o casal. Ela não se importava mais se bateriam nela, se a deixariam sem comer ou mesmo se a torturassem. Aquilo saiu como uma represa que explodia com a pressão. O modo como a enganaram, fazendo-a pensar que se importavam com ela; gritava que eram pessoas cruéis, calculistas e depravadas. Mas foi nesse momento que percebeu o quanto eram loucos, pois apenas olhavam para ela, com os olhos arregalados de espanto, não entendendo por que os via daquela maneira.

— Vocês se escondem atrás de toda essa besteira religiosa — ela gritou com eles. — Vocês vendem bebês! É o pior tipo de crime, o mais baixo que alguém pode cometer. E agora vocês estão me forçando a ter um bebê para vocês! Mas mesmo se aquele ato pervertido me engravidar, vocês nunca vão ficar com essa criança, podem estar certos disso. Eu prefiro entregá-la para um orfanato a pensar que ela vai ser criada por um casal de loucos como vocês.

Fern lhe deu outro tapa no rosto, empurrando-a contra a parede do corredor.

— Sua cachorra ingrata — ela gritou, e puxou o cabelo de Lotte, fazendo com que ela gritasse de dor. — Eu salvei você daquele homem em Ushuaia e a ajudei a se recuperar.

Howard arrastou Lotte de volta ao quarto no porão, empurrando-a escada abaixo.

— Estamos decepcionados com você — ele disse, antes de trancar a porta novamente. — Agora você perdeu todos os seus privilégios.

Lembrando da noite em que ela estava com raiva por causa do que Howard e Fern haviam feito, Lotte agora sabia que era impossível manter aquele nível de fúria por muito tempo, especialmente quando a deixavam sem comida. Ela resistiu por três dias, cuspindo neles, xingando-os e arremessando coisas quando entravam, mas a fome, o medo e a solidão tomaram conta dela, e ela finalmente cedeu.

Parecia inacreditável para ela agora, mas quando Fern disse que iria "perdoá-la", Lotte realmente começou a imaginar que era culpada por tudo. Ela nem mesmo reagiu quando Fern disse que tentariam conceber o bebê novamente naquela noite, antes que seu período fértil chegasse ao fim.

Howard desceu ao porão de pijama, sem Fern ao seu lado, trazendo um copo grande com vodka e suco de laranja para Lotte. Na manhã seguinte, quando acordou, ela teve a certeza de que haviam colocado algum tipo de droga na bebida. Ela lembrava que Howard estava sentado na cama, falando sobre como adorava velejar. Era a primeira vez que ela o ouvia falar sobre algo com algum tipo de sentimento, e depois tudo ficou confuso. Ela tinha uma vaga lembrança de ser abraçada e de retribuir as carícias que ele fazia, mas não conseguiu lembrar-se de mais nada.

Ela acordou algum tempo depois, tateou a parede em busca do interruptor e viu que já passava das 3h30. Howard já havia saído dali, e ela sentia algo pegajoso lhe escorrendo pelas pernas. Ela se levantou para se lavar, mas sentia as pernas tão bambas que voltou para a cama, sem sequer verificar se ele havia trancado a porta.

Em uma daquelas duas tentativas, Lotte engravidou, e ela não sabia se devia se sentir aliviada ou aterrorizada. Era um alívio não ter mais que se submeter a Howard, e saber que não a agrediriam novamente, mas era aterrorizante saber que havia um bebê crescendo dentro dela, que havia sido concebido à força.

Fern estava exultante desde que viu que o resultado do primeiro teste era positivo, e havia momentos de felicidade em que sua alegria chegava até mesmo a contagiar Lotte, pois Fern era muito amável e gentil com ela. Mas, mesmo com a droga que eles estivessem administrando dia após dia para deixá-la mais dócil, ocasionalmente a fúria vinha à tona e Lotte planejava a sua fuga.

Fazia sentido fingir que ela havia aceitado a situação, e até mesmo que sentia prazer em dar a Fern e Howard o bebê que eles queriam, pois aquilo significava que relaxariam a vigilância. Mas, na realidade, a observavam com mais atenção do que antes. Em dias quentes e ensolarados permitiam que fosse até o jardim, mas ficavam com ela constantemente. Ela fazia suas refeições na cozinha, podia assistir à televisão na sala, mas eles mantinham todas as portas e as janelas trancadas o tempo todo, com exceção das que eram pequenas demais para que alguém pudesse tentar atravessá-las. Até mesmo o telefone ficava trancado no escritório, e sempre andavam com todas as chaves. Se saíssem, ela era novamente trancada no porão.

No início, haviam dito que pretendiam levá-la aos Estados Unidos para o parto, mas parecia que tinham abandonado aquele plano. Lotte imaginava que haviam percebido que ela faria um escândalo assim que estivesse em um local público, e eles não poderiam se expor ao risco de que o seu esquema criminoso fosse descoberto.

Lotte esperava que Fern fosse levá-la para fazer um exame médico em algum momento. Mas as semanas se passaram lentamente, e Fern ainda não havia entrado em contato com um médico. Lotte começou a temer que ela nunca o faria, talvez pelas mesmas razões pelas quais não tentariam levá-la para a América.

— Não seria bom eu ir para uma clínica? — Lotte perguntou certo dia, esforçando-se para deixar claro que ela não tinha nenhuma outra razão para pedir aquilo que não fosse verificar se o bebê era saudável e que tinha o tamanho adequado. — Posso estar com pressão alta ou algum outro problema decorrente da gravidez.

— Você está ótima — disse Fern. — Sei muita coisa sobre gestação e parto. Já fui enfermeira.

Lotte dizia a si mesma que tudo o que tinha que fazer era continuar conversando, rindo, sorrindo e fazendo piadas alegres, induzindo-os a uma sensação de segurança, e que aquilo faria com que baixassem a guarda. Mas nada disso aconteceu. Eles ainda mantinham a porta da frente fechada, o telefone trancado no escritório, e, quando saíam, obrigavam-na a voltar para o porão.

Dale se espreguiçou na cama ao lado de Lotte e abriu os olhos.

— Ouviu alguém fazendo barulho lá em cima enquanto estava dormindo? — ela perguntou.

— Não — suspirou Lotte. — Se tivesse ouvido, teria acordado você. Volte a dormir, tenho certeza que eles virão amanhã.

— E o que faremos quando eles vierem? — perguntou Dale, com a voz trêmula por causa do medo.

— Teremos que improvisar alguma coisa — disse Lotte.

— Você se lembrou do dia em que teve o bebê? — perguntou Dale, com a voz tão baixa que estava quase sussurrando.

Lotte suspirou profundamente.

— Sim, Dale. Lembrei de tudo no momento em que nos trouxeram para este lugar.

— Pode me falar a respeito? — pediu Dale, com os olhos escuros bem sérios.

Lotte se deitou ao lado da amiga. Lembrar-se do que havia sofrido nas mãos dos Ramsdens era ruim, e ela não queria que Dale lhe fizesse perguntas, mas agora que a vida de Dale estava em perigo, Lotte sentia que era sua obrigação explicar o que estava acontecendo.

— Acho que terei de fazer isso — ela disse, relutantemente. Respirando fundo, ela relatou como haviam sido as suas duas noites com Howard.

— Aquele filho da puta maldito! — exclamou Dale. — Mas você ficou aqui o tempo todo enquanto estava grávida? E onde você teve o bebê?

— Bem aqui — disse Lotte. — Nesta cama!

♦ ❖ ♦

Capítulo treze

Lotte se lembrava de que a sua gravidez parecia interminável — apenas dias longos e tristes, com pouca coisa para fazer e sem esperar que nada acontecesse. Conforme os meses se arrastavam, ela se sentia tão apática que acabou perdendo a vontade de tentar levar a melhor sobre Howard e Fern.

Em setembro, depois que os turistas haviam deixado a região, eles a levaram para fazer caminhadas. Howard dirigia o carro para algum lugar isolado onde não havia a possibilidade de encontrarem ninguém. Mas ele havia comprado uma pulseira, daquelas usadas para evitar que crianças se percam dos pais em multidões, feita com uma tira de náilon com uma pulseira em cada ponta. Uma das pulseiras ficava amarrada em seu pulso, e a outra ao redor do pulso de Lotte.

Depois dos dois primeiros passeios, Lotte percebeu que aquela poderia ser a oportunidade que ela estava esperando para obter ajuda. Assim, escreveu uma carta descrevendo o seu martírio, pedindo à pessoa que a lesse que entrasse em contato com a polícia e que viesse resgatá-la. Durante o próximo passeio, com a carta no bolso do vestido, ela procurou ansiosamente por alguém a quem pudesse entregá-la, ou algum lugar em que pudesse deixá-la e onde seria encontrada.

Infelizmente, Fern e Howard se certificavam de que não caminhavam perto de outras pessoas. Lotte pensava que mesmo se dissesse que precisava ir ao banheiro, Fern iria na frente para se certificar de que não havia ninguém ali, e voltaria novamente para verificar o banheiro quando ela saísse.

Naquele dia, eles foram à praia em West Wittering, e, como o dia estava frio e nublado, havia poucos carros estacionados por perto. Mas o sol surgiu enquanto caminhavam pela praia, e, quando voltaram ao estacionamento, havia vários carros ali. Fern e Howard pareciam bem relaxados após aquele passeio estimulante, e, em um momento em que estavam andando juntos e não estavam olhando para ela, Lotte conseguiu colocar a sua carta no parabrisa de um carro.

A sorte não estava do lado de Lotte, entretanto. Fern olhou para trás, viu o envelope que ela não havia percebido antes e suspeitou que aquilo havia sido obra de Lotte. Depois de pegar o envelope e ler o seu conteúdo, Fern ficou furiosa, e naquela noite ela insultou e esbravejou contra Lotte, exigindo saber como podia ser tão egoísta a ponto de fugir deles, roubando o bebê de Howard.

— Egoísta, eu? — exclamou Lotte, incrédula. — Foram vocês que roubaram tudo de mim. Minha liberdade e o meu útero para gestar uma criança que eu nem mesmo quero! Vocês são monstros de sangue frio! Se você e Howard querem um bebê para amar, vocês deveriam ter usado os meios legais para fazer isso, em vez de sequestrar uma pessoa e mantê-la como prisioneira. Mas o que me deixa mais furiosa é que acreditei que vocês eram pessoas gentis e decentes. Como pude ser tão idiota?

Fern lhe deu um tapa no rosto, e, como castigo, Lotte foi jogada novamente no porão. Eles a mantiveram lá por uma semana inteira. Lotte fazia suas refeições no porão, recebia livros para ler, até mesmo alguns bordados para fazer, mas não permitiam que voltasse ao andar de cima ou que respirasse ar fresco.

Uma semana de isolamento foi o bastante para que Lotte percebesse que deveria fingir estar resignada com a situação para poder aguentar tudo aquilo. Ela não teria chance de escapar do porão, e precisava de ar fresco e companhia para manter sua saúde e a sanidade. Ela chorou e lhes disse que estava arrependida pelo que fez, e que aquilo havia acontecido porque ela estava se sentindo assustada e muito sozinha.

Capítulo treze

A atitude de Fern seria cômica sob quaisquer outras circunstâncias, pois parecia acreditar que oferecer dinheiro era a solução para qualquer coisa. Ela dizia que assim que o bebê nascesse, eles o levariam para os Estados Unidos e dariam mil libras a Lotte para começar uma nova vida.

Lotte não queria mil libras. Ela não queria estar grávida, também, e se recusava a considerar que o bebê que crescia dentro dela era uma parte sua. Mas, ao chegar ao quinto mês, sentiu pela primeira vez os leves movimentos da criança, como se estivesse segurando uma borboleta nas mãos. E não se sentiu tão distante do bebê.

Ela percebeu que, por mais repugnante que tivesse sido a concepção, o bebê era apenas uma vítima inocente e indefesa, que tinha de ser protegida de loucos como Fern e Howard. Lotte nunca havia pensado em manter o bebê consigo; detestava demais o pai da criança para considerar esta hipótese. Mas, se fosse humanamente possível, pretendia fazer com que a criança fosse entregue a um bom casal de pais adotivos, e que Fern e Howard fossem para a cadeia pelos crimes que haviam cometido.

Conforme a gravidez avançava, Lotte colocava as mãos sobre a barriga que havia crescido bastante, sentia os movimentos fortes dentro dela e rezava silenciosamente por uma intervenção divina.

Era irônico que houvesse decidido buscar a fé depois que Fern e Howard pararam de fingir ser pessoas religiosas. Eles não faziam mais orações, e Howard não voltou a ler trechos da *Bíblia*. Mas Lotte encontrou alívio na oração após o estupro, e mesmo que o tratamento que seus captores lhe dispensavam poderia fazer com que pensasse que orações eram algo fútil e que Deus fosse um mito, ela precisava de algo a que pudesse se apegar. E na ausência de pais que estivessem procurando por ela, Deus era o único ser com quem podia contar.

Ela implorou por um milagre, para que Fern e Howard deixassem as chaves da porta da casa em algum lugar onde pudesse pegar; que a polícia aparecesse com um mandado de busca, ou que seus captores repentinamente ficassem chocados com o que haviam feito com ela, e com o que pretendiam fazer e a deixassem ir.

Infelizmente, Lotte sabia que não poderia contar com um milagre. Ela tinha um medo terrível do que estava por vir, tanto a dor do parto quanto a avalanche de emoções maternas naturais que ela imaginava que viriam com ele. Ela também suspeitava que, quando o bebê nascesse, estaria em perigo. Fern podia dizer que, caso Lotte fosse à polícia com sua história, ninguém acreditaria nela, mas ela era inteligente demais para acreditar naquilo. Fern e Howard só teriam uma maneira de fazer com que a história de Lotte nunca fosse revelada. Teriam de matá-la.

Só restava a Lotte encontrar uma maneira de fugir.

O Natal passou como um dia qualquer, exceto por Fern ter se esforçado um pouco mais para fazer o jantar e ter bebido muito mais do que normalmente fazia. Lotte fez questão de perguntar pela manhã se iriam à igreja — ela raramente perdia a oportunidade de provocá-los em relação às suas crenças.

Quando se mudaram para aquela região, Lotte perguntou se frequentariam a igreja local, mas eles disseram que não gostavam da igreja anglicana, e que preferiam seguir uma doutrina evangélica. Conforme Lotte descobriu, aquilo era apenas uma desculpa para não ir a qualquer igreja, e todas aquelas orações intermináveis que haviam feito no navio, em Londres e ali, eram uma fachada para criar uma imagem piedosa e digna de confiança. Eles não se importavam mais com aquela imagem falsa, e estava claro que a fé que diziam ter era tão inexistente quanto a sua moral.

Naquele dia, Lotte surrupiou uma faca da cozinha. Fern havia se afastado, um pouco bêbada, enquanto lavavam a louça, e Lotte aproveitou a oportunidade para pegar a faca recém-afiada, enrolá-la em um guardanapo e enfiá-la por dentro das calças de moletom. Para voltar ao porão, ela deu a desculpa de que precisava se deitar e, rapidamente, escondeu a faca embaixo do cesto de roupa suja.

No dia seguinte, quando Howard foi a cozinha cortar legumes, eles notaram que a faca havia desaparecido e foram, imediatamente, ao porão para revistar o lugar. Quando eles saíram sem encontrar a faca, Lotte sentiu que havia vencido sua primeira batalha.

Capítulo treze

Da metade de janeiro até perto do fim de fevereiro, Lotte quase não saiu do porão. Howard fazia longas viagens de negócios que duravam vários dias, e, talvez porque Fern estivesse preocupada com o desaparecimento da faca, Lotte tinha de permanecer trancada. Fern trazia as refeições em uma bandeja, abria a porta, colocava a bandeja no primeiro degrau da escada, e depois trancava rapidamente a porta. A barriga de Lotte estava tão grande, e seus movimentos eram tão lentos que ela não teria condições de subir as escadas correndo para lutar contra Fern, mesmo que quisesse, mas isso a deixava preocupada sobre o que poderia acontecer caso entrasse em trabalho de parto e Howard ainda estivesse fora.

Ela acordou no dia 20 de fevereiro com uma dor insupotável nas costas. Como Howard havia voltado para casa na noite anterior, Fern deixou que ela viesse até a cozinha para tomar o café da manhã.

— Pode ser que você esteja entrando em trabalho de parto — disse Fern, trocando olhares com Howard. — Sei que ainda faltam cerca de duas semanas, mas geralmente começa com uma dor nas costas.

Lotte comeu torradas e tomou algumas xícaras de chá, e foi para a sala assistir à televisão. Estava certa de que o trabalho de parto havia iniciado, mas não tinha tanta certeza de que Fern conhecia o bastante sobre obstetrícia, como havia dito. O que aconteceria se o parto tivesse complicações?

A dor nas costas se transformou em contrações regulares e bem definidas por volta do meio-dia, que aconteciam em intervalos de cinco minutos, e não foram muito fortes até por volta das 14 horas, quando passaram a ficar bem mais intensas. Naquele momento, Fern insistiu que Lotte voltasse para o porão e vestisse a camisola de algodão que ela havia comprado para o momento do parto.

Lotte lembrava-se de ter olhado pela pequena janela enquanto caminhava pelo quarto e tentando aliviar a dor das contrações, ter visto flocos de neve caindo. De algum modo, aquilo parecia ser um sinal de que nunca conseguiria fugir daquele lugar, e ficou ainda mais assustada.

Fern deu algo para que Lotte bebesse algum tempo depois, dizendo que aquilo ajudaria com a dor. Porém, aquilo fez com que se sentisse entorpecida entre as contrações, mas sem aliviar a dor.

Ela perdeu a noção do tempo. Parecia que as contrações agora haviam se tornado uma dor contínua que vinha em ondas, indo de um nível excruciante até uma dor tão insuportável que ela achava que morreria, e percebeu que havia sido deixada sozinha por várias vezes. Ela se agarrou na cabeceira da cama, arqueando as costas sobre o colchão para tentar aliviar a agonia, e sentiu que o suor escorria pela testa.

— Vá chamar ajuda, sua vaca! — exigiu Lotte em certo momento, quando Fern desceu pelas escadas e colocou-lhe uma mão fria e inútil sobre a testa.

— Não exagere — disse Fern, como se Lotte não tivesse nada além de um simples resfriado. — Você vai ficar bem. Continue respirando e a dor vai passar.

Um jato de água vindo das entranhas de Lotte encharcou o lençol sobre o qual estava deitada.

— Não há nada com que se preocupar, foi só a sua bolsa que se rompeu. As coisas vão acontecer mais rápido agora — disse Fern, removendo o lençol molhado e colocando um limpo por baixo de Lotte. — Logo você vai sentir o impulso para empurrar.

Lotte teve momentos de lucidez durante as dores terríveis que estava sofrendo. Ela percebia a indiferença de Fern em relação à sua dor, e a sua irritação porque aquilo estava demorando demais. Fern havia amarrado o cabelo em um rabo de cavalo, em vez de deixá-lo solto como de costume, e estava usando um avental de linho branco por cima da sua camiseta e calça de moletom. Ela falava com um tom de voz ensaiado enquanto recitava as pequenas banalidades sem qualquer traço de sinceridade. Depois, desaparecia pelas escadas por alguns minutos, provavelmente, mas que pareciam durar várias horas para Lotte, tamanho era o medo que estava sentindo.

Ela jurou para si mesma que faria Fern sofrer quando tudo aquilo acabasse. A faca escondida poderia não ser tão útil naquele momento quanto algo que ajudasse a aliviar a dor, mas viria a ser, caso ela sobrevivesse ao parto.

— Você deveria comer alguma coisa, querida — disse Howard, chamando a sua esposa. — Já passa das 19 horas e você não comeu nada desde o café da manhã.

— Faça um sanduíche de presunto para mim — ela respondeu. — Vou subir logo.

— Se você sair daqui e me deixar sozinha de novo, juro que vou quebrar o seu pescoço na primeira chance que tiver — rosnou Lotte para aquela mulher.

Foi naquele momento que o impulso de empurrar o bebê começou, e Fern finalmente permaneceu em seu posto. Ela havia amarrado uma toalha na cabeceira da cama e deixou a ponta nas mãos de Lotte para que ela puxasse, enquanto fazia força para baixo.

— Empurre junto com a contração — ela ordenou a Lotte. — Use a dor e vamos tirar esse bebê de dentro de você bem rápido.

Lotte estava ansiosa demais para terminar com todo aquele sacrifício, e empurrava o bebê com todas as forças. Ela percebeu vagamente que Howard havia descido ao porão e estava preparando um cesto acolchoado para receber o bebê, mas ele não lhe dirigiu a palavra.

Ela empurrava com força, repetidamente, com as pernas flexionadas, os pés pressionando o colchão, enquanto segurava a toalha com as duas mãos.

— Estou vendo a cabeça — anunciou Fern. — Não vai demorar agora.

Foi apenas naqueles momentos finais que Lotte percebeu que Fern realmente tinha alguma experiência na realização de partos, pois ela disse a Lotte quando deveria parar de fazer força, e apenas respirar fundo conforme a cabeça do bebê saía. Com a contração seguinte, que pareceu muito mais suave, Lotte sentiu que o corpo do bebê deslizava para fora do seu corpo, e que Fern o segurava agora.

— É uma menina — anunciou Fern. — E ela é linda, querida, como eu sabia que ia ser.

Por um curto espaço de tempo, Lotte esqueceu todo o mal que aquele casal havia causado a ela, e tudo o que pretendiam fazer no futuro. Ela se sentia eufórica por ter conseguido dar à luz com segurança, por sentir que a dor havia passado, e sentiu as lágrimas rolarem pelo rosto ao ouvir o primeiro choro da criança.

Ela era linda, com braços e pernas roliços, bochechas carnudas e uma penugem loira cobrindo-lhe a cabeça. Fern enrolou-a em um lençol de algodão e a entregou a Howard, que a colocou no cesto, com evidente orgulho.

— Posso segurá-la? — perguntou Lotte.

— Mais tarde, depois que eu lhe der um banho, e depois que você comer alguma coisa — concordou Fern. — Mas Howard vai levá-la para cima agora. Ela precisa ser mantida aquecida, a noite está muito fria.

Lotte sentiu que estava em uma bolha de carinho durante as horas seguintes. Fern lhe deu banho, trocou os lençóis da cama, trouxe-lhe chá, sanduíches e bolo, e a elogiou por sua coragem. Lotte estava exausta, e não demorou a cair no sono.

Na manhã seguinte, acordou com o som do bebê chorando, e o instinto fez com que pulasse da cama. Só então descobriu que a porta estava trancada e percebeu todas as implicações da noite anterior. Ela havia dado à luz, e eles haviam tirado o seu bebê, exatamente como planejaram. De algum modo, saber o que aconteceria não havia preparado Lotte para a realidade da situação.

Ela sangrava muito, parecia que suas entranhas iam sair do corpo, e podia ouvir a filha chorando. Aquele choro de desconforto atingia seus nervos, e ela não podia se aproximar da menina. Mas tinha de fazer aquilo, mesmo se tivesse de derrubar a porta.

Lotte esmurrou a porta com todas as forças, e depois desceu as escadas para pegar um sapato; com ele, faria ainda mais barulho.

— Pelo amor de Deus, pare com esse barulho! — ela ouviu Howard gritar. — Qual é o problema com você?

— Abra a porta — ela berrou. — Minha filha está chorando.

— É a nossa filha — ele a corrigiu. — Fern acabou de pegá-la para dar o leite. Volte para a cama, são só 6 horas da manhã. Eu vou levar uma xícara de chá para você em um minuto.

Lotte sentia um vazio por dentro. O choro havia parado, prova de que sua filha estava sendo alimentada, mas, de algum modo, aquilo não acalmou seus nervos.

Howard lhe trouxe o chá.

— Quero ver minha filha — exigiu Lotte.

Howard deixou o chá perto de Lotte e voltou para a escada.

— Eu lhe disse, ela é nossa filha — ele repetiu, falando por cima do ombro. — Esse era o nosso acordo, e assim que você se recuperar do parto, faremos planos para levar a criança para os Estados Unidos. Não nos cause problemas, Lotte. Você vai se arrepender.

Durante os dias seguintes, Lotte ouviu o bebê chorar muito, e a cada vez se sentia agitada e preocupada, pensando que Fern não estava cuidando direito da criança. Howard lhe trazia comida e bebida no porão, mas, quando ela pedia informações, as respostas dele eram vagas e evasivas.

— Os bebês choram! — respondeu ele, quando Lotte perguntou o que havia de errado com a menina. — Fern sabe o que faz.

— Deixe-me subir para vê-la — implorou Lotte. — Vou ficar satisfeita se puder ver que estão tomando conta dela direito.

Howard negou seu pedido. Ele justificou-se dizendo que Fern tinha que estabelecer um elo com o bebê, e não precisava de nenhuma influência que a distraísse.

Howard não voltou naquela noite com uma bebida quente, como normalmente fazia. Lotte teve a sensação de que aquilo era para lembrá-la de que poderiam parar de alimentá-la se continuasse a incomodá-los.

Aquela noite pareceu interminável. Ela se sentia dolorida por causa do parto, sangrando muito e imaginava se havia rompido alguma coisa dentro de si. Ela teria adormecido depois de algum tempo, pois despertou de um sonho onde o seu corpo estava inchado como um balão e não conseguia se virar.

Ela ligou o abajur ao lado da cama, sentindo-se suada e assustada. Ela levou alguns momentos para perceber que realmente estava inchando — seus seios estavam com o dobro do tamanho, duros como pedras, e sentiu que estava febril.

Quando ouviu o bebê chorar e os passos de Howard na cozinha, ela o chamou e disse que não estava passando bem.

Ele lhe disse para voltar para a cama, e que viria vê-la depois.

Lotte deve ter chorado centenas de vezes desde que havia sido trazida para cá, percebendo que Howard e Fern não eram pessoas gentis, carinhosas e especiais, como ela havia acreditado, mas nunca chorou tanto quanto naquele momento. Ela sabia que não tinha mais nada para barganhar; eles tinham o bebê, e estavam com todo o poder nas mãos. Ela era apenas uma idiota, tão desesperada para ser amada que havia caído nas mãos deles.

Ela não havia dito a ninguém no cruzeiro para onde iria depois que saísse, porque não queria que a reprovassem. Aquilo era tão patético. Sinceramente, mesmo que soubesse que estava fazendo a coisa errada, por que fez aquilo? Masoquismo ou loucura?

Fern desceu ao porão logo depois das 22 horas, trazendo-lhe uma caneca de chá.

— O que está acontecendo para você não se sentir bem? — ela perguntou rispidamente.

Ela estava sem maquiagem, usando uma camisola, e tinha o cabelo preso descuidadamente em um rabo de cavalo malfeito. Estava com olheiras e seu rosto parecia estar sujo. Era a primeira vez que Lotte a via desarrumada, envelhecida e cansada.

Lotte lhe contou sobre seus seios inchados e latejantes, e que estava se sentindo dolorida, além de estar perdendo muito sangue.

— Bem, o que você esperava? — disse Fern, com irritação. — Um parto não é a coisa mais limpa do mundo. Sobre os seus seios, eles estão assim por causa do leite. Vou lhe dar algo para retirá-lo. Todas as mulheres ficam indispostas no quarto dia, tem a ver com o leite materno. Mas não há nada para se preocupar, apenas se dê por satisfeita por poder descansar. Pelo menos você não precisa alimentar e trocar o bebê a toda hora.

— Deixe que eu suba, vou ajudá-la — ofereceu Lotte, ansiosamente.

— Não quero você perto dela — disse Fern. — Ela é minha agora.

Ela se levantou e saiu do porão, como se não suportasse respirar o mesmo ar que Lotte por mais tempo. Howard desceu mais tarde com uma caixa de sais de Epsom[3] e alguns analgésicos. Ele disse que Lotte teria de misturar duas colheres dos sais em um copo d'água e beber a mistura para se livrar do leite. Os analgésicos fariam a sua febre baixar.

Por volta das 22 horas, seus seios estavam mais macios e não se sentia tão quente com a febre, mas não conseguia parar de chorar. Estranhamente, Lotte não parava de pensar em sua mãe, e se perguntava que tipo de parto ela havia tido. Talvez tivesse sido uma experiência difícil, e aquela era a razão para que ela preferisse Fleur. Mesmo assim, Lotte nunca se deu conta que Fleur era a filha preferida, até o dia em que morreu.

Ela pensava que, se conseguisse sair viva daquela situação, tentaria se reconciliar com seus pais. Mas pensar neles só fazia com que chorasse ainda mais, pois eles nunca haviam tentado entrar em contato com ela depois que saiu de casa para trabalhar no hotel, e eles nem mesmo haviam lhe escrito enquanto ela trabalhava no navio. Assim, eles não se importariam com o que havia acontecido a ela neste lugar.

Março chegou e trouxe o sol, mas Lotte só soube disso porque ele batia na pequena janela do porão ao fim da tarde, durante pouco mais de meia hora. Mas um raio de luz do sol era algo muito bem-vindo quando ela passou semanas sem ver mais do que um pequeno quadrado de céu cinzento. Ela se viu esticando a mão para tocar as partículas de poeira suspensas no raio de luz. Quando criança, achava que eram fadas e que, se pegasse uma, poderia fazer um desejo.

3 Produto farmacêutico a base de sulfato de magnésio, geralmente utilizado como sais de banho. É um composto utilizado como agente secante que também serve para diminuir os inchaços causados pelo acúmulo de líquidos no corpo.

Seu desejo era saber o que acontecia fora do porão, pois Howard sempre lhe trazia as refeições agora, e elas estavam ficando cada vez menos elaboradas: sanduíches em vez de um prato quente, sopa enlatada em uma caneca e nada de frutas ou legumes frescos. Ela supunha que aquilo estava acontecendo porque Fern estava ocupada com o bebê, mas quando ela perguntava a Howard como a criança estava, ele lhe dizia que aquilo não era da sua conta.

Mas era da sua conta, sim. A cada vez que ouvia o bebê chorar, sentia uma sensação muito ruim por dentro. Ela queria saber quando aquela provação acabaria, e quando voltariam para os Estados Unidos. Ela se perguntava também se Fern havia tido alguma desilusão em relação a ter seu próprio bebê, e se ela e Howard mudariam seu plano original de constituir uma família e, então, venderiam o bebê a algum casal desesperado. Ela não sabia se aquilo seria o menor ou o maior dos males.

Lotte havia se recuperado bem do parto. Quando o bebê estava com cerca de quatro semanas, ela havia parado de sangrar e não sentia mais dores. Ela fazia exercícios suaves durante meia hora para compensar o fato de que não podia mais sair dali para fazer suas caminhadas, ou mesmo ir para o andar de cima.

Tentar escutar alguma coisa por trás da porta era o que ela fazia com mais frequência. Fern sempre mantinha a voz baixa antes de o bebê nascer, permanecendo calma e comedida quase o tempo inteiro. Lotte pensava que ela só fazia isso em benefício próprio, para criar uma imagem de alguém que nunca perdia o controle. Mas Fern agia de forma bem diferente agora.

Ela gritava com Howard, reclamava da comida, de ter que limpar as mamadeiras da criança, que a casa parecia um chiqueiro e que havia muita louça e roupa para lavar.

Por um lado, Lotte sentia certa satisfação ao perceber que tudo estava dando errado para os Ramsdens, pois Fern talvez estivesse repensando a decisão de ter um bebê, e poderia simplesmente devolver a criança a sua verdadeira mãe, ou, pelo menos, deixar que ela saísse do porão para ajudá-la.

Mas, mesmo esperando por este milagre, Lotte sabia que era em vão. Fern não era o tipo de pessoa que voltava atrás em suas decisões.

Lotte não ficava apenas escutando atrás da porta enquanto eles discutiam, mas mantinha os ouvidos abertos e atentos, esperando descobrir o que estavam planejando. Infelizmente, ouvia apenas fragmentos de informação, porque eles iam para o escritório ou para a sala e saíam de perto da porta do porão durante a conversa. Um desses fragmentos era sobre o registro do nascimento do bebê.

— É normal que o hospital ou a parteira presente na casa no momento do nascimento forneça os detalhes ao cartório — disse Howard. — Se dissermos que o bebê nasceu em casa sem que ninguém mais estivesse à presente, eles podem desconfiar.

Eles se afastaram naquele momento e cerca de cinco minutos se passaram antes que ela pudesse ouvir a voz de Fern, alterada pela raiva.

— Por que você não descobriu antes que só tínhamos 42 dias para fazer isso?

Lotte frequentemente perdia a noção do tempo, ou mesmo de qual era o dia da semana durante a sua gravidez, mas ela recuperava a noção dos dias quando lhe davam um jornal para ler, ou deixavam que assistisse à televisão. Ela sabia que o bebê havia nascido em 20 de fevereiro porque Howard estava com um jornal naquela manhã, e desde aquele dia ela manteve uma espécie de diário em um caderno. A cada dia, ela registrava o que estava sentindo e qualquer coisa que acontecesse, na esperança de que, se conseguisse sair dali algum dia, aquilo poderia servir de prova contra Fern e Howard.

Foi no fim de março que Fern acusou Howard de não saber que tinham apenas 42 dias para registrar a criança. Lotte fez um cálculo rápido com seus dedos e descobriu que aquilo significava que o nascimento deveria ser registrado até o dia nove de abril.

Howard respondeu alguma coisa, mas a sua voz ficou abafada. Fern gritou com ele.

— Você deveria ter pensado nisso antes. O que nós vamos fazer agora?

— Arranjar uma certidão falsa, mas isso vai demorar — retrucou ele. — Agora me deixe em paz, tudo isso foi ideia sua.

Lotte percebeu que Howard estava nervoso sobre registrar o nascimento da menina e conseguir um passaporte para ela. Ela se lembrava de que, quando havia pedido o próprio passaporte para poder trabalhar no cruzeiro, eles verificavam cada detalhe. Provavelmente seriam ainda mais cautelosos com pais que não fossem cidadãos do Reino Unido, devido ao número de estrangeiros que faziam alegações fraudulentas apenas para obter benefícios financeiros.

Mesmo assim, Lotte não se alegrava em saber que os planos dos Ramsdens estavam se esfacelando, pois pessoas preocupadas e enraivecidas não eram bons pais. Ela sentia ódio daquele casal, e, cada vez que sua filha chorava, ela pensava que eles a estavam maltratando.

Foi durante uma das várias discussões deles, ouvindo o choro da criança ao fundo, que Lotte resolveu que lutaria para sair do porão.

Desde que havia conseguido pegar a faca, ela havia imaginado muitas maneiras diferentes de atacá-los com ela, mas antes de o bebê nascer ela não se sentia forte o bastante para conseguir sobrepujar Fern ou Howard.

Entretanto, as coisas estavam mudando agora. No fim de março e durante todo o mês de abril, Howard frequentemente saía da casa, deixando Fern sozinha com a criança, e Lotte sabia que ela devia estar se sentindo muito cansada e, provavelmente, não estaria tão alerta quanto costumava estar. Além disso, Lotte se sentia tão furiosa e desesperada que achava que seria capaz de enfrentar qualquer pessoa.

— Você atacou mesmo um deles com a faca? — perguntou Dale.

A voz da amiga estava tão próxima que Lotte sentiu um sobressalto. Ela estava tão concentrada no que havia acontecido há algumas semanas que havia perdido o contato com o presente. Foi um choque perceber que Dale estava deitada a seu lado, e que ela estava fazendo um relato de tudo o que havia acontecido.

— Fiquei no primeiro degrau e esperei que um deles viesse — ela disse. — Acho que fiquei lá por mais de duas horas, e durante esse tempo eu podia ouvir minha filha chorando. Mas a casa estava muito quieta, quieta até demais. Percebi que eles haviam saído e deixado a menina sozinha. Você pode imaginar como me senti? Não podia subir e confortá-la. Imaginei que ela estivesse sufocando debaixo das cobertas que havia puxado por sobre o rosto. Também temia pela minha própria vida, porque se eles eram capazes de deixar um bebê sozinho, seriam capazes de me deixar aqui embaixo para morrer de fome também.

Dale estava arrepiada com o quanto aquela lembrança perturbava a sua amiga. Ela tremia e revirava os olhos, e tinha a voz carregada pela emoção. Ela pegou a mão de Lotte e a esfregou entre suas próprias mãos, lembrando-a em voz baixa de que agora não estava sozinha.

— Acabei descendo a escada depois — continuou Lotte. — Estava tremendo de frio, porque haviam desligado a calefação, então tive de ficar debaixo das cobertas para me aquecer. As horas se passaram lentamente, mas ainda assim não os ouvi andando pela casa. Já eram 18 horas, e eu estava sem comer desde as 8 horas, quando me trouxeram uma xícara de chá e uma torrada. Eu não estava preocupada com a minha fome, mas estava preocupada com a menina — ela só tinha dez semanas de vida e precisava se alimentar a cada quatro horas. Mas ela não estava mais chorando.

— Quando pensei que tudo estava perdido, eu os ouvi entrando pela porta da frente. Tinha razão, haviam abandonado o bebê, e aquilo me deixou possessa. Mas fiquei em silêncio para escutar, e ouvi quando falaram alguma coisa sobre Londres.

Lotte se virou para encarar Dale.

— Dá para acreditar que alguém passaria o dia em Londres e deixaria um bebê pequeno sozinho?

— Eles estavam fazendo café na cozinha e ouvi Fern rir de alguma coisa. Ela disse: "Graças a Deus, a menina não está chorando!" Eu estava a ponto de gritar "suba para o quarto, sua cadela, e veja se ela está bem", mas Howard disse que iria. Ele até chegou a fazer uma piada, dizendo que ela devia estar com tanta fome que precisaria de duas mamadeiras.

— Você devia estar bufando de raiva — comentou Dale, mostrando que se importava. — O bebê estava bem?

— Bem, foi tudo o que eu consegui ouvir — disse Lotte, e seus olhos se encheram de lágrimas. — Ouvi Howard subindo as escadas. Dá para ouvir claramente aqui. Pareceu que ele ficou lá por um bom tempo, e eu estava ao lado da porta, segurando a minha respiração, porque sentia que alguma coisa estava muito errada. Ele desceu, bem devagar. Entrou na cozinha, e Fern perguntou por que não havia trazido a menina para baixo. Ele respondeu:

— Não sei como lhe dizer isso, querida, mas ela está morta. Acho que foi um mau súbito.

— Ela morreu! Oh, meu Deus, não! — exclamou Dale, horrorizada.

— Eu estava com um pressentimento ruim o dia inteiro — soluçou Lotte. — Mesmo quando ela chorava, era um choro frágil, diferente do jeito que chorava quando nasceu. Estava muito frio com a calefação desligada, ela deve ter afastado o cobertor, e um bebê muito novo não consegue voltar para baixo das cobertas quando está frio, como um filhote de gato ou de cachorro faria.

— E o que você fez quando ouviu aquilo? — perguntou Dale.

— Eu esmurrei a porta e gritei com toda a força. Howard gritou de volta, dizendo que eu deveria calar a boca ou sofreria as consequências. Parecia que estava esperando por uma oportunidade para espancar alguém. Então achei que seria melhor ficar quieta e esperar.

— E quanto tempo você esperou, Lotte? — Dale olhava para ela com medo.

— Cinco dias sem comida, e bebendo só água fria.

Capítulo catorze

Scott acordou enquanto David colocava uma caneca de chá no chão para ele, ao lado do sofá. Ele esfregou os olhos, se espreguiçou e ficou surpreso por ter dormido tão bem em um sofá que era um pouco menor que ele.

Olhando para o relógio, viu que passava das 7 horas. Chovia muito, e David já havia tomado banho, feito a barba e se vestido. As olheiras em seu rosto sugeriam que ele não havia dormido muito.

— Para onde vamos hoje? — perguntou Scott, imaginando que David havia passado boa parte da noite planejando o dia que tinham a sua frente.

— Acho que devemos começar a bater nas casas — respondeu David, sentando-se no outro sofá. — Visitar lojas, garagens e *pubs* também. Se Simon e Adam forem a Bosham e Fishbourne no outro lado da baía, podemos dar uma olhada em Birdham e Itchenor, deste lado.

Scott sentou-se e tomou o seu chá. A chuva batia com força contra a janela, e estar exposto a ela não era uma proposta convidativa.

— Não pensei em trazer uma jaqueta — ele disse.

— Tenho outra aqui, você pode usá-la. Mas duvido que essa chuva vá durar o dia inteiro.

Eles beberam o chá em silêncio. Scott não havia reparado nos detalhes da casa na noite anterior, mas viu agora que a sala era bastante espartana, com dois sofás de couro marrom, uma TV e um aparelho de som sobre um balcão. Não havia nenhum enfeite ou toque feminino. Mas havia algo estranho, pois as paredes estavam pintadas em um tom amarelo-claro, com o qual as cortinas estampadas combinavam perfeitamente.

— Por acaso você morava aqui com uma garota? — ele perguntou, curioso.

— Sim, faz algum tempo — disse David, com um suspiro, apoiando os pés em um banquinho. — Foi um grande erro, ela tinha sonhos altos e uma grande carreira pela frente.

— E o que há de errado com isso? — perguntou Scott.

— Eu não queria passar o resto da minha vida com uma mulher que se importava mais com as suas previsões de vendas e margens de lucro do que com a construção de uma família.

— Não posso dizer que tenha pensado muito sobre constituir uma família — disse Scott, com um sorriso. — Ou em me casar, também. Acho que estou feliz em aproveitar a vida e me divertir.

— Morar com uma pessoa dinâmica como Rose fez com que eu percebesse que sou o tipo de homem à moda antiga — sorriu David. — Quase como um homem das cavernas.

Scott se livrou do seu cobertor.

— Bom, é melhor eu me levantar para que possamos ir atrás das garotas.

Eles se encontraram com Adam e Simon para tomar o café da manhã, como combinado, em uma cafeteria na rodovia A27, perto de Apuldram. Scott percebeu que Simon parecia não ter conseguido dormir muito bem, mas sabia que ele gostava de Lotte como se ela fosse uma irmã mais nova, e achava que havia falhado com ela por não ter tornado o apartamento ainda mais seguro.

Ninguém falou sobre o que aconteceria se as garotas fossem encontradas mortas, mas Scott sabia que aquilo estava bem presente em suas mentes. Ele supunha que todos estavam com medo de expressar aquele temor, como se falar sobre a morte pudesse atraí-la.

Era interessante notar que haviam aceitado David como o líder do grupo, mesmo que ele conhecesse Lotte há tão pouco tempo. David certamente não havia imposto aquela situação; ele simplesmente tinha uma qualidade natural para coordenar. Era franco, confiante sem ser pedante, e sem nenhum tipo de ostentação. Scott pensava que aquilo era o resultado de vir de uma família com sete irmãos — afinal, é em casos assim, necessário aprender a se virar sozinho desde cedo, ou você pode perder a sua identidade. Mas também é necessário ser flexível. Seja como fosse, Scott gostava dele.

— E então, o que você quer que façamos hoje, chefe? — perguntou Adam.

David deu um meio sorriso ao ouvir o apelido, mas não fez nenhum comentário.

— Vamos a todas as casas que pudermos. Lojas, *pubs*, garagens, qualquer lugar onde as pessoas se reúnam regularmente. Tentem estimular a memória dos entrevistados.

— Como assim? — indagou Simon.

— Use a imaginação! — exclamou David, como se a pergunta de Simon fosse tola. — Primeiro, mostre a foto em que as garotas estão parecendo modelos, e enfatizem que estamos preocupados, pois elas podem ser mortas se não as acharmos logo. Isso vai atrair o interesse das pessoas, e depois vocês podem mostrar a foto de Lotte, em que ela está com uma aparência triste e antiquada. Lembre-os de que ela foi encontrada na praia e que existem evidências de que teve um bebê recentemente. Um bebê perdido emociona a todos, e eles podem se lembrar de ter visto Lotte enquanto estava grávida. Quanto mais vocês impressionarem as pessoas com quem conversarem, quanto mais vocês provocarem as suas emoções, maiores serão as chances de se lembrar em de alguma coisa que possa ser útil.

Os homens se dividiram após terminar o café da manhã, e combinaram de se encontrar às 18 horas para comparar seus resultados. David disse que, se um deles tivesse sorte na busca, deveria ligar para o resto do grupo, e entrarem contato com a polícia imediatamente para pedir ajuda.

— Lembrem-se de que uma pista pode estar até mesmo no menor pedaço de informação — disse David, enfaticamente. — Façam com que as pessoas tentem se lembrar se perceberam qualquer coisa diferente ou fora do normal em uma casa vizinha; talvez o som de um bebê chorando, gritos, mais comida do que o normal sendo levada para dentro, luzes deixadas acesas, ou pessoas entrando e saindo em horários estranhos. Digam que aquilo pode ajudar a salvar a vida das garotas!

Os olhos de Simon se encheram de lágrimas. Adam parecia profundamente determinado, e Scott achava incrível se sentir tão próximo de homens que ele conhecia há tão pouco tempo.

Scott comprou um jornal antes que ele e David saíssem, e ficou satisfeito ao encontrar uma matéria de página inteira sobre o desaparecimento das garotas. Desde que David encontrou Lotte na praia, sentiam que a imprensa não havia conseguido maximizar o drama que permeava a história. O que foi feito até então podia ter mostrado a Scott e Dale que a garota encontrada na praia era Lotte, mas não teve um impacto tão grande no resto do público. Da mesma maneira, a polícia parecia não estar muito animada com a investigação. Mesmo assim, o jornal relatava que as autoridades estavam conduzindo uma busca casa a casa na região de Selsey.

— Por que lá? — Scott perguntou a David, enquanto eles liam a reportagem no carro. — Será que escolhemos o lugar errado? Ou foram eles?

— Talvez tenham encontrado alguma nova evidência — sugeriu David. — Mas, no dia em que encontrei Lotte, eles disseram que ela teria chegado ao litoral, vinda da baía de Bracklesham. Se ela tivesse caído de um barco que saiu de Selsey, ou se tivesse sido empurrada, teria sido encontrada na baía de Pagham, ou até mesmo mais adiante, ao longo do litoral, em direção a Bognor.

— Não seria bom ligar para Simon e Adam e informá-los a respeito disso? — perguntou Scott, pensando que talvez não fizesse sentido procurar do outro lado da baía se a polícia pensava que as garotas estavam em Selsey.

David deu de ombros.

— Não acredito que elas estejam lá — ele disse. — As pessoas não saem para navegar de Selsey, e não existe nenhum ancoradouro lá, até onde eu sei.

— Mas Lotte pode ter sido aprisionada ali, e depois levada de carro até o lugar onde o barco estava ancorado. Talvez a polícia tenha recebido alguma informação nova.

David estava com uma expressão séria, mas incerta.

— Talvez seja uma boa ideia ligar para o detetive Bryan.

— Vale a pena tentar — sorriu Scott. — O máximo que pode acontecer é ele mandar você ficar fora disso.

Capítulo catorze

David tirou seu telefone celular do bolso e fez a ligação.

— Aqui é David Mitchell — ele disse quando Bryan atendeu. — Acabei de ler no jornal que vocês estão fazendo uma busca de casa em casa em Selsey. Estávamos aqui nos perguntando por que estão indo para lá? Receberam alguma informação quente?

Scott observou David enquanto ele ouviu a longa resposta do detetive, mas não havia nenhuma animação ou decepção aparente em seu semblante. Scott pensou que David daria um ótimo jogador de pôquer.

— Sim, fomos até lá, e vamos dar uma olhada em Birdham e Itchenor hoje — disse David depois de algum tempo, com um tom de voz defensivo.

— Claro, ligaremos se descobrirmos alguma coisa — ele disse, alguns momentos depois. — Desde que você prometa fazer o mesmo — ele ousou acrescentar.

David colocou o telefone de volta no bolso.

— Ele foi informado de que estivemos ontem na marina fazendo perguntas. Acho que ele queria muito dizer para voltarmos para casa e deixar o assunto com os profissionais, mas não teve coragem. Em vez disso, me passou um sermão, dizendo que não devemos assediar as pessoas.

— Então, o que ele disse que aconteceu em Selsey? — perguntou Scott.

— Duas noites atrás, várias pessoas ouviram sons de pancadas e gritos. Mas não conseguiram identificar de onde vinha o barulho, e cada pessoa vivia em uma parte diferente da cidade. Isso fez com que Bryan pensasse que o barulho pode ter vindo de um furgão, que circulou várias vezes.

Scott estava confuso.

— Não acredito que alguém com um mínimo de inteligência se arriscaria a levar duas pessoas que haviam sequestrado para uma área residencial, a menos que elas estivessem amarradas e amordaçadas.

David fez uma careta.

— Devem ser uns garotos andando pela cidade em um furgão, assustando as pessoas por diversão. É o tipo de coisa que eu acharia hilário aos 17 ou 18 anos de idade.

— Continuamos com o plano original, então? — perguntou Scott.

— Claro! — David sorriu. — Vamos lá!

Eles quase haviam concluído a busca em Birdham, às 14 horas, quando Scott encontrou uma informação valiosa.

Birdham era uma vila pequena e agradável, com uma bela igreja antiga e uma escola primária, mas não muito mais do que isso. Havia algumas cabanas antigas, mas as outras casas e bangalôs eram modernas e pareciam ser do tipo que custavam um bom dinheiro. Felizmente, as pessoas que ficavam em casa estavam muito interessadas no que os rapazes tinham a dizer, tanto que eles às vezes tinham dificuldade para conseguir se despedir das pessoas para continuar a busca.

David fez um sinal para Scott quando ele havia terminado de verificar as casas do seu lado da alameda Cherry, indicando que voltaria para o carro e esperaria por ele lá, quando a porta em que Scott bateu foi aberta por uma senhora corpulenta, com pelos brotando do queixo.

— Não quero comprar nada — ela rosnou para ele. — Vá embora!

Havia chovido durante toda a manhã, e Scott estava todo molhado, apesar de estar usando o casaco com capuz que David havia lhe emprestado. Ele ficou tentado a se virar e sair de perto daquela velha rabugenta.

— Não vim vender nada — ele respondeu, irritado. — Estou fazendo uma investigação nesta região para verificar se alguém viu esta garota — disse ele, entregando a foto de Lotte para a mulher. — Imagino que a senhora tenha visto fotos dela no jornal — ele acrescentou.

— Não leio jornais. Eles só publicam mentiras — disse ela, abruptamente.

Scott não conseguia ser grosseiro à altura. Assim, explicou como Lotte ficou desaparecida durante um ano e que havia sido encontrada na praia. A mulher pegou a foto e a observou atentamente.

— Eu a vi na Reserva Natural de Pagham — ela disse.

— A senhora a viu? — exclamou Scott, incrédulo, sem conseguir realmente acreditar nela.

— Sim, uma vez, no outono do ano passado. Sempre vou a Pagham para observar os pássaros depois que os turistas voltam para casa. Lembro dessa garota porque ela olhava fixamente para mim, como se quisesse me dizer alguma coisa.

— Ela estava sozinha ou com alguém?

— Com um homem e uma mulher, muito mais velhos do que ela. A mulher era autoritária, segurava a garota pelo braço e quase a arrastou de volta para o estacionamento.

— A senhora se lembra como esse casal era? — Scott podia sentir a sua pulsação acelerando com o entusiasmo.

— A mulher se parecia com Rita Hayworth — ela respondeu, sem hesitar. — Ah, você é jovem demais para se lembrar dela. Ela era uma atriz famosa em Hollywood, ruiva e com um corpo escultural. Mas a mulher que estava com a garota era mais alta, talvez com 1,70 m.

A imagem de Fern Ramsden, a mulher do cruzeiro, apareceu na mente de Scott.

— A senhora ouviu a voz dela? — perguntou ele, agitado. — Da mulher ruiva, quero dizer.

— Ela era bem ríspida com a garota, mas não consegui ouvir exatamente o que ela disse.

— Então a senhora não percebeu se era americana?

— Não, rapaz, ela estava muito longe de mim. Mas tenho certeza de que a garota na foto é a pessoa que eu vi. Fiquei um pouco preocupada com ela depois, pois tinha a aparência de um cervo assustado. Sabe o que eu quero dizer?

Scott sabia exatamente, pois havia visto Lotte com aquela expressão em várias ocasiões, com seus grandes olhos azuis e lábios trêmulos. Ele havia a chamado de Bambi algumas vezes. Ele sentiu vontade de abraçar aquela mulher estranha, que gostava de fingir que era um dragão velho e miserável, mas que, na verdade, era uma pessoa observadora, que se importava com os outros.

— Sim, entendo. A senhora nos ajudou muito, e, se não se importa, vou passar seus dados para a polícia, porque eles vão querer falar com a senhora e mostrar algumas fotos para que possam identificar o casal. A senhora pode me dar seu nome e telefone? — ele pediu.

Ela disse que o seu nome era Margaret Foster, que era professora primária aposentada. Agora que tinha superado o ressentimento de tê-lo batendo em sua porta, parecia que ela o queria manter ali. Ela disse que não se lembrava da aparência do homem, e que havia observado apenas as duas mulheres, e tinha certeza de que não eram mãe e filha.

— Pode me informar quando encontrarem as garotas? — ela pediu, depois que Scott anotou o seu telefone.

Scott sorriu para ela.

— Se as encontrarmos, vou trazê-las aqui para conhecer a senhora. Essa é uma informação muito importante, e elas certamente vão querer agradecer-lhe.

Ele mal podia esperar para voltar ao carro para falar com David, e entrar em contato com Bryan, também.

Foi frustrante perceber que o policial falou com a voz fria, não se convencendo que o casal poderia ser Fern e Howard Ramsden.

— Eles voltaram para os Estados Unidos, verificamos com a companhia aérea — ele disse. — Eles também não voltaram à Inglaterra.

— Talvez não com o sobrenome Ramsden, mas poderiam ter usado outra identidade — observou David.

Scott pegou o telefone da mão de David para dar a sua opinião.

— Estou lhe dizendo, a senhora Foster descreveu a mulher que ela viu, e era exatamente a mesma descrição de Fern Ramsden. Dale a apelidou de Rita, e uma vez me mostrou uma foto de Rita Hayworth para que eu visse a semelhança entre elas. Era incrível o quanto ela se parecia com a atriz. Por que você não pega algumas fotos dos Ramsden no navio de cruzeiro para mostrá-las à Sra. Foster?

David pegou o telefone de volta.

— O que você acha disso? — ele perguntou.

— Um dia de buscas casa a casa qualifica vocês dois como detetives, não é mesmo? — retrucou Bryan, com ironia.

David fez uma careta para Scott, que ouvia tudo atento.

— Desculpe, detetive. Não foi minha intenção lhe dizer como deve fazer o seu trabalho — ele disse fazendo para Scott um gesto que dizia que ele sabia que estava bajulando o policial.

— Não tem problema — disse Bryan, com uma risada. — Eu agradeço sinceramente pela sua ajuda. Obrigado pela informação. Ligo para você em breve.

Eles ligaram para Simon e Adam para transmitir as informações, e, como eles ainda não haviam conseguido nenhuma pista, Simon disse que se encontrariam com Scott e David para passar um pente fino em Itchenor.

Eles combinaram de se encontrar no Ship Inn, perto do ancoradouro de Itchenor. David, que havia estado no *pub* várias vezes antes, disse que o proprietário era uma excelente pessoa, e tinha certeza de que lhes daria toda a ajuda que pudesse.

Quando entraram na estrada que levava ao cais, Scott ficou surpreso com os tipos diferentes de casas, desde mansões no estilo Tudor e cabanas de pedra até bangalôs palacianos em estilo colonial. Muitas ficavam escondidas por trás de cercas vivas, visualizadas apenas através de portões de ferro, e seus jardins eram muito bonitos.

— Parece óbvio que algumas pessoas muito ricas vivem aqui — ele disse. — E aposto que a maioria delas tem barcos.

David concordou. Ele disse que sempre vinha ao *pub* durante o verão, e as conversas eram sempre sobre barcos a vela.

— Seria bom se tivéssemos uma foto dos Ramsdens para mostrar por aqui — comentou Scott, enquanto David estacionava o carro ao lado do *pub*.

— Acho que vai ser suficiente dizer que ela se parece com Rita Hayworth — disse David, com um sorriso. — As pessoas são um pouco mais velhas aqui, eles conhecem a atriz. E, de algum modo, acho que mulheres que se encaixem nessa descrição em uma comunidade de velejadores devem ser bem raras.

Enquanto os rapazes estavam no *pub*, prontos para começar a fazer mais perguntas, Kim e Clarke Moore, os pais de Dale, junto com Carrina, sua irmã mais nova, batiam na porta dos Wainwright, em Brighton.

Em Chiswick, sua cidade Natal, ninguém prestaria muita atenção à aparência diferente do casal, pois o tempo parecia ter parado na década de 1960 para centenas de pessoas que moravam naquela região. Kim tinha um cabelo longo, tingido com hena, e usava roupas antigas de seda e veludo, geralmente adornadas com echarpes em cores vivas, com detalhes em pelúcia ou penas e acessórios grandes e chamativos. Hoje, devido à gravidade da situação, ela estava vestida de maneira mais sóbria, com um vestido de linho preto que lhe descia até as panturrilhas e um casaco xadrez. Porém, com Clarke ao seu lado, vestindo uma jaqueta de camurça com franjas nos braços e a cabeleira grisalha presa em um rabo de cavalo, eles ainda pareciam um casal de *hippies* de meia-idade.

Carrina tinha 23 anos, e estava tão preocupada com sua irmã mais velha que o seu belo rosto estava pálido e triste. Ela não tinha a mesma aparência exótica de Dale — em vez disso, seu cabelo era castanho-claro, tinha olhos azuis e feições delicadas e rosadas. Mas ela tinha o mesmo corpo curvilíneo e feminino de Dale.

Eles haviam viajado até Brighton na manhã do dia anterior, e passaram a maior parte do dia na delegacia de polícia, esperando receber notícias de que Dale e Lotte haviam sido encontradas. Quando perceberam que aquilo não aconteceria tão cedo, entraram em contato com a imprensa e ofereceram uma boa recompensa em troca de informações sobre onde as garotas estavam sendo mantidas.

No fim da tarde, eles haviam ido ao Marchwood *Spa* para conversar com alguns dos funcionários, esperando que Dale pudesse ter revelado alguma coisa útil para uma das outras garotas. Embora Quentin Sellers, o gerente-geral do hotel, tenha se mostrado bastante compreensivo, e apesar de toda a equipe estar profundamente preocupada com Dale, os Moore não deixaram de perceber que Marisa, a gerente do *spa*, sequer lhes deu atenção.

Capítulo catorze

Frankie, um dos cabeleireiros, disse-lhes que deveriam ignorá-la. Ele comentou que Marisa estava irritada pela maneira que Dale reagiu quando Lotte foi encontrada na praia — ela achava que Dale estava tendo um ataque histérico. Mas Frankie também observou que Marisa pode ter achado que seu cargo no *spa* estava ameaçado por Dale, porque ela não era apenas competentíssima, mas também era popular com os outros funcionários e com as clientes. Agora que Scott havia sumido para ajudar a encontrar as garotas, Marisa não conseguia encontrar ninguém que fosse qualificado para assumir a função dele, e ela também culpava Dale por aquilo.

Depois de passar a noite no hotel, Kim e Clarke voltaram à delegacia para verificar se alguma coisa havia sido descoberta. Parecia que a busca casa a casa que eles estavam fazendo em Selsey ainda não havia revelado nada, e Kim achou que seria bom entrar em contato com os Wainwright.

— Por quê? — Clarke perguntou à esposa. — Sabemos que eles não se importam muito com Lotte, então não podemos esperar que ajam de outra forma em relação a Dale. Acho você só vai se irritar se for falar com eles.

— Aposto que isso vai acontecer — concordou Kim, com os olhos se enchendo de lágrimas outra vez. Ela temia muito que nunca mais fosse ver a filha. — Mas nossas filhas se tornaram boas amigas naquele cruzeiro, e sinto que preciso fazer isso, para o bem delas.

Kim sabia que a sua filha nunca se aproximou tanto de alguém como havia feito com Lotte. Quando ela voltou para casa depois do cruzeiro, Kim viu como aquela amiga a havia influenciado, tornando-a uma pessoa melhor. Dale passou a se importar mais com as pessoas, era mais gentil e muito menos pretensiosa. Kim sentia que aquilo a preparou para amar Lotte, e quando Dale lhe contou que a amiga havia sido estuprada, ela sentiu ainda mais compaixão pela garota que nunca conheceu.

Mas aquele sentimento mudou quando Dale lhe contou sobre a ocasião em que Lotte foi encontrada na praia, sofrendo com a perda de memória. Embora sentisse pena da garota, tudo parecia ser muito misterioso, e Kim achava que a sua filha poderia ser atraída para alguma coisa que acabaria por afetá-la também. Ela advertiu Dale, dizendo que algumas pessoas eram naturalmente vítimas, e passavam a vida inteira atraindo problemas, chegando até mesmo a dizer que achava que Dale não deveria se envolver.

Mas agora que Kim havia conversado com o detetive Bryan e descoberto um pouco mais sobre Lotte e o seu histórico familiar, ela se envergonhava de ter sugerido aquilo. Dale deveria ser admirada por se importar com sua amiga, e mesmo que aquilo significasse que ela estava em perigo agora, Kim estava orgulhosa de sua filha.

— É melhor vocês entrarem — disse o Sr. Wainwright, abrindo a porta. — Minha esposa não acha que haja motivo para nos reunirmos. Mas estou feliz em vê-los.

Kim observou o pai de Lotte, com seu rosto esquálido e profundamente marcado pelas rugas, e seus olhos azuis pálidos e tristes. Ela imaginava que ele não deveria ter mais de 55 anos, mas ele parecia bem mais velho. Pelo que Dale havia dito sobre ele — o que não era muito — parecia que ele havia passado toda a sua vida adulta concordando com tudo o que a esposa dizia. Kim já sentia pena dele.

— Nossas filhas foram sequestradas. Com certeza isso é motivo suficiente para nos reunirmos — comentou Kim, sem hesitar. — Meu nome é Kim, este é Clarke, e nossa outra filha, Carrina.

— Ted — ele disse, cumprimentando-os com apertos de mão. — Prazer em conhecê-los. Venham, estamos na cozinha.

Ele os conduziu pelo corredor, e, ao entrarem na cozinha, sua esposa se levantou da cadeira que ocupava.

— Sou Peggy — ela disse.

Kim pensou que a mãe de Lotte deveria ter feito um esforço tremendo para cumprimentá-los e sorrir enquanto seu marido os apresentava.

— Chá ou café? — ela perguntou.

Kim e Clarke frequentemente se deparavam com pessoas difíceis ao comprar e vender artigos de segunda mão, mas Kim era famosa por conquistar até mesmo os mais frios e irritadiços. Sem se deixar abalar pelo clima pesado, disse que preferiam chá, e admirou o jardim que podia ver pela janela.

— Você deve ter um grande talento para a jardinagem — ela disse. — Olhe quantas cores você tem aqui! Que lindos delfinos e lupins! Meu jardim sempre fica horrível depois que as flores da primavera murcham, até que eu consiga preparar o canteiro para o verão.

— Passo bastante tempo cuidando das flores — admitiu Peggy, mas ela parecia contente por ter seu esforço admirado. — Uma pena que esteja chovendo hoje, seria bom poder sentar ao ar livre.

Kim continuou demonstrando sua amabilidade enquanto o chá era preparado. Ela admirou os vasos de plantas no peitoral da janela e alguns jarros antigos pendurados sob os armários da parede, e discutiu os prós e contras das máquinas de lavar louça. Ela só falou sobre Dale e Lotte depois que o chá estava na mesa e um prato de biscoitos havia circulado entre as pessoas que estavam ali.

— Os dois amigos de Lotte se juntaram a Scott, que trabalha no hotel Marchwood Manor, e David, o rapaz que a encontrou em Selsey, para bater de porta em porta na região da baía de Chichester em busca delas — ela disse. — A minha sugestão é que devemos ir para lá e ajudá-los. O que vocês acham?

— Oh, não — disse Peggy, balançando a cabeça. — Não posso fazer isso!

— Por que não? — perguntou Kim. — Tenho certeza de que se estivesse sendo mantida em cativeiro, você esperaria que Lotte fosse procurar por você.

— Ela não se aproxima de mim e não me procura há anos — ela respondeu.

— E de quem é a culpa? — disse Kim, bruscamente. — Até onde eu sei, você nunca a acolheu. Esta é a sua chance de mudar as coisas entre vocês agora. Saia daqui e seja uma mãe de verdade.

— Eu esperaria que meus pais viessem me procurar se eu estivesse no lugar de Lotte — falou Carrina. — Nós tivemos nossos altos e baixos, mas quando algo tão sério como isso acontece, o melhor é esquecer tudo o que passou.

— Você não sabe nada do que se passou nesta família — esbravejou Peggy. Ela olhou para o marido em busca de apoio, mas ele simplesmente desviou o olhar.

— Sabemos mais do que você imagina — disse Kim, de forma incisiva. — Sabemos que você se voltou contra Lotte quando a sua filha mais velha morreu. Como você foi capaz de fazer isso? Não foi culpa dela. Aposto que ela desejaria não recuperar uma parte da memória que havia perdido quando se lembrou daquilo! Mas agora você tem uma chance de consertar as coisas.

— Como você se atreve a vir até aqui e me julgar? — disse Peggy, com o rosto corado pela raiva.

— Eu me atrevo porque, a qualquer momento, podemos receber a pior notícia do mundo: que nossas filhas estão mortas — disse Kim, com um olhar duro para a outra mulher. — Aposto que você teria vendido a sua própria alma se isso pudesse salvar a sua outra filha. Estou certa?

Peggy fez que sim com a cabeça.

— Certo. Quero que você se levante dessa cadeira agora. Lembre-se que Lotte é um presente de Deus, assim como a sua Fleur, e que o papel de uma mãe é proteger e cuidar.

— Mas...— Peggy começou.

Kim fez um gesto com as mãos para interrompê-la.

— O que aconteceu entre você e Lotte pode terminar aqui e agora, se você quiser. Venha conosco e ajude na busca.

— Mas já são quase 14 horas. Quando chegarmos a Chichester, o dia já terá terminado.

Kim estava exasperada.

— Se o seu marido estivesse caído no chão com um ataque cardíaco, você diria que ele está com quase 60 anos, por isso não vale a pena buscar ajuda?

— Claro que não! — disse Peggy, indignada.

— Bem, podemos chegar a Chichester em 40 minutos, e ainda vai demorar para escurecer. O horário noturno é bom para bater nas portas das casas, pois as pessoas já saíram do trabalho e voltaram para suas casas. Além disso, há aqueles quatro jovens arriscando seus empregos para procurar pelas garotas. Você não acha que eles esperam que os ajudemos?

Capítulo catorze

Clarke sorriu em direção a Ted. Ele sentia orgulho de sua esposa por ela ter acuado a mãe de Lotte. Talvez se alguém tivesse falado naquele tom quando ela perdeu sua outra filha, não teria descontado toda a sua raiva e frustração na sua filha mais nova. Mas, mesmo assim, Kim sempre foi uma pessoa de cabeça quente e agressiva, e Dale era igualzinha a ela.

— Não gosto da maneira com que você fala comigo — disse Peggy, cruzando os braços, de um jeito que fazia com que ela se lembrasse do comediante Les Dawson, que costumava imitar mulheres fofoqueiras. — Você é muito atrevida, vindo aqui e nos dando ordens, dizendo o que devemos fazer.

— Sim, eu sei — falou Kim, com um sorriso. — Minha Dale é igual a mim. Mas quer saber de uma coisa? A sua Lotte fez com que ela se tornasse uma pessoa melhor, mais gentil e menos impulsiva. Como ela é minha filha, eu ainda assim teria trocado a minha vida pela dela, mesmo se ela continuasse a ser uma pessoa egoísta, teimosa e descuidada. Mas tenho uma imensa dívida de gratidão com a sua Lotte, mesmo que nunca tenha conversado com ela. Acredito que isso me dá o direito de forçar os pais dela a fazerem a coisa certa por ela, agora.

Clarke viu que Peggy estava com os olhos úmidos. Desde que eles haviam chegado, ele imaginou que Ted queria fazer a coisa certa, mas era fraco demais para falar o que pensava. Kim obviamente pensava o mesmo, pois ela agora estava olhando diretamente para o homem.

— E então, Ted, você é um homem ou um rato? — ela perguntou. — Ainda não ouvimos a sua opinião a respeito. Você acha que devemos nos juntar à busca em Chichester?

Ted abriu a boca, mas nenhuma palavra saiu. Talvez estivesse com medo de irritar a sua esposa. Mas Carrina se aproximou dele e segurou na sua mão, olhando em seus olhos.

— Claro que você quer sair para procurá-la — ela disse, gentilmente. — Você está louco para fazer isso, desde que recebeu a notícia de que ela havia sido capturada. Não é verdade?

Carrina sempre foi sua filha mais sensível, e Clarke percebia que o instinto dela estava correto. Colocar a sua mão pequena sobre a mão daquele homem foi um golpe de mestre. Com todas as memórias de suas filhas que aquele gesto evocaria, ele não seria capaz de recusar.

— Sim — ele balbuciou. Ele levantou a cabeça e olhou direto para a esposa. — Sim, faz tempo que quero sair para procurá-la — ele disse, firmemente.

Clarke voltou a olhar para Peggy. Visivelmente atordoada ao perceber que seu marido a havia desafiado, ela olhava diretamente para ele, como se esperasse por uma explicação.

— Vamos, então? — disse Kim, talvez desejando acelerar um pouco as coisas. — Melhor calçar sapatos confortáveis.

Os olhos de Peggy se encheram de lágrimas.

— Eu deveria ter recebido ajuda quando Fleur morreu — desabafou ela. — Hoje em dia as pessoas recebem aconselhamento, mas não tive nada disso, eu não entendia o que estava sentindo, e não tinha ninguém com quem conversar sobre aquilo.

Kim se aproximou dela.

— Deve ter sido horrível, perder uma filha é a pior coisa que pode acontecer a uma mãe. Tenho certeza de que eu teria enlouquecido se isso acontecesse comigo. Mas não é tarde demais para conversar sobre isso e tirar esse sentimento ruim de dentro de você, Peggy.

— Pode ser tarde demais para explicar isso a Lotte — disse Peggy, com a voz entrecortada. — A polícia me disse que ela teve um bebê. O nosso neto! Mas onde está essa criança? O que aconteceu, e o que vai acontecer agora?

♦ ❖ ♦

Capítulo quinze

Lotte estava deitada na cama, observando enquanto Dale se esforçava inutilmente para tentar passar pela pequena janela.

Elas haviam empurrado o guarda-roupa para baixo dela, subido pelo móvel e quebrado o vidro com um sapato no seu primeiro dia, e se alternaram, gritando por socorro, na esperança de que alguém nas redondezas as ouvisse. Infelizmente, a janela ficava no nível do chão do lado de fora, recuada em um tipo de alcova, então o som provavelmente não se propagaria muito bem por ali. Lotte também havia tentado escapar por ali nos últimos dias do seu cativeiro anterior, mas não teve sucesso. Mesmo assim, Dale não lhe deu ouvidos.

— Dizem que se você conseguir fazer a sua cabeça passar por um buraco, o resto do seu corpo consegue passar, também — ela insistia em repetir para Lotte.

Mas a cada vez que ela colocava a cabeça pelo buraco e tentava fazer com que seus ombros o atravessassem, ela ficava presa e tinha que recuar, com lágrimas de frustração em seu rosto. Ela havia tentado empurrar Lotte pela janela também, pois ela era menor, mas aquilo não funcionou.

Lotte havia desistido de tentar fazer com que Dale se desgastasse inutilmente, porque se lembrava de que, durante seus últimos cinco dias ali embaixo sem comida, ela também não havia agido de forma racional.

Quando não fazia exatamente o que Dale estava fazendo, ficava agachada no topo da escada, com a faca de cozinha na mão, esperando que Fern ou Howard entrassem por ali para que pudesse apunhalá-los. Ela se sentia congelada pelo frio e fraca pela fome, mas aquilo não era tão importante para ela quanto a perda do seu bebê e o desejo de se vingar.

Fern e Howard saíram várias vezes durante aqueles cinco dias, mas, mesmo quando estavam na casa, tudo ficava estranhamente quieto. Não se ouvia mais os gritos de Fern, não havia o som de pancadas na porta do porão, nenhum cheiro de comida vindo da cozinha, nem mesmo o som do rádio ou da televisão. Lotte talvez entendesse que aquele silêncio representava o sentimento de luto, como se eles tivessem perdido seu próprio bebê, ou se fossem pais adotivos dedicados. Mas ela sabia que eles não tinham coração, provavelmente, estavam quietos daquele jeito porque estavam planejando o que fariam a seguir.

No início, ela imaginou que tinham intenção de deixá-la morrer de fome, mas após algum tempo lhe ocorreu a ideia de que a casa era valiosa demais para que fizessem algo assim. Eles não iriam simplesmente embora, abandonando-a além de perderem dinheiro, o crime cometido por eles acabaria sendo descoberto. Assim, parecia mais provável que o plano deles era enfraquecê-la, de modo que pudessem levá-la a algum lugar para matá-la, e ocultar seu corpo em algum outro lugar, provavelmente junto com o corpo da sua filha.

Naquela ocasião, Lotte já não alimentava nenhuma esperança de ser resgatada. Em vez disso, dizia a si mesma que teriam que vir apanhá-la em algum momento, e aquilo lhe daria uma pequena chance de fugir.

Mas, desta vez, ela realmente acreditava que o resgate era uma possibilidade. Assim que ela e Dale fossem dadas como desaparecidas, a polícia não pouparia esforços para encontrá-las. Os pais de Dale, juntamente com Scott, Adam e Simon, estariam agitando as coisas em Brighton, e aquilo poderia fazer com que alguém que tivesse visto alguma coisa se apresentasse à polícia. Talvez os dois homens que as trouxeram aqui fossem da região, e talvez não soubessem exatamente com o que estavam se envolvendo — pelo menos, não até lerem sobre o sequestro nos jornais. Talvez eles pudessem se arrepender do que haviam feito e se entregar à polícia.

Mas mesmo que ninguém se apresentasse, a polícia já devia ter descoberto que os Ramsdens americanos estavam na Inglaterra como o Sr. e Sra. Gullick, e aquilo faria com que encontrassem em que casa estavam.

Lotte olhou para Dale e viu que ela estava novamente tentando fazer com que seus ombros passassem pela janela.

— Por favor, Dale, desça daí. Você só vai se desgastar — ela pediu. — Pode gritar o quanto quiser, mas acho que você já percebeu que não há como passar pela janela. Guarde a sua força para quando eles voltarem para nos pegar.

— Eles não vão voltar, eles nos abandonaram aqui para morrer — soluçou Dale, ajoelhando-se no alto do guarda-roupa. Ela se curvou, até encostar a cabeça nos joelhos, e deu um gemido horrível. — Quanto tempo vamos conseguir viver sem comida?

— Algumas semanas, desde que você beba água — respondeu Lotte. — Mas não vai chegar a esse ponto, vão fazer algo conosco antes disso. E nós estaremos preparadas para eles.

— Como poderemos lutar contra eles? — gemeu Dale. — Eles são grandalhões, nós não temos nada para usar como arma.

— Temos sim. Desça desse guarda-roupa e eu lhe mostro — disse Lotte.

Dale olhou para a sua amiga com olhos entristecidos. Ela os enxugou com as costas da mão e, cuidadosamente, desceu, pisando na cadeira que estava ao lado do armário.

— Mostre, então.

Lotte se levantou da cama e foi até o guarda-roupa, levantando um de seus lados.

— Segure-o para mim — ela ordenou. E quando Dale o tinha firmemente nas mãos, enfiou a mão por baixo do móvel. Parecia que estava arranhando alguma coisa.

— O que é? — perguntou Dale, espantada. — Rápido, isso aqui é pesado!

— Pode baixá-lo agora — disse Lotte, tirando a mão debaixo do guarda-roupa. — Grudei isso aqui com um *band-aid* quando estive aqui antes. — Ela tinha um estilete nas mãos.

Dale arregalou os olhos.

— Minha nossa! — ela exclamou.

— Consegui isto um pouco antes de ter o bebê. Howard estava consertando alguma coisa na cozinha e vi que este estilete estava por cima da caixa de ferramentas. Eu o peguei quando ele virou de costas. Queria um formão para poder tirar os parafusos das dobradiças, mas isso era melhor do que nada. E agora podemos machucar aqueles caras de verdade com isso.

— Talvez um deles — disse Dale, sentindo um calafrio com a ideia de atacar alguém com um estilete. — Mas não ambos!

— Podemos resolver isso — comentou Lotte. — Tive a ideia de que eu poderia fingir estar desmaiada na cama quando eles vierem nos pegar, e você se esconderia no banheiro. Quando o homem se curvar sobre mim, eu vou esfaqueá-lo, pular para pegar o outro, e você sai correndo para me ajudar.

Dale balançou a cabeça, em dúvida.

— Você pode conseguir cortar o rosto dele com a faca, mas eu não vejo como isso pode derrubá-lo, ainda mais se houver outro para ajudá-lo por perto. Eles vão conseguir nos dominar em pouco tempo. Diga o que aconteceu quando vieram pegar você antes. Talvez isso nos dê outra ideia.

— Eu estava grogue. Acho que depois que você passa da fase das pontadas de fome, você fica apática, porque nem havia tentado sair da cama naquele dia. De qualquer forma, Fern e Howard desceram as escadas e mandaram que eu me vestisse, porque iríamos sair.

Ao se lembrar daquele período do seu cativeiro, Lotte achava muito estranho que, naquele dia específico, enquanto Fern e Howard entraram no porão, ela estava encolhida debaixo das cobertas e não queria se mover.

Mesmo assim, até o dia anterior, a sua única motivação era conseguir sair daquele quarto, custasse o que custasse, e se vingar de Fern e Howard.

— Eu já disse: levante-se e vista-se — repetiu Fern, ainda mais irritada, e Lotte percebeu, naquele momento, que ela estava vestindo *jeans* e um suéter de lã. As únicas vezes que ela havia visto Fern usando *jeans* foi quando saiu para velejar, e, embora a mente de Lotte estivesse embotada pela fome, percebeu que pretendiam levá-la para o mar para afogá-la.

O medo fez com que a sua mente voltasse a funcionar, ela percebeu que, se agisse como se estivesse doente, com um andar hesitante e um pouco desorientada, aquilo poderia fazer com que ficassem complacentes.

— Não me sinto muito bem — ela disse, falando bem devagar e levantando a cabeça do travesseiro ainda mais lentamente. — Posso ficar por aqui?

— Não, não pode — gritou Fern com ela.

— Como está o bebê? — perguntou Lotte, formulando a pergunta como se ela mal estivesse conseguindo falar.

Ela viu o casal trocando olhares, e sentiu que estavam tensos.

— Vamos, levante-se — ordenou Fern, de forma grosseira.

Não foi difícil fingir estar atordoada e cambalear pelo porão como uma criança de seis anos com problemas de coordenação motora. Ela queria que eles evitassem deixá-la sozinha para se vestir, caso se deitasse novamente na cama, mas irritados o bastante para não prestarem muita atenção nela.

— Safado! Você não pode me olhar enquanto me visto — ela disse, brandindo um dedo em direção a Howard enquanto tirava as calças do pijama. Ela estava com uma calcinha por baixo, mas a blusa era tão comprida que ele não conseguiria perceber.

Ele virou de costas para ela, e Lotte conseguiu sentir a impaciência crescente de Fern, enquanto ela demorava propositadamente para colocar o vestido e abotoá-lo.

— Preciso escovar os dentes — disse Lotte, após vestir um blusão.

Ela desapareceu pela porta do banheiro, abriu a torneira para disfarçar qualquer som suspeito, e pegou a faca de cozinha do seu esconderijo, em meio à armação de vime do cesto de roupa suja. Amarrou um lenço de papel ao redor da lâmina e guardou-a no bolso do seu vestido. Depois, escovou os dentes, fazendo bastante barulho.

Quando estava pronta para sair do porão, o torpor que Lotte sentia anteriormente havia desaparecido por completo. Ela sabia que aquele casal planejava matá-la, e que conseguiriam o que queriam se ela não encontrasse a coragem e a força para lutar contra eles. Ela se sentia muito fraca por ter passado cinco dias sem comer, e seus braços e pernas doíam, como se estivesse com uma gripe forte. Assim, todas as suas esperanças estavam em ser capaz de continuar a agir de forma desorientada, como se não desconfiasse de nada. Aquilo faria com que eles relaxassem a vigilância habitual.

Até subir pela escada do porão, ela havia imaginado que ainda estavam na metade da manhã, mas a luz mortiça do crepúsculo que entrava pela janela do corredor lhe disse que já estavam no início da noite. Aquilo a deixou ainda mais assustada, porque confirmava que eles realmente estavam planejando se livrar dela naquela noite.

— Posso tomar uma xícara de chá? — ela perguntou, ansiosa para não parecer preocupada. — E fazer um sanduíche?

— Tome um copo de leite com biscoitos para ajudá-la a se recuperar — disse Fern.

Ela quase parecia gentil, e, quando se virou para olhar para ela, a expressão da mulher estava relaxada, até mesmo com alguma demonstração de afeto em relação a ela.

Tamanha falsidade, depois de ter tirado sua filha e deixado-a morrer, e agora, quando planejava matar Lotte, era quase impossível de suportar.

— Seria ótimo — ela respondeu, forçando um sorriso ingênuo e inocente, enquanto sua mão tocou o volume que a faca fazia contra o seu quadril.

Era estranho ver Fern sem a maquiagem perfeita que sempre usava e sem um fio de cabelo fora do lugar. O rosto dela parecia estar cinzento e maltratado, e seu cabelo estava visivelmente sujo. Mas a sujeira e a desordem na cozinha eram ainda mais chocantes. Todas as superfícies estavam abarrotadas com embalagens de comida para viagem, e o chão de azulejos estava imundo. Era a prova de que todos os seus planos haviam fracassado, e que, talvez, também estivessem até mesmo perdendo a sanidade. Lotte se lembrava de que a cozinha sempre estava brilhando, um primor de limpeza.

Fern pegou um copo limpo em um dos armários suspensos e foi até a geladeira para enchê-lo de leite. Lotte se aproximou dela, ao mesmo tempo que olhava para Howard.

Ele estava do lado de fora da cozinha, lendo atentamente um pequeno livreto de capa azul. Ele não estava prestando atenção nela ou na sua esposa.

A geladeira era alta, com um *freezer* na metade inferior. Fern estava procurando por uma garrafa de leite que se encontrava em uma das prateleiras mais alta, acima do nível do seu ombro. Naquele momento, Lotte percebeu que tinha uma chance. Não era o momento que ela esperava, mas poderia ser o único que teria. Ela deslizou a mão para dentro do bolso, livrando a lâmina da faca do lenço de papel que a envolvia antes de puxá-la.

Fern ainda estava com as costas viradas para Lotte, enchendo o copo com o leite da garrafa, e com a porta da geladeira ainda aberta. Ela colocou a garrafa de volta na geladeira, e, ao começar a se virar em direção a Lotte para lhe dar o copo de leite, ela deu um pequeno empurrão na porta com o ombro, para fechá-la.

— Exatamente o que eu queria — disse Lotte.

Levantando a mão esquerda como se fosse pegar o copo, ela segurou o cabo da faca com a mão direita. Quando Fern estava totalmente virada para ela para entregar o copo, Lotte lançou-se para frente, enfiando-lhe a faca no peito com toda a força que conseguiu reunir.

A faca não penetrou completamente. Houve uma resistência, como se ela tivesse atingido algum osso, e um ruído estranho de coisas raspando umas nas outras, antes que o berro de Fern, em choque, o encobrisse, e o copo de leite se espatifasse no chão. Fern cambaleou para trás, em direção à pia, logo abaixo da janela, com a faca cravada em seu peito. O sangue jorrava, manchando seu suéter cor de creme.

Howard correu em direção à mulher.

— O que você fez? — ele gritou para Lotte.

Lotte não conseguia se mover, paralisada com o horror que sentia por ter sido capaz de apunhalar outro ser humano. Foi apenas quando Fern conseguiu pronunciar alguma coisa, exigindo que Howard pegasse Lotte, que ela conseguiu pensar com clareza novamente.

A mesa estava entre eles. Lotte olhou ao redor, procurando desesperadamente por outra arma, mas não havia nada que fosse adequado ao seu alcance. Howard estava contornando a mesa, sua face marcada pela determinação e pelo ódio. Lotte escapou pelo outro lado, pegou um bule de café usado e o atirou nele, acertando-o na testa. Ele se curvou para trás, e o café ainda quente escorreu pelo rosto.

— Sua cadela — ele gritou enquanto esfregava o rosto para tirar a borra de café da frente dos olhos, e veio em sua direção, parecendo ainda mais selvagem agora.

Ela se esquivou dele várias outras vezes, indo para a direita quando ele vinha para a esquerda, e depois para a esquerda quando ele vinha pela direita. Ela estava tentando ganhar tempo para pensar, pois Fern havia puxado a faca do peito e estava pressionando o ferimento com a mão, enquanto o sangue se esvaía por entre seus dedos. Ela estava cambaleando, e talvez desmaiasse, ou até mesmo morresse dentro de alguns minutos.

— Vá cuidar dela, seu filho da puta — sibilou Lotte para ele, querendo que ele obedecesse, para lhe dar a chance de escapar pela porta da frente.

— Você não vai conseguir fugir — rebateu Howard. — Eu estou com as chaves.

Fern não desabou como Lotte sempre havia imaginado que aconteceria com uma pessoa mortalmente ferida. Ela simplesmente se sentou lentamente em uma cadeira.

— Querida, me ajude — ela implorou, o rosto bastante pálido. — Me ajude!

— Ajudar você? — gritou Lotte com ela. — Você transformou a minha vida em um inferno, roubou a minha filha e a deixou morrer, e queria me matar também! Eu quero que você morra!

Howard parou de tentar pegar Lotte e correu para a esposa, ajudando-a a se deitar no chão da cozinha. Lotte correu em direção à porta da frente, mas, como esperava, ela estava trancada, e a chave não estava por perto. Ela correu para a porta dos fundos, mas a situação era a mesma, e depois para a sala, para tentar fugir pela janela. Elas também estavam trancadas, como sempre estiveram. Ela pegou um pesado candelabro que estava sobre a lareira e golpeou a janela com ele, mas, incrivelmente, o vidro não se quebrou.

Ela havia tomado distância para tentar mais uma vez, quando Howard chegou por trás dela e segurou o candelabro que ela tinha nas mãos.

— Agora chega — ele disse. — Você já fez estragos demais para uma noite.

Seu rosto estava molhado pelas lágrimas e ele estava trêmulo. Lotte presumiu que Fern havia morrido.

— Ela morreu? — Lotte precisava que alguém confirmasse aquilo para ela.

Ele assentiu, e parecia estar tão devastado que Lotte não conseguiu dizer mais nada que o insultasse.

— Deixe-me sair daqui agora — ela pediu. — Se você me prender de novo, vai se complicar cada vez mais. Fui eu que a matei, e podemos dizer à polícia que foi Fern que armou tudo isso.

Ele a olhou duramente, por um longo tempo. Lotte percebeu que ele estava muito assustado, e que não sabia mais o que fazer. Fern sempre havia sido a parte forte, a organizadora e a chefe. O papel de Howard havia sempre sido secundário, apoiando-a no que ela quisesse.

— Eu posso ajudar você — disse Lotte, com afeição. — Isso é horrível, mas podemos sair dessa se mantivermos a cabeça no lugar e trabalharmos juntos. Temos que fazer alguma coisa — ligar para a polícia e dizer a eles o que aconteceu, ou dar um jeito de sumir com o corpo dela. Você não pode deixá-la jogada na cozinha. E o que vocês fizeram com o corpo do bebê?

Ele não respondeu. Howard não conseguia olhar para ela, e Lotte sentia que estava certa em pensar que ele e Fern haviam planejado se livrar dela e do bebê naquela noite.

Pensar naquilo fez com que Lotte quisesse pegar alguma coisa pesada e acertar a cabeça dele. Mesmo assim, embora fosse magro, ele era esguio e bem mais forte do que ela. Aquilo podia acabar com a cabeça dela sendo partida ao meio.

— Você não é um homem mau, Howard — ela disse, colocando as mãos no braço dele. — Sei que Fern estava forçando a situação —; ela era louca! Se você ligar para a polícia agora, eu direi isso a eles. Podemos até dizer que você estava viajando a negócios a maior parte do tempo e não sabia o que estava acontecendo.

Imediatamente, os olhos dele adquiriram uma expressão perigosa.

— A culpa disso tudo é sua — ele rosnou para ela. — Você encantou a minha Fern, e fez de tudo para tentar nos afastar.

— Não fiz nada disso — afirmou Lotte, com o estômago revirado pelo medo. Howard estava ensandecido.

— Fez sim — ele disse. — Você enganou Fern, fazendo com que ela acreditasse que você estava disposta a gestar um bebê para nós, mas você só fez isso porque me desejava, não é?

— Desejar você? — Lotte não conseguiu evitar uma expressão de zombaria em seu olhar e na sua voz com uma ideia tão absurda. — Você me drogou, me fez passar fome e me trancou naquele porão antes que eu concordasse em me deitar com você.

Em uma fração de segundo, ele agarrou as suas mãos e as torceu para trás das suas costas. Ela gritou e tentou se desvencilhar dele, mas as mãos de Howard eram como garras de aço. Ele a puxou pelas mãos de volta ao corredor, pegou um rolo de corda que estava pendurado em um gancho próximo da porta e amarrou as mãos dela para trás.

— Pare de gritar ou vou amordaçá-la — ele ordenou. Empurrando-a com força em direção à cadeira que estava no corredor, ele usou outro pedaço de corda para amarrar seus tornozelos.

Ele a deixou ali por alguns segundos e voltou com uma tesoura nas mãos, agarrou um punhado de cabelos e o cortou, e depois outro, e mais outro, por toda a cabeça, até que o chão estivesse coberto com uma grossa camada de cabelos loiros ao redor da cadeira. A respiração dele estava pesada enquanto ele fazia aquilo, e Lotte teve a impressão de que aquele ato tinha algum tipo de simbolismo, embora não entendesse o que era.

Capítulo quinze

Lotte estava assustada demais para protestar. Ela sabia que os dois rolos de corda significavam que ele e Fern haviam planejado o que fariam a ela com muita antecedência. Mas Howard não esperava ter de fazer tudo sozinho; estava completamente desequilibrado pela morte de Fern, e por saber que agora teria de se livrar do corpo dela também. Lotte decidiu ficar em silêncio para que ele não a amordaçasse, ela poderia precisar da sua voz mais tarde.

Quando ela estava bem presa, Howard voltou à cozinha, e, embora Lotte não conseguisse ter uma visão completa do que estava acontecendo lá, ouviu Howard se servindo de uma bebida. Ela imaginava que fosse conhaque, para acalmar os nervos. Ele engoliu o líquido como se fosse um homem morrendo de sede. Algum tempo depois, ela o ouviu abrir o armário que ficava embaixo da pia. Pelo som crepitante, deduziu que estava retirando a toalha de piquenique com forro impermeável, com a intenção de usá-la para envolver o corpo de Fern.

Nos dez minutos seguintes ouviu Howard fazendo ruídos, engolindo a bebida, soluçando, fungando e esfregando as superfícies da toalha enquanto ele envolvia o corpo da esposa. Ela havia visto centenas de filmes onde a corda era cortada por um caco de vidro, ou até mesmo um prego enferrujado, mas não havia nada daquilo por perto, esperando para ser encontrado. Se ela arrastasse a cadeira pelo corredor para tentar encontrar alguma coisa, Howard iria ouvi-la.

Lotte sentiu a corda com os dedos e descobriu que ela não estava muito apertada. Imaginou que conseguiria se livrar com algumas contorções. Mas parecia melhor continuar com as mãos amarradas até que ele a pusesse no carro.

Quando Haward voltou para o corredor, seus olhos estavam vermelhos e inchados por causa do choro. Lotte pôde sentir o cheiro do conhaque no seu hálito e ver que ele estava com a camisa e as calças cobertas de sangue.

Ele olhou para ela de cima, e seus lábios se recurvaram como o de um cachorro raivoso.

— Nós tínhamos tudo até você chegar — ele rosnou. — Sempre soube que você era um problema, mas você a encantou com esses olhos azuis e essa aparência de menininha. Eu odeio você!

Ela queria insultá-lo, dizer que ele era um fracote pervertido, dominado por uma mulher cruel e insensível, mas sabia que não era o momento de deixá-lo ainda mais enfurecido.

Ele a amordaçou antes de destrancar a porta da frente, e a carregou para fora. Lotte ficou surpresa ao ver que o carro dele não estava lá, apenas um furgão grande, de cor escura. Ela imaginava que ele devia ter comprado ou alugado o veículo nos últimos dias, pois não havia visto aquele furgão antes. Estava muito escuro para poder identificar a cor ou o fabricante. E quando ele abriu as portas traseiras para empurrá-la para dentro, ela não conseguiu ver nada, mas sentiu um leve cheiro de peixe.

Ele a jogou para dentro do furgão com brutalidade e bateu a porta com força. Quando voltou para dentro da casa, Lotte tentou soltar as mãos. Mas não era tão fácil quanto ela havia pensado; conforme ela movia uma das mãos, a corda se apertava ao redor da outra, e agora se sentia enjoada, em pânico, pois não conseguia se livrar.

Quando seus olhos se acostumaram com a escuridão, ela conseguiu ver um pequeno embrulho, com cerca de 40 centímetros de comprimento e 15 centímetros de largura, perto dela. Lágrimas rolaram dos seus olhos, pois sabia que era o seu bebê. Nunca permitiram que ela segurasse a menina em seus braços, e agora dividiriam a mesma sepultura.

Howard voltou, carregando Fern, enrolada na toalha de piquenique e amarrada com outra corda. Ele a colocou no furgão com muito mais cuidado do que havia feito com Lotte, e ela viu que ele ainda chorava.

Poucos minutos depois, após sair da casa, o furgão começou a rodar sobre um terreno pedregoso, e Lotte percebeu que eles deviam estar perto da água, na área em West Itchenor onde o barco de Howard estava ancorado. Ele realmente estava planejando colocá-la, juntamente com Fern, no barco, e depois estacionar o furgão em algum outro lugar. Quando a maré subisse, ele velejaria em direção à baía, e dali para o mar aberto. Lotte se deu conta que o pequeno livreto azul que Howard estava lendo tão atentamente continha os horários das marés. Ela estava feliz por ter esfaqueado a mulher que ele amava, e esperava que tivesse uma vida miserável e solitária, e uma morte dolorosa e horrível. Alguém tão insensível merecia sofrer. E mesmo que aquele pensamento não diminuísse o medo que ela estava sentindo, ainda assim justificava ter matado Fern.

Enquanto ela esperava deitada pelo momento em que ele viria e a carregaria para o seu barco, lhe ocorreu que ele estava se arriscando demais. Poderia estar escuro, mas eram apenas 21 horas, e ainda haveria pessoas por perto que o veriam. Mas ela nunca havia estado ali naquele horário. Poderia haver vários homens carregando seus barcos para pescar, e o que Howard estava fazendo não pareceria suspeito.

A porta traseira do furgão foi aberta e Lotte foi puxada pelos pés; e Howard a jogou por cima do seu ombro. Rapidamente, cobriu-a com um cobertor por cima para escondê-la e impedir que ela visse o que estava acontecendo. Ele deu alguns passos sobre as pedras, arfando com o esforço, e depois subiu quatro ou cinco degraus até o ancoradouro. Balançando sobre o ombro dele, Lotte conseguiu ver a água por entre os vãos das tábuas, mas depois de alguns metros ele subiu em seu barco, que balançava abaixo deles.

Lotte foi jogada na pequena cabine. Foi uma queda pequena, menos de um metro, mas ela bateu a cabeça, caindo estatelada de costas, e sentiu uma dor lhe subir pelo cotovelo.

Quando Howard voltou, bufando e grunhindo sob o peso de Fern, que talvez pesasse uns 20 quilos a mais que Lotte, ela já estava em pânico, pois havia novamente tentado soltar as cordas que lhe prendiam as mãos, sem conseguir.

Howard colocou o corpo da esposa no chão da cabine com cuidado, parando para descansar e recuperar o fôlego. Lotte estava deitada tão próxima de Fern que podia sentir o cheiro do seu sangue misturado com Opium, o perfume que ela sempre usava. Aquilo a enjoava.

Howard saiu dali outra vez, voltando pouco tempo depois, provavelmente com o corpo do bebê, mas ele não o colocou na cabine com elas. Lotte sentiu o barco jogar quando ele desceu para o ancoradouro outra vez, e ouviu o som do furgão se afastando.

O desespero fez com que ela tentasse de tudo para se livrar, mas mesmo depois de quase rasgar a pele dos pulsos puxando a corda, ela não conseguiu se livrar. Ela tentou golpear o piso da cabine com seus pés amarrados, na esperança de que alguém pudesse ouvir o som, e ela também grunhiu contra a mordaça, mas nada daquilo surtiu efeito. A maré estava subindo rapidamente. Ela ouvia as ondas se chocarem contra o casco do barco, e agora entendia a frase "encarar a morte de frente", pois não conseguia vislumbrar nenhuma possibilidade de fuga.

Demorou algum tempo antes que Howard voltasse, talvez uma hora, durante a qual Lotte teve que aguentar cãibras nas pernas e um formigamento nos braços, achava que sufocaria com a mordaça. Ele não deu mais do que uma olhada rápida na cabine, mas mesmo assim ela sentiu um forte cheiro de bebida, e se perguntou se ele havia ido ao *pub* com as roupas manchadas de sangue ou se havia voltado para casa. Ele bateu a porta da cabine e ligou o motor.

O vestido de algodão e o blusão de Lotte não eram quentes o bastante para aquecê-la durante uma noite em terra. Quando o barco saiu do ancoradouro, então, sentiu que estava congelando. Deitada e tremendo, ela apurou os ouvidos, na esperança de ouvir outras embarcações, mas não havia nenhuma por perto.

Ela percebeu o momento em que deixaram a baía, pois as ondulações aumentaram muito. Tudo o que ela podia ver era um quadrado com o céu noturno através do vidro na porta da cabine e o chapiscar das ondas que subia na direção da popa de quando em quando. Howard estava lá, manobrando o barco, mas ele estava à direita da sua linha de visão. Ela não sabia até onde ele iria antes de jogá-las ao mar.

O tempo deixou de ter qualquer significado. Parecia que ela estava no barco há muitas horas, mas calculava que pouco mais de duas haviam se passado, até que ele desligou o motor.

A porta da cabine se abriu e ele veio para arrastá-la para fora pelos ombros.

— Acalme-se — ele gritou enquanto ela esperneava e se agitava. — Você não vai conseguir nada com isso.

Ele a levantou e a colocou sentada na amurada do barco. Para sua surpresa, ele cortou, com uma canivete, a corda que lhe prendia os tornozelos.

— Não vou jogá-la amarrada — ele disse, bafejando o hálito com cheiro de conhaque no rosto dela. — Eles vão pensar que você se suicidou quando encontrarem o seu corpo. Vou colocar o bebê com você também.

Logo depois, ele cortou a corda ao redor dos pulsos de Lotte e, finalmente, removeu a mordaça.

— Eu me arrependo do dia em que resgatamos você daquele homem na América do Sul — disse ele, segurando-lhe o queixo com força, de modo que ela tivesse que olhá-lo nos olhos. Mesmo no escuro, ela via um brilho insano nos olhos dele, e seu rosto estava contorcido pelo ódio. — Deveríamos ter ficado lá e assistido ele matar você. Você destruiu tudo o que eu tinha com a minha Fern. Nós nos conhecíamos desde que éramos crianças, e nunca houve ninguém entre nós. Agora você a matou, e eu estou sozinho. Não posso nem dar um enterro cristão a ela; terei de colocar pesos por dentro da toalha para que ela nunca seja encontrada. Você fez isso comigo!

— Lamento que ela tenha morrido, mas não faça isso, por favor — choramingou Lotte.

Ele não respondeu; simplesmente soltou o seu queixo, empurrou-a pelos ombros e, de repente, ela estava no mar. Foi um choque, e estava tão frio que ela achou que seu coração pararia. Mas ela conseguiu flutuar e tirou a água dos olhos. Lotte viu Howard em pé no barco, olhando-a com um sorriso maldoso, segurando algo nas mãos.

— Você disse que queria segurá-la — ele afirmou e, com um riso maligno, puxou o tecido que cobria o corpo da menina, que estava vestida de branco. — Aqui está ela, pegue! — ele gritou, arremessando o bebê em direção a Lotte.

Lotte ficou horrorizada demais para reagir. Foi só quando Howard ligou o motor do barco novamente e manobrou em direção ao alto-mar que ela percebeu que o corpo de sua filha estava bem na sua frente. Ela parecia perfeita, mas estava muito pálida, rígida e fria, vestida com um macacão branco. Lotte a pegou em seus braços, enquanto batia as pernas, e abraçou-a com força. A menina estava tão gelada que Fern devia tê-la colocado no *freezer*.

— Desculpe, pequena — ela sussurrou, quase engasgando com as lágrimas. — Perdoe a minha participação nisso. Queria poder ter protegido você.

A onda do barco de Howard fez com que a água passasse por cima da sua cabeça, arrancando o bebê dos seus braços. Quando ela conseguiu se endireitar e cuspir a água salgada que havia engolido, não conseguiu mais ver a filha.

— Que Deus a abençõe! — gritou ela para a escuridão.

♦ ❖ ♦

Capítulo dezesseis

— A que distância você estava da praia? — perguntou Dale, ainda atordoada pelo efeito da história de Lotte.

Embora ela soubesse que Lotte havia sido jogada ao mar, ou que talvez tivesse pulado por vontade própria, ela não havia realmente considerado as implicações daquele ato, ou mesmo o que poderia ter levado a tal situação. Mais perturbador ainda era saber que Lotte havia matado Fern.

Dale imaginava que Lotte seria a última pessoa do mundo a esfaquear outro ser humano, pois era dócil e gentil demais, e raramente deixava que a raiva a dominasse Aquilo provava que uma pessoa podia fazer qualquer coisa, quando fosse pressionada o suficiente. Mesmo assim, era medonho pensar que ela havia sido forçada a matar Fern, e a imagem da filha sendo lançada ao mar com ela era desoladora e repugnante. Dale achava que seria capaz de matar Howard com as próprias mãos por aquele ato tão desprezível.

— Que distância? Não sei, as distâncias enganam à noite, especialmente no mar — respondeu Lotte. — Eu podia ver as luzes claramente, mas parecia que a praia nunca ficava mais próxima. Acho que estava sendo levada lateralmente pela correnteza.

— Você deve ter ficado na água por horas! Como conseguiu sobreviver?

— Pura determinação, acho —, retrucou Lotte, dando de ombros. — Eu me lembro que, no começo, estava tão furiosa com a maldade de Howard que senti que precisava alcançar alguém para contar a eles tudo o que aconteceu. Mas não conseguia nadar, o mar estava muito agitado. Eu ia de um lado para o outro, como uma rolha na água, deixando que me levasse aonde quisesse. Mas acho que foi aquela raiva que me impediu de desistir.

— Você deve ter ficado aterrorizada — afirmou Dale, em voz baixa.

— Na verdade, não. Eu estava aterrorizada na casa porque não sabia o que aconteceria comigo. Mas, no mar, senti que tinha o controle. Eu me forcei a esquecer o frio que fazia e continuei a nadar em direção às luzes. Sabia que se começasse a pensar que estava cansada demais para nadar, me afogaria. Então, me concentrei no que Howard e Fern haviam feito comigo e jurei que iria levá-los à justiça.

Lotte sentiu seu corpo estremecer ao se lembrar do frio que chegava até o interior do seu corpo, dificultando muito a mobilidade. Ela não queria contar a Dale, mas, por várias vezes, não foi capaz de ver as luzes das casas na orla, porque as ondas eram grandes demais. Conforme as ondas a atingiam, ela precisava se esforçar para ficar acima delas. O mar e o céu estavam pretos como breu, a noite estava sem lua, e era difícil ver as estrelas, também. Ela nunca havia se sentido tão sozinha, como se fosse a última pessoa viva no planeta. Ainda pior era saber que seu bebê estava sendo arrastado para as profundezas. A sensação era a de uma dor física, mas muito mais forte do que o frio intenso.

— Você se lembra de chegar à praia? — perguntou Dale.

Lotte negou com a cabeça.

— Eu me lembro de ver as primeiras luzes da manhã, o que me deu esperanças de que alguém poderia me ver e me resgatar. Mas acho que devia estar entre a consciência e a inconsciência, e as ondas simplesmente me levaram até a praia. Eu me lembro de sentir o cascalho do chão arranhando a pele por baixo de mim, mas a sensação era bem distante.

As duas garotas ficaram sentadas em silêncio sobre a cama por algum tempo.

— Vai ser diferente desta vez, quando aqueles homens vierem nos pegar — disse Dale, com a voz trêmula pelo medo. — Eles não vão nos trazer bebidas como Fern fez com você, e não dá para apunhalar ninguém com um estilete. A lâmina não é longa o bastante para cortar além da pele.

— Mas eles não vão querer nos matar quando vierem — disse Lotte em um tom reconfortante, colocando os braços ao redor da amiga. Ela sentia que Dale estava a ponto de sofrer um ataque de pânico. Lotte não acreditava realmente que os homens não iriam matá-las, mas achava que tinha de manter o otimismo, para o bem de Dale. — Eles podem até mesmo recusar as ordens de Howard se ele lhes disser que é isso que quer que eles façam. Assim, ele mesmo terá de vir até aqui. E nós duas podemos lidar com ele.

— Você acha? — perguntou Dale. — Queria saber onde ele está agora. E o que ele fez com o corpo de Fern.

— Tenho a impressão de que ele está por perto — respondeu Lotte. — Acho que me lembro que foi ele que tentou me estrangular no hospital. É engraçado que a visão dele não tenha ativado a minha memória imediatamente, mas eu ainda estava muito abalada durante aqueles primeiros dias no hospital.

— Você começou a se recuperar depois de encontrar o homem que a salvou — observou Dale.

— Mmmmm — murmurou Lotte.

— Você gosta dele?

— Sim, bastante. Na verdade, David é uma ótima razão para conseguir sair viva daqui — disse Lotte. — Mas será que o que ele sente por mim vai mudar quando descobrir que matei Fern?

— Acho que isso vai fazer com que ele tenha mais respeito por você, garota — retrucou Dale, com um sorriso triste, o primeiro do dia. — Quanto a mim, não vou mais me divertir às suas custas, agora que sei do que você é capaz!

— Ah, você não se divertia às minhas custas. Só às vezes — riu Lotte. — Agora, que tal darmos uns gritos pela janela?

O mar e o céu haviam adquirido uma cor cinzenta na chuva, e a trilha que contornava a orla marítima, de Itchenor a West Itchenor, estava ficando lamacenta.

— Não sei por que nos mandou vir por aqui, não há ninguém por perto — disse Peggy Wainwright, testando a paciência de Kim Moore. — E debaixo dessa chuva!

Quando os dois grupos de pais se encontraram com os rapazes em Itchenor, David sugeriu que as duas mulheres seguissem a trilha, e conversassem com qualquer pessoa que estivesse levando seu cachorro para passear ou caminhando por ali. Ainda não havia começado a chover, embora o céu estivesse carregado, mas ambas estavam com capas impermeáveis e sapatos resistentes. Carrina acompanhou seu pai e Ted Wainwright.

— Algumas gotas de chuva não vão nos fazer mal, e a principal razão de virmos aqui é porque esta é uma rota usada por trilheiros e pessoas que levam seus cães para passear — observou Kim. — Esse é o tipo de pessoa que se lembraria de qualquer coisa fora do comum.

Naquele momento, um casal de meia-idade, caminhando com seu labrador dourado, veio pela trilha na direção oposta. Kim parou para mostrar-lhes as fotos de Lotte e Dale e explicou o perigo que elas corriam.

Cinco minutos depois, o casal continuou sua caminhada. Eles não haviam visto ou ouvido nada de anormal.

— Eles nem sabiam que dia da semana é hoje, e não se lembrariam de nada que viram recentemente — comentou Peggy, irritada. — E meus pés estão começando a doer.

Kim parou onde estava, colocou as mãos nos quadris e encarou Peggy.

— Você é uma mulher realmente extraordinária — ela disse, com a voz carregada de ironia. — Duvido que haja outra mãe em toda a Inglaterra que se preocupe menos com a própria filha. Eu andaria descalça sobre brasas para encontrar Dale, mas você não quer nem mesmo caminhar por uma trilha agradável como esta.

— Acho que é melhor deixar este tipo de coisa para a polícia — respondeu Peggy, segurando a bolsa de plástico azul contra o peito. — Por que alguém nos diria alguma coisa?

— Por que eles sabem como nos sentimos? — sugeriu Kim. — Por que a maioria das pessoas quer verdadeiramente ajudar com uma coisa desse tipo? Você já se deu conta de que a sua filha pode estar morta? Você se importaria?

— Olhe aqui! — replicou Peggy, indignada. — Claro que eu me importo.

— Bem, então comece a demonstrar — esbravejou Kim. — E continue andando até que seus pés sangrem, sem reclamar.

Kim sabia que David a havia colocado junto com Peggy na esperança de que conseguisse sobrepujar a frieza daquela mulher. Mas o coração dela não era somente frio, era feito de granito. Tudo que Peggy havia dito hoje provava que, na verdade, ela achava que estava certa em não ter tempo para Lotte. Kim poderia entender tal atitude se Lotte tivesse, de algum modo, sido responsável pela morte de Fleur, ou se tivesse feito algo realmente terrível depois. Mas não havia absolutamente nenhuma desculpa para o comportamento daquela mulher. O mais surpreendente era que, depois de tudo aquilo, Lotte havia se transformado em uma pessoa boa e gentil, apesar da falta de amor e carinho durante vários anos. Kim achava que ela poderia muito bem ter se afundado na bebida ou drogas, ou que pudesse ter tido filhos e maltratá-los, da mesma forma que acontecera com ela.

David e os outros rapazes haviam ficado entusiasmados quando se encontraram com elas, porque a polícia finalmente estava intensificando a busca pelas garotas. Quando vieram de Brighton, eles ficaram espantados com o grande número, de viaturas pelo caminho, e parecia que reforços haviam sido chamados de toda a área de Sussex e Hampshire. Naquele exato momento eles estavam vasculhando Selsey, Chichester e os dois lados da baía. A televisão havia divulgado outro apelo por informações na noite anterior, e hoje a história estava na primeira página de todos os jornais nacionais. Como David dizia, era impossível haver alguém na Inglaterra que não soubesse do rapto de Lotte e Dale.

David recebeu uma ligação do detetive Bryan naquela manhã para dizer que a polícia americana não havia encontrado nenhuma informação a respeito do Sr. e Sra. Ramsden, que haviam viajado de volta a Nova York no dia 16 de março de 2002, imediatamente depois de o navio de cruzeiro atracar em Southampton. A empresa de cruzeiros havia fornecido o endereço do casal em Long Island, mas a informação era falsa. Um banqueiro morava ali há doze anos com a esposa e os filhos. Parecia que os Ramsdens haviam feito as reservas e o pagamento do cruzeiro enquanto ainda estavam em Londres, cerca de seis meses antes de embarcarem e haviam retirado seus cartões de embarque na própria agência, também. Howard pagava as contas do bar do navio em dinheiro, então era impossível rastreá-los pelos recibos do cartão de crédito.

Agora, Bryan estava à espera de detalhes de todos os passageiros que viajaram de Nova York a Londres na semana após o dia 16 de março, pois parecia que os Ramsdens haviam voltado à Inglaterra imediatamente, com outro nome. Enquanto isso, os investigadores da polícia, munidos de fotografias dos Ramsdens, estavam visitando os clubes de velejadores, fabricantes de barcos, supermercados, farmácias e até mesmo imobiliárias na área, na esperança de que alguém pudesse reconhecê-los e passar o nome que estavam usando agora, assim como o local onde viviam. Um investigador havia trazido algumas dessas fotografias para David, para que ele e seu grupo as mostrassem às pessoas com quem conversavam. David desejou que pudessem tê-las mostrado no dia anterior, pois talvez as pessoas conseguissem lembrar de mais detalhes.

— Tem algo muito maior por trás disso do que apenas o sequestro de Lotte — disse Bryan a David, de modo grave. — Acho que vamos descobrir que Ramsden é apenas uma identidade descartável para feriados e passeios, pois eles aparentemente não têm um cartão de crédito com este nome. De acordo com a minha experiência, pessoas que vivem com identidades duplas e triplas quase sempre são criminosos em série. A identidade que eles usaram para viajar dos Estados Unidos até aqui provavelmente é a principal, e será mais fácil rastreá-los quando soubermos. Eles podem ter comprado imóveis aqui com esse nome, ou até mesmo administrar algum negócio legítimo. Ligo quando soubermos de mais alguma coisa.

Às 19 horas, quando o grupo se reuniu novamente no *pub* de Itchenor para comparar as descobertas, todos estavam desanimados e ensopados pela chuva. Todos, até mesmo Peggy Wainwright, que reclamava de dores nos pés, haviam batido em cada uma das casas na vila e na área circunvizinha, indo até West Wittering, e conversado com todas as pessoas que encontraram. Nenhuma pista havia sido encontrada.

Claro, havia várias casas onde ninguém havia atendido a porta, e, possivelmente, algumas pessoas com quem eles falaram se lembrariam de algo depois. Cinco pessoas achavam que haviam visto Fern antes. Ninguém se lembrava de Howard.

— Estamos dando tiros no escuro — disse Peggy com desdém, enquanto engolia um gim-tônica grande. — É óbvio que as garotas não estão aqui, eu não esperaria que estivessem, é uma área muito elegante para que algo assim aconteça.

Scott e David trocaram olhares — ambos esperavam pelo momento em que Peggy e seu marido iriam para casa. Não havia problemas com Ted, pois ele havia acompanhado Clarke e Carrina e caminhou de bom grado por vários quilômetros enquanto batiam nas portas, sem reclamar. Mas tanto Scott quanto David achavam que ele deveria agir como um homem e defender a filha.

Kim parecia que desabaria em lágrimas a qualquer momento. Clarke estava sentado a seu lado, segurando-lhe a mão e falando com ela em voz baixa, sem dúvida tentando confortá-la, dizendo que a polícia descobriria alguma evidência a qualquer momento. Carrina estava desesperadamente triste e preocupada, continuamente apoiando os pais, como se esperasse que eles pudessem encontrar um final feliz para tudo aquilo. Simon e Adam pareciam exaustos, também. O dia havia sido longo e infrutífero para todos.

— Acho que é melhor vocês irem para casa, agora — disse David. — Não há nada mais que possamos fazer esta noite, e, para ser honesto, não sei se há algo mais que possamos fazer.

Simon sugeria que eles fossem a outras vilas, Adam perguntava se eles deveriam estender as buscas até Southsea. Novamente, Peggy disse que deveriam deixar que a polícia procurasse as garotas, e olhou duramente para Kim e Clarke, como que acusando-os de arrastá-la para algo com o qual ela nada tinha a ver.

Clarke foi o primeiro a se levantar.

— Acho que o dia de hoje foi muito difícil para Kim e Carrina. Vou levá-las de volta para o hotel agora. — Ele olhou para Ted e Peggy. — Estão prontos? Deixarei vocês em casa, também.

Kim se levantou, com o rosto abatido e pálido.

— Gostaria apenas de agradecer a todos vocês — ela disse, em voz baixa. — Clark e eu agradecemos muito por vocês se esforçarem tanto para encontrar as garotas. Talvez tenhamos boas notícias amanhã!

Eles saíram do bar alguns momentos depois, seguidos por Peggy e Ted. Peggy ainda reclamava de dores nos pés.

— Sinto pena de Kim por ter de aguentar aquela bruxa no caminho de volta para Brighton — afirmou Adam.

— Kim admitiu que faltou pouco para esbofetear aquela mulher — contou Simon. — Não acredito que Lotte seja filha de Peggy.

Adam soltou uma risada triste.

— Duvido que alguém seria cruel a ponto de deixar um bebê na porta da casa dela.

Simon sorriu.

— Ah, ela é filha de Ted, com certeza. Os olhos dele e de Lotte são os mesmos, e ele tem o mesmo jeito gentil, acho que ele engravidou duas mulheres ao mesmo tempo e trocou os bebês na maternidade.

Adam sorriu.

— Perdoaria qualquer homem que traísse uma esposa daquelas.

David e Scott sorriram com aquele diálogo entre Simon e Adam. Todos estavam exaustos, e a presença de Kim e Clarke os havia deixado ainda mais tensos e receosos. Era bom poder dispersar um pouco daquela tensão com uma piada.

— Não acho que há muito mais a fazer por aqui — disse David, com um suspiro. — Talvez seja melhor vocês voltarem a seus empregos, e você também, Scott — ele acrescentou.

David sabia que os três estavam dispostos a continuar procurando pelo tempo que fosse necessário, mas estariam arriscando seus empregos se não voltassem. Agora que a polícia estava investigando a fundo, não eram realmente necessários por ali, e poderiam até mesmo atrapalhar. Ao olhar para os rostos deles, David viu uma leve sugestão de alívio, embora Adam sugerisse rapidamente que eles poderiam ampliar a busca se as garotas não fossem encontradas até o domingo.

— E você, David? — perguntou Scott.

— Bom, vou voltar para as casas onde não nos atenderam durante o dia — ele disse. — E, em qualquer lugar onde não atendam a porta, vou pedir à polícia que investigue quem mora ali.

— Quer ajuda para fazer isso? — perguntou Simon.

David balançou a cabeça.

— Não, posso fazer isso sozinho. E vocês têm um longo caminho de volta para casa. Apenas deixem Scott na minha casa, para que pegue o seu carro.

Depois de se despedirem, David subiu pela rua que se afastava do ancoradouro para bater às portas de algumas casas. Com certa consternação, percebeu que poderia já ter batido na porta do lugar onde as garotas estavam aprisionadas, ainda no dia de hoje.

Ele não sabia por que aquilo não lhe ocorreu antes, mas a questão era que, se a pessoa que atendesse a porta fosse gentil, ele e os outros imediatamente presumiam que seria uma boa pessoa. Assim, basicamente, tudo o que elas haviam feito nos últimos dias foi um trabalho braçal, informando as pessoas sobre o caso. Eles não haviam feito nada de concreto para encontrar as garotas.

— Dá para enlouquecer pensando nisso — ele murmurou para si mesmo, lembrando que havia pedido a vizinhos para ficarem de olho uns nos outros, e ligar para a polícia para denunciar qualquer ato suspeito. Havia também Margaret Foster, em Birdham; foi ela que descreveu a mulher com Lotte, e aquilo levou à investigação de Fern Ramsden. Mas ele percebia que havia sido ingênuo em imaginar que a culpa ficaria aparente nos rostos das pessoas.

Ele olhou para o seu relógio. Eram 19h30, o que significava que ele tinha duas horas, no máximo, para bater nas casas sem estar incomodando as pessoas. Achava também que deveria tentar pensar da mesma forma que as pessoas que estavam aprisionando as garotas, pois aquilo o ajudaria a saber pelo que deveria procurar.

— Eles ficarão agitados com tantos policiais por perto — murmurou para si mesmo.

Era muito provável que tentassem se livrar das garotas no mar. Lotte poderia ter sobrevivido, mas aquilo aconteceu por pura sorte. O jeito mais fácil de se livrar de um corpo era matar a vítima antes, e sobrecarregar o corpo com pesos. Uma vez no mar, durante a noite, havia pouca chance de alguém ser observado. O único perigo estaria em colocar as garotas no barco.

Em quatro das casas revistadas, os proprietários já haviam voltado quando bateu novamente na porta. Todos sabiam da história das jovens que haviam sido sequestradas, mas ninguém acreditava que poderiam estar aprisionadas em sua vila.

Ao verem as fotos das garotas, de Fern e de Howard, todos olhavam para a foto de Fern com atenção, como se ela inicialmente lhes parecesse familiar, mas depois diziam que não a haviam visto.

Aquilo havia acontecido algumas vezes durante o dia, também. Enquanto David subia a rua em direção a outra casa, ficou pensando naquilo, imaginando se o penteado ou a cor do cabelo de Fern poderiam estar diferentes agora. Ela era uma mulher que chamava atenção, mas a foto que a empresa de cruzeiros havia fornecido era um retrato especialmente glamouroso daquela mulher em um vestido formal para a noite, com o cabelo ruivo solto caindo-lhe sobre os ombros, e usando um colar de diamantes. Se ela estivesse com o cabelo amarrado em um rabo de cavalo, ou se estivesse usando um chapéu, ela seria bem menos memorável.

Ele se sentia desanimado e desmotivado, e agora pensava que o melhor seria ter voltado com Scott e tomar alguns *pints* de cerveja. Ele também se perguntava se era um idiota por se importar tanto com uma garota que ele mal conhecia. Quando David ligou para seus pais e lhes falou a respeito dela, eles foram um pouco frios, como se pensassem que ele não deveria se envolver.

Mas como ele podia não se envolver? Ele a havia encontrado na praia, impedido que aquele homem no hospital a estrangulasse, e, quando a beijou no apartamento de Simon, sentiu como se houvesse fogos de artifício explodindo dentro da sua cabeça. Era como se ela tivesse sido feita para ele.

Quando estava a ponto de dar meia-volta e descer a rua até onde havia parado o carro, ao lado do *pub*, cerca de 100 metros à sua frente, no outro lado da rua, ele viu um furgão azul saindo de uma ruela. Ele sentiu o seu coração acelerar, pois era o primeiro furgão azul que via, desde que fora informado que um daqueles havia sido avistado perto da porta do apartamento de Simon. Hoje mesmo ele havia comentado com Scott que era raro ver um daqueles pelas ruas.

O furgão virou e veio em sua direção, descendo para o lado do ancoradouro, e David ficou na calçada como se estivesse esperando para atravessar a rua. Quando o carro passou por ele, deu uma olhada rápida no motorista, e, para o seu espanto, teve a impressão de que era o mesmo homem que havia perseguido no hospital.

Uma onda de ânimo renovado tomou conta dele. Não havia como ter certeza, é claro, pois só tinha visto o rosto do homem por um momento muito breve, quando entrou no quarto e soltou a garganta de Lotte.

Mas aquele homem dirigindo um furgão azul perto do porto fazia tudo parecer muito provável.

Ele pegou a fotografia de Howard Ramsden e a estudou atentamente. Howard não usava barba, estava elegante, limpo, usando um *smoking* e uma gravata borboleta, com o cabelo muito bem cortado. À primeira vista, não tinha nada em comum com o homem que David havia acabado de ver, exceto que ambos eram magros e tinham o rosto fino, mas se acrescentasse um cabelo mais longo ao homem da foto, uma barba por fazer e roupas comuns, eles poderiam ser a mesma pessoa.

David pegou o telefone para ligar para Bryan, mas pensou melhor e decidiu dar uma olhada na casa de onde o homem havia saído.

Ficou confuso quando viu a ruela estreita por entre cercas vivas de três metros de altura em ambos os lados. Achava que o furgão havia saído do terreno da imensa casa de madeira à sua esquerda, onde havia batido durante a manhã. Mas a passagem não pertencia àquela casa, nem à casa à esquerda. Ela levava a outra casa, que havia passado completamente despercebida quando esteve ali durante o dia.

Ele se sentia estranhamente nervoso ao andar pelo caminho de cascalhos. Parecia que estava invadindo a propriedade de alguém, porque ela ficava bem oculta pelas cercas vivas. Mas, conforme andou e viu a casa ao fim da passagem, parou, surpreso.

Era uma das casas mais feias que ele já havia visto, e pensou que talvez os vizinhos tivessem cultivado cercas-vivas altas para escondê-la. Ela o fez lembrar da casa que havia em *Hatter's castle*, um filme antigo baseado no livro de A. J. Croning. As ameias no telhado, as janelas estreitas e as pedras cinzentas que revestiam a casa lhe davam uma aparência bizarra, como se fosse a caricatura de um castelo. Talvez ficasse bem na Escócia, mas certamente não combinava com uma bela vila em Sussex.

Ele tocou a campainha várias vezes, mas ninguém veio atender a porta. Olhou pelas janelas. Havia persianas verticais, mas não estavam completamente fechadas, e ele podia ver que um dos cômodos era um estúdio ou escritório, com armários de arquivos e uma escrivaninha, e o outro era uma sala de estar. Não havia nada muito especial em nenhum dos cômodos, exceto que a decoração era escura e sombria.

David ficou de costas para a porta da frente por um momento, olhando para a pequena passagem que ligava o imóvel à rua. Ela tinha pouco mais de dois metros de largura, e cerca de 20 metros de extensão, antes que se abrisse em uma área oblonga, um terreno de cerca de 22 metros de largura no qual a casa havia sido construída. As cercas vivas altas circundavam o resto do terreno. Parecia que o proprietário da casa à esquerda havia vendido um pedaço do seu terreno para que essa casa fosse construída, embora fosse improvável que o comprador tivesse conseguido permissão do departamento de obras para erguer aquela monstruosidade. Mas ela provavelmente havia sido construída no final da década de 1930, quando as leis de urbanismo eram bem complacentes.

As duas casas vizinhas estavam tão distantes que David só conseguia enxergar o topo dos seus telhados por cima das cercas vivas. Isso dava à casa uma sensação confortável de privacidade, e se o arquiteto realmente teve imaginação, poderia ser um refúgio deliciosamente secreto. Mas, em vez disso, a palavra que veio à mente de David era "austera". Nenhum dinheiro havia sido gasto com frivolidades, somente um acesso coberto por cascalho e um canteiro para flores construído em pedra para separar o acesso do restante do jardim da frente, que era feito apenas de chapas de concreto.

Havia algumas plantas no canteiro, mas parecia que não recebiam cuidados há várias semanas, e várias ervas daninhas. Ele caminhou para o lado esquerdo da casa e viu que havia um portão lateral em uma parede, que dava para um jardim nos fundos. O portão era feito de madeira, com pouco mais de 2 metros de altura, com muito arame farpado enrolado ao redor do batente da porta e por cima do muro. Parecia um caso de preocupação exagerada com a segurança, pois a casa já parecia desagradável o bastante por si só.

Por um minuto ou dois, ele considerou enfrentar o arame farpado, apenas para conseguir dar uma olhada no fundo da casa, mas já estava bem escuro. Se fosse apanhado, ele poderia ser indiciado por invasão de propriedade. Resolveu ligar para Bryan para informá-lo sobre o lugar quando voltasse para o carro.

Howard Ramsden estava muito abalado quando saiu de sua casa no furgão. Desde que aquela vadiazinha havia esfaqueado Fern, ele não havia tido um momento de paz, e as coisas estavam piorando a cada dia. Ele se arrependia muito por não tê-la lançado ao mar amarrada e com pesos atados ao corpo para que afundasse. Ninguém havia sentido a falta dela durante um ano inteiro, e ninguém se importava com ela. Se ela não tivesse sido encontrada viva, já teria sido esquecida por todos que a conheciam. Mas Fern havia sido bem enfática ao dizer que a morte dela deveria se parecer com um simples suicídio por afogamento, e que seu corpo seria encontrado com o do bebê. Mesmo que Fern estivesse morta, ele se sentiu obrigado a atender a seu pedido.

Ele nunca imaginara que Lotte conseguisse sobreviver. Ela era tão pequena, magra e fraca, uma garota franzina que talvez nem soubesse nadar. Mas nem mesmo um nadador forte e robusto conseguiria chegar à praia se fosse jogado no mesmo lugar onde ele a havia empurrado, pois as águas estavam geladas nessa época do ano.

Mesmo assim, ela havia conseguido sobreviver de alguma forma, e o rosto dela estava estampado nos jornais e no noticiário da televisão. Ele não podia arriscar a possibilidade de que ela tivesse recuperado a memória. Havia muita coisa em jogo. Em vez disso, se arriscou a ir ao hospital para estrangulá-la.

Novamente seus planos foram frustrados, dessa vez por um homem mais novo que tinha ido levar flores para Lotte. Por sorte, ele havia tido o bom-senso de estacionar o carro fora da área do hospital, e conhecia um atalho que passava através de uma cerca para sair de lá sem ser visto. Mas ele escapou por pouco.

Daquele momento em diante, a sua vida havia se transformado em um pesadelo constante, sempre no limite, incapaz de dormir à noite, constantemente esperando que a polícia viesse bater à sua porta. Fern sempre dizia que ele não pensava nas consequências dos seus atos. Mas como ela podia dizer isso, já que foi ela que havia se encantado com Lotte? Se não fosse por ela, Howard nunca teria se envolvido nessa sujeira toda.

Jarvis, um velho amigo e parceiro de negócios, havia colocado Howard em contato com os dois homens que haviam descoberto o lugar onde Lotte estava morando e que a capturaram. Jarvis era o distribuidor que havia trabalhado com ele e Fern há quinze anos atrás, quando levavam heroína da América do Sul para a Holanda. Navios de cruzeiro eram uma boa fachada; todos sabiam que apenas pessoas de meia-idade que queriam ver o mundo de forma segura e limpa viajavam daquela forma, e ele e Fern se encaixavam perfeitamente naquela descrição, fingindo serem um casal evangélico, o que era uma excelente maneira de afastar outras pessoas. Eles escolheram um navio cuja rota sairia de Rotterdam e passaria pela América do Sul.

A maioria dos passageiros saía em excursões planejadas de ônibus quando chegava a qualquer porto, particularmente na Colômbia, pois eles achavam que a sujeira, o barulho, o excesso de gente e a grande quantidade de mendigos, rufiões e batedores de carteira eram assustadores demais. Eles ficavam fora por cerca de seis horas admirando montanhas, florestas, cachoeiras e belas cidadezinhas turísticas, retornavam para o navio cheios de *souvenirs* feitos à mão, acreditando que tinham realmente conhecido a Colômbia.

Mas ele e Fern saíam pela tangente, dizendo que queriam visitar as igrejas. Eles se afastavam do navio para encontrar seus contatos e trocar dólares americanos pelas drogas, geralmente disfarçadas em algum tipo de artefato.

Capítulo dezesseis

Jarvis operava nas redondezas de Rotterdam naquela época, e era fácil passar pela alfândega com malas cheias de troféus sujos vindos de vários portos onde o navio parava. Os agentes alfandegários procuravam por contrabandistas jovens e pobres, não por viajantes ricos que usavam roupas de grife, levando malas cheias de coisas que iriam parar em algum bazar dentro de um mês. Eles certamente não estavam interessados em verificar cada um dos artesanatos cafonas representando macacos, papagaios ou caixas de correspondência que passava por eles.

Jarvis havia desistido do comércio de heroína depois de quase ser apanhado pela polícia, e se mudou para Southampton para abrir um bar. Ele era parte da razão pela qual Howard e Fern haviam comprado uma casa perto da baía de Chichester, pois gostavam dele e confiavam nele, e pretendiam continuar a trabalhar com Jarvis em um projeto ou outro.

Conforme o tempo passou, nunca voltaram a trabalhar juntos, pois Jarvis tinha seus próprios interesses, especificamente ajudar quem precisasse contratar alguns brutamontes. Fern e Howard estavam se dando bem com o lucrativo mercado de adoções.

Eles continuaram a fazer viagens de cruzeiro duas vezes por ano, pois os navios estavam cheios de garotas promíscuas que se empregavam como garçonetes e camareiras para poderem ver o mundo. Essas garotas frequentemente acabavam engravidando, e isso em geral era motivo de tristeza para elas. Fern não precisava fazer muita coisa além de agir com simpatia e dar às garotas um número de telefone, que poderiam usar para ligar para ela para uma "conversa" quando seus contratos terminassem. Duas em cada cinco garotas ligavam para ela, e uma delas acabava se oferecendo para o serviço que eles ofereciam.

Mesmo que Howard confiasse em Jarvis, quando ligou para o amigo e pediu ajuda, ele não lhe disse que Fern estava morta. De alguma forma duvidava que o homem fosse ajudá-lo se ela não estivesse por perto. Ele simplesmente disse que a garota encontrada na praia sabia de coisas sobre ele, Fern e Jarvis também, o bastante para colocá-los na cadeia pelo resto da vida. E ela tinha que ser capturada.

Os homens não usariam seus próprios veículos, então foi obrigado a comprar aquele furgão e emprestá-lo a eles. Mas não havia pensado, nem por um momento, que capturariam a outra garota, também. Quando largaram as garotas na casa, pegaram o pagamento e disseram que não queriam ter mais nada a ver com aquilo, independente de quanto oferecesse. Até mesmo Jarvis disse que havia pensado que Howard só queria assustar a garota, e, se soubesse que o plano era matá-la, ele não teria se envolvido.

Assim, Howard estava com problemas até o pescoço. Ele não acreditava que Jarvis fosse denunciá-lo, mas também não levantaria um dedo para ajudá-lo. Ele não podia soltar as garotas porque iriam denunciá-lo. Também não podia deixá-las morrerem de fome na casa, pois queria vendê-la e sair de vez da Inglaterra. E agora, antes que conseguisse formular um plano mais sólido, a polícia estava por toda a parte.

Ele havia ido até a casa naquela noite para verificar a janela do porão. Lotte a havia quebrado da outra vez, e ele teve que cobri-la com tábuas pelo lado de fora, para que não a ouvissem gritar.

Havia colocado a casa à venda depois de jogar Lotte e Fern no mar. Demorou um dia inteiro para que conseguisse limpar a cozinha e se livrar de cada resquício do sangue de Fern, e outro para colocar um vidro novo na janela do porão, certificando-se que o quarto estava impecável.

Mas teve que adiar as visitas à casa depois que as duas garotas estavam no porão. Quando Lotte estava lá sozinha, duvidava que a voz dela seria ouvida fora dali, devido ao lugar onde estava situada.

Como esperava, elas haviam quebrado o vidro, e os ouvidos dele ainda zuniam com todos os insultos e xingamentos que as garotas lançaram contra ele. Ele teve que se ajoelhar na chuva para recolocar as tábuas no lugar, e elas não haviam parado nem um minuto.

Ele não se importava de ser chamado de pervertido ou de assassino de sangue frio. Eram as coisas que Lotte dizia sobre Fern que o atingiam. Ela disse que ele era um fantoche nas mãos de Fern, e perguntou se ele sabia que ela transava com dois dos oficiais do navio de cruzeiro. Ela insinuou que Fern era bissexual, e que era por isso que ela queria Lotte com eles. Ela disse até mesmo que Fern havia mencionado que ele era um inútil na cama, e que teve dezenas de amantes porque ele não conseguia satisfazê-la. Depois, Lotte sugeriu que ele viesse para o porão e fosse para a cama com ela e com Dale ao mesmo tempo, para conhecer duas mulheres de verdade.

Era uma proposta tentadora, pois elas eram jovens e bonitas, mesmo sabendo que era apenas um plano para fazer com que ele descesse ao porão, onde elas poderiam dominá-lo e fugir. Ele se sentia ao mesmo tempo chocado e excitado por algumas das coisas que a pequena e doce Lotte havia dito que faria com ele. Uma boa parte dele queria acreditar que ela estava sendo sincera.

Mas as coisas que ela havia dito sobre Fern o magoaram, pois ele não sabia com certeza se ela estava mentindo. Fern era uma mulher incrivelmente bela e com um corpo voluptuoso, e qualquer homem a desejaria. Ele sabia que havia dois oficiais no último cruzeiro que haviam flertado com ela, e ela admitia ter fantasias que envolviam fazer amor com mulheres. Ele sempre sentiu, também, que não a satisfazia completamente.

Teria Fern confessado aquelas coisas para Lotte? Seria todo aquele plano para ter o bebê apenas uma tramoia de Fern para se livrar dele e assumir Lotte como sua parceira?

A primeira vez que ele fez sexo com Lotte, com Fern ao seu lado assistindo a tudo e se excitando, foi a experiência mais intensa de toda a sua vida. Ele queria que aquilo se repetisse várias vezes, mas Lotte engravidou quase imediatamente, e foi o fim. Ele teve a impressão de que Fern ficou com ciúmes, talvez temendo que ele preferisse Lotte a ela, ou talvez estivesse com ciúmes por ele ter feito amor com Lotte.

Ela não precisava ter se preocupado. Para ele, Lotte era apenas outra vagabunda ordinária, mesmo que fosse bonita. Fern era o seu mundo. Sem ela, Howard se sentia perdido, assustado e inútil. Ele insistia em dizer a si mesmo que tudo acabaria quando voltasse aos Estados Unidos. Hoje mesmo teve a tentação de embarcar no primeiro avião e esquecer tudo o que havia acontecido ali.

Mas a casa valia pelo menos 200 mil, e ele era o proprietário registrado. As pessoas diziam que a casa era feia, e, embora ele e Fern nunca houvessem concordado com aquilo, "eles adoravam o seu caráter exótico", um novo proprietário poderia derrubá-la e reconstruí-la. Howard não conseguia suportar a ideia de ir embora e perder todo aquele dinheiro. Assim, tinha de agir rápido, pois a polícia estava por toda a parte e as pessoas da vila haviam sido alertadas. Todos estavam de olho em qualquer coisa que parecesse suspeita.

Ele estacionou o furgão a uma certa distância do ancoradouro, e percorreu o resto do caminho a pé até a orla marinha, passando perto do *pub* para ver se havia algum policial por ali. Estava ficando nervoso a respeito do furgão azul. Desejou ter comprado um branco, uma cor bem mais comum para esse tipo de veículo.

O sol estava se pondo, e havia deixado a água em um belo tom entre o rosa e o lilás. Finalmente havia parado de chover, e, ao olhar pelo porto em direção a Bosham, com suas belas casas de madeira e a torre retangular da igreja, a beleza da cena fez com que Howard se emocionasse.

Foi aquela vista que fez com que ele e Fern procurassem por uma casa ali. Eles viam aquele lugar como um santuário, um lugar onde sempre estariam a salvo, não importando o quanto as coisas ficassem difíceis para eles nos Estados Unidos. Eles não se misturavam com ninguém, não precisavam de ninguém, era o que ele pensava, até que Fern veio com a ideia de ter seu próprio bebê.

Havia várias pessoas ali, incluindo quatro policiais que as interpelavam para fazer perguntas. Na verdade, Howard sentia que havia algo no ar, como se todos estivessem esperando algum tipo de drama acontecer em breve. Seu barco estava balançando calmamente na água, amarrado ao cais, uma opção tentadora. Mas, por mais que quisesse entrar nele, velejar para longe e esquecer de tudo, sabia que não poderia.

Ele percebeu que não poderia usar o barco para se livrar das garotas agora, não no meio da noite, ou em qualquer momento no futuro. Seria interceptado assim que levasse o furgão para perto da água. Assim, teria que ser o plano B, e precisaria colocá-lo em ação agora, antes que a polícia o encontrasse, ou a casa.

♦ ❖ ♦

Capítulo dezessete

— Ele voltou! — alertou Lotte, quando ouviu passos no corredor acima delas.

Dale estava em cima do guarda-roupa, tentando empurrar as tábuas que cobriam o lado de fora da janela.

— O que faremos? — ela sussurrou.

— Desça daí. — Lotte fez um sinal com a mão. — Entre no banheiro e, se ele descer até aqui, finja que está desmaiada. Preciso fazer com que ele baixe a guarda por um momento, então vou começar a gritar pedindo ajuda. Quando ele for até o banheiro para ver como você está, vou pular nele com o estilete.

— Não seria melhor correr e buscar ajuda? — sugeriu Dale. — Sei que você não tem sapatos e vai ser difícil correr no cascalho, mas não acho que vai conseguir impedi-lo com aquele estilete.

— Duvido que ele vai deixar a porta destrancada quando vier aqui embaixo — disse Lotte. — Ele provavelmente não vai acreditar que você está passando mal, também. Não depois de tudo o que gritamos há menos de uma hora. Vamos ter de improvisar e ver o que acontece.

Dale desceu do guarda-roupa, e as duas escutaram com atenção.

— Onde ele está agora? — perguntou Dale.

— No escritório — murmurou Lotte. — Acho que ele está pegando documentos. Talvez isso signifique que esteja com medo de a polícia estar no seu encalço.

Elas podiam ouvir gavetas sendo abertas e o ruído surdo de coisas sendo jogadas em uma caixa. Depois, ele foi até a porta da frente, e elas ouviram o som de uma porta de carro sendo aberta.

— Ele está bem assustado — disse Lotte, com alegria. — Levando tudo que possa incriminá-lo para longe daqui. Está na hora de deixá-lo ainda mais apavorado.

Ela correu pelas escadas e começou a gritar "Socorro!", a plenos pulmões. Ela fazia tanto barulho que não conseguia perceber se ele iria entrar e trancar a porta da frente ou não. Dale se enfiou no banheiro.

— Howard! Se você estiver aí, venha rápido — gritou Lotte. — Dale desmaiou e caiu no chão, ela não está respirando.

Conforme as palavras saíam da sua boca, ela percebeu que, se uma delas não estivesse respirando, aquilo resolveria metade dos problemas de Howard. Mas ela estava apostando suas fichas na possibilidade de que Howard reagiria como qualquer pessoa normal em uma situação daquelas.

— Estou ocupado — ele gritou de volta. — Agora cale a boca.

— Estou assustada, não sei o que fazer — ela retrucou. — Por favor, venha aqui e dê uma olhada nela.

Ela bateu na porta com o sapato de Dale, imaginando que todo aquele barulho iria irritá-lo a ponto de fazê-lo reagir. Continuou a gritar e a fingir que estava chorando. Ele levou alguma outra coisa para fora, e Lotte sentiu uma corrente de ar por baixo da porta da frente. Ela gritou ainda mais alto.

— Cale essa boca, sua vadia, ou vai ser pior para você — ele rosnou ao voltar para dentro da casa.

De alguma forma, ela sabia que ele estava se preparando para descer e pegá-las. Ela imaginou que os homens que ele havia contratado para sequestrá-las o haviam abandonado, provavelmente porque a polícia estaria intensificando as buscas para encontrá-las. Ela sabia que Howard não se dava bem com planejamento e organização, pois estava acostumado a receber instruções de Fern. Ele nunca pareceu ser um homem violento, mas um animal acuado é sempre perigoso, e ela sabia que não devia subestimá-lo.

Ela ouviu a chave girar na fechadura, e ele abriu apenas uma fresta para ver onde ela estava.

— Por favor, por favor, ajude Dale — choramingou Lotte, no primeiro degrau da escada, ao nível do chão. — Ela está desacordada.

Quando ele estava pregando tábuas do lado de fora da janela, ela ficou surpresa ao ver o quanto ele estava sujo e desgrenhado: vários dias sem se barbear, os olhos injetados de sangue. Agora, ao vê-lo fechando a porta e trancando-a atrás de si, ela pensava que ele devia estar dormindo no seu barco, ou no carro, pois as calças estavam amarrotadas e sujas, e os sapatos estavam brancos por causa da água do mar. Os bolsos na sua velha jaqueta de couro estavam cheios com alguma coisa, e um pedaço de corda ameaçador saía de dentro de um deles.

— Cale a boca, pelo amor de Deus! — ele disse, enquanto descia as escadas, e ela continuava a chorar por causa de Dale. — Onde ela está?

Lotte estava com o estilete em sua mão, oculto pela manga da camisa.

— No banheiro — ela soluçou. — Chame um médico, por favor. Não quero que ela morra!

Ele lhe deu um de seus olhares ameaçadores.

— Entre no banheiro na minha frente, para que eu possa ver o que você está fazendo — ele disse.

Aquilo frustrou os seus planos. Ela pretendia atacá-lo pelas costas. Dale estava interpretando bem o papel de vítima, deitada logo ao lado da porta, com os braços e as pernas abertas. Lotte não teve escolha, e teve que passar por cima dela. E agora ela não sabia como atacaria Howard.

Ele deu um chute em Dale, que gemeu involuntariamente.

— Bem como imaginava — ele rosnou. — Não acreditei em vocês nem por um segundo. Mas preciso levá-las para outro lugar, então fiquem quietas enquanto eu as amarro.

Ele tirou a corda do bolso, e antes que Lotte pudesse se recuperar da surpresa, ele havia se curvado, virando Dale de bruços, e estava começando a amarrar-lhe os seus pulsos nas costas. Lotte segurou o suporte da toalha e chutou Howard com seu pé descalço, atingindo-o no ombro. Ela não tinha força suficiente para conseguir machucá-lo. Ele se afastou com o impacto do golpe e, quando levantou a cabeça para olhar para ela, ela deu um salto para frente, com o estilete na mão, e cortou-lhe o rosto, gritando enlouquecida.

Dale se levantou, desvencilhando-se das cordas e deu uma joelhada na virilha de Howard.

Ele estava com um corte no rosto que parecia bem profundo, mas não sangrava muito. Lotte achou que haviam conseguido levar a melhor sobre ele, pois ele começou a se arrastar de volta para o quarto. Dale foi atrás dele, com o sapato na mão, querendo agredi-lo ainda mais. Mas, de repente, ele estava com outro pedaço de corda nas mãos. Com um movimento rápido, ele a passou ao redor do pescoço de Dale, arrastando-a para trás, com a corda apertada ao redor da sua traqueia.

Lotte sentiu o estômago embrulhar. Os olhos de Howard brilhavam como os de um louco, e Dale parecia estar paralisada pelo terror.

— É só eu colocar o meu joelho na base da coluna dela e puxar a corda, e ela morre em quatro segundos — ele afirmou. — Aprendi esse truque no Exército.

Lotte não tinha como saber se aquilo era verdade, mas os olhos de Dale já estavam começando a saltar com a pressão na garganta. Lotte ainda estava com a faca nas mãos, mas ela não poderia usá-la. Não enquanto Dale estivesse imobilizada daquele jeito.

— Solte-a — disse Lotte, com a voz entrecortada pelo medo. — Ela não sabe de nada, não pode acusar você. Você tem a mim, faça o que quiser comigo.

— Se você não quiser que eu estrangule a sua amiga, venha até aqui e amarre-a — ele ordenou, com um sorriso cruel no rosto. — E solte essa merda de estilete.

Lotte hesitou.

Dale soltou um gemido abafado, e Lotte viu que ele estava apertando a corda ao redor do pescoço dela.

— Tudo bem — ela disse, colocando o estilete sobre a cômoda ao lado de Howard. — Mas não a machuque.

Howard continuou a segurar a corda com força enquanto Lotte amarrou os pulsos e os tornozelos de Dale. Quando ele percebeu que ela não havia amarrado os tornozelos com um nó muito apertado, lhe deu um chute. O sangue escorria pela bochecha dele agora, deixando-o com uma aparência medonha.

O rosto de Dale estava muito pálido, e ela tremia de medo. Estava claro que Howard iria matá-las — se não fosse aqui, certamente seria no lugar para onde ele planejava levá-las. No seu desespero, Lotte jogou a única carta que ainda tinha na manga.

— Não quer me foder uma última vez? — ela perguntou, olhando nos olhos dele e forçando um sorriso, como se ela realmente quisesse aquilo. — Ou, se não quiser me comer, que tal um boquete?

Ela viu que os olhos de Dale se arregalaram ainda mais, pois, mesmo sendo amigas íntimas há tanto tempo, Lotte sempre havia mantido uma certa pureza, e nunca falava daquele jeito.

— Você está brincando comigo, esperando que alguém chegue para salvá-la — ele disse, com desprezo. — Ninguém vai vir aqui. Está escuro agora, e qualquer pessoa que estivesse por aí procurando por vocês já terá ido para casa.

Lotte teve a impressão de que a polícia havia estado na vila naquele dia, e essa era a razão pela qual ele precisava tirá-las dali.

— Você me entendeu errado. Eu esperava que, se conseguisse agradá-lo, você nos deixaria ir embora — ela respondeu, com o seu melhor olhar intenso de loira burra. — Não quer descobrir se eu consigo satisfazê-lo?

Com uma rápida olhada para Dale, ela percebeu algo em suas feições, que dizia que sua amiga estava fazendo o melhor que podia para se livrar das cordas em seus pulsos. Se ela conseguisse se livrar, estava perto o bastante para pegar o estilete.

— Vamos lá, Howard — disse Lotte, provocadora. — Não me diga que você nunca sonhou comigo chupando o seu pau?

Ela sabia que estava vencendo porque ele lambeu os lábios, e a expressão em seus olhos era de excitação em vez de raiva. Ela se aproximou dele e passou as mãos por cima das calças dele. Ele estava ereto e duro feito uma pedra, e ela o levou em direção à cama, silenciosamente desejando que Dale conseguisse se livrar das amarras para vir resgatá-la.

Howard sentou-se na beirada da cama. Infelizmente, ele tinha Dale bem no meio do seu campo visual, mas Lotte esperava que ele fechasse os olhos logo.

— O que temos aqui? — ela disse, enquanto lentamente abria o zíper de Howard. Sentia-se mal só de pensar no que tinha de fazer; esperava que Dale conseguisse se soltar rapidamente.

Ela pôs a mão dentro das calças dele e esfregou o membro por cima do tecido da cueca *boxer*, mas ele colocou sua própria mão por dentro da roupa e o tirou para fora.

Ao ver o pênis longo e fino, com a cabeça arroxeada, a memória daquela noite com ele e Fern voltou abruptamente. Uma onda de raiva pelo que ele e a esposa haviam feito a ela percorreu o seu corpo, e quando esticou a mão para tocá-lo, sentiu o estômago se revirar.

Respirando fundo, ela se curvou para recebê-lo em sua boca, esforçando-se ao máximo para não pensar no que estava fazendo, mas sentiu-se engasgar assim que seus lábios o tocaram.

Imediatamente, o pênis dele amoleceu, e praticamente desapareceu. Se ela não estivesse em uma posição tão perigosa, ela poderia até mesmo ter rido daquilo.

— Não quero que você me toque — ele disse, e antes que ela pudesse reagir, ele a segurou pelo braço, torcendo-o para trás, ao mesmo tempo que se levantava da cama.

Ela lutou para se desvencilhar, mas ele a segurava com uma força descomunal. Do seu bolso saiu outro pedaço de corda, e em pouco tempo Lotte se viu com os pulsos amarrados.

Capítulo dezessete

Dez minutos mais tarde, ela e Dale estavam amarradas e amordaçadas. Ele havia amarrado seus tornozelos com um pedaço curto de corda, de modo que elas conseguissem andar mas com certa dificuldade, impedindo-as de fugir. Possivelmente, ele queria que elas andassem até o lugar onde ele as levaria.

Lotte sentia-se muito desmoralizada e humilhada, até mesmo para tentar pensar em qualquer outra possibilidade de fuga. Ela desejava que não tivesse se rebaixado a ponto de oferecer sexo oral, mesmo que não tivesse a intenção real de fazer aquilo. De algum modo, o simples fato de haver tocado nele fazia com que ela se sentisse imunda. Dale olhava para ela com estranheza — ela devia estar chocada, também.

— Vamos indo — disse Howard, agarrando Lotte pelo braço e empurrando-a para a escada.

Ela estava descalça, e a ideia de ser arrastada por um terreno pedregoso com pés descalços não era nada animadora. Porém, comparada com a intenção que Howard tinha de matá-las, aquilo não era nada. E Lotte sabia que ele iria até o fim daquela vez, pois não podia se dar ao luxo de falhar novamente.

Quando as garotas foram jogadas rudemente na traseira do furgão que estava do lado de fora da casa, Lotte reconheceu o mesmo veículo que foi usado para sequestrá-las, pelo leve cheiro de peixe. Dentro dele também estavam as caixas em que Howard estava mexendo antes. Lotte rezou para que não as matasse naquela noite, pois, quanto mais demorasse para fazer aquilo, maiores seriam as chances de que a polícia pudesse encontrá-las.

Lotte tentou calcular para onde as estava levando pelas curvas que o furgão fazia. Antes de ter o bebê, ela costumava se debruçar sobre um mapa daquela região, tentando memorizar a localização de tudo que havia por ali, caso conseguisse escapar. Ela sabia que haviam ido em direção a Selsey, mas Howard desviou da rota antes de chegarem lá. Infelizmente, não se lembrava do que havia na direção em que estavam indo.

Dale estava fazendo ruídos estranhos, contorcendo-se e batendo com os pés na carcaça do veículo. Era óbvio que ela queria atrair a atenção de Lotte, mas Lotte não conseguia discernir o que a amiga estava tentando dizer, e estava escuro demais para conseguir ver seu rosto.

O furgão entrou por um caminho esburacado e estreito. Os galhos das árvores arranhavam as laterais do furgão. Lotte agora estava suando frio, com um medo maior do que tudo que ela jamais havia sentido.

Continuou por aquela rota por mais cinco ou dez minutos, e depois parou. As luzes foram desligadas. Lotte ouviu Howard descer do veículo e se afastar, mas ele havia andado pouco mais de três metros quando ela ouviu o som de um cadeado sendo destrancado e o arrastar de uma corrente.

Dale se aproximou de Lotte e se encostou nela. Lotte imaginou que aquilo fosse para lembrá-la de que elas estavam nisso juntas, e fez o mesmo.

As portas traseiras se abriram. Howard agarrou o pé de Lotte e arrastou-a para fora sem qualquer delicadeza. Ele segurava uma lanterna, mas aquilo só iluminava o chão ao redor deles, estava escuro demais para conseguir enxergar. Mas quando ele pegou seu braço e a levantou, ela viu o que parecia ser um depósito de ferramentas de jardim, na sua frente, e imaginou que poderiam estar em loteamento.

Ele a empurrou para o depósito de ferramentas com tanta força que ela caiu no chão, batendo o rosto. Quando conseguiu se virar de costas e sentar, ele estava novamente na porta com Dale, a empurrou para dentro com a mesma brutalidade, mas, em vez de cair para frente, ela se chocou com a parede lateral e derrubou uma prateleira cheia de vasos de plástico.

Howard entrou no depósito, colocou a lanterna no chão e segurou as garotas pelos ombros, fazendo com que ficassem de costas uma para a outra. Pegando mais um pedaço de corda, que Lotte percebeu que já estava com um nó corrediço em uma das pontas, ele a colocou por cima dos ombros das duas, puxando-a até que chegasse na altura da cinturas, e apertou o nó, amarrando-as juntas. Ele amarrou a outra ponta em algo que, no escuro, parecia ser uma bancada de trabalho bem resistente.

A respiração dele estava muito pesada, e balbuciava alguma coisa, também. Lotte conseguiu identificar as palavras "acabe logo com isso", mas nada mais. Ela tinha a impressão de que ele estava tão assustado quanto elas, e a velocidade com que tentava fazer tudo aquilo indicava que estava com muito medo de ser pego.

Quando elas estavam amarradas firmemente, ele voltou correndo para o furgão. Lotte ouviu um som gorgolejante e percebeu que ele andava mais lentamente, como se estivesse carregando alguma coisa pesada; ela sabia que ele estava trazendo um galão de gasolina.

Dale deve ter ouvido aquilo também, pois as duas se debateram, gritando contra as mordaças, mas ele já estava despejando o combustível ao redor do depósito, e elas conseguiam sentir o cheiro. De repente, mesmo tomada pelo medo, Lotte sentiu uma picada em seu pulso, e os dedos de Dale se agitando contra os seus pelas costas. Em um instante, percebeu que a amiga havia conseguido pegar o estilete antes que Howard as tirasse da casa, e era isso que ela estava tentando dizer no furgão. As mãos de Dale já estavam livres e ela estava cortando as cordas que prendiam Lotte. Mas havia também aquela corda ao redor delas, e também estavam com os tornozelos amarrados. Assim que Howard acendesse o fósforo, o lugar seria tomado pelas chamas.

Howard havia entrado novamente, e o seu rosto parecia demoníaco, sob a luz da lanterna, enquanto despejava gasolina pelo lugar.

— Seco como uma caixa de lenha — ele resmungou com crueldade. — Não vai sobrar nada além de alguns ossos.

A corda ao redor das mãos de Lotte arrebentou assim que ele se aproximou, despejando a gasolina que havia restado no galão sobre elas. O cheiro era muito forte e fazia com que seus olhos ardessem, mas Lotte se forçou a resistir à vontade de esfregá-los com as mãos livres. Ela sentia que Dale estava tentando cortar a corda maior que as mantinha juntas, mas Howard repentinamente se virou, saiu pela porta e a fechou, e elas o ouviram colocando o cadeado na corrente e trancando-as.

Dale arrancou a mordaça.

— Merda, achei que tivéssemos tempo. Ele estava indo rápido demais — ela sussurrou. — O que podemos fazer agora?

Lotte puxou a sua mordaça também.

— Termine de cortar a corda — disse ela, tentando pensar logicamente, mas o medo dificultava tudo.

Dale cortou as últimas fibras da corda com força, mas agora ela chorava com o horror da situação. Elas ouviam Howard acendendo fósforos do lado de fora, e as duas sentiram seus corpos se tensionarem, pois o lugar poderia ser engolido pelas chamas a qualquer momento.

— Os fósforos dele não estão funcionando — comentou Lotte, depois de ouvi-lo xingar em voz baixa. Seus olhos percorreram o depósito de ferramentas no escuro, desesperados. Era sensato imaginar que, se havia vasos por ali, também devia haver ferramentas. — Procure desse lado, e eu vejo neste aqui — ela murmurou para a amiga. — Procure alguma coisa para conseguirmos arrombar esse lugar e cair fora.

Elas o ouviram xingar novamente, e, por um segundo ou dois, um raio de luz passou pelas frestas da porta, sugerindo que ele havia voltado para o furgão para procurar mais fósforos. Aquela pequena luminosidade permitiu a Lotte enxergar pás, ancinhos, enxadas e outras ferramentas penduradas em um gancho. Ela levantou a pá, e, quando a luz se apagou, continuou a tatear a parede, e sentiu o formato familiar de um machado.

Ela agarrou Dale, colocou a pá em suas mãos, e ainda com os pés amarrados, manquitolaram para o fundo do depósito.

Enquanto levantavam as ferramentas para golpear a parede, elas ouviram o barulho familiar da gasolina pegando fogo. O medo aumentou em Lotte, e, levantando o machado pesado, ela acertou as tábuas com toda a força, rachando a parede. A pá de Dale atingiu a parede em seguida, e um pequeno buraco surgiu.

Lotte golpeou a parede com mais força, as chamas já estavam começando a invadir o depósito. Desta vez, uma tábua inteira se partiu, e ela golpeou furiosamente as outras que estavam ao seu redor. Dale usava a pá como uma alavanca para abrir caminho entre as tábuas soltas.

— Vamos sair daqui agora — disse Lotte, agarrando Dale pela cintura e empurrando-a pelo buraco na parede.

Capítulo dezessete

As chamas já haviam tomado o depósito e iam em direção a Lotte; quando chegaram a seus pés e lhe subiram pelas pernas, ela pulou de cabeça pelo buraco por onde a amiga havia saído. Ela sentiu que Dale a puxava para fora e, quando seus pés passaram pela abertura, Dale rolou a amiga pela grama molhada para apagar o fogo nas suas calças.

— Ele ainda está perto? — perguntou Lotte.

Ela estava tremendo, mas sabia que haviam feito muito barulho na tentativa de fuga.

— Pensei ter ouvido o motor do furgão assim que o depósito pegou fogo — informou Dale, enquanto arrastava a amiga para longe do depósito, que agora estava completamente em chamas. — Mas ele pode ter apenas se afastado alguns metros. De qualquer maneira, é melhor ficarmos por aqui por algum tempo, caso ainda esteja por perto.

Dale desamarrou seus tornozelos e deu o estilete para que Lotte fizesse o mesmo com os seus.

— Vou dar uma espiada e ver se o furgão ainda está ali — ela disse.

O coração de Lotte ainda estava disparado. Estava muito quente perto do incêndio, e os olhos dela continuavam a arder com a gasolina, mas ela ainda conseguiu sorrir quando Dale se arrastou no chão sobre os cotovelos, como um fuzileiro faria.

Ela ficou longe por alguns minutos, apenas.

— O furgão não está mais aqui — ela comentou, ao retornar.

— Não podemos ter certeza de que ele já foi embora — Lotte lembrou-a. — Qualquer pessoa sensata se afastaria logo, mas ele não é exatamente uma pessoa normal.

— Bem, não podemos passar a noite aqui — disse Dale, suavemente. — Suas pernas e pés precisam de cuidados médicos. Acho que precisamos ir à casa mais próxima e ligar para a polícia.

Foi somente naquele momento que Lotte sentiu a dor das queimaduras. Ela estava usando calças que iam até os joelhos, e sentiu o cheiro do *jeans* chamuscado, agora via que não havia apenas buracos feitos pelo fogo no tecido ao redor dos seus joelhos e coxas, mas a parte inferior das pernas e pés também estava queimada. Ela não havia sentido nada antes, mas agora que a sua atenção estava focada ali, ela sentia que as pernas ardiam e latejavam.

Dale tirou a camisa que estava usando, ficando apenas de sutiã.

— Vou usar isso para envolver seus pés — ela comentou, rasgando a peça em duas. — Não podemos deixar que as queimaduras entrem em contato com essa sujeira ao redor.

Ela se agachou e envolveu os pés de Lotte com o tecido, fixando-o ao redor dos tornozelos com os pedaços de corda que Howard havia usado. Depois, ela ajudou Lotte a se levantar.

— Vou guardar este estilete como um *souvenir* — ela afirmou, enfiando-o no bolso do seu *jeans*.

— Como você conseguiu pegá-lo?

— Quando ele levou você pela escada, consegui me arrastar e pegá-lo. Consegui enfiá-lo por dentro da cintura da calça. Cortei a corda enquanto estávamos no furgão, mas esfolei os pulsos algumas vezes. Aposto que quando encontrarmos uma luz, vou descobrir que pareço com uma daquelas pessoas que gostam de causar ferimentos em si mesmas.

— Vamos contar essa história no jantar pelo resto de nossas vidas — disse Lotte, com um riso histérico. Agora que o pior havia passado, ela se sentia muito estranha, com as pernas bambas, chorosa, mas alegre também.

— Não fale sobre jantar ainda. Apenas se apoie em mim e vamos andando.

Lotte se inclinou e pegou o machado.

— Você não precisa mais disso — reprovou-a Dale.

— Preciso sim. A gente nunca sabe. "O seguro morreu de velho" — insistiu Lotte.

Elas deram a volta em torno do depósito que ainda queimava, e pararam por um momento para olhar para trás. A escuridão as rodeava, uma noite agradável, com o céu estrelado e sem nuvens. O fogo queimava em um tom vivo de laranja, com uma chama vermelha ao centro. Apenas as quatro colunas que sustentavam a estrutura ainda estavam em pé. O teto havia desabado, assim como as quatro paredes. Mas devia haver latas de tinta ou aguarrás ali dentro, pois ainda era possível ver algumas pequenas explosões e colunas de chamas que se erguiam.

— Teria sido uma morte horrível — disse Dale, com uma voz baixa e trêmula. — Devo a minha vida a você. Estava tão paralisada pelo pânico que nem pensei em procurar por ferramentas para podermos sair dali.

— Você conseguiu manter a cabeça no lugar para pegar o estilete — Lotte lembrou-a. — Se ainda estivéssemos amarradas, não poderíamos ter feito nada.

Elas não viam luzes em lugar algum. Embora soubessem que não estavam a mais de dois ou três quilômetros de distância de uma casa com um telefone, parecia que estavam no meio do nada.

— Finalmente estamos livres — afirmou Lotte, com um sorriso na voz. — Podemos jantar peixe com fritas, ou ovos com *bacon*. Poderia até mesmo atacar dois ou três lanches do McDonald's.

— Então é melhor irmos andando — disse Dale.

— Duvido que esse lugar pertença a ele — retrucou Lotte enquanto caminhavam, apoiando-se em Dale. — Ele deve ter dirigido por aí procurando um lugar onde pudesse nos matar. Imagine alguém tão depravado a ponto de fazer isso!

Dale riu.

— Imagine alguém tão depravada a ponto de oferecer um boquete a ele!

— Suponho que isso seja prova de que faríamos qualquer coisa para salvar nossa pele — comentou Lotte. — Estava esperando que você fosse acertar a cabeça dele ou coisa do tipo. Se realmente tivesse que fazer aquilo, acho que ia mordê-lo até arrancar.

Elas caminharam pela estrada estreita por cerca de 15 minutos em silêncio, ambas perdidas em seus próprios pensamentos. Lotte estava pensando em Simon e Adam e no quanto estariam preocupados, e ela se perguntava se David os teria visitado durante todo aquele tempo. Agora ela se sentia exausta, pois o medo e a fome a mantiveram acordada desde que fora capturada pela primeira vez. Seus pés queimados doíam, também, e o tecido que os cobria não oferecia proteção contra as pedras na estrada.

Havia uma curva acentuada na estrada, e, ao fazerem o contorno, para seu horror, viram o furgão de Howard estacionado ao lado do portão de uma fazenda.

Elas sentiram o sangue gelar nas veias, e se esconderam por trás dos arbustos que ladeavam a estrada. Provavelmente ele não havia visto as garotas, pois a frente do furgão estava voltada em direção ao portão. Ele provavelmente havia parado ali para observar o incêndio.

— Ele pode ter visto as nossas silhuetas contra as chamas — sussurrou Dale.

— Não acho que ele estaria sentado ali tão calmamente se tivesse nos visto — disse Lotte.

— Ele pode não estar ali dentro — Dale sussurrou de volta, com medo. — Ele pode estar em qualquer lugar. Até mesmo logo atrás de nós.

Lotte olhou para Dale, surpresa e chocada, percebendo que ela estava começando a perder o controle. Ela tremia feito uma folha. Seus olhos estavam tomados pelo terror, e quando Lotte segurou sua mão para confortá-la, a sua pulsação estava acelerada demais.

Naquele momento, Lotte sentiu uma nova onda de fúria. Ela havia sido atormentada, abusada, forçada a passar fome e amedrontada por aquele homem por tempo demais. Ele e a esposa já haviam tirado tudo o que podiam dela, mas enlouquecer a sua melhor amiga era a gota d'água, ela sabia que tinha de dar um fim naquilo, de uma vez por todas.

— Fique aqui — ela ordenou para Dale, empurrando-a firmemente para trás dos arbustos. — Vou dar uma olhada no furgão.

Dale soltou um gemido assustado, mas Lotte não se deixou abalar. Segurando o machado com as duas mãos, andou com passos leves até o veículo, sem nem mesmo sentir a dor das queimaduras nos pés ou o chão acidentado por onde andava. Quando estava próxima dos retrovisores do furgão, se agachou para que ele não a visse, e rastejou pelo resto do caminho.

Capítulo dezessete

Howard estava no banco do motorista, com a cabeça apoiada no encosto do assento. Ele estava dormindo!

Por alguns segundos, Lotte se agachou no chão, apenas olhando para ele. Para ela, era inconcebível que alguém conseguisse relaxar a ponto de adormecer enquanto observava duas pessoas morrendo queimadas. Era como despejar gasolina no fogo que já queimava dentro dela.

Ela levantou o machado com a mão direita. Com a esquerda, abriu a porta do furgão. Ele se espreguiçou, mas ela já o estava golpeando com o machado, e quando a lâmina dilacerou a carne das suas coxas, ele acordou, e o olhar de descrença em seu rosto quando ele a viu era digno de riso.

— Agora é a minha vez de lhe causar medo — ela disse, puxando o machado e golpeando de lado, de forma que não apenas quebrasse o parabrisa, mas também atingisse Howard no peito. Ele gritou, mas ela tinha quase certeza de que a sua jaqueta de couro impediu que a lâmina causasse algum dano mais sério.

Ele pediu clemência quando ela levantou o machado pela terceira vez e golpeou-o com força nas pernas. O sangue jorrou e encharcou Lotte, também.

— Você não teve pena de mim — ela gritou com ele. — Você e a sua mulher me trataram pior do que a um animal, e o que é que eu fiz para vocês? Vocês roubaram a minha vida, minha filha, o tudo que eu tinha. Você ficou sentado aí, acreditando que tínhamos morrido no incêndio! Você não é um homem, é um monstro!

Ela o golpeou novamente, e depois outra vez, sem parar, com lágrimas escorrendo pelo rosto até que finalmente se afastou, exausta demais para voltar a golpeá-lo. Ela estava encharcada com o sangue dele, e não conseguia mais ouvi-lo emitir nenhum som. Naquele momento, enquanto voltava para perto de Dale, ela entendeu por que os índios costumavam tirar o escalpo de seus inimigos. O sangue de Howard que ensopava suas roupas finalmente havia libertado Lotte de sua raiva e ódio.

Capítulo dezoito

— Você as encontrou? — David acordou de um sono profundo com o toque do telefone, mas quando foi informado de que era a polícia e que as garotas haviam sido encontradas, ele já estava bem desperto.

— Elas estão feridas? — ele perguntou, com o coração aos pulos.

— Não sei dizer. Não estava lá. Pediram para ligar e informar que elas foram levadas ao hospital St. Richard's — respondeu o policial.

Cinco minutos depois, David estava em seu carro, já vestido, a caminho do hospital.

Era cedo demais para que as estradas estivessem movimentadas, e o céu limpo e o sol quente prometiam um dia agradável. Mas ele sabia que, mesmo se estivesse parado em um congestionamento debaixo de uma tempestade, ele ainda estaria feliz, pois Lotte estava viva.

David imaginou que o policial que ligou para ele havia telefonado para os pais de Dale e Lotte também; pensou em ligar para Simon e Adam depois, caso não tivessem sido informados.

Ele estava tão apressado para estacionar o carro no hospital e conseguir ver as garotas que quase bateu em um Volvo que saía do estacionamento, dirigido por um senhor idoso que usava uma boina.

— Vá devagar, filho —, gritou o homem pela janela do carro —, você é jovem demais para morrer!

Alguma coisa naquele comentário fez com que David risse.

— Já entendi, vovô —, ele respondeu, enquanto parava o carro com mais calma em uma das vagas.

As garotas estavam na ala para pacientes desacompanhados, onde Lotte havia estado antes, mas juntas em um quarto duplo.

— Receio que não possa deixar que o senhor as incomode — uma enfermeira lhe disse, quando ele perguntou a respeito das garotas. — Elas estão dormindo, e, depois do que passaram, precisam descansar.

— O que aconteceu com elas? Estão muito feridas? — ele perguntou, alarmado.

— Não sei os detalhes do que aconteceu, mas sei que os ferimentos delas não são muito sérios — ela disse, sorrindo e mostrando dentes muito brancos. — Mas há um policial que quer conversar com elas. Por que você não conversa com ele?

O policial Andrew Duggan estava dormindo em uma das cadeiras na sala de espera. Ele fazia o turno da noite, e era um dos oito oficiais que correu para a Alameda Moor quando a polícia recebeu uma ligação dizendo que as garotas haviam se refugiado em uma das casas, e que Howard Ramsden, o homem que eles estavam procurando, estava em seu furgão, ferido, nas proximidades.

Duggan era um dos membros da equipe comandada pelo detetive Bryan que estava trabalhando no caso do sequestro das garotas. Como o restante da sua equipe, ele ficou aliviado quando soube que elas estavam vivas. Entretanto, quando chegaram até a casa isolada onde as garotas estavam, sua primeira impressão ao ver Lotte, coberta de sangue dos pés à cabeça, era de que ela deveria ter algum ferimento muito grave.

Quando David Mitchell entrou na sala de espera, Duggan acordou e esfregou os olhos.

— Vocês as encontraram, então? — disse David, após se apresentar. — Liguei para o detetive Bryan ontem a respeito de uma casa chamada "Drummond" em Itchenor. Era lá que elas estavam? Com os Ramsdens?

Capítulo dezoito

— Ainda não temos a história completa — disse Duggan. — Mas, basicamente, Howard Ramsden levou as garotas para a Alameda Moor, amarrou-as em um depósito de ferramentas que havia em um loteamento e ateou fogo na estrutura. Elas conseguiram escapar graças à sua esperteza e determinação, eu diria.

— E Ramsden?

— Ele está na UTI — disse Duggan. — É difícil dizer se ele vai sobreviver. A sua Lotte retribuiu o que ele fez com um machado.

— Um machado! — exclamou David.

Duggan assentiu e sorriu.

— Isso mesmo! Um machado. Ela não teve pena. Quase amputou as pernas dele. Nada mais justo, é o que eu posso dizer. Ela foi muito corajosa.

— Mas e os ferimentos dela? — David ainda estava tentando assimilar a ideia de que uma pessoa seria capaz de amputar as pernas de outra com um machado.

— Ela teve algumas queimaduras nas pernas e nos pés quando escapou do depósito — informou Duggan. — A outra garota tem apenas alguns cortes, mas ambas estavam traumatizadas quando chegaram aqui. A falta de comida e sono também contribuiu para isso. Mas fui informado que vão se recuperar rapidamente.

— Graças a Deus — suspirou David, aliviado.

Havia tantas coisas que ele queria perguntar, se Fern havia sido capturada também, e se eles haviam encontrado o bebê, mas tudo que ele conseguiu foi perguntar se os pais das garotas haviam sido informados, assim como Scott, Simon e Adam.

— Sim, todos foram notificados, mas pedimos que não viessem até a noite. Não nos incomodamos em dizer isso a você, porque sabemos que você gosta de Lotte, e você teria ignorado o aviso, de qualquer maneira.

David sorriu, mas o sorriso se esvaiu rapidamente ao considerar o que havia ouvido.

— Se esse cara morrer, o que vai acontecer com Lotte?

Duggan fez uma careta.

— Bem, ela pode ser processada por homicídio.

Os olhos de David se arregalaram.

— Não! Depois de tudo o que ela passou?

— A lei tem que seguir certos procedimentos. Mesmo que alguém seja um completo calhorda que mereceu o que teve — disse Duggan, desculpando-se. — Mas ela poderá alegar legítima defesa, e seria uma vergonha se a justiça não a inocentasse. Ainda estamos no começo do dia, e temos muitas investigações a fazer. Só descobrimos na noite de ontem que os Ramsdens moram aqui sob nomes falsos. Também descobrimos documentos no furgão de Ramsden que ligam Howard a negócios ilegais nos Estados Unidos. Ainda não encontramos Fern, nem o bebê de Lotte, mas talvez ela possa nos contar mais quando acordar.

David precisou sair para tomar ar fresco após conversar com o policial, porque, de repente, ele se sentiu fraco. No caminho para cá ele acreditava que o pesadelo de Lotte finalmente havia terminado, esperava que houvesse alguns sobressaltos — ninguém poderia passar por tanto abuso sem que isso lhe custasse um pouco da saúde ou da sanidade —, mas tinha esperança de que poderia ficar a seu lado para apoiá-la, ajudando-a com tudo aquilo, e reconstruindo a sua vida.

Agora ela corria o risco de ser indiciada por homicídio!

Ele mal conseguia acreditar que a lei poderia ser tão idiota, pois, embora não soubesse os detalhes do que aquele casal havia feito quando a aprisionou da primeira vez, ela havia sido jogada ao mar. Depois daquilo, houve outro atentado contra a vida dela, o sequestro e, finalmente, haviam tentado queimá-la viva. Com certeza ela teria direito de se defender.

Enquanto isso, de volta à sala de espera, Duggan apoiava os cotovelos nos joelhos e segurava a cabeça com as mãos, relembrando o que havia visto na noite anterior.

Ele tinha apenas 30 anos, mas estava na polícia há cinco e já havia presenciado muitos atos de violência extrema durante esse tempo. Mas nunca viu ferimentos tão graves quanto os que Lotte infligiu no americano. Ele havia falado de maneira suave sobre aquilo para David, quase como se aprovasse o que ela havia feito, mas, na verdade, havia ficado profundamente abalado ao perceber que aquela garota tão jovem e delicada havia agido com tamanha brutalidade.

Capítulo dezoito

Não foram apenas um ou dois golpes com um machado, foi um ataque frenético e alucinado, que havia transformado os membros inferiores do homem em uma massa amorfa. Em casos de homicídio, o estado mental do acusado era levado em conta ao decidir se ele seria acusado por assassinato intencional ou não intencional. Na mente de Duggan, não havia dúvida de que Lotte havia atacado aquele homem com o desejo de matá-lo, ao invés de fazê-lo em legítima defesa, e que ela havia sentido prazer com cada machadada. É verdade que o homem havia tentado queimá-la viva, juntamente com a sua amiga, naquele depósito. Seria possível usar aquilo como justificativa?

Quando David percebeu que teria que esperar até a noite para ver Lotte, decidiu ir trabalhar, e aproveitou para comprar alguns jornais no caminho. Todas as edições nacionais publicaram alguma coisa sobre o resgate das garotas, mas nenhum detalhe sobre o que aconteceu, exceto pelo *The Sun*, que parecia ter conseguido as informações ao pesquisar os registros do serviço de emergência. O jornal havia publicado uma manchete dramática, dizendo "Resgatadas das garras da morte", com uma foto antiga das garotas, tirada ainda na época do cruzeiro. Eles compensaram a falta de informações novas com a retrospectiva completa sobre como Lotte havia sido encontrada na praia, que ela havia tido um bebê que ainda não havia sido encontrado, e como ela e sua amiga haviam sido sequestradas posteriormente. Mas era o único jornal que mencionou que as garotas haviam ligado para o número de emergência, dizendo que o homem que as manteve em cativeiro havia tentado queimá-las vivas em um depósito de ferramentas. Havia também uma nota sobre um homem que havia sido ferido gravemente e levado para o hospital em Chichester para uma cirurgia de emergência, e a polícia estava esperando para interrogá-lo sobre o seu envolvimento.

David teve dificuldades para se concentrar no trabalho, pois não parava de pensar em Lotte. Não tanto pela possibilidade de ser indiciada por homicídio caso Howard viesse a morrer, pois não havia motivo para se preocupar com aquilo agora. O que realmente o preocupava era a possibilidade de ele ter exagerado seus sentimentos por ela sem perceber, porque ela parecia ser muito vulnerável.

Sua mãe ligou para dizer que estava feliz por saber que Lotte havia sido encontrada, mas aconselhou-o a não entrar de cabeça no que quer que fosse. O tom de voz dela sugeria que ela realmente queria dizer "fique longe dela, ou vai ter problemas".

Ele pensou que apenas um beijo não significava que ele estava tendo um relacionamento. Mas disse a si mesmo que ela era uma amiga, de qualquer maneira, e ainda havia muito a saber sobre o que havia acontecido com ela.

— Sei que você passou pelo inferno na Terra, Lotte, mas tente me contar mais sobre o que aconteceu, tanto desta vez, quanto na ocasião anterior, se você conseguir se lembrar — disse gentilmente o detetive Bryan.

Era fim de tarde e as garotas tinham acabado de acordar quando ele chegou ao hospital. Enquanto ele esperava, Kim e Clarke Moore chegaram. Bryan sugeriu que conversassem com a filha na enfermaria enquanto ele falava com Lotte. Ele lhe assegurou que aquela era apenas uma conversa para que conseguisse entender o que havia acontecido, não um depoimento formal para a polícia.

Considerando os eventos terríveis da noite anterior e o jejum forçado dos últimos dias, Lotte parecia estar surpreendentemente bem. Bryan sabia que ela tinha queimaduras nas pernas e nos pés, mas estavam cobertas pelos lençóis. Apesar de algumas lacerações nas mãos, sem dúvida decorrentes da sua tentativa de escapar do depósito, ela não parecia estar ferida, exceto pelo olhar assustado em seu rosto.

— Minha memória voltou por completo — ela disse, e lhe deu um pequeno sorriso, que fez com que a expressão assustada desaparecesse. Ela era novamente apenas uma garota loira e pequena, com belos olhos azuis e uma boca meiga e suave. — Bem, até onde eu sei, pelo menos. Como eu poderia ter certeza?

— Tem razão — concordou Bryan. — Esqueço o que fiz há dez minutos, e sabe-se lá as coisas que fiz no passado e dos quais já me esqueci!

Capítulo dezoito

— Bom, acho que consegui me lembrar de tudo, o que aconteceu a cada mês, ou a cada ano — ela comentou, pensativa. — Quando conversamos da última vez, estávamos preocupados sobre o bebê que eu tive, e onde isso aconteceu... — ela interrompeu a frase, a expressão assustada voltou, e ela cutucou uma ferida em sua mão.

— Acho que ela está morta — ela disse, abruptamente, baixando os olhos. — Howard jogou o corpo dela no mar comigo.

— Qual foi a causa da morte?

Lotte deu um longo suspiro, e agitou os braços, como se não soubesse realmente por onde começar a contar a história.

— Negligência! Bem, essa é a minha opinião. Eles a deixavam chorando por horas.

Bryan provavelmente ficou confuso sobre a razão pela qual ela não estava cuidando do bebê.

— Vou explicar quando chegarmos a essa parte — ela disse, rapidamente. — Mas você vai conseguir descobrir a causa da morte quando encontrar o corpo dela, não é? Talvez ela apareça em alguma praia dentro de algum tempo.

Bryan ficou com uma expressão séria. Veio-lhe à memória uma mensagem que havia sido enviada à delegacia naquela manhã.

— O corpo de um bebê foi encontrado ontem em uma praia próxima aos montes Seven Sisters — ele afirmou. — Fica perto de Eastbourne.

— Ela estava usando um macacão branco — informou Lotte. Sem parar para retomar o fôlego, ela começou a contar a história de como Fern e Howard a haviam convidado para ficar com eles no hotel Dorchester quando ela saiu do cruzeiro.

— Acho que fiquei animada com a possibilidade de estar em um lugar tão impressionante, então aceitei me mudar com eles para Sussex e ser a governanta e assistente pessoal deles — ela disse. — Devo ter sido muito imbecil para não perceber que havia algo por trás daquilo — ela acrescentou, com um sorriso torto. — Mas as pessoas trabalham como babás, governantas e assistentes pessoais o tempo todo, não é? Você já deve ter visto os anúncios na revista *The lady*. Nem todas aquelas pessoas que publicam os anúncios são esquisitas.

— Com certeza — respondeu ele, demonstrando apoio. — E nós sabemos agora que eram vigaristas experientes. Qualquer um poderia ter sido enganado.

Tranquilamente, ela continuou a contar sobre a sua vida com os Ramsden. Mas começou a se sentir desconfortável ao chegar à parte em que Fern e Howard sugeriram que ela tivesse um bebê para eles.

Bryan achava aquilo inquietante também, pois foi apenas na noite passada, quando os policiais encontraram os documentos no furgão de Howard relacionados ao negócio de venda de bebês, que ele entendeu o que havia por trás de tudo aquilo.

Mesmo assim, ele não havia imaginado que Howard Ramsden pudesse ser o pai do bebê de Lotte. Ele imaginava que aquilo fosse obra de outro homem, e que o casal a havia induzido a ficar com eles até que encontrassem pais adotivos.

Bryan entendia agora a razão pela qual Lotte chorava. Ele também estava atordoado pela brutalidade do que aquele casal havia feito com ela, e se aproximou da cama para sentar ao seu lado e abraçá-la.

— Você passou por muita coisa, com muita coragem — ele disse, gentilmente. — Uma pena ter que trazer tudo de volta com as minhas perguntas.

Ela continuou a história, contando resumidamente como foi trancafiada no porão, submetida a ameaças e chantagem emocional. Totte sentiu-se envergonhada demais para entrar em detalhes sobre a concepção do bebê, e ele não a pressionou. Mas ela descreveu como havia tentado escapar depois da primeira vez, e disse que sabia que aquilo havia selado o seu destino, pois o casal nunca mais voltou a confiar nela.

Ela tentou resumir os detalhes da sua gravidez e o parto, que ocorreu em 20 de fevereiro. Com frequência, Bryan precisava interrompê-la e perguntar algo mais específico, pois era de suma importância que ele entendesse como ela havia sido tratada.

Foi muito importante que ela não tenha dito nada sobre como se sentiu após o parto, apenas que os Ramsdens saíam muito da casa, provavelmente deixando a menina sozinha, porque ela a ouvia chorar. Era possível que ela não quisesse um bebê, e que odiasse Howard e Fern, mas o seu instinto era proteger a filha, e deve ter sido um tormento não conseguir fazer aquilo. Lotte disse que sentia que o bebê estava ficando cada vez mais fraco e precisava de cuidados médicos, mas não recebera nenhum. Após algum tempo, a bebê morreu.

— Sei que não consegui nem mesmo segurá-la nos braços quando ela nasceu, mas ela ainda era minha, e doeu muito saber que ela estava morta — ela soluçou. — Tenho certeza de que ela morreu por negligência. Ela estava saudável e gorda quando nasceu, mas dois meses e meio depois ela estava morta, e foi por isso que eu matei Fern. Meu Deus, eu odiava aquela mulher com todas as minhas forças pelo que ela havia feito!

— Você matou Fern? — ele perguntou, incrédulo.

Ele havia imaginado que a mulher estivesse escondida em algum lugar. Não havia lhe ocorrido que ela estava morta. Nunca imaginaria que Lotte a tivesse matado.

Se Bryan não tivesse ouvido a história de Lotte em primeira mão, certamente não teria acreditado que ela havia conseguido escapar por seus próprios meios. Na verdade, provavelmente teria achado que aquilo era fantasioso demais. Mas, além da honestidade que havia naqueles olhos azuis, e na angústia que ela obviamente sentia, Bryan havia estado na casa na noite anterior, após receber a ligação de David Mitchell. O que Mitchell havia dito a respeito do homem que havia visto e o furgão azul foram o suficientes para que Bryan conseguisse um mandado de busca.

Não havia dúvida de que Lotte e Dale haviam sido aprisionadas no porão daquela casa. Ele encontrou fios de cabelo loiro e moreno nos lençóis amarrotados, viu a tranca pesada do lado de fora da porta, a maneira em que o guarda-roupa havia sido empurrado para baixo da janela, e o vidro quebrado. Tudo aquilo eram provas de que o lugar havia sido usado como cativeiro.

Havia manchas frescas de sangue no carpete do quarto do porão, então ele acionou os investigadores forenses para examinarem a casa inteira.

A cozinha havia sido cuidadosamente limpada, mas eles encontraram outras manchas de sangue em um dos pés do armário de panelas.

Na noite anterior, antes de receber os resultados, Bryan havia pensado que o sangue era de uma das garotas. Foi apenas nesta manhã, quando os investigadores conseguiram amostras de sangue de Howard para compará-las, que descobriram que o sangue que estava no porão era dele. Mas eles ainda não sabiam a quem pertencia o sangue encontrado na cozinha, até Lotte admitir que havia esfaqueado Fern ali.

Bryan ainda estava se recuperando do choque de saber que Lotte havia atacado Howard com um machado, mas demorou um pouco até conseguir absorver que ela havia matado Fern antes daquilo. Ele imaginava que Lotte era o tipo de garota que não tiraria nem mesmo um doce de uma criança, esperava que ela fugisse de aranhas e chorasse com filmes antigos. Até mesmo apostaria a sua carreira que ela seria incapaz de cometer atos violentos.

Dessa forma, ele a conduziu com bastante cuidado pelas lembranças da noite em que foi levada para o mar, quando eles a trouxeram para a cozinha e ela estava com a faca no bolso.

Lotte contou a história de forma clara e distante, desde a hora em que pediu o copo de leite até o momento em que apunhalou Fern. Depois, descreveu os momentos seguintes, quando Howard a perseguiu ao redor da mesa enquanto a esposa enfraquecia, até o momento em que ela estava sentada no corredor, com os pés e mãos amarrados, esperando que ele terminasse de enrolar o corpo de Fern na toalha de piquenique.

— Disse a ele para ligar para a polícia — ela afirmou, calmamente. — Disse a ele que eu admitiria a culpa. Mas ele não me deu ouvidos.

Finalmente, a última parte da história era o relato sobre ser levada até o barco, carregada a bordo junto com Fern e o bebê.

— Velejamos por um bom tempo, parecia que havia passado várias horas. Então ele me tirou da cabine, me colocou sobre a amurada do barco e me desamarrou. De repente, me empurrou para a água, e jogou o bebê logo em seguida — declarou ela.

Capítulo dezoito

Ela se calou, com os lábios trêmulos, e levou alguns momentos para se recompor.

— Eu tinha que conseguir chegar à praia e ter certeza de que ele pagaria pelo que fez. Se eu não tivesse perdido a memória, poderia ter dito a vocês onde ele estava e todo o resto.

Bryan receava que, se Lotte fosse levada a julgamento, a promotoria rechaçaria a sua história sobre a amnésia, sugerindo que ela havia inventado aquilo para ocultar o fato de ter esfaqueado Fern. Provavelmente eles sugeririam que ela havia entrado naquele *ménage à trois* por vontade própria, e matou Fern para ficar com Howard.

Mas Bryan não dava crédito a essas ideias. Ele sentia que Lotte era incapaz de mentir, ou de engendrar qualquer tipo de logro.

— Acho que não entendia realmente o quanto Howard me fez mal até que o vi dormindo no furgão, depois de escaparmos do incêndio — ela disse, algum tempo depois. — Sabia exatamente o que ele havia feito, é claro. Eu me lembrava de todos os detalhes, havia conversado com Dale sobre aquilo, e até mesmo pensado sobre tudo aquilo. Não tinha qualquer ilusão a respeito dele. Sabia que ele era um canalha. Simplesmente não percebi o efeito que aquilo tudo teve em mim.

— Mas foi diferente quando o vi dormindo. Ele pensava que havia nos queimado vivas, e mesmo assim ele foi capaz de dormir assistindo aquilo! Que tipo de homem é esse?

— Um homem muito, muito cruel — afirmou Bryan. — Ele mereceu o que teve. Ninguém conseguiria sentir qualquer tipo de simpatia por ele depois do que ele fez com você.

— Mas por que eu cheguei a esse ponto? — ela perguntou, com uma voz estrangulada, os olhos azuis marejados. — Um único golpe com o machado impediria que ele viesse atrás de nós. Seria suficiente para mostrar a ele que eu não era um rato, pois era isso que ele pensava. Mas eu não parei.

Bryan sentiu um nó na garganta, devido à sua simpatia por ela. Ele sabia exatamente a razão pela qual ela não conseguiu parar. Cada machadada era o resultado de todas as injustiças que estavam represadas dentro dela, dos pais que a maltratavam, o namorado que foi atropelado, o estuprador, e tudo o que os Ramsdens haviam feito com ela. Era impossível não compreendê-la e não sentir compaixão por ela. Além disso, ele esperava que Howard Ramsden sobrevivesse, para que tivesse de viver com o fardo de nunca mais voltar a andar, nunca mais poder ter filhos, e ser julgado por todos os seus crimes, ali ou nos Estados Unidos.

— Ele mereceu todos aqueles golpes — ele disse, com a voz entrecortada pela emoção. — Você precisou de muita coragem para enfrentá-lo, e prometo que vai superar isso e voltar a ter uma boa vida. — Ele fez uma pausa, limpou a garganta e sorriu para ela.

— Agora, sei que há um homem que está morrendo de vontade de ver como você está. Ele caminhou vários quilômetros, falou com centenas de pessoas para ter notícias suas, e fez tudo o que pôde para encontrá-la. Assim, vou deixar ele passar algum tempo com esta mulher muito especial.

— Está falando de David? — ela perguntou, ainda com a voz baixa.

Bryan riu.

— Devíamos chamá-lo de inspetor-chefe Mitchell — disse ele, fazendo graça. — Se ele não tivesse feito tantas perguntas para as pessoas das vilas daquela região, se não tivesse encontrado alguém que havia visto Fern Ramsden, e, mais importante, se não tivesse visto o furgão azul na casa em Itchenor, ainda estaríamos procurando por vocês bem longe dali, em Selsey.

David ficou no vão da porta do quarto, apenas olhando para Lotte pelo que pareciam ser dez minutos, embora ela soubesse que não poderiam ter sido mais do que 20 segundos. Ele parecia mais bonito e formal do que ela se lembrava, usando um terno escuro e uma camisa listrada, e seu cabelo castanho-claro estava um pouco despenteado.

— Desculpe por ficar olhando — ele disse, após algum tempo. — Mas houve algumas vezes em que pensei que nunca iria vê-la novamente.

— Fico surpresa por você querer me ver — ela afirmou, com um sorriso tímido. — Não faço nada além de causar problemas.

— Vi Dale no corredor — ele comentou, andando até o armário e depositando ali uma grande barra de chocolate Cadbury's e um buquê de frésias.

— Achei que Dale estivesse com os pais dela.

— Estava. Eles saíram para se hospedar em um hotel aqui perto, e voltarão mais tarde. Ela disse que sairia para caminhar porque estava cansada de ficar enfurnada.

— Nós duas estamos cheias disso — disse Lotte com um sorriso. — Mas suspeito que ela estava sendo diplomática e não quis atrapalhar. E obrigada pelas flores e o chocolate. Frésias são as minhas favoritas, elas são delicadas e têm um cheiro maravilhoso. E adoro chocolate. Acho que vou me empanturrar esta noite.

— Então é melhor eu ajudar — afirmou ele com um sorriso, quebrando alguns pedaços da barra e entregando a ela.

— Alguém lhe contou o que aconteceu? — ela perguntou, com a boca cheia de chocolate.

David sabia que ela se referia ao episódio do machado. Ele assentiu.

— Vou ter de ir a julgamento por isso, e por ter matado Fern.

David não havia sido informado sobre Fern, mas engoliu em seco e fingiu saber do que se tratava.

— Você vai ser inocentada — ele disse, resoluto. — Ninguém vai culpá-la; os dois mereceram o que tiveram.

— É melhor você se afastar de mim, David — afirmou, com suavidade. — Não sou o que você precisa.

David olhou para ela por alguns momentos, sem responder. Ela parecia tão jovem e vulnerável, mas ele sabia, após conversar com Dale, que ela não somente havia mantido a cabeça no lugar durante o incêndio, mas que havia forçado a amiga a escapar primeiro. Ela era corajosa e inteligente, mas ele suspeitava que ela queria tirá-lo da sua vida porque tinha medo de estar abalada demais para conseguir formar outro relacionamento que envolvesse sexo com um homem.

— Acho que sou eu quem deve decidir uma coisa dessas — ele salientou. — Além disso, neste momento, sou apenas seu amigo. Se você não quiser que eu seja nada além disso, tudo bem.

Ela virou o rosto para o travesseiro, e ele viu uma lágrima rolar pela sua bochecha. Ele se aproximou e enxugou-a gentilmente com um dedo.

— Você passou por uma situação tão complicada que deve ser difícil acreditar que as coisas possam ser diferentes — ele disse, calmamente, curvando-se para beijar-lhe o rosto. — Mas elas serão, Lotte. Não se afaste dos seus amigos. São eles que vão fazer as coisas melhorarem para você.

Ela o encarou, com os olhos cheios de lágrimas.

— Eu me lembrei de tudo enquanto estávamos presas no porão — ela contou, com a voz embargada. — Contei tudo a Dale, e, naquela casa, era como se eu estivesse assistindo a um filme estranho no qual eu era a protagonista, cena após cena. Mas falei com o detetive Bryan agora há pouco e repeti toda essa história miserável. Isso fez com que isso deixasse de parecer um filme e se transformasse em realidade.

— Acho que entendo — disse David, tomando uma das mãos dela entre as suas. — Deve ser a coisa mais esquisita e surreal perder a memória e depois recuperar fragmentos, talvez sem uma explicação sobre por que eles aconteceram, ou por que você se sentia daquele jeito.

— Acho que você não está entendendo o que estou tentando lhe dizer — ela suspirou. — Você se lembra quando eu disse que era bom estar com você porque sabia que não havia nenhum passado entre nós?

— Sim, eu me lembro.

— Mas nós somos a soma das nossas experiências passadas — ela disse. — Quando nos conhecemos, não sabia o que havia acontecido antes, pelo menos não completamente. Assim, eu ainda era a pessoa que havia sido antes de tudo isso acontecer. Agora é diferente, de uma maneira que nunca mais vou conseguir desfazer. Fui vítima de um estupro, tive uma filha que morreu. Matei uma pessoa e ataquei outra com tanta ferocidade que provavelmente ela vai morrer, também. Agora me diga, David. Como é que eu posso voltar a ter uma vida "normal"?

Ainda havia muitas coisas que David não sabia, mas ele percebeu que tudo era realmente terrível pela dor que conseguia ver nos olhos dela.

A coisa mais inteligente seria aceitar o que ela dizia e o que a sua mãe o havia aconselhado a fazer: afastar-se e esquecê-la. Mas a inteligência não tinha lugar ali, não quando ele a havia encontrado na praia e estava convicto de que aquilo não aconteceu por acaso. Ele sentiu o peso do seu coração ao olhar para ela, e não era apenas por simpatia. Ele sabia que era por amor.

— Você poderá ter uma vida normal de novo, se encará-la um dia após o outro — ele continuou, após uma longa pausa. — Não vai ser fácil, garota. Você vai ter pesadelos, imagino. Você vai perceber que está se lembrando do que passou, e, sim, vai ter que enfrentar um julgamento. Mas outras coisas acontecerão também.

— Que tipo de coisas? — ela perguntou, com os olhos se enchendo de lágrimas.

— Coisas boas — ele disse. — Haverá dias na praia quando estiver quente. Haverá piqueniques, jantares, festas, idas ao cinema e ocasiões para beber até cair no chão. Eu gostaria de levar você para um parque de diversões e andar na montanha-russa, remar sob a luz da lua no mar, e segurá-la em meus braços e beijá-la até que você esqueça todo o resto.

— Gostaria mesmo? — perguntou ela.

— Bem, eu não andei por toda a baía de Chichester fazendo perguntas e mostrando a sua foto só porque sou um bom samaritano — ele afirmou, com um sorriso. — Fiz isso porque estava desesperado para encontrá-la, e para fazer com você todas essas coisas que mencionei.

— Incluindo me beijar? — ela perguntou, timidamente.

— É o que eu mais quero — ele respondeu. Ele estava sentado na beirada da cama enquanto segurava a mão dela, mas agora ele se inclinou e beijou seus lábios. Apenas um beijo suave, mas prolongado, com a outra mão tocando o rosto de Lotte. — Tenho uma variedade de beijos diferentes — disse ele, afastando a boca apenas alguns centímetros do rosto dela. — Este foi o "talvez-a-enfermeira-entre". Amanhã, se as queimaduras em seus pés não estiverem doendo tanto e você conseguir se levantar, podemos repetir o tipo que experimentamos no apartamento de Simon.

— E como se chama aquele tipo? — ela sussurrou.

— O "estava-louco-para-tê-la-em-meus-braços" — explicou ele, beijando-lhe o nariz.

Ela riu.

— Quanto tempo vou ter que ficar aqui?

— Não por muito tempo, acho. Talvez até que eles tenham certeza de que as suas queimaduras estão melhorando. Dale me disse que ela sairá amanhã. Os pais dela querem levá-la para a casa da família por alguns dias. Você pode ficar na minha casa.

— É muito gentil da sua parte, David, mas ainda é cedo para isso — ela disse. — Além disso, se eles me indiciarem por assassinato, vou ficar na cadeia até o julgamento.

— É isso que a preocupa?

Lotte fez que sim com a cabeça.

David não sabia muita coisa sobre procedimentos legais, apenas alguns fragmentos que ouvia nos bares.

— Acho que não, garota — afirmou ele. — Você pode sair pagando fiança, desde que a polícia não se oponha, e duvido que Bryan colocará algum empecilho. Mas voltar ao apartamento de Simon e Adam será a melhor coisa para você. Todos os seus amigos estão em Brighton, e, embora eu adorasse poder cuidar de você, preciso trabalhar, então você passaria muito tempo sozinha.

— Mas você poderia vir me visitar?

— Claro, tantas vezes que você vai enjoar de mim. Agora, posso ganhar o beijo "saideira"?

— Você tem de ir embora?

— Sim, porque Dale está atrás da porta querendo entrar, e acho que, quando os pais dela voltarem, vão querer conversar com você. Você pode até receber uma visita dos seus pais, também.

— Duvido que eles venham — ela disse, e segurou no rosto dele com as duas mãos, puxando-o para perto para beijá-lo.

Foi um beijo delicioso, doce o bastante para que Lotte quisesse dizer, "espere-vou-para-casa-com-você". Em vez disso, ela simplesmente sorriu quando o beijo terminou.

— Acho que esse beijo é o "não-se-esqueça-de-mim".

— Como se fosse possível — ele riu e se virou para ir embora. — Acho que esse beijo foi do tipo "coma-logo-esse-chocolate-antes-que-Dale--volte-senão-ela-vai-querer-um-pedaço", ele disse, em frente à porta, antes de sair.

Capítulo dezoito

Kim e Clarke Moore entraram no quarto com Dale cerca de cinco minutos depois que David saiu. Lotte havia visto várias fotos do casal, e Dale os descrevia como "birutas", quando queria demonstrar afeto, e "loucos", quando estava irritada com eles. Mas Lotte os descreveria como sendo "excêntricos".

Kim estava usando um vestido de crepe antigo, estampado em verde e lilás, com calças de malha lilás por baixo, como se tivesse alguma doença estranha de pele. Seu cabelo vermelho estava preso com uma fita de seda verde, que tinha uma espécie de pompom de seda logo acima da sua orelha direita. E a sombra que usava sobre os olhos tinha todas as cores do arco-íris.

Clarke estava usando uma calça *jeans* e uma camisa de *cowboy* vermelha com franjas nos braços, e com o seu longo cabelo grisalho amarrado para trás em um rabo de cavalo. Eles foram muito carinhosos, abraçando Lotte como se já a houvessem encontrado dezenas de vezes antes.

Kim conversava rápido, passando de um assunto a outro com a maior naturalidade. Em um minuto ela falava sobre a comida horrível na cafeteria do hospital e, no momento seguinte, sobre as lojas de antiguidades em Brighton, e dali passando para a descrição do hotel onde haviam se registrado em Chichester.

Mas Lotte tinha certeza de que aquilo era apenas uma reação nervosa à ansiedade terrível dos últimos dias.

— Foi um alívio enorme receber a ligação da polícia — disse a mãe de Dale, após algum tempo, talvez lembrando-se repentinamente de que Lotte não estava presente quando Kim se encontrou com a filha, e, por isso, não sabia quantas lágrimas haviam rolado. Kim relatou o quanto esteve alegre e emocionada durante o dia inteiro, seus olhos brilhando de alegria enquanto tocava constantemente o rosto de Lotte.

A cada vez que Kim desviava o olhar de Dale, ela fazia uma careta para Lotte, pois, com certeza, já havia ouvido tudo aquilo várias vezes.

Lotte se recostou nos travesseiros, feliz por escutar a alegria da mulher, mesmo que sua filha estivesse entediada com tudo aquilo.

— Dale me contou que foi você que conseguiu armar o plano para fugirem do depósito de ferramentas, Lotte. Ela me disse que ficou paralisada de medo.

Lotte olhou para a amiga e agitou um dedo reprovador em sua direção.

— Se não fosse por ela ter conseguido pegar o estilete quando Howard nos arrastou para fora da casa, nós teríamos morrido queimadas.

Kim levantou a voz.

— Você não me contou isso! — ela exclamou, levantando uma sobrancelha.

— Oh, mãe, chega — disse Dale, impacientemente. — O que aconteceu foi horrível, a coisa mais assustadora que eu consigo imaginar. Mas acabou, e nós duas queremos tocar a vida em frente agora.

— Detesto essa expressão, "tocar a vida em frente" — disse Kim, carrancuda. — Ouvi alguém dizer isso a uma mulher que havia perdido o marido há poucas semanas. Por que ela deveria tocar a vida em frente? Tocar para onde? É muito melhor ficar onde se está, até que você descubra para onde quer ir.

Lotte sentiu vontade de rir. Ela conseguia ver de quem Dale havia herdado aquele comportamento agressivo.

— Acho que concordo com você, Sra. Moore — confirmou Lotte. — "Tocar a vida em frente" pode ser sinônimo de "fugir".

— E como foi com seu "salvador"? — perguntou Dale, fazendo um beicinho ridículo.

— Adorei vê-lo — disse Lotte, defensivamente, querendo que a sua amiga fosse mais sensível.

— Ele é um rapaz muito bom — afirmou Kim. — Gostamos muito dele, não é, Clarke? Ele organizou os esforços de busca e motivou alguns de nós que não queriam fazer muita coisa. — Ela parou de falar quando seu marido lhe deu um olhar de advertência. Lotte percebeu que ela estava falando dos seus pais.

Ela ficou surpresa quando David lhe disse que seus pais haviam se juntado à busca casa a casa; simplesmente não conseguia imaginar que eles participariam de tal coisa. Mas não era surpresa ouvir que a mãe não havia se envolvido completamente.

Capítulo dezoito

— Como conseguiram que meus pais se juntassem a vocês? — perguntou ela.

— Fomos bater na porta deles — disse Kim. — Quando chegamos a Brighton, estávamos muito preocupados com vocês duas. Achamos que, se os visitássemos, poderíamos nos ajudar mutuamente.

— Você não conseguiria muita coisa com a minha mãe — disse Lotte, com amargura.

Houve um silêncio desconfortável. Lotte sentiu que devia quebrá-lo.

— Não se sinta mal por causa disso. Ela é assim há muito tempo, estou acostumada. Mas como foi com Simon, Adam e Scott? Eu imagino que eles também estavam com vocês.

Kim se entusiasmou muito ao falar deles, e perguntou a Lotte se havia alguma coisa entre Dale e Scott. Dale disse que ela era muito intrometida, e contou uma história engraçada sobre uma vez em que Kim tentou bancar o cupido quando Dale gostava de um garoto que morava em sua rua.

— Ela insistia em dar sugestões sobre o que poderia fazer para que ele viesse a nossa casa. Eu tinha medo de que ela fosse sequestrá-lo.

— Eu consegui fazê-lo nos visitar, no fim das contas — afirmou Kim, insinuante.

— Sim, e foi realmente assustador! — disse Dale, indignada. — Ela descobriu que ele era bom em matemática e perguntou se ele poderia vir me dar umas aulas! Veja que horror! Eu tinha 15 anos e nem sabia mexer com tabelas!

— E o que aconteceu? — perguntou Lotte, pensando na maravilha que era ter pais como Kim e Clarke.

— Nada de bom — disse Clarke. — Ele ficou muito interessado em Dale, e, como ela era muito geniosa, aquilo a deixou irritada. Ele começou a persegui-la, e eu acabei tendo que ameaçar arrancar a cabeça dele se o encontrasse perto da nossa porta de entrada novamente.

Lotte riu, e não conseguia mais se conter. Tudo que Dale, Kim ou Clarke diziam lhe soava engraçado. Dale riu também, e, em pouco tempo, elas estavam chorando de tanto rirem.

— Vocês estão ficando histéricas agora — disse Clarke após algum tempo, mas ele também sorria. — Acho que está na hora de irmos embora, e de vocês duas dormirem.

— Viremos pegar você pela manhã e levá-la à delegacia para prestar o seu depoimento — disse Kim à sua filha. — Podemos ir direto para casa depois.

Kim se voltou para Lotte e a abraçou.

— Por que você não vem para casa conosco, também? — ela perguntou. — Deixe-me cuidar de você e dessas queimaduras nos seus pés. Podemos trazê-la de volta quando Dale tiver que voltar para o Marchwood.

— É muito gentil da sua parte, Sra. Moore — afirmou Lotte, emocionada pela bondade da mulher. — Mas eu terei de ficar mais um dia aqui, pelo menos, e mesmo assim acho que Dale já deve estar enjoada de mim.

— Pode apostar que estou — confirmou Dale, e elas começaram a rir de novo.

— Se mudar de ideia, pode sempre pedir a David para levá-la para nossa casa — disse Kim, curvando-se para beijar a testa de Lotte. — Eu queria ter insistido com Dale para trazê-la para nos visitar depois do cruzeiro. Se tivesse feito isso, tudo teria sido diferente.

◆ ❖ ◆

Capítulo dezenove

O detetive Bryan viu no rosto da enfermeira responsável pela ala que ela nutria pouca simpatia pelo seu paciente, mesmo que insistisse que Howard Ramsden precisava ser deixado em paz. Quando os jornais farejaram a natureza de seus crimes, eles ficaram em polvorosa, chegando ao ponto de deixar equipes de plantão na porta do hospital. Eles só receberam autorização para publicar alguns fatos básicos a seu respeito até a data do julgamento, mas ainda assim havia sido divulgada muita informação sobre o martírio de Lotte em suas mãos para fazer com que o público o odiasse.

— Ele realmente não está em condições de ser interrogado — insistiu ela. — Ele está consciente, é claro, mas ainda está sofrendo com o trauma dos ferimentos.

A enfermeira era uma morena atraente com mais de 30 anos, com um corpo bem delineado e olhos castanhos e tristes. Ela era do tipo que Bryan gostava, e ele estava determinado a cativá-la.

— As vítimas dele também estão traumatizadas pelo que ele lhes fez — ele disse, com convicção. — Tenho o trabalho nada agradável de prender a jovem Lotte, porque ela admitiu matar a esposa dele. Porém, se tiver um depoimento dele que mostre que ela agiu em legítima defesa, e que ele se livrou do cadáver da esposa, posso pelo menos garantir que Lotte fique em liberdade sob fiança até o julgamento.

O rosto bonito da enfermeira sorriu com simpatia.

— É horrível pensar que ela será indiciada por alguma coisa. E pior ainda é pensar que ela pode ser presa, depois de tudo pelo que passou. É verdade que o bebê dela morreu por causa da negligência dos Ramsdens e que ele atirou a criança ao mar depois de jogar Lotte?

Os olhos castanhos dela eram dois lagos profundos e misteriosos, e seus lábios eram carnudos e beijáveis. Bryan queria prolongar aquela conversa.

— É o que ela alega — ele disse, cautelosamente. — Ele ainda não foi acusado formalmente, porque não sabíamos se ele conseguiria sobreviver. Além disso, a polícia americana quer que ele seja enviado de volta aos Estados Unidos. Parece que ele tem uma longa ficha de crimes lá. Mas, se você me deixar falar com ele e aceitar beber alguma coisa mais tarde, posso lhe falar mais sobre o caso.

Ela riu, alegre pela oferta que ele lhe fez.

— Pode entrar então. Depois, venha comigo até a cantina tomar uma xícara de chá. Está quase na hora do meu intervalo.

— Estava pensando em algo como uma taça de vinho, à noite — ele disse.

— Tenho certeza de que estava — ela retrucou, com um olhar perspicaz. — Mas a xícara de chá vem em primeiro lugar.

— Tudo bem, enfermeira Miranda Cole — ele disse, lendo o nome dela no crachá.

— Lembre-se de não abusar dele, detetive Bryan.

— Não se preocupe — afirmou ele. — Ele está com dores?

— Um pouco. Tivemos que amputar a perna direita dele anteontem, e ele está sob forte medicação. Mas a dor vai passar com o tempo.

— Que pena — disse Bryan, sorrindo enquanto ela agitava um dedo reprovador.

O homem deitado na cama do hospital, com um suporte que mantinha os lençóis longe dos ferimentos, tinha pouca semelhança com o homem elegante que vestia um *smoking* na fotografia que Bryan havia visto. Ele esperava que ele estivesse um pouco maltratado, mas a realidade era bem pior do que aquilo. Ele parecia estar perto da morte, pois seu rosto estava tão acinzentado quanto os seus cabelos, seus olhos pareciam estar retraídos no rosto, e seu pescoço estava enrugado.

Bryan se apresentou e explicou que aquela era uma entrevista informal sobre os eventos da noite do dia 5 de maio, quando ele levou Lotte ao mar para jogá-la na água.

Para a surpresa de Bryan, o homem parecia estar ansioso para falar.

— Ela matou Fern a sangue frio — ele disse, com uma voz baixa e arrastada. — Ela só nos causou problemas desde que a ajudamos em Ushuaia, e eu fui um imbecil por deixar que ela colocasse as suas garras em mim.

Bryan escutou, espantado, enquanto o homem contava uma história fantasiosa. Ele começou dizendo que ele e Fern sentiram pena de Lotte no fim do cruzeiro, porque seus pais não aceitariam recebê-la em casa. Fern temia que ela pudesse tirar a própria vida se fosse deixada sozinha, então eles perguntaram se ela gostaria de vir com eles para Itchenor. Alegou que nunca quiseram que ela se sentisse como se fosse uma funcionária ou empregada doméstica, mas sim uma hóspede do casal, até que conseguisse superar o que havia ocorrido. Entretanto, ela começou a se insinuar sexualmente para Howard.

— Eu a ignorei no começo. Pensei que ela estivesse apenas demonstrando afeto. Mas ela veio até a minha cama uma noite, enquanto Fern estava viajando, e, para a minha vergonha, acabei cedendo a ela — ele alegou.

Ele disse que tentou fazê-la sair da casa, mas ela recusou, e disse que contaria tudo a Fern se ele a forçasse a ir embora. Mas depois ela lhe disse que estava grávida, mostrando-lhe um teste de gravidez com o resultado positivo. Assim, ele sentiu que tinha que contar a Fern sobre o que havia ocorrido.

Bryan estava escandalizado com a crueldade daquele homem. Ele mentia e distorcia os fatos de forma tão natural e com tanta convicção que não deixava dúvidas sobre como ele e a sua esposa haviam conseguido sair impunes durante tanto tempo.

— E como Fern lidou com a sua infidelidade? — ele perguntou.

— Ela percebeu que Lotte era uma pequena Jezebel, que veio ao mundo para causar tentação nos homens. Mas ela sentiu que tinha o dever cristão de perdoar, tomar a criança quando ela nascesse e criá-la como se fosse nossa filha. A minha Fern tinha um grande coração, e geralmente conseguia enxergar a verdadeira natureza das pessoas. Mas eu sabia que nesse caso ela havia ficado cega em relação a Lotte, e que acabaríamos tendo mais problemas com aquela vadiazinha.

Bryan pensava que qualquer pessoa que ficasse tão próxima da morte como aquele homem, e que fosse tão devota a Deus como ele dizia ser, teria medo de contar mentiras tão escandalosas. Ele insistia que Lotte nunca foi sua prisioneira, e que poderia ter saído da casa assim que quisesse.

— Ela ficou obcecada por mim — ele continuou, como se aquilo explicasse por que ela teve o bebê sem qualquer assistência médica. — Ela pensava que abandonaria Fern assim que o bebê nascesse. Mas quando percebeu que as coisas não estavam acontecendo como ela queria, assumiu uma postura sórdida. Foi por isso que ela sufocou a filha.

— O quê? — exclamou Bryan. Ele não conseguia acreditar que Howard havia dito aquilo.

— Você não está pensando que o bebê morreu por alguma causa natural, não é? — perguntou Ramsden, com os olhos arregalados e incrédulos. — Aquela cadela sufocou a própria filha! Ela subiu as escadas enquanto estávamos jantando. Fern foi atrás dela algum tempo depois para ver se tudo estava bem, e a menina estava morta no berço. Ela havia sufocado a menina com um travesseiro.

Um pequeno tremor correu pela espinha de Bryan em reação àquela alegação ridícula. A autópsia havia comprovado que Lotte era a mãe e Howard era o pai da criança. A menina tinha sinais de estar abaixo do peso, mas não havia nenhuma evidência de qualquer outra coisa que pudesse provar que ela havia morrido de causas naturais. Mas geralmente era assim que ocorria nos casos de síndrome de morte súbita em bebês.

O tempo que o corpo do bebê esteve no mar contribuiu para a dificuldade da autópsia, mas algumas penas minúsculas, como as que eram usadas como enchimento de travesseiros, foram encontradas alojadas na traqueia. O patologista disse que não havia prova absoluta de que a menina havia sido sufocada com um travesseiro, mas pensava que era uma possibilidade, pois aquelas penas provavelmente foram inaladas quando o sufocamento começou.

Se Lotte tivesse feito aquilo, ela teria percebido que alguém poderia descobrir mais tarde que foi assim que o bebê morreu. Assim, ao se preparar para cometer o crime, ela provavelmente diria que foi assim que ela imaginava que Fern ou Howard haviam matado a menina. Mas não o fez; Lotte pensava que o bebê havia morrido devido à negligência do casal.

Mesmo que Lotte tivesse sufocado a própria filha, Howard não teria como saber como ela havia morrido apenas olhando para ela. Ele sabia daquilo porque havia sido ele quem matou a criança.

Bryan não levantou aquela acusação contra Howard, mas deixou que ele continuasse, dizendo que Fern ligaria para a polícia, e foi aí que Lotte a esfaqueou.

— Você não acreditaria que uma moça pequena como ela poderia ser tão forte ou tão selvagem — ele alegou. — Ela fez aquilo antes que eu pudesse impedi-la.

— E isso aconteceu na noite de 5 de maio?

— Sim, eu já lhe disse isso — informou Ramsden, como se estivesse irritado por ter de repassar um detalhe do seu relato.

Bryan sorriu para si mesmo, pois desta vez ele tinha uma prova real de que o homem estava mentindo. O patologista havia calculado que o bebê havia morrido três ou quatro dias antes de 5 de maio, que foi quando Lotte disse ter ouvido o casal conversando sobre a morte do bebê.

— Lotte era forte demais para que você pudesse impedi-la? — perguntou Bryan, sarcasticamente. — E que motivos o levaram a não chamar a polícia?

— Eu queria ligar, mas Lotte disse que contaria a eles que eu a havia estuprado e que a estava mantendo como prisioneira — disse Howard. — De qualquer forma, eu estava tão abalado por Fern e a criança estarem mortas que concordei com o plano dela de jogá-los no mar. Eu nem sabia direito o que estava fazendo.

Bryan tentava imaginar como um homem perturbado pela morte da esposa e da filha conseguiria concordar com as instruções de uma garota pequena e delicada como Lotte, levando os corpos para o barco.

Aquilo desafiava qualquer crença.

— A maneira que ela encontrou de ter certeza de que eu seria responsabilizado por tudo foi se jogar ao mar depois que tínhamos amarrado pesos ao corpo de Fern e jogado-a na água — continuou ele. — Ela deve ter sido uma ótima atriz para enganar todo mundo com a história de que havia perdido a memória.

Bryan havia ouvido o bastante. Ele se levantou da cadeira e, apoiando as mãos na cama, se inclinou em direção a Howard.

— Mesmo que eu acreditasse em toda essa baboseira — sibilou ele —, o que você vai dizer sobre ter mandado que Lotte e a amiga dela fossem sequestradas em Brighton? Qual era a razão para mantê-las aprisionadas?

— Eu queria dar uma lição nela — ele disse.

— E o incêndio no depósito de ferramentas? Outra lição?

Aquela foi a única vez em que Howard não pareceu estar tão convicto.

— Eu ia soltá-las. Mas ela matou minha esposa e minha filha — ele afirmou, com os lábios trêmulos e lágrimas nos olhos. — A crueldade dela me abalou demais, eu perdi o controle.

— Perder o controle é quando você empurra alguém para ser atropelado por um ônibus ou quando o acerta com uma garrafa quebrada. Alguém que compra um cadeado e uma corrente, além de alguns galões de gasolina, dois dias antes de usá-los, está premeditando alguma coisa. E amarrar as garotas e levá-las a um local que você deve ter encontrado alguns dias antes é definitivamente a ação de um assassino de sangue frio. A verdade é que essa era a única opção que lhe restava. Você sabia que a polícia estava por toda a baía e que o cerco estava se fechando. Você pensou que queimar os corpos dela apagaria toda a evidência forense que provaria a sua culpa. Você estava planejando embarcar em um avião no dia seguinte e voltar para os Estados Unidos.

Howard pareceu se encolher na cama.

Bryan se curvou por cima dele, forçando seu rosto a ficar a poucos centímetros do de Howard.

— Você sabe que vai morrer, não é mesmo? — sussurrou ele. — Todos aqui sabem disso, mas ninguém vai vir aqui contar a você. Já estão até mesmo fazendo apostas sobre quanto tempo você ainda vai conseguir sobreviver. Eu apostei dez libras que você duraria só uma semana. Não está assustado com o seu dia do julgamento, nos portões do paraíso?

Os olhos de Howard se arregalaram, e seus lábios tremiam com mais força.

— Eu sei que você só usa a sua religião para enganar as pessoas — continuou Bryan. — Mas sei que você já foi um pastor, assim como o seu pai, também, e acho que, no fundo, ainda acredita nisso. Você pregou sobre o fogo do inferno e o sofrimento eterno. Você sabe que é isso que aguarda os pecadores da sua laia.

O rosto pálido e maltratado de Howard pareceu ficar ainda mais lívido.

— Pense no caso, uma eternidade de dor ainda pior do que você está sentindo agora. Se decidir que o melhor é contar a verdade antes de morrer, pois será perdoado se o fizer, é só pedir para a enfermeira me ligar.

Bryan caminhou até a cantina com Miranda.

— A conversa foi boa? — ela perguntou.

— Não, ele mentiu o tempo inteiro — disse Bryan, com um sorriso. — Mas tenho a sensação de que ele vai ter alguns pesadelos durante os próximos dias. Talvez ele lhe diga que precisa conversar comigo; me ligue imediatamente se ele fizer isso, certo?

— O que você disse a ele? — A voz dela era desconfiada, mas seus olhos estavam sorrindo.

— Eu disse que ele não tinha muito tempo de vida, e que seria uma boa ideia contar a verdade antes de bater as botas.

— Mas não há motivo para pensar que ele morrerá, não agora — disse Miranda, franzindo a testa. — Ele já passou do período de maior risco.

— Ele não precisa saber disso, não é? Espero que ele sobreviva e que possa ir a julgamento, aqui ou nos Estados Unidos, se decidirem repatriá-lo. Pessoalmente, prefiro que ele seja mandado de volta para a América. As prisões lá são piores que as daqui, e os nossos contribuintes não vão ter de sustentá-lo. Mas direi a ele que vai viver, depois que contar a verdade.

Ela olhou para Bryan, pensativa.

— Não quero nunca ter de encarar esse seu lado!

— Meu lado gentil é excelente — ele sorriu. — Para provar isso, pago a conta da cantina, e você pode escolher o que houver de melhor lá.

Foi com o coração muito amargurado que o detetive Bryan desceu da viatura na alameda Meeting House, com a policial feminina Rington a seu lado, às 8h30. Lotte havia voltado a morar com seus dois amigos há quase uma semana, e, quando ele a viu no sábado, dois dias antes, ela parecia estar bem melhor, com a face mais corada, os olhos mais brilhantes e menos assustados.

Mas aquela melhora iria desaparecer em alguns minutos, pois ele iria prendê-la pelo assassinato de Fern Ramsden. Ela teria que passar o resto do dia prestando depoimento na delegacia, com seu advogado presente, passar a noite em uma cela, e, no dia seguinte, se apresentar ao tribunal para uma audiência preliminar.

Na noite anterior, em desespero, ele havia visitado os pais dela para perguntar se eles poderiam se responsabilizar pela fiança, e recebê-la em casa se o tribunal estipulasse aquilo como condição para a fiança. Como eles não a haviam visitado no hospital, ele já esperava que eles fossem recusar, e foi o que aconteceu. A mãe de Lotte disse que tudo aquilo era "uma grande vergonha", e que ela teria de se virar sozinha.

Ele sabia que Simon e Adam se ofereceriam para bancar a fiança de bom grado, mas como não possuíam imóveis ou outros bens de valor, eles não seriam considerados. Assim, a menos que um milagre ocorresse, amanhã à noite, Lotte estaria na prisão. E Bryan tinha a impressão de que aquilo iria destruí-la.

Capítulo dezenove

Simon atendeu a porta, e o largo sorriso que ele tinha no rosto desapareceu quando viu a policial uniformizada que acompanhava Bryan.

— Você não veio só para conversar, não é? — ele perguntou.

— Não, lamento — respondeu Bryan. — Viemos prendê-la.

Quando entraram no apartamento, Lotte perguntou quem havia chegado. Quando Simon não respondeu, ela saiu da cozinha para ver. Ela estava usando uma calça *jeans* rosa-clara e uma camiseta da mesma cor, e estava com o cabelo solto caindo-lhe por cima dos ombros, com uma aparência linda.

— Oh — ela disse, cobrindo a boca com a mão ao perceber que aquilo não era uma visita social. — Quer dizer que...

— Receio que sim, Lotte — disse Bryan, desejando poder estar em qualquer outro lugar que não fosse aquele, a ponto de prendê-la. — Você está presa, Lotte Wainwright, pelo assassinato de Fern Ramsden em 5 de maio de 2003.

Os olhos dela, por cima da mão que lhe cobria a boca, pareceram ficar mais arregalados e mais assustados a cada palavra da ordem de prisão. Quando ele terminou, ela se encostou na parede e escorregou até o chão, com o rosto pálido.

— Você está bem, Lotte? — perguntou Simon. — Quer que eu lhe traga um copo d'água? Parece que você vai desmaiar.

Ela se endireitou e se levantou.

— Estou bem, Simon. Vá trabalhar. Não se preocupe.

— Quer que eu ligue para o Sr. Harding? — ele perguntou, com a voz hesitante.

Bryan havia lhe dado o telefone do advogado quando ela saiu do hospital. Harding era um dos melhores advogados de Brighton, e, se alguém pudesse tirar um coelho da cartola naquela hora, seria ele.

— Sim, por favor — ela pediu. — Mas imagino que ele não vai chegar à delegacia antes das 9 horas. Pode ligar para David também?

Na maior parte do tempo, Bryan adorava o seu trabalho. Mas, quando a policial dirigiu a viatura para fora da alameda Meeting House, com Lotte no banco de trás, ele desejou ser um caminhoneiro, um encanador ou um balconista de loja — qualquer emprego onde não precisasse ver uma jovem que havia passado por tanto sofrimento enfrentar mais dificuldades.

— É assim que vamos fazer — disse Frank Harding a Lotte, olhando atentamente para ela através da mesa da sala de interrogatório.

A sala estava impregnada pelo cheiro envelhecido de fumaça de cigarro. Até mesmo as paredes estavam manchadas com o marrom da nicotina, e a única janela pequena, que ficava em frente a outra parede, estava travada, de modo que a abertura tinha pouco mais de dois centímetros.

— Você tem o direito de se recusar a responder às perguntas deles — disse Harding —, mas, na maioria das vezes, isso é contraproducente. Sei que você já contou toda a sua história ao detetive Bryan, informalmente. Então, meu conselho é que conte tudo da mesma forma que contou antes, mas desta vez seu depoimento será registrado. Toda a verdade, sem esconder nem deixar nada de lado.

Lotte fez que sim com a cabeça. Ela sentia-se confortável na presença de Harding. Ele tinha um rosto agradável e um amplo sorriso. Havia sinceridade em seus olhos azuis-claros, e as rugas ao redor deles eram causadas por risos. Ele estava um pouco acima do peso, seu cabelo estava rareando, e provavelmente tinha em torno de 60 anos, mas havia algo bem jovial em sua expressão.

— Estarei com você o tempo inteiro. Se quiser fazer uma pausa, é só pedir.

— Certo — disse Lotte.

— Vou dizer a eles que você está pronta.

Enquanto o gravador estava sendo ligado na sala de interrogatório, e um dos dois policiais que estavam ali recitou o horário e a data e os nomes de todos os presentes, um embrulho grande e de aparência suspeita havia aparecido na superfície do mar, a cerca de dois quilômetros de Bognor Regis.

Capítulo dezenove

Os irmãos Reg e Norman Dooley eram bombeiros em Littlehampton. Eles tinham 38 e 40 anos, respectivamente, eram casados e tinham um total de cinco filhos nas duas famílias. Eles eram homens fortes, com o corpo moldado pelo esporte e levantamento de pesos. Ambos eram calvos, com rostos redondos e bem joviais.

Embora trabalhassem em turnos diferentes, às vezes seus dias de folga coincidiam, e era comum pegarem emprestado o barco de um amigo para irem pescar. O dia estava bonito, tranquilo, quente e ensolarado, e os dois haviam tirado as camisas e estavam aproveitando o sol e o mar, sem se importar muito com a pescaria. Já haviam fisgado nove ou dez peixes de bom tamanho, o bastante para levar para casa e limpá-los, mas Reg sugeriu que lançassem os anzóis mais uma vez antes de voltarem.

Eles estavam sentados no chão do barco, com o motor desligado e o barco balançando de leve, ao sabor das ondas. Reg perguntou a Norman se ele queria um sanduíche, e se levantou para pegá-lo na caixa térmica. Enquanto estava em pé, ele olhou para a água para ver se haviam pegado alguma coisa, e viu o embrulho flutuando a alguns metros do barco.

— Dê uma olhada, Norm — ele disse. — O que você acha que é aquilo?

Norman se levantou e olhou. O material era estampado em xadrez, com várias cordas elásticas que o mantinham enrolado.

— O colchão de alguém que estava dormindo na rua? — ele sugeriu. — Eles sempre amarram seus pertences com essas cordas elásticas.

Reg disse que ligaria o motor do barco para se aproximar, e eles poderiam içar aquilo com um gancho.

Norman esperou com o gancho nas mãos enquanto Reg manobrou o barco para perto do embrulho.

— Peguei — gritou Norman acima do ruído do motor. — Desligue!

Reg desligou o motor e foi ajudar o irmão. Quando eles içaram aquilo pela lateral do barco, Norman se debruçou sobre a amurada e passou as mãos por toda a extensão do embrulho.

— Nossa! — ele exclamou. — Acho que é um corpo!

Bryan estava se preparando para ir almoçar quando recebeu uma ligação da polícia de Bognor Regis, sobre um corpo que havia sido encontrado no mar. Os pescadores que o encontraram o haviam rebocado até o ancoradouro.

Quando a lona foi retirada, verificou-se que era uma mulher alta e ruiva, com cerca de 45 anos. Sem dúvida, era Fern Ramsden. O ar em seu corpo havia feito com que ela viesse à tona.

O corpo havia sido levado ao necrotério, onde seria examinado. Bryan decidiu ir até Bognor e verificar se o corpo tinha algum segredo a revelar.

— Enfermeira! Enfermeira!

A enfermeira Miranda Cole suspirou e se levantou da escrivaninha onde estava registrando suas anotações. Howard Ramsden estava rapidamente se tornando um de seus pacientes mais detestáveis. Ele reclamava de tudo e de todos, sempre dizendo antes de começar, "não estou falando de você, porque você é uma boa pessoa".

A dor que ele sentia era a pior do mundo, a comida era repugnante, esta ou aquela enfermeira era rude ou irônica, havia muito barulho no corredor, ninguém tentava deixá-lo mais confortável. As reclamações eram intermináveis.

Ele havia tido pesadelos nas duas últimas noites. As enfermeiras no plantão noturno disseram que ele acordou gritando, e que tiveram que lhe dar um sedativo mais forte. Miranda sorriu quando lhe disseram isso, e esperava que ele ficasse tão assustado que confessaria o que havia feito. Mas ela não esperava que ele fizesse isso agora. Eram só 14 horas, e não havia tempo para pesadelos ou confissões.

— Sim, Sr. Ramsden? — ela disse, secamente, ao se aproximar da cama dele.

— Sinto que a minha perna está latejando — ele gemeu.

— Já lhe disse várias vezes que isso acontece ocasionalmente quando um membro é amputado.

— Mas a dor é agonizante.

— Duvido que seja tão forte assim — ela disse, sucinta. — E o senhor já está recebendo a dose máxima permitida de medicação para a dor.

— Mas como vou conseguir suportar isso? — ele perguntou.

— Talvez o senhor deva encomendar a sua alma a Deus — ela afirmou, de maneira incisiva. No momento que as palavras saíram, se arrependeu de tê-las dito. Ela sabia muito bem que não era correto para uma enfermeira julgar seus pacientes. Ela culpou Tony Bryan por aquilo.

— Você é muito severa comigo, enfermeira — lamuriou-se Howard.

Miranda apenas ouviu a autopiedade e olhou para ele com desprezo. Tony havia telefonado para ela na noite anterior e expressado sua ansiedade por Lotte, pois não lhe restava escolha a não ser prendê-la e indiciá-la.

— Você fez coisas indescritíveis com uma mulher jovem e vulnerável — esbravejou ela. — Pode ser que eu consiga ser mais gentil com você, caso resolva ser homem o bastante para admitir o que fez. Que diferença faz? Seu castigo já está assegurado, independente do que você diga ou faça.

Ela lhe deu as costas e saiu do quarto, irritada demais para se importar com o que ele achava do seu comentário.

Vestindo um jaleco, Bryan ficou a uma boa distância do patologista e de seu assistente enquanto eles examinavam o corpo de Fern Ramsden. Ele detestava autópsias, especialmente em pessoas que já estavam mortas há algum tempo. O cheiro era nauseabundo, e o som dos bisturis cortando a carne lhe dava arrepios na parte de trás das pernas.

— Você disse que aquela moça só a esfaqueou uma vez, com uma faca de cozinha de lâmina estreita? — perguntou o patologista.

— Isso mesmo — disse Bryan. — Recuperamos a faca na casa, que foi mostrada a ela hoje e ela confirmou que foi a arma que ela usou. Quinze centímetros de comprimento, com a lâmina reta, do tipo que usamos para fatiar legumes.

— Estou vendo esse ferimento — afirmou o homem. — Mas há outro mais para baixo; a faca que causou o segundo ferimento era bem maior. Provavelmente uma faca de açougueiro. Foi este ferimento que a matou. O primeiro estava muito acima do coração e não penetrou o bastante para atingir alguma parte vital.

Bryan superou a sua repulsa e se aproximou. Era difícil acreditar que a mulher na mesa do patologista, com aquela aparência tão grotesca e atrofiada por ter ficado imersa na água salgada por tanto tempo, era a mesma ruiva glamourosa e sensual que ele havia visto nas fotografias.

— Mas os cortes têm ângulos diferentes — ele disse.

— Os golpes vieram de direções diferentes, e o maior foi feito por uma pessoa canhota. Cada golpe foi dado por uma pessoa diferente — o patologista mexeu no tronco do cadáver por alguns momentos. — Diria que o segundo ferimento, o maior, foi causado por um homem, a julgar pela força necessária para penetrar a tal profundidade, e a vítima estava deitada quando ele o fez.

— Isso! — exclamou Bryan, dando um soco no ar em contentamento. — Quer dizer que depois de tudo aquilo que o maldito hipócrita disse sobre o quanto ele a amava, ele a matou! Vamos ver se ele consegue escapar dessa.

— Há mais alguma coisa que você precisa saber? — os olhos do patologista estavam sorrindo por cima da máscara ao perceber a alegria de Bryan.

— Não, apenas mande o relatório por fax assim que terminar. Acho que vou fazer uma visita ao hospital antes de voltar para a delegacia.

Bryan sentia-se como se estivesse andando nas nuvens enquanto se dirigiu à ala de internação de alta complexidade, onde Ramsden estava internado. Seria bom ver Miranda também, mas seria magnífico destroçar a confiança daquele homem, contando-lhe que o corpo da mulher havia sido encontrado.

Miranda estava atarefada na ala principal. Bryan acenou para ela e indicou para onde estava indo.

Capítulo dezenove

Ramsden parecia ainda mais abatido do que da última vez em que Bryan esteve ali. Ele estava sentado, com as costas apoiadas em travesseiros, mas parecia bastante doente.

— Passei aqui para lhe dar as boas notícias — disse Bryan, jovialmente. — Encontramos o corpo da sua esposa hoje!

— Encontraram? — perguntou Ramsden, e Bryan quase podia ver o cérebro dele trabalhando, enquanto tentava decidir como deveria reagir à notícia.

Ele levou a mão esquerda aos olhos e cobriu-a parcialmente, como se estivesse escondendo as lágrimas.

— Pelo menos agora vou poder enterrá-la e ter a sensação de que tudo acabou — disse ele, lentamente.

Bryan encheu um copo d'água e o estendeu para Howard. A mão esquerda saiu da frente dos seus olhos e segurou o copo.

— Canhoto? — perguntou Bryan. — O segundo ferimento de faca no tórax da sua esposa foi feito por um homem canhoto. Com certeza foi você, pois não havia nenhum outro homem na casa.

Ramsden olhou para ele fixamente, com os olhos arregalados, como ofuscados pelos faróis de um carro.

— Você matou a sua esposa — afirmou Bryan, tranquilamente. — Você matou o bebê também, e, se não fosse pela esperteza de Lotte, você a teria matado, juntamente com Dale. Posso provar tudo o que estou dizendo, mas duvido que você ainda estará entre nós para o julgamento. Assim, vou lhe dar a chance de se redimir e admitir tudo.

— Eu lhe disse a verdade naquele dia — explicou Howard, com a voz vacilante.

Bryan balançou a cabeça lentamente.

— Você me disse um monte de mentiras. Vou sair agora para buscar outro oficial, um advogado para você e um gravador. Quando voltar, quero que você esteja pronto para me contar sobre Fern e o bebê. Mas, desta vez, quero a história verdadeira.

Bryan foi até a porta. Parou e olhou novamente para Howard, com a mão ainda na fechadura, com uma expressão séria.

— Apenas para seu conhecimento, não me importo se você será repatriado para os Estados Unidos, se será julgado aqui, ou mesmo se morrerá antes que decidam o que vão fazer com você. Só me importo com aquela garota adorável que você maltratou tanto.

— Estou lhe dizendo agora, antes de voltar com testemunhas. Se fizer uma confissão franca e completa esta noite, vou garantir que você será tratado com justiça. Caso contrário, vai sentir que vou apoiar meu peso no que restou da sua perna, atrasar a sua medicação contra a dor, e um monte de outros truques sujos que conheço.

Ele saiu do quarto, assobiando "Dixie".

◆ ❖ ◆

Capítulo vinte

— Mas eu preciso vê-la! Por favor! — implorou David ao sargento na recepção da delegacia de polícia de Brighton.

— Lamento, mas o senhor não pode — repetiu o homem. Ele parecia um mastim napolitano, com bochechas caídas e bolsas de gordura sob os olhos. — Se quiser lhe escrever um bilhete, me certificarei de que seja entregue. Se quiser trazer chocolates ou cigarros, serão entregues a ela. Mas o senhor não pode vê-la.

— Posso falar com o detetive Bryan, então?

— Ele está fora, em uma investigação — disse o sargento. — Acho que ele não volta mais hoje.

Passava das 19 horas. David passou o dia fora do escritório, e não recebeu a mensagem de Simon sobre a prisão de Lotte até voltar para casa às 17h30 e verificar o seu correio de voz. Ele pulou no carro imediatamente e dirigiu para Brighton, e agora parecia que havia desperdiçado seu tempo.

— David!

Uma voz familiar fez com que ele se virasse para ver que Simon havia acabado de entrar.

— Que bom ver você, eles não querem me deixar falar com Lotte!

— A mim também não — ele disse. — Vim para trazer algumas roupas melhores para ela ir ao tribunal amanhã, maquiagem e algumas outras coisas. Não acredito que estão fazendo isso com ela.

Simon colocou a pequena maleta no balcão e o sargento de plantão disse que as enviaria para Lotte. David rapidamente escreveu-lhe um bilhete, explicando por que ele não podia vê-la, e que ele estaria no tribunal pela manhã. Terminou-o com vários beijos, dizendo que eles eram todos do tipo "boa-sorte-e-espere-até-podermos-fazer-isso-de-verdade". Ele esperava que aquilo pudesse fazê-la sorrir.

— Como ela está? — perguntou David, ao entregar o bilhete. — Ela deve estar muito assustada.

— O oficial que cuida das celas é uma boa pessoa, e não batemos nos detentos com cassetetes como os filmes mostram — disse o sargento, de maneira impessoal. — Não a vi pessoalmente, mas sei que várias pessoas gostam dela, então pare de se preocupar.

Quando saíram da delegacia, Simon sugeriu a David que ele poderia ir a seu apartamento e passar a noite no quarto de Lotte, em vez de dirigir para sua casa em Chichester e retornar pela manhã. — Podemos pedir uma *pizza* ou algo do tipo e beber alguma coisa. Precisamos nos acalmar de alguma forma.

David ficou contente com a oferta. Ele não queria passar aquela noite sozinho.

Em sua cela, Lotte estava sentada no beliche, folheando uma revista que uma das policiais havia enviado para ela. Ela estava olhando para a revista, mas não exatamente lendo-a, pois sabia que, naquele mesmo horário, na noite seguinte, ela estaria no presídio Holloway. O nome do lugar já lhe dava arrepios. Ela se lembrava de ter assistido ao seriado *Bad girls*, ambientado naquela prisão, e pensava no quanto seria assustador ter que estar ali. Embora ela soubesse que os roteiristas do programa exageravam o caráter repugnante do lugar, ainda assim era o presídio onde algumas das mulheres mais perigosas e cruéis cumpriam suas sentenças. Não era exatamente como um colégio interno.

Capítulo vinte

Ela abriu o bilhete de David para lê-lo novamente. Imaginou que ele houvesse escrito aquilo apressadamente, em frente ao sargento da recepção, e que não pôde dizer muita coisa por esse motivo. O bilhete dele, as roupas e a maquiagem escolhidas e enviadas por Simon significavam muito para ela. Era reconfortante saber que estavam lá fora pensando e se preocupando com ela. Ela sentia-se frustrada porque o detetive Bryan não havia vindo vê-la antes de sair para outra investigação, mas supunha que, para ele, ela era apenas mais um caso de polícia.

Ela nunca havia imaginado que ficaria presa em uma delegacia, e era ali que ela estava agora, ouvindo o som de uma bêbada que gritava insultos no corredor. Ela sentia o peso de tudo o que havia acontecido com ela no último ano.

Era estranho não ter sentido aquilo antes de hoje. Mas, conforme as lembranças voltavam à sua memória, era como se ela estivesse assistindo à vida de outra pessoa. Não parecia que tudo aquilo havia acontecido com ela.

O estupro em Ushuaia havia sido uma experiência repulsiva, mas agora aquilo não parecia tão hediondo quanto estar naquela cama com Howard e Fern. Ela imaginava como foi capaz de lidar com o bebê de Howard crescendo em sua barriga. Mesmo assim, não se lembrava de ter odiado a criança uma única vez; seu ódio era direcionado a ele, apenas.

Como eles foram capazes de deixá-la trancada no porão por períodos tão longos? Eles certamente deviam saber o quanto ela se sentiu solitária e assustada, especialmente quando entrou em trabalho de parto. Houve momentos durante o parto que pensou que fosse morrer, de tão intensa que era a dor. Ela nunca havia sentido uma dor como aquela. Será que eles não percebiam o quanto era aterrorizante saber que não havia um médico a seu lado, ou uma sala de cirurgia, se fosse necessário?

Era realmente inacreditável que alguém pudesse ser tão insensível à vida humana como Howard e Fern. Ela imaginou que eles deviam tratar todas as mães dos bebês que venderam daquela maneira tão indiferente.

E ela se lembrava de todas aquelas horas após o parto, quando ficou parada nas escadas, com a faca na mão, esperando que Fern ou Howard descessem. Ela devia estar fora de si! Será que realmente teria sido capaz de matá-los se tivesse a oportunidade? Ela duvidava daquilo. Foi apenas quando soube que o bebê estava morto e que eles pretendiam matá-la que ficou desesperada.

Quando pensava em tudo pelo que havia passado — a dor, a solidão, a vergonha, a fome ou o medo —, a pior de todas as coisas era não poder ter segurado a filha. Como eles puderam arrancá-la de seus braços como se a criança não significasse nada para ela?

Mesmo agora, quase quatro meses depois, ela ainda sentia a dor da separação. Pensava que poderia ter suportado aquilo melhor se tivesse segurado, amamentado, trocado as fraldas e roupas, e estudado cada detalhe da filha. Pelo menos teria guardado para sempre o rosto da menina, seu cheiro, o toque da sua pele. Mas tudo aquilo havia sido roubado dela.

Uma das policiais lhe havia dito, algumas horas antes, que ela não devia se preocupar tanto sobre ir para Holloway. Quando as outras detentas soubessem que ela havia apunhalado outra pessoa em legítima defesa, Lotte seria admirada. Será que aquilo significava que ela teria que fingir que era uma pessoa dura e insensível? De alguma forma, achava que não conseguiria enganar alguém por muito tempo.

— Gostaria de repassar aquela parte mais uma vez para esclarecer algumas coisas — disse o detetive Bryan para Ramsden.

Ele havia voltado para o hospital, como disse que faria, com outro policial e um gravador. Mike Branning, o defensor público de plantão naquela noite, estava esperando por eles, para se certificar que Ramsden teria representação jurídica.

Não era comum registrar um depoimento como aquele em um hospital, mas, devido às circunstâncias especiais — a possibilidade de que Ramsden poderia morrer, ou ser extraditado para os Estados Unidos se sobrevivesse; e o fato de Lotte Wainwright ter sido indiciada pelo assassinato da sua esposa, embora agora parecesse que havia sido Howard quem cometeu o crime — o comando da polícia havia autorizado o procedimento.

Bryan não esperava, nem por um momento, que Ramsden cooperasse e contasse a verdade. Ele achava que o homem era um mentiroso convicto e vigarista experiente, que não admitiria a verdade mesmo que ela fosse esfregada em sua cara. Bryan esperava apenas que o tom geral do depoimento revelasse o caráter do homem, e que aquilo pudesse servir para tirar Lotte da prisão.

Mas a possibilidade de se encontrar com o seu Criador em breve havia clareado a mente de Howard, pois, desde o início do depoimento, ele abandonou as mentiras que havia contado.

Ele disse que foi pura sorte estar por perto quando Lotte foi estuprada em Ushuaia, e que levá-la para sua cabine no navio de cruzeiro não foi nada além de um ato de bondade. Mas Fern havia se afeiçoado muito à garota, como se ela fosse sua filha. Foi por isso que Fern pediu a ela que ficasse com eles no hotel Dorchester, e depois lhe ofereceu o emprego de governanta e assistente pessoal.

Bryan não estava convencido de que tudo aquilo era verdade. Ele imaginava que o casal já pensava em usar Lotte para algum fim mais lucrativo logo depois de a resgatarem em Ushuaia. Mas ele deixou aquilo passar.

Howard disse que pensou que a ideia inicial de Fern, de que Lotte tivesse um bebê para ela, era criar uma espécie de unidade familiar perfeita, onde os três adultos viveriam em harmonia e criariam o bebê juntos.

— Isso significa que você teria duas esposas? — pressionou Bryan.

— Não era assim que Fern via as coisas — disse Ramsden, indignado.

Bryan se convenceu de que aquela era a única motivação para Ramsden, pois, conforme o depoimento se desenrolou, ficou claro que ele nunca quisera ter filhos.

Ficou igualmente claro que o casal era arrogante, pois acreditavam que estavam oferecendo uma oportunidade única a Lotte. A maneira incrédula com que Howard falava sobre a sua recusa mostrava o quanto eles eram egoístas, e o quanto estavam acostumados a conseguir as coisas sempre do jeito deles.

Até aquele ponto, não parecia que eles estavam mantendo Lotte em cativeiro — apenas usando algum tipo de chantagem moral para que ela tivesse o bebê para eles. Ficou evidente que Lotte perdeu a oportunidade, e até mesmo a vontade, de escapar quando começaram a drogá-la. Howard insistia que era apenas um sedativo suave que removia a ansiedade. Fern havia aumentado a dose vários dias antes da noite em que fizeram sexo para conceber o bebê. Ela disse que aquilo serviria para deixar Lotte "mais receptiva".

Howard não se deteve muito nos eventos da primeira noite em que tentaram conceber o bebê. Tudo o que disse foi que Lotte parecia bem dócil. Mas ela obviamente não estava, pois Howard admitiu que ela havia tentado escapar na mesma noite, e ele e Fern ficaram muito assustados, pois ela poderia conseguir quando tentasse novamente, e poderia lhes causar problemas. A partir daí eles a mantiveram trancada em casa.

Embora Fern estivesse exultante quando Lotte engravidou, Howard disse que já estava se arrependendo daquela ideia. Ele não admitiu que havia ficado decepcionado por não mais poder ter uma garota jovem em sua cama regularmente, ou que não gostava da ideia de ter um bebê chorão por perto. Mas aquilo provavelmente era verdade, pois ele dizia que, quando Fern percebeu que ele estava se arrependendo do plano, ela passou a ficar mais irritada e seu humor piorou.

Ele admitiu que, conforme a gravidez de Lotte progredia, ele e Fern se deram conta de que haviam criado uma situação impossível. Ele mencionou levá-la para passeios em locais remotos, mas sempre temiam que ela fosse pedir socorro a alguém. Eles também sabiam que, independentemente de quanto dinheiro lhe oferecessem, eles não poderiam confiar que ela para que não os denunciaria. Eles não conseguiram encontrar uma adoção privada na Inglaterra, e não tinham nenhum contato na área para comprarem um passaporte falso para o bebê. Ele culpava Fern, ela o culpava, e durante todo aquele tempo eles sabiam que Lotte estava esperando por uma chance de escapar, o que os deixou sob uma pressão ainda maior.

Finalmente, a menina nasceu. Howard não falou nada sobre o parto. Talvez, como muitos homens, ele acreditava que o parto era algo tão natural quanto respirar, e não envolvia dor ou riscos.

Mas ele falou muito sobre Fern se comportar como uma criança que havia ganhado uma boneca nova. Ele disse que ela se recusava até mesmo a discutir o futuro, porque estava "criando laços" com o bebê.

Assim, enquanto Lotte chorava no porão, Howard tentou achar uma saída para aquele imbróglio. Ele havia levantado informações sobre o que seria necessário para registrar o bebê, e aquilo parecia muito simples, sem a necessidade de provar que ele e Fern eram os pais da criança. Mas seria muito mais difícil conseguir um passaporte para o bebê, pois teriam que entregar os próprios passaportes, e as autoridades não demorariam a descobrir que os documentos eram falsificados.

O plano original, criado algum tempo antes que o bebê nascesse, era fazer com que Lotte registrasse o bebê e requeresse o passaporte. Ela iria viajar com eles para os Estados Unidos, e eles iniciariam o processo de adoção lá. Mas logo ficou claro que, quaisquer que fossem as compensações que lhe oferecessem, ela nunca concordaria com aqueles planos.

Quando o bebê nasceu, eles sabiam que ela usaria qualquer oportunidade para buscar ajuda e fazer com que fossem presos. Nenhum tipo de suborno, independente da quantia, poderia garantir que ela entraria pacificamente em um voo para os Estados Unidos com eles e com a criança. Foi quando Howard decidiu que Lotte e a filha tinham que ser mortas.

Bryan pediu que ele repetisse a história a partir deste ponto, para que pudesse ter certeza absoluta de que aquilo havia sido registrado com clareza na gravação.

— Você quer que eu lhe conte novamente sobre quando sufoquei o bebê? — perguntou Howard. Ele deu um sorriso malandro enquanto falava, como se tivesse orgulho da solução que encontrou para aquela situação sem saída.

— Exatamente — disse Bryan, esforçando-se para ocultar o quanto ele desprezava o homem. — Você disse que foi no dia 1º de maio, correto?

— Sim, fomos a Londres naquele dia para falar com uma pessoa sobre um passaporte para o bebê. Não tivemos sorte, porque eles não podiam fazer um para uma criança que fosse filha de pais americanos. Estávamos muito deprimidos e cansados quando voltamos, e o bebê não estava chorando. Fern estava com medo de subir e olhar a criança, porque ela podia ter morrido, então eu o fiz. Ela não estava morta, apenas dormindo tranquilamente. Pensei que aquela era a solução! Um travesseiro na cara, e pronto. Problema resolvido.

O estômago de Bryan se retorceu com tamanha insensibilidade.

— Continue — disse ele.

— Peguei um dos travesseiros da nossa cama e fiz o que tinha que fazer, apertei-o contra o rosto dela. Eu me senti mal, pois era a minha filha. Mas não podíamos levá-la para os Estados Unidos e não poderíamos ficar ali para sempre. Levou uns cinco minutos, ela se debateu um pouco. Coloquei o travesseiro de volta na cama e desci para dizer a Fern que pensava que a criança havia morrido por um mal súbito.

Mike Branning, o advogado de defesa, parecia estar paralisado, e seus olhos piscavam furiosamente.

— Você e Fern fizeram as pazes depois disso?

— De jeito nenhum! — exclamou ele. — Ela parecia um animal ferido, nunca havia visto nada como aquilo. Ela gritava, chorando, falando como eu havia estragado tudo. Eu! Nunca me passou pela cabeça manter a garota presa contra a vontade dela, ou forçá-la a ter um bebê para nós. Foi tudo ideia dela, aquela vagabunda louca. Ela então teve a ideia de jogar a garota no mar com o bebê. Ela disse que elas seriam encontradas em alguma praia, e que todos pensariam que Lotte se atirou ao mar porque sua filha havia morrido.

— E o que você achou desse plano?

Capítulo vinte

Howard ficou em silêncio por alguns momentos. Ele parecia exausto, e Bryan pensava que o advogado diria que o depoimento teria que ser interrompido e retomado na manhã seguinte. Mas ele não o fez.

— Pensei que era uma boa ideia. Não iria deixar vestígios, seria fácil, e poderíamos pegar um avião de volta para os Estados Unidos no dia seguinte, se quiséssemos.

— Pode confirmar a data em que isso aconteceu?

— Cinco de maio — respondeu Ramsden. — Por volta das 19 horas trouxe Lotte do porão. Ela parecia estar bem calma, pediu um sanduíche e um copo de leite. Então, assim que Fern ia lhe entregar o copo, ela tirou uma faca de algum lugar e a enfiou no peito de Fern.

— E o que você fez?

— Bem, tentei pegar aquela cadela, mas ela se esquivava de mim ao redor da mesa. Ela até mesmo me jogou um bule de café. Fern estava cambaleando, e o sangue lhe jorrava do peito.

— Você sabia que o ferimento de Fern não era fatal?

— Bem, não era muito profundo, mas ela estava perdendo bastante sangue, e eu sabia que ela precisava de um médico. Mas não podia chamar um médico, podia? Não com um bebê morto na casa e com Lotte fazendo aquele escândalo.

— O que você fez, então?

— Bem, acho que entrei em pânico, porque Lotte havia corrido para a sala e estava jogando coisas na janela para quebrar o vidro. Fiquei assustado porque alguém poderia ouvi-la, e Fern estava me implorando por ajuda. Assim tirei uma faca de dentro da gaveta e cravei nela.

— Que tipo de faca?

— Uma faca grande, de corte. Tinha uma lâmina triangular.

— Então você admite que esfaqueou sua esposa?

— Você sabe o que eu fiz, você viu o outro ferimento nela.

— Quero que você diga o que fez.

— Eu a esfaqueei, bem aqui no coração. — Ele tocou no peito com a mão esquerda.

— Diga novamente onde Lotte estava enquanto você estava fazendo isso.

— Ela estava na sala, gritando e jogando coisas nas janelas para tentar escapar por ali. Assim que acabei com Fern, fui atrás dela para amarrá-la.

— Lotte sabia que Fern havia morrido?

— Sim, eu disse a ela, mas ela pensou que ela havia matado Fern. Ela começou a dizer que eu deveria ligar para a polícia, e que ela diria que foi a responsável. Mas não fiz isso.

— O que você fez, então?

— Embrulhei o corpo de Fern em uma toalha de piquenique e amarrei aquelas cordas elásticas com ganchos nas pontas ao redor do corpo dela. Eu já havia colocado o bebê no furgão. Levei Lotte para fora a seguir, depois Fern, e dirigi até o meu barco.

O restante foi igual ao que Lotte já havia dito a Bryan, exceto que Howard havia admitido que, após derrubar Lotte do barco e lançar o bebê ao mar, ele teve muita dificuldade em suspender o corpo de Fern por sobre a amurada do barco sozinho, porque as pedras grandes que havia amarrado ao corpo, por dentro da toalha de piquenique, a haviam deixado pesada demais. Ele disse que, quando finalmente conseguiu apoiar o corpo na amurada, algumas das pedras se soltaram de dentro do cobertor e caíram na água.

— Pensei que ela afundaria assim mesmo, e foi o que aconteceu. Desapareceu na água. Fiz algumas orações, depois manobrei o barco e fui para casa.

— Você fez orações? — Bryan estava tão aparvalhado que não resistiu ao comentário.

— É claro que fiz. Pedi perdão, mas que foi ela que havia me colocado naquela situação, e era a única saída que eu tinha.

— Acho que podemos interromper o depoimento agora e deixar o meu cliente descansar — disse Mike Branning.

O depoimento foi encerrado formalmente e o gravador foi desligado. Bryan saiu do quarto de Ramsden sem se despedir, sentindo-se enojado pelo último comentário que ele fez. Ele havia dito que amava Fern; de acordo com Lotte, eles estavam juntos há trinta anos, e antes que as coisas saíssem do controle, sempre haviam sido muito felizes juntos. Mesmo assim, ele matou a esposa e a filha para salvar a própria pele.

Uma enfermeira entrou no quarto depois que a polícia havia saído. Ela ofereceu um urinol para Howard, deu-lhe mais alguns medicamentos, ajeitou os travesseiros para que ele ficasse mais confortável e saiu, deixando apenas uma luz noturna suave ligada acima da cabeceira da cama.

Mas, embora Howard fechasse os olhos, ele não conseguiu dormir. Ele tinha a sensação de que Fern estava no quarto com ele, irritada e vingativa porque ele a havia traído.

Ele desejou poder voltar no tempo e fazer as coisas de modo diferente. Ele havia amado Fern por toda a sua vida e sabia o quanto as coisas iriam ser difíceis sem ela. Desde a noite em que ele a jogou no mar, ele não teve um minuto de paz.

Se fechasse os olhos, podia vê-la claramente, com seus belos cabelos vermelhos caindo por sobre os ombros nus. Ele sempre adorou perceber que algumas sardas apareciam em seus ombros e braços quando ela estava ao sol, assim como ele adorava o corpo dela — seios grandes, cintura fina e um traseiro que balançava de maneira *sexy* quando ela caminhava.

Fern Swann tinha dezesseis anos quando eles se conheceram, em 1974. Ele, Howard Barnes, tinha 17. A família dela veio morar na mesma área para *trailers* onde a família dele vivia, a poucos quilômetros de Kansas City. O lugar era chamado de Merrywood[1], mas a única alegria que havia ali eram as primeiras horas de bebedeira na noite de sexta-feira. Depois, a noite voltava a se encher com os mesmos insultos e brigas que aconteciam durante o resto da semana.

1 Merrywood, em português, seria traduzido como "floresta alegre". (N. do T.)

Também não havia nenhuma floresta. A área de *trailers* estava situada entre duas autoestradas, com uma simples cerca de alambrado para impedir que os vários cães e crianças pequenas fossem mortos pelo trânsito das rodovias. No verão, havia tanta poeira que era possível limpar uma janela às 9 horas e, ao meio-dia, ela já estaria suja outra vez.

Aquela área de *trailers* era a última chance. Se você fosse jogado para fora de lá, não haveria mais nenhum lugar para ir. Quando uma criança fazia nove ou dez anos, ela sabia que estava numa situação pior que a de todas as outras pessoas.

Fern era a filha mais velha entre quatro, e ele era o filho mais velho entre cinco. Durante toda a vida sempre foram muito pobres. Ambos tinham mães fracas e alcoólatras, e pais que raramente conseguiam algum trabalho, e que gostavam de passar o dia bebendo. Ambos sabiam mais do que o necessário sobre o mundo adulto. Eles haviam visto as mães com olhos roxos, tentado confortar os irmãos mais novos quando estavam com fome ou quando tinham sido ridicularizados na escola por serem sujos ou malcheirosos. Fern havia ajudado a mãe quando ela teve um aborto precoce, e Howard estava cansado de pendurar faixas dizendo "Bem-vindo ao lar" quando seu pai saía da prisão.

Fern trabalhava como garçonete, e Howard, em um posto de gasolina, e a maior parte do dinheiro que eles ganhavam tinha que ser entregue às mães para ser usada no sustento da família inteira. Eles não tinham roupas decentes ou amigos de verdade, e ambos carregavam o fardo de terem que cuidar dos irmãos mais novos. Talvez, se tivessem conhecido e se apaixonado por pessoas que viviam o mesmo tipo de vida e não sonhassem em ter algo melhor, as coisas poderiam ter sido diferentes. Porém, desde a primeira vez em que se sentaram juntos uma noite em um banco de carro que havia jogado na área de *trailers*, e comentado sobre seus sonhos, eles sentiram que haviam encontrado a pessoa que poderia tornar aquilo realidade.

A América podia ter sido infectada pelo movimento "Paz e Amor" no final da década de 1960, mas aquilo havia passado quase despercebido no Kansas. As milhares de igrejas frequentadas, capelas e casas de convívio espalhadas pelo estado eram o testamento de que o Kansas era um Estado temente a Deus. Não fosse por isso, Fern e Howard poderiam ter enveredado por um caminho completamente diferente, talvez até mesmo iniciado uma vida de crimes. Em vez disso, eles decidiram se unir à Igreja Evangélica do Cristo Redentor.

O amor a Deus ou a piedade tinha pouco a ver com a decisão deles. Fern sabia que as pessoas da igreja davam roupas para os necessitados, e ela sabia que ela e Howard poderiam melhorar um pouco de vida se tivessem roupas melhores.

Eles receberam roupas, não apenas para si mesmos, mas também para seus irmãos. Mas o que realmente os influenciou a continuar a frequentar a igreja foi o pastor. Ele falava com tanta paixão sobre Deus tirando o pecado dos homens e elevando-os para os céus que as pessoas da congregação mal podiam esperar para abrir as carteiras e encher a cesta de doações que era passada entre os fiéis.

— Vou ser pastor — Howard disse a Fern uma noite após o culto, com plena convicção. — Vamos nos casar e viajaremos por toda a América em um ônibus, pregando a palavra do Senhor.

Howard admirava o aspecto teatral da pregação, junto com todo o dinheiro na cesta de doações. Ele teria preferido ouvir poesia em vez de versos da *Bíblia*, pois havia ocasiões em que não conseguia nem mesmo entendê-los. Mas ele ficava encantado quando as pessoas a sua volta se levantavam e testemunhavam que Deus os havia tirado de uma vida de crimes ou bebedeira. Era algo dramático, envolvente, emocionante, e tanto ele quanto Fern perceberam rapidamente que era uma excelente maneira de induzir as pessoas a colocarem mais dinheiro na cesta de doações.

A frustração sexual impulsionou seu fervor religioso, também. Ambos eram virgens quando se conheceram, e tinham plena consciência de que uma gravidez indesejada faria com que ficassem presos em Merrywood para sempre. Mas eles eram um casal apaixonado, e as carícias e bolinações mais quentes a que se dedicavam todas as noites atrás de arbustos e em becos escuros não era suficiente para satisfazê-los. Entrar de cabeça na igreja evangélica, com a sua música espirituosa, testemunhos extravagantes e declarações exageradas de irmandade, fazia com que se sentissem parte de algo maior.

O pastor deve ter percebido um espírito irmão em Howard, pois ele o adotou como seu assistente, hospedando-o e alimentando-o em sua própria casa, e Fern estudava para ser enfermeira, para que também pudesse abandonar a área de *trailers*.

Eles se casaram três anos mais tarde, quando Fern conseguiu um emprego em um asilo. Os proprietários do asilo gostavam da ideia de ter "um homem de fé" por perto para conversar com os pacientes, então deixaram que o casal tivesse um pequeno apartamento nas dependências.

Fern e Howard sempre se lembravam daquela época como sendo a melhor de suas vidas. Eles finalmente estavam juntos como marido e mulher, e não se afastavam um do outro. Foi também onde conseguiram juntar dinheiro. Os pacientes velhos e solitários ficavam tão gratos ao casal por sua gentileza que frequentemente lhes deixavam dinheiro em seus testamentos. Se alguém tivesse prestado um pouco mais de atenção, perceberia que o casal sempre estava por perto dos pacientes mais ricos e daqueles com menos parentes. Mas os proprietários do asilo estavam ocupados demais cortando as despesas e planejando seus próprios esquemas para enriquecer rapidamente para notar o que os outros estavam fazendo.

Quando estavam com vinte e tantos anos, Fern e Howard haviam juntado uma boa quantidade de dinheiro, e Howard havia se tornado um pastor formidável. Eles se mudaram para o Alabama para abrir sua própria igreja, e Fern também trabalhava como enfermeira nas casas de algumas pessoas, invariavelmente idosas e de saúde frágil. Às vezes, também, ela era contratada para cuidar de uma mãe que havia acabado de dar à luz, ou chamada para auxiliar uma parteira. Foi ali que ela aprendeu os rudimentos da profissão.

Howard sentia que aquele era o período da sua vida em que ele estava no auge. O pastor Barnes ficou famoso por seus sermões inflamados que mantinham a congregação encantada. Ele levou os testemunhos a um ponto que nunca tinha sido atingido por nenhum outro pastor, criando o melhor espetáculo da cidade, quando convidava os pecadores a se levantar e testemunhar seus pecados, para que Jesus entrasse em seus corações.

As pessoas sempre ficavam maravilhadas com a quantidade de gente perdida, sem esperança, bêbados e ex-criminosos vinham até ele. Mas, na realidade, muito daquilo se devia pelo fato de que Howard lhes dava alguns dólares para que escancarassem suas almas, em vez do verdadeiro chamado do Senhor.

Nem tudo era vigarice, pois ele e Fern davam um prato de comida e um pouco de simpatia e esperança enquanto contavam-lhes que haviam sido salvos por Jesus. A maioria logo voltava aos velhos hábitos, mas, como Fern sempre dizia, a enchente dos rejeitados, despossuídos, doentes mentais e desajustados nunca iria acabar. E, se eles salvassem um em cada cem, aquilo era obra de Deus. Desde que Howard continuasse a fazer seu show na igreja, a sua congregação real continuaria a colocar dinheiro na caixa de doações.

Foi no Alabama que eles conseguiram a primeira adoção. Não houve dinheiro envolvido; aquela jovem garota havia vindo até Howard e Fern desesperada, porque sua família iria deserdá-la se descobrissem que ela iria ter um bebê. O casal Barnes também conhecia outro casal que estava desesperado para ter um filho. A garota teve o filho na casa de Howard e Fern, com Fern auxiliando a parteira e, logo após o nascimento, o bebê foi entregue aos novos pais. Os documentos foram assinados posteriormente, e a adoção foi legalizada.

A ajuda prestada à jovem mãe e a adoção arranjada foram atos de puro altruísmo. Mas ela levou a outras, em que eles pediam uma pequena quantia para cobrir as despesas. Havia despesas reais também, com a parteira, a lavanderia e a alimentação da mãe enquanto ela estava com eles. Howard se satisfazia com a gratidão dos casais que esperaram tanto tempo para ter um filho. Mas Fern observava que apenas a gratidão não iria sustentá-los quando estivessem velhos.

Foi nessa época que Howard percebeu que Fern queria muito mais do que ele. Ele estava perfeitamente feliz com a sua vida de pastor. O cargo lhe dava dignidade, respeito e importância, e ele ficava feliz em ver a sua esposa trabalhando como enfermeira na mesma comunidade, pois aquilo provava que eles se dedicavam totalmente a ajudar os outros.

Mas Fern estava ficando cansada de ajudar pessoas a usar urinóis em seus leitos, trocar curativos e roupas de cama, dar-lhes banho, monitorar e administrar medicamentos. Ela queria usar roupas bonitas, visitar lugares distantes, pintar as unhas de vermelho-escarlate e ser admirada como mulher, e não somente por suas habilidades de enfermagem.

Ela provocava Howard, dizendo que conseguia dominá-lo pelo pênis, e era verdade que ela usava o sexo para conseguir o que queria. Ambos tinham uma grande energia sexual, mas Fern conseguia resistir a seus impulsos, e o fazia até que Howard concordasse em fazer o que ela quisesse.

Foi assim que ela conseguiu convencê-lo a encampar o plano da agência de adoções. Hartford, em Connecticut, foi o lugar que ela escolheu. Perto de Nova York e Boston para ser prático para pais adotivos em potencial, e distante o bastante para que as mães se sentissem seguras, sabendo que seus parentes não iriam aparecer para fazer visitas.

Ali, em uma casa espaçosa perto dos limites da cidade, Howard e Fern se tornaram o Dr. e a Sra. Kent, e estabeleceram sua própria empresa, com um associado que tinha influência em vários círculos e que lhes enviaria casais em potencial em troca de uma comissão.

Bebês brancos eram os mais procurados nos primeiros anos, e Fern sempre obrigava Howard a ir para Nova York. Não era apenas a esperança de encontrar garotas grávidas longe de casa que poderiam se interessar pela oferta de hospedagem e alimentação gratuitas, em troca de entregarem seus bebês, ele também procurava por garotas que concordariam em ter um bebê para outra pessoa em troca de dinheiro. Às vezes, as garotas eram fecundadas pelo esperma do pai adotivo. Mas, na maioria das vezes, Howard usava o seu próprio sêmen, e dizia aos pais que havia sido doado por um esportista, cientista, matemático, ou o que quer que eles desejassem.

Capítulo vinte

Aquilo logo se transformou em uma empresa próspera, a qual eles administravam eficientemente a dois. Externamente, era uma instituição de caridade que ajudava mães solteiras rejeitadas por seus pais, durante o confinamento. Nem mesmo os vizinhos, as pessoas que vinham fazer a limpeza, cozinhar ou cuidar do jardim suspeitavam que eles estavam vendendo os bebês. Aquilo se devia em parte pelo fato de eles não ostentarem sinais de riqueza e terem um escritório em outra parte da cidade, de onde conduziam a parte comercial do seu negócio.

Mas quando faziam cruzeiros, ou quando iam a Nova York, Boston ou à Inglaterra, às vezes com o sobrenome Gullick, outras vezes como Ramsden, Fern usava o tipo de roupas e joias que sempre desejara.

O tráfico de drogas começou aí. Eles haviam conhecido Jarvis em um hotel nas Bahamas, e quando lhe disseram que frequentemente faziam cruzeiros, ele lhes apresentou a proposta de fazerem reservas com uma empresa de cruzeiros holandesa, com destino à América do Sul, e pegarem um pacote para ele na Colômbia.

O perigo envolvido no tráfico de drogas funcionou como um afrodisíaco para os dois. Seu apetite sexual ficava cada vez maior conforme o navio se aproximava da Colômbia e do ponto de entrega da mercadoria, e novamente ao se aproximarem de Rotterdam, para concluírem a viagem. Quando entregavam o pacote e recebiam o dinheiro, eles invariavelmente iam direto para um hotel e faziam sexo selvagem por horas.

Quando Jarvis saiu do negócio de drogas, resolveram fazer o mesmo, pois sentiram que a sua sorte não duraria para sempre. Eles fizeram cruzeiros para outros lugares além da América do Sul, e concentraram suas energias no negócio de adoções.

Foi irônico estarem novamente na Inglaterra quando se envolveram com Lotte. Na verdade, os cruzeiros os haviam decepcionado; os portos pelos quais passavam eram monótonos, e o cenário não era tão espetacular quanto esperavam.

Se não tivessem conhecido Lotte, eles poderiam ter desistido do negócio de adoções, vendido a casa de Hartford e talvez a de Itchenor também, e se mudado para a Flórida. Eles poderiam estar sentados à beira de uma piscina agora, observando o pôr do sol com uma bebida nas mãos. Mas Fern já não existia mais, e ele estava morrendo. Todo aquele trabalho acabou não dando em nada.

Capítulo vinte e um

Ao amanhecer, Lotte estava acordada. A janela que havia na cela era coberta por vidro translúcido, e mesmo se fosse transparente, ela não conseguiria ver o que havia do lado de fora, pois ficava no alto da parede. Ela ficou deitada na cama dura e estreita, olhando para a janela, observando a luz do dia aumentando gradualmente.

Aquilo a fazia lembrar da janela no porão, e parecia-lhe que, embora considerasse que aquele quarto fosse uma prisão, uma cela de verdade era algo bem pior. Lá ela tinha um chuveiro, mas não havia um luxo desses em uma cela da delegacia de polícia. Ela supunha que talvez houvesse uma pia com água quente no final do corredor que eles a deixariam usar para se lavar, mas ela duvidava que conseguiria ter qualquer tipo de privacidade.

Ela ouviu ruídos das outras celas durante a noite inteira. Dois bêbados estavam cantando e gritando, e outra voz masculina com um sotaque de Liverpool vivia gritando para que eles se calassem. Ela imaginou que Holloway seria um lugar ruidoso, também. Estava com tanto medo que aquilo lhe enjoava.

— Está pronta, Lotte? — A bela policial feminina que havia lhe trazido o café da manhã e que a deixou usar a pia no fim do corredor para lavar o rosto e escovar os dentes agora estava pronta para escoltá-la até a viatura que a levaria para o tribunal.

Era a mesma policial que havia lhe trazido uma barra de chocolate na noite anterior, talvez porque percebeu que Lotte não tinha comido o sanduíche de queijo que havia recebido. Aquela pequena gentileza teve um significado muito importante.

— Pronta como sempre — respondeu Lotte, com a voz embargada pelo medo.

Simon provavelmente pegou emprestado, , com alguma das garotas do salão, o terno azul-marinho de risca de giz que ela estava vestindo. Serviu como se tivesse sido feito sob medida, e ela estava muito grata à dona do traje. Ela não tinha deixado muitas roupas no apartamento de Simon, e nada que fosse adequado para uma audiência no tribunal. Por sorte, ela havia lavado os cabelos recentemente, e eles não estavam com uma aparência ruim. O conselho da policial feminina foi que ela os deixasse soltos. Suas mãos tremiam tanto que ela não usou muita maquiagem, apenas um pouco de rímel, *blush* e batom.

— Você está com uma boa aparência — disse a policial, colocando a mão no braço de Lotte. — Estaremos pensando em você hoje. Todos sentimos muito pelo que está acontecendo.

Lotte tentou sorrir e agradecer-lhe, mas sentiu as lágrimas começarem a se formar com aquela gentileza. Ela sabia que, se começasse a chorar, ela não conseguiria mais parar.

A cela na delegacia de polícia havia sido trocada por outra sob o tribunal. Mas, desta vez, a porta era feita de barras de ferro, e ela podia ver as pessoas que passavam por ali. Ela era a única mulher a estar presa ali, até onde sabia, e, embora alguns homens tentassem chamar a sua atenção e perguntar por que motivo ela estava na cela, ela não respondeu.

Ela ficou ali por quase duas horas, com o coração martelando-lhe no peito e as palmas das mãos encharcadas pelo nervosismo. Às 11 horas, um meirinho chegou e destrancou a porta da cela, levando-a a uma escada diferente daquela por onde ela havia descido. Ao chegar ao topo da escada, ela se viu no tribunal, e pediram que ela se sentasse no banco dos réus.

Capítulo vinte e um

Já havia cerca de 20 pessoas no tribunal. O Sr. Harding, seu advogado, estava conversando animadamente com o detetive Bryan. Ambos se viraram para olhá-la quando ela chegou, sorriram, mas continuaram com a sua conversa. Lotte achou aquilo enervante.

Simon, Adam, David e Scott estavam todos sentados juntos. Seus sorrisos, acenos e gestos de solidariedade estavam todos tensos, como se estivessem lutando para controlar as emoções. Ela pensava que a multidão de pessoas de aparência desalinhada na porta devia ser composta por jornalistas, pois davam a entender que estavam em uma missão, e todos pareciam se conhecer. Havia algumas pessoas mais velhas, também, que Lotte reconheceu como sendo vizinhos dos seus pais. Mas nem a sua mãe e nem o seu pai haviam comparecido à sessão.

Lotte não sabia se devia se sentir aliviada ou decepcionada com aquilo. Sem mais tardar, o meirinho pediu a todos que se levantassem para a entrada do juiz.

O Sr. Harding havia explicado que esta sessão do tribunal seria muito breve; nela, ele contaria ao magistrado os detalhes gerais sobre o crime do qual ela era acusada e circunstâncias pessoais, e iria requerer uma fiança. Ele já havia explicado a Lotte que seria improvável que o juiz concordasse com aquilo, e ela presumiu que aquilo significava que, em cerca de dez minutos, ela seria levada de volta à cela sob o tribunal e esperaria pelo transporte que a levaria para o presídio Holloway, onde continuaria presa.

Como Lotte nunca havia estado em um tribunal antes, não fazia ideia do que esperar, mas pensava que tudo teria um tom formal e sério, especialmente porque ela estava sendo acusada de assassinato. Mas Bryan e o advogado estavam sorrindo, e quando Bryan se adiantou para falar com o magistrado, Lotte viu que David e Simon estavam olhando em sua direção, perplexos.

O juiz bateu com o martelo na mesa pedindo silêncio. Ele olhou diretamente para Lotte.

— A corte decidiu, Srta. Wainwright, que não há acusações contra a senhora, e não haverá também no futuro. Pode deixar o tribunal.

Lotte estava tão atordoada que nem tentou se mover. Ela abriu a boca para perguntar por quê, mas o juiz já havia se levantado e estava saindo. Ela ouviu alguém dar um grito de alegria, e, embora não tivesse certeza, achava que era David.

O Sr. Harding veio até ela, com um sorriso tão largo que quase ia de uma orelha até a outra.

— Está tudo acabado — ele afirmou. — Vamos, você pode sair. Ramsden confessou tudo.

— Por quê? Como assim? Confessou o quê? Eu apunhalei Fern — gaguejou ela, as palavras se atropelando.

— Você pode ter esfaqueado Fern, mas você não a matou — ele explicou, tomando a mão dela e apertando-a entre as suas. — Ramsden a apunhalou novamente, depois de você.

O meirinho pediu que eles saíssem da sala do tribunal naquele momento, e Lotte caminhou para fora com o Sr. Harding ainda explicando o que havia acontecido.

O detetive Bryan estava esperando do lado de fora. Assim como Harding, ele tinha um sorriso largo no rosto.

— Este é o homem a quem você deve agradecer por tudo — disse Harding. — Duvido que ele admita, Lotte, mas ele fez mais do que um esforço extra por você. Diria até que ele a carregou nos braços.

— Vá para casa e tente esquecer que tudo isso aconteceu. — Bryan se aproximou para abraçá-la e beijá-la no rosto. — Vou visitá-la em um ou dois dias para contar toda a história e responder a quaisquer perguntas que você tenha. Mas todas as acusações contra você foram anuladas. Você está livre.

Demorou mais de uma hora antes que Lotte conseguisse absorver o que havia realmente acontecido. Ela estava tão amedrontada, e tinha tanta certeza de que iria para a prisão que, ao ouvir que tudo estava terminado e que estava livre, pensou que aquilo não passava de uma piada de mau gosto. Ela tinha certeza de que alguém se aproximaria e diria que eles haviam cometido um erro, e que ela seria presa novamente.

Ela e os rapazes, que estavam tão confusos quanto ela, deixaram que o Sr. Harding os levasse a uma lanchonete para tomar um café. Lá, o advogado explicou que o corpo de Fern havia sido encontrado no mar, expôs os resultados da autópsia, falou sobre a ida de Bryan ao hospital onde Ramsden estava internado e que havia conseguido uma confissão completa dele.

— Ele sufocou o meu bebê ? — disse Lotte, horrorizada.

Aquilo parecia um milhão de vezes pior do que tudo que havia sido feito a ela, ou de saber que Howard havia esfaqueado Fern.

Harding assentiu, e tocou na mão dela em compaixão.

— Você pode processar Ramsden e pedir uma compensação pelo que ele lhe fez — ele disse. — Meu escritório pode cuidar de tudo isso para você. Duvido que você creia que o dinheiro consiga lhe devolver o que ele lhe tirou, mas ele é um homem rico, e isso lhe daria condições de abrir o seu próprio salão de cabeleireiros, ou de comprar uma boa casa.

— Vou pensar nisso.

Scott mencionou que havia telefonado para Dale, que não estava se sentindo bem desde que voltou para a casa dos seus pais. A mãe dela achava que era algum tipo de estresse pós-traumático. Por causa disso, Scott achou melhor não contar a ela que Lotte havia sido presa, pois aquilo apenas faria com que ela piorasse.

— Mas agora que temos boas notícias, quero falar com ela — ele comentou. — Preciso descobrir quando ela vai voltar ao trabalho. Marisa vem fazendo alguns comentários bem cruéis ultimamente.

O Sr. Harding disse que precisaria sair, e Scott, Simon e Adam concordaram que tinham que voltar ao trabalho também, mas sugeriram que fizessem uma pequena celebração no apartamento à noite.

— David vai cuidar de você hoje — disse Simon, sorrindo de uma orelha à outra.

— Para onde agora? — perguntou David, quando os outros haviam se dispersado. — Aposto que você não conseguiu dormir na noite passada. Gostaria de ir para casa e tirar uma soneca?

— Claro que não — ela riu. — Quero passear à luz do sol. Passei muito tempo trancada dentro de uma casa e dormindo no ano passado. E eu estou morrendo de fome!

— Que tal então levá-la para almoçar em algum lugar onde possamos sentar do lado de fora? — ele sugeriu.

— Parece uma ótima ideia — disse Lotte. — Mas você se importa se eu for para casa antes e me trocar? Este terno é formal e quente demais.

Ele explicou que havia dormido no quarto dela na noite anterior e que havia deixado uma calça *jeans* e uma jaqueta casual lá.

— Espero que não pareça que estou tentando forçar as coisas — ele afirmou, enquanto andavam em direção ao apartamento. — Você sabe, deitar na sua cama, deixar minhas coisas lá, ou mesmo ser o cara que ficou com você hoje. Não pedi para os rapazes sumirem daqui. Eles simplesmente o fizeram.

Lotte lhe deu um olhar atravessado, impressionada pela ansiedade que havia na voz dele. Ela imaginou que Simon havia planejado que os outros iriam dizer que precisavam ir, porque ele sabia que ela gostaria de ficar a sós com David.

— Não estou pensando em nada disso — ela disse, com sinceridade. — E depois de tudo que você fez por Dale e por mim enquanto estávamos presas, você é muito bem-vindo para dormir na minha cama.

— Com você nela também? — ele disse, com um sorriso maroto.

— É a única coisa que me assusta — ela admitiu, baixando os olhos. — Embarcar em uma coisa desse tipo, depois de tudo o que aconteceu.

Ele simplesmente pegou a mão dela e a segurou, sem dizer uma palavra, e ela sabia que ele havia entendido.

Ao chegarem à alameda Meeting House, Lotte viu que seu pai estava ali, olhando para o apartamento. Ao ouvir o som dos passos deles, ele se virou. Ele parecia estar preocupado e envergonhado.

— Eu me atrasei para a sessão do tribunal porque não consegui achar um lugar para estacionar — ele explicou. — Fui informado do que havia acontecido, e estou muito aliviado e feliz por você.

— Obrigada, papai — disse ela, dando-lhe um pequeno sorriso.

— Não vai me convidar para entrar?

Lotte deu-lhe um olhar duro por alguns momentos, sem responder. Ela sempre havia visto a mãe como uma pessoa dura e cruel, e acreditava que seu pai era um homem bom e gentil, que sempre se sentiu intimidado pela esposa. Mas se ela havia aprendido alguma coisa com tudo o que havia lhe acontecido, era que você não podia dizer que era adulto até que aprendesse a se defender sozinho, e nunca culpar as outras pessoas pelos erros que você mesmo havia cometido.

— Não vou convidá-lo para entrar, papai —, ela disse. — Você sempre esteve atrasado, durante toda a minha vida.

— Mas eu não pude evitar o fato de que não havia um lugar para estacionar.

Lotte deu de ombros.

— Você poderia ter ido a pé ou pegado o ônibus. Você poderia ter saído de casa mais cedo.

— Estou tentando consertar as coisas — disse ele, com a voz lamuriosa.

— Como é possível consertar as coisas, chegando tão tarde? Se eu tivesse sido mandada para a prisão, não o teria visto. É como todas aquelas vezes em que você deveria ter me defendido, mas acabou me deixando na mão. Pelo menos a mamãe é coerente. Ela nem mesmo finge se importar.

— Ela teria vindo, mas estava com uma daquelas dores de cabeça — ele contou.

Lotte lhe deu um sorriso torto.

— Ah, sim, as famosas dores de cabeça que a impediam de fazer qualquer coisa que estivesse ligada a mim, como a noite com os pais na escola, dias de esportes ou os recebimentos de prêmios.

— Você se tornou uma pessoa muito dura — ele disse, com a voz trêmula.

— Devo isso à criação que recebi de você e da mamãe — afirmou Lotte, e caminhou em direção à escada em espiral, sem olhar para trás.

Ted olhou para David, que ainda estava ali, pois não conseguiria simplesmente dar as costas para aquele homem.

— Bem, olhe como as coisas acabaram! Eu tirei a manhã de folga para ir ao tribunal acompanhar a sessão.

— Você não estava por perto todas as outras vezes em que ela precisou de você — disse David, um pouco embaraçado por ter que dizer aquilo. — Você deveria se orgulhar por ela ter aprendido a se virar tão bem sem a sua ajuda.

Os olhos do pai de Lotte estavam cheios de lágrimas, e David sentiu uma pontada de simpatia por ele. Mas o que ele sentia por Lotte era muito mais forte, porque ela merecia pais melhores. Ele se virou e subiu pelas escadas, deixando Ted Wainwright ali.

David levou Lotte a um *pub* que ele conhecia às margens do rio, em Arundel.

Eles comeram peixe com batatas e pudim de caramelo, e agora estavam recostados nos assentos desfrutando do sol e da paisagem. Lotte disse que não conseguia imaginar uma vista melhor, com o castelo de Arundel, cinzento e pesado, ao fundo; várias árvores, e os cisnes voando por cima do rio, que serpenteava por entre prados exuberantes cobertos de ulmeiras brancas e flores amarelas.

— E agora, o que você vai fazer? — perguntou David.

— Você está perguntando "e agora" sobre "agora, neste momento"? Ou sobre procurar algum emprego, e sobre o resto da minha vida?

— Gostaria de saber sobre ambos, quando você estiver pronta para contar. — David pegou a mão de Lotte. — Mas não quis dizer que você deveria pensar sobre um emprego ou o sobre o resto da sua vida aqui e agora. Só quero que você tenha um lindo dia, fazendo o que quiser fazer. Para mim, é ótimo ter você ao meu lado.

Ela tocou no rosto dele, como se aquilo a divertisse.

— Tudo ainda parece um pouco surreal — ela admitiu. — Vou precisar de tempo para descobrir quem eu sou agora. Como pude chegar a um estado tão selvagem, a ponto de cravar uma faca em alguém? Ou ser tão cruel com meu pai na manhã de hoje?

— Acho que ninguém sabe do que é capaz até que seja testado — ele disse, refletindo sobre a situação e beijando as pontas dos dedos dela. — Na minha opinião, as coisas que você fez foram as reações certas a circunstâncias excepcionais; você encontrou forças que não sabia que tinha quando precisou delas. Mas a sua natureza não mudou. Sobre o seu pai, acho que você já devia ter dito aquilo para ele há muito tempo. Se você o convidasse para entrar e lhe desse um chá, nada mudaria. Ele viria visitá-la algumas vezes, sozinho, e nunca daria uma bronca na sua mãe por ter sido uma megera. Talvez ele o faça agora.

— Mais fácil ver porcos voando — disse Lotte, sombria, e depois riu. — Vamos para West Wittering remar no mar.

Uma hora depois, eles estavam andando de mãos dadas na praia, com os sapatos nas mãos. Lotte sentia que o passado estava desaparecendo lentamente. Eles haviam arregaçado a barra dos *jeans* até os joelhos, e a sensação da água fria e a areia por entre seus dedos era muito boa. Ela havia vestido uma blusa curta de alcinhas, e sentia o sol quente na sua nuca e nos braços, mas não se importava se iria sentir as queimaduras depois. Era muito bom estar ao ar livre, sentir todo aquele espaço ao seu redor.

Ela havia caminhado naquela praia com Fern e Howard no mês de dezembro, um dia de muito vento e frio, em que nem as pessoas que levavam os cães para passear se atreveram a sair de casa. Mas, estranhamente, pensar nos Ramsden e no que haviam feito a ela não conseguiu estragar o seu dia.

David lhe falava sobre seus sete outros irmãos, e como os pais administravam um restaurante de sucesso em Weston-Super-Mare, cujo prato principal era peixe com batatas. Ele falava de toda a sua família com tamanho carinho e humor que Lotte tinha vontade de conhecê-los, mas imaginava o que ele iria dizer à sua família sobre ela. Aquilo a fez lembrar que ele não conhecia toda a história, assim como Adam, Simon e Scott. Tudo o que eles sabiam até agora, desde que ela havia saído do hospital, eram alguns destaques e cenas mais importantes.

— Há muitas outras coisas que preciso lhe contar, David — ela disse, pouco depois, quando eles estavam voltando para o carro. — E até que eu consiga fazê-lo, isso vai ficar entre nós.

Ele não respondeu, simplesmente andou até o carro. David destrancou-o e foi até o outro lado para abrir a porta do passageiro para ela.

— Sente-se e deixe que eu limpe a areia dos seus pés — ele afirmou. Ele abriu o porta-malas do carro e tirou uma enorme garrafa d'água e uma toalha velha. — Minha mãe sempre fazia isso quando éramos pequenos — contou ele, enquanto despejava água por sobre os pés dela, para depois enxugá-los.

Havia algo naquele gesto de lavar-lhe a areia dos pés que a fez chorar. E foi como se as comportas de uma represa fossem abertas.

— Oh, Lotte! — ele disse, ajoelhando-se do lado de fora do carro e tentando confortá-la. — É porque eu não respondi quando você disse que queria me contar tudo? Foi apenas porque eu não consegui pensar em uma resposta adequada.

— Não é isso — ela soluçou. — É porque você está lavando os meus pés. É algo tão carinhoso e amável.

Ele colocou sua mão sob o queixo dela e levantou-lhe o rosto, enxugando as lágrimas com a toalha.

— Você tinha queimaduras nos pés há pouco tempo. Eu não queria que a areia fizesse com que eles doessem novamente.

As lágrimas de Lotte se transformaram em uma risada estrangulada.

— Eu pensei que os Ramsdens haviam roubado tudo o que eu tinha, mas agora você está roubando o meu coração.

David sentou-se sobre os calcanhares ao lado do carro e riu.

— Você roubou o meu no dia em que eu a encontrei na praia — ele disse. — Mas os homens demoram a perceber essas coisas, e não dei pela falta dele durante alguns dias.

Lotte sorriu e acariciou o rosto dele.

— Você, David Mitchell, é lindo.

— Você também, Lotte Wainwright — ele disse, inclinando-se para beijá-la.

Não foi apenas um beijo casual, mesmo que ele estivesse ajoelhado no estacionamento e ela estivesse sentada dentro do carro. Havia a doçura de um beijo exploratório, mas com tons de paixão e o desejo de possuir. Lotte se entregou, saboreando a sensualidade dos seus lábios e sem desejar que ele terminasse.

David foi o primeiro a se afastar, esfregando gentilmente seu nariz contra o dela.

— É melhor irmos agora — ele comentou, com um suspiro. — Não dá para fazer uma festa para celebrar a sua liberdade se você não aparecer.

Capítulo vinte e um

— Surpresa, surpresa — gritou Simon, do corredor. — Venha ver, Lotte!

Passava das 21 horas e a maioria dos seus amigos e toda a equipe do Kutz já estavam no apartamento.

Lotte havia tomado banho, lavado o cabelo e vestido uma blusinha com lantejoulas cor-de-rosa e *jeans* brancos. Ela estava um pouco queimada na nuca e nos braços, mas seu rosto tinha um belo tom rosado. Quando Simon chamou, ela foi até o corredor, esperando que fosse alguém com quem ela costumava trabalhar no Kutz.

Mas, para o seu espanto, era Dale.

Lotte gritou de alegria e abraçou a amiga.

— Que surpresa fantástica — ela disse. — O que a trouxe até aqui? Está se sentindo melhor agora?

— Eu me senti instantaneamente melhor quando Scott me ligou para dizer o que havia acontecido no tribunal, hoje. Eu tinha de vir.

— Estou tão feliz por você estar aqui — afirmou Lotte, abraçando-a novamente. — Não conseguiria celebrar completamente sem você, ou contar toda a história. Você vai ficar para a festa, não é? Posso colocar uma cama para você no meu quarto. Simon tem um daqueles colchões infláveis.

— Que bom que você perguntou — riu Dale. — Eu nem havia pensado sobre onde iria dormir.

A festa estava muito alegre e barulhenta, mas, à 1 hora, Lotte havia se encolhido em um dos sofás e estava apenas observando as pessoas. Dale e Scott estavam dançando juntos, e não havia dúvida de que eles estavam se tornando mais do que apenas bons amigos. Ele estava sorrindo enquanto a olhava nos olhos, suas mãos percorrendo as curvas do corpo dela, e Dale estava acariciando-lhe as orelhas e o pescoço, como se estivesse apaixonada.

Embriagada, ela disse que seus pais comentaram que ela havia mudado para melhor, e que, se soubessem que deixá-la trancada por alguns dias teria um efeito tão positivo, já teriam feito isso há um bom tempo.

Lotte ria daquilo agora, porque sabia que não foram apenas os dias no porão, ou mesmo o emprego a bordo do navio de cruzeiro que haviam transformado Dale de uma dondoca egoísta em uma pessoa sensível aos outros. Foi a amizade que fez a diferença. Ela aprendeu a se importar com outra pessoa, mais do que consigo mesma; descobriu a mágica de ter alguém com quem pudesse compartilhar bons e maus momentos; alguém com quem pudesse contar, e que pudesse contar com ela. Rir de si mesma e compartilhar aquilo com outras pessoas.

E Dale não foi a única a mudar. Ela havia transformado Lotte em uma pessoa mais corajosa, arrojada, e a ensinou a se importar menos com o que as pessoas pensavam a seu respeito. Juntas, elas se completavam e descobriam novas forças.

— Você parece estar cansada.

Lotte olhou para cima ao som da voz de David. Da última vez que ela havia olhado, ele estava entretido em uma conversa com Simon. Aquilo era outra coisa que ela gostava nele — além de ser gentil, generoso, sexy e bonito, ele não precisava que ela tomasse conta dele. Ele sabia se enturmar com as pessoas e conversar.

— Acho que estou, mas essa festa está tão boa que não quero ser a pessoa que vai dar um fim nela — disse Lotte, sorrindo. — Sente-se aqui comigo.

Ele se sentou ao lado dela e colocou um braço ao redor dos seus ombros, trazendo-a para perto.

— Assim é melhor — suspirou ele. — Faz um bom tempo que estou querendo ter você em meus braços.

Ela colocou os pés no sofá e se aconchegou nos braços dele. Ela não conseguia se lembrar de ter se sentido tão segura ou feliz antes.

— No que você está pensando? — perguntou David, após um minuto ou dois. Ele estava deslizando as pontas dos seus dedos pelo pescoço dela, perto do ouvido, de um modo que fez com que Lotte desejasse que Dale pudesse encontrar algum outro lugar para dormir naquela noite.

— Imaginando o que preciso fazer para ter você todo para mim — ela disse, virando o rosto para beijá-lo.

Capítulo vinte e um

Simon havia dito que ela poderia precisar de acompanhamento psicológico para lidar com tudo o que havia acontecido, e talvez ela procurasse por ajuda quando começasse a absorver tudo aquilo. Mas, neste momento, não havia nada além de David na sua mente.

O beijo dele fez com que ela sentisse um formigamento pelo corpo inteiro, e parecia que todas as pessoas que estavam na sala haviam desaparecido. Ela se inclinou contra o corpo dele para ter mais.

— Este é o beijo "vamos-ficar-aqui-nos-beijando-até-o-raiar-do--dia-e-depois-eu-a-levo-para-a-minha-casa" — sussurrou ele. — Ou isso é querer demais?

— Quando você beija desse jeito, você pode desejar o que quiser — ela disse, com um sorriso. Naquele momento, ela percebeu que o que havia dito a David no hospital St. Richard's, quando ele a salvou de Howard, ainda valia. Ela ainda não sabia se eles teriam um futuro juntos, mas parecia que tinham um agora. — Mas eu já disse a Dale que irei ao Marchwood com ela amanhã de manhã — ela disse. — Ela precisa conversar com a sua chefe sobre a volta ao trabalho, e ela sabe que todos os amigos dela e de Scott no *spa* estão loucos para me conhecer. Mas você pode vir conosco também! Eles estão tão intrigados a seu respeito quanto ao meu. E podemos ir a algum lugar depois.

— Se você não se importar — ele sorriu.

A caminho do banheiro, algum tempo depois, Lotte viu Scott e Dale se despedindo com um beijo na sacada, em frente à porta de entrada. Lotte sabia que não era um engano causado pela bebida, ao olhar para Scott — ele não havia bebido porque tinha que voltar dirigindo para o Marchwood, e teria que se levantar cedo pela manhã.

Ela entrou no banheiro sem alertá-los de que os havia visto, sorrindo consigo mesma. Ela achava que eles formavam um casal perfeito.

A caminho do Marchwood Manor na manhã seguinte, no carro de David, Dale sugeriu a Lotte que perguntasse se eles tinham alguma vaga para cabeleireiros.

— Seria ótimo — ela disse, animada. — Estaríamos todos juntos novamente.

— Acho que eu quero ficar com Simon e Adam pelo resto do verão — confessou Lotte. — Eles vão me aceitar de volta no Kutz, e, depois da noite de ontem, você e Scott não vão querer alguém que fique segurando vela para vocês.

Dale se enrubesceu.

— Eu sabia que você iria descobrir. Você nunca deixa passar nada!

Enquanto David estacionava o carro no estacionamento do hotel, Lotte sugeriu que eles poderiam tomar uma xícara de café enquanto Dale ia até o *spa* para conversar com a sua chefe.

— Não há necessidade — disse Dale. — Podem vir comigo agora.

Lotte não tinha certeza de que aquilo era o melhor a fazer. Ela não trabalhava lá, e David parecia estar um pouco amarrotado depois de passar a noite no sofá de Simon. E, pelo que Dale havia lhe dito antes, Marisa De Vere não era exatamente a pessoa mais amável do mundo. Mas, supondo que Dale soubesse que iria ter uma recepção calorosa, ela deixou que a amiga os guiasse.

Quando eles entraram na tranquilidade da recepção do *spa*, uma mulher esguia e de cabelos escuros se virou para encarar Dale.

— A que devemos o prazer desta visita? — ela disse, com a voz cheia de veneno.

Lotte sabia que sua amiga não deixaria de reagir àquilo com uma resposta rápida e enérgica, mas a saudação irônica foi tão inesperada que Dale ficou momentaneamente atordoada.

— Eu vim para dizer que estou pronta para voltar ao trabalho — ela disse, em voz baixa.

— O *spa* não precisa de uma pessoa irresponsável como você — retrucou Marisa. — E quem são essas pessoas que você arrastou para dentro?

Se Lotte tivesse visto Dale pronta para se defender, ela teria se desculpado pela intromissão e saído dali. Mas o rosto de Dale estava pálido, e ela estava encarando Marisa incrédula, com o queixo caído.

Lotte deu um passo a frente.

— Sou Lotte Wainwright, a amiga que, sem ter a intenção, impediu que Dale viesse trabalhar — explicou ela, com firmeza. — Ela não teve como evitar o que aconteceu com ela. Como se atreve a falar com ela dessa maneira tão desagradável?

— Isso não tem nada a ver com você — Marisa levantou um pouco a voz. — Por gentileza, saia do *spa* imediatamente. Você, Dale, pode pegar as suas coisas, e enviaremos seus cartões e qualquer dinheiro que você ainda tenha a receber.

Lotte sentiu o sangue lhe subir à cabeça. Ninguém iria tratar sua amiga daquele jeito.

— Oh, é melhor você não fazer isso — ela disse, advertindo a outra mulher. — Acho que você vai descobrir que outros membros da equipe irão se demitir se você mandar Dale embora. Sei que Scott será um deles, e possivelmente os cabeleireiros também.

Enquanto falava, viu que a porta do salão de cabeleireiros se abriu, e imaginou que o homem com o cabelo clareado pelas luzes, com olhos quase saltando para fora da cabeça enquanto olhava, fosse Frankie. Dale havia falado muito sobre ele enquanto elas estavam presas.

— Frankie! — ela fez um gesto para que ele saísse. — Esta mulher quer despedir Dale por ser muito descuidada, a ponto de deixar que a sequestrassem e ameaçassem a sua vida. Eu já disse a ela que, se o fizer, Scott vai pedir as contas em apoio a Dale. O que você me diz?

— Ela quer despedir você, garota? — perguntou Frankie, sem acreditar, vindo até onde elas estavam para abraçar Dale. — De jeito nenhum. Ela não pode fazer isso. Todos sairemos daqui se ela fizer isso.

Ele deixou Dale e foi rapidamente até o salão de cabeleireiros. Lá, gritou para todos, pedindo que saíssem, e fez o mesmo no salão de beleza. Ao ouvir o barulho que ele estava fazendo, Scott apareceu também, vindo da área da piscina.

Lotte olhou para David. Ele levantou uma sobrancelha e sorriu.

— Viu o que você é capaz de fazer quando se esforça? — disse ele, tranquilamente, enquanto a recepção se enchia de gente.

Não havia nada a fazer além de esperar que Lotte explicasse a situação a todos.

— Dale chegou esta manhã, esperando poder voltar ao trabalho — ela começou. — Ela me trouxe até aqui, junto com David, porque acreditava que, como todos demonstraram interesse e apoio desde que David me encontrou na praia, vocês gostariam de nos conhecer. Talvez ela não devesse ter nos trazido até aqui antes de pedir permissão à gerente primeiro, mas será que ela merece ser despedida por não comparecer ao trabalho?

— Por que chamá-la de irresponsável? Ela só se afastou do salão porque foi sequestrada comigo. Isso aconteceu porque ela tentou me salvar. É um sinal de coragem, não de irresponsabilidade.

Lotte parou para olhar rosto por rosto. A maioria dos funcionários estava balançando a cabeça afirmativamente, concordando com o que ela dizia.

— Não acredito que isso seja a descrição de Dale — continuou ela. — Na verdade, acho que Marisa não está apenas sendo injusta, mas quer se vingar de Dale por algum motivo. Então vou perguntar quem vai apoiar Dale, dando um passo a frente e se recusando a trabalhar até que ela receba um pedido de desculpas.

Scott foi o primeiro a dar um passo a frente, e Dale lhe deu um olhar de agradecimento. Frankie veio logo em seguida, pois ele constantemente acusava Marisa de sempre tratar Dale de forma desagradável. Depois veio o outro cabeleireiro, seguido rapidamente por todas as garotas.

— Oh, querida! Não sobrou ninguém para terminar os tratamentos e cortes de cabelos com as clientes — disse Lotte, com um sorriso malvado nos lábios, ao ver duas mulheres vestindo roupões atoalhados espiando pela porta do salão de beleza. — O que vai ser feito, Marisa? Já sei, vou chamar o gerente-geral. Alguém pode me dizer o nome dele?

Frankie disse em voz alta que era o Sr. Sellers, e ofereceu-se para chamá-lo.

A expressão no rosto de Marisa era risível. Choque por alguém ter se atrevido a desafiá-la, pânico porque ela agora poderia estar encrencada, misturados ao ciúme e ódio. Lotte quase esperava que ela começasse a bater seus pezinhos de raiva.

No meio daquela balbúrdia, Quentin Sellers entrou no recinto e perguntou o que estava acontecendo.

Scott se adiantou, sem dúvida, ciente de que o gerente do hotel não iria querer falar com Lotte, pois ela não trabalhava ali. Ele o tirou do *spa* e o levou de volta para o hotel para explicar a situação.

Os cinco minutos em que os dois homens estiveram fora pareceram demorar muito mais, com Dale olhando para o chão, Marisa fumegando de raiva por causa de Lotte e todos conversando aos sussurros. David segurou o braço de Lotte e sussurrou que estava orgulhoso do que ela havia feito.

Scott voltou.

— O Sr. Sellers quer vê-la em seu escritório imediatamente — ele disse a Marisa, sucinto. — Ele pediu, por gentileza, que todos os outros voltem para os clientes; ele falará conosco mais tarde. Para você, Dale, ele pede desculpas por não ter conseguido estar aqui mais cedo para recebê-la de volta pessoalmente, depois de tudo o que você passou. E pede que você e seus amigos esperem na recepção do hotel. Ele falará com vocês em breve.

A expressão de Marisa trovejava agora, pois ficou claro que era ela quem teria de responder por aquilo. Ela se virou com raiva, seus saltos altos batendo com força no piso de madeira. O resto da equipe riu em voz baixa, e depois todos voltaram aos seus respectivos salões.

— Está tudo bem agora, Dale — disse Scott, se aproximando e passando as mãos carinhosamente pelo seu rosto e ombros. — Ele ficou horrorizado pelo que Marisa disse hoje. Não é você que vai ser demitida. Mas preciso ir agora, tenho de terminar uma avaliação física com uma cliente na academia. Venha para a piscina mais tarde e conversaremos.

Duas horas depois, Lotte e David se despediram de Dale no estacionamento. Parecia que o Sr. Sellers já estava ciente de que Marisa maltratava toda a equipe da área do *spa*. Ela também havia sido grosseira com alguns hóspedes, e já havia sido advertida. O incidente de hoje havia sido a gota d'água para o Sr. Sellers, e ele havia decidido que ela seria demitida. Para evitar mais situações desagradáveis, ele havia pedido que ela saísse imediatamente.

Quando ele foi conversar com Dale, Lotte e David, ele foi encantador, perguntando às garotas sobre as dificuldades que tiveram, e felicitando Lotte por todas as acusações contra ela terem sido anuladas. Ele perguntou se ela gostaria de trabalhar no seu salão, mas Lotte o agradeceu calorosamente, recusando a oferta.

O Sr. Sellers havia perguntado a Dale se ela gostaria de experimentar o cargo de gerente do *spa*. Ele disse que, enquanto ela esteve ausente, ele havia percebido que o resto da equipe gostava muito dela e a respeitava, mas achava que ela poderia pensar que aquilo era demais, depois de tudo pelo que havia passado.

Dale disse que não tinha certeza de que conseguiria fazer o trabalho, mas daria o melhor de si.

Quando os três estavam sozinhos novamente, Dale abraçou Lotte com força.

— Você foi ótima esta manhã — ela afirmou, com os olhos cheios de lágrimas. — Não acreditava que você poderia ser tão autoconfiante, tão forte. Devia ter acreditado, é claro, pois foi você que me ajudou a encarar a prisão naquele porão. Você não acha que ela é maravilhosa, David?

— Totalmente — ele disse, olhando para Lotte com carinho.

Lotte conteve uma risada.

— O que deu em vocês hoje? — ela disse. — Por acaso hoje é o dia de melhorar o moral de Lotte?

Dale pegou na mão de Lotte. Ela não conseguia dizer o que queria, pois tudo estava misturado em sua cabeça: gratidão, amor, admiração, orgulho, junto com um pouco de receio de que sua amiga nunca se recuperasse inteiramente do que havia sofrido. Dale podia estar animada com seu novo romance com Scott e seu novo cargo no *spa*, mas estava ainda mais feliz por ver sua amiga com David, pois sentia que ele iria conseguir curar todas as suas feridas.

— Seja feliz com David — ela disse, simplesmente, e se virou, afastando-se deles. Foi um dia glorioso, e ela iria dar um pulo na piscina antes de começar a conferir o que havia acontecido no *spa* durante a sua ausência.

Dale olhou por cima do ombro e viu que David estava beijando Lotte. Ela sorriu. Tudo parecia estar dando certo para eles, finalmente.

◆ ❖ ◆

Sobre Lesley

Lesley Pearse é uma das escritoras mais queridas do Reino Unido, com fãs por todo o planeta e mais de 2 milhões de livros vendidos até hoje.

Uma autêntica contadora de histórias e mestre em criar tramas envolventes, que mantêm os leitores encantados do começo ao fim, Lesley apresenta aos seus leitores personagens inesquecíveis, impossíveis de ser ignoradas. Não é fácil definir um gênero ou fórmula específica — seus livros, sejam romances policiais, como *Till we meet again*, romances históricos, como *Never look back*, sejam o emotivo e apaixonante *Trust me*, baseado no escândalo da vida real das crianças migrantes britânicas enviadas para a Austrália no período pós-guerra, envolvem completamente os leitores.

A verdade é mais estranha que a ficção, e a vida de Lesley está tão recheada de drama quanto os seus livros. Ela tinha três anos quando sua mãe morreu em circunstâncias trágicas. Seu pai estava em alto-mar, e foi somente quando um vizinho viu Lesley e seu irmão brincando no jardim sem casacos que se levantou a suspeita: sua mãe havia morrido há algum tempo. Com o pai servindo nos Fuzileiros Reais, eles passaram três anos em orfanatos sombrios antes que ele voltasse a se casar (com uma nova esposa que era um verdadeiro dragão, uma ex-enfermeira do Exército). Lesley e o irmão foram trazidos de volta para casa para se juntar a duas outras crianças, que foram posteriormente adotadas por seu pai e pela madrasta, e uma corrente interminável de outras crianças que ficavam sob a guarda da família. O impacto da mudança e da incerteza constantes nos primeiros anos de Lesley se reflete em um dos temas recorrentes em seus livros — o que acontece com aqueles que sofrem traumas emocionais na infância. Ela teve uma infância extraordinária, e, em todos os seus livros, Lesley combinou magistralmente a dor e a infelicidade de suas primeiras experiências com um dom singular de contar histórias.

Quando criança, sua necessidade desesperada de amor e afeição certamente foi a razão de ter escolhido mal os homens com quem se relacionou na juventude. Presença constante em festas durante a década de 1960, Lesley fez de tudo — foi *baby-sitter*, *bunny girl* e *designer* de roupas. Morou em quitinetes emboloradas enquanto trabalhava longos períodos como uma "Dolly bird", com minissaias de 25 centímetros. Ela se casou com seu primeiro marido aos 20 anos — um casamento que não durou muito — e conheceu o segundo, John Pritchard, que tocava trompete em uma banda de *rock*, pouco tempo depois. Seu romance de estreia, *Georgia*, foi inspirado em sua vida com John, os bares de Londres, seus gerentes desonestos, e vários músicos que ela conheceu naqueles anos, incluindo David Bowie e Steve Marriot da banda Small Faces. A primeira filha de Lesley, Lucy, nasceu neste período, mas o estilo de vida inconstante de John e o fato de ter uma criança pequena em casa fizeram com que o casamento fracassasse. Eles se separaram quando Lucy tinha 4 anos.

Aquele foi um ponto de mudança na vida de Lesley — ela era jovem e estava sozinha, com uma filha pequena para criar — mas, em outra reviravolta do destino, Lesley conheceu seu terceiro marido, Nigel, enquanto viajava para Bristol para uma entrevista. Eles se casaram alguns anos depois e tiveram duas filhas, Sammy e Jo. Os anos seguintes foram os mais felizes de sua vida — ela coordenou um grupo de teatro, começou a escrever contos e abriu uma loja de presentes e cartões em Clifton, na região de Bristol. Escrever à noite, cuidar da loja durante o dia e encaixar todas as outras tarefas do lar nas brechas que apareciam, juntamente com as necessidades do marido e das crianças, foi difícil.

"Uma estranha compulsão não me deixava parar de escrever, mesmo quando parecia não haver esperança naquilo", ela diz. "Eu escrevi três livros antes de *Georgia*, e depois surgiu Darley Anderson, que se ofereceu para ser o meu agente. Mesmo assim, mais seis anos de decepções e imensos períodos reescrevendo material se seguiram antes de finalmente encontrarmos uma editora."

Houve mais problemas, entretanto, quando a loja de Lesley faliu na recessão da década de 1990, deixando-a com uma montanha de dívidas e com o orgulho ferido. Seu casamento de 18 anos havia chegado ao fim, e, aos 50 anos, ela sentia que havia chegado ao fundo do poço. Parecia que ela estava de volta à estaca zero, em um apartamento velho, e sequer tinha dinheiro para que sua filha mais nova pagasse o ônibus até a escola.

"Escrever foi o meu passaporte para sair daquela vida", diz ela. "Meu segundo livro, *Tara*, foi indicado para o prêmio de Literatura Romântica do Ano, e eu sabia que estava a caminho do sucesso."

A própria vida de Lesley é uma rica fonte de material para os seus livros. Seja ao escrever sobre as dores do primeiro amor, a experiência de ser uma criança indesejada e vítima de abusos, adoção, rejeição, medo, pobreza ou vingança; ela conhece tudo isso em primeira mão. Ela é uma guerreira, e com a sua longa luta pelo sucesso veio a segurança. Ela hoje possui uma casa antiga em uma bela vila entre Bristol e Bath, a qual está sendo renovada, e um refúgio à beira de um riacho em Cornwall. Suas três filhas, seu neto, amigos, cães e o jardim lhe trouxeram muita felicidade. Ela é presidente da filial de Bath e West Wiltshire da Sociedade Nacional para a Prevenção de Crueldade contra as Crianças — a instituição filantrópica mais próxima do seu coração.

Sobre Roubada

Qual foi a sua inspiração para *Roubada* e a garota sem nome na praia?

Eu estava caminhando por uma praia com meus cachorros um dia e imaginei encontrar uma garota que o mar tivesse trazido até a praia. Aquilo me levou a pensar em todas as diferentes razões pelas quais ela poderia estar naquela situação — ter caído de um navio, ter sido jogada ao mar ou ter tentado se matar. E aí, é claro, eu tentei imaginar o que a teria levado a fazer isso.

Uma característica importante da história de Lotte e Dale é como elas se conheceram enquanto trabalhavam juntas em um navio de cruzeiro. O que a levou a escolher este cenário no navio?

Um dos possíveis cenários que idealizei foi o de uma garota que havia sido empurrada de um navio de cruzeiro. Então, comprei uma passagem em um navio que iria à América do Sul, na esperança de encontrar alguma inspiração. Infelizmente, nunca gostei de escrever sobre pessoas que são ricas de verdade, e aquele cruzeiro estava cheio delas. A maior parte daquelas pessoas era tão entediante quanto água parada! A minha atenção então se voltou para os funcionários e a tripulação. Eles tinham que trabalhar por longos períodos, tinham que ser dinâmicos e agradáveis a todo o momento, e a maioria deles só ficava naquela vida até conseguir dinheiro o bastante para financiar seu sonho pessoal de ter seu próprio salão de beleza ou de cabeleireiros. Gostei de muitas daquelas jovens — elas eram corajosas, divertidas e empreendedoras. Gostava de como elas faziam amizades com outras pessoas da equipe de funcionários, e também do fato de elas não reclamarem da vida. Assim, há muito tempo, já havia criado os personagens de Lotte e Dale. Tudo que eu tinha que fazer era descobrir outra maneira para que o corpo aparecesse na praia.

Lotte parece ser muito frágil e bonita, e mesmo assim ela se revela uma pessoa forte, uma rocha que dá todo o apoio que Dale precisa. Você acha que as pessoas sempre superam as expectativas?

Quase sempre. Eu também descobri que aqueles que tiveram as infâncias mais difíceis são as pessoas mais corajosas, bondosas e criativas de todas.

***Roubada* se passa nos dias atuais, embora muitos dos seus livros sejam ambientados no passado, em períodos históricos fascinantes. Os dois tipos de romances exigem técnicas muito diferentes para serem criados?**

Certamente que sim. De certa forma, é mais fácil escrever um livro ambientado nos dias de hoje porque ele não precisa da mesma quantidade de pesquisa, mas eu prefiro escrever romances históricos. Parte disso é o fato de eu adorar história. Para mim, não é problema ler dúzias de livros, visitar museus e bibliotecas, especialmente visitar lugares como a Crimeia e o Alasca para recriar eventos que aconteceram ali há muito tempo.

Mas, além disso, há muito mais drama em cenários históricos, porque as pessoas comuns realmente tinham muitas dificuldades naquele tempo. A pobreza era terrível, não havia assistência médica, e quase nenhuma educação formal. Era a sobrevivência do mais forte. Para ilustrar este ponto, imagine que eu estivesse escrevendo dois livros lado a lado, ambos ambientados no mesmo apartamento, no subsolo de um prédio no East End de Londres; um nos dias atuais, e outro na virada do século. No livro histórico eu poderia ter uma mãe de seis filhos morrendo de tuberculose, o apartamento sem calefação e embolorado, as crianças forçadas a esmolar pelas ruas para conseguir comprar remédios e comida. Sabemos que apenas uma grande reviravolta do destino irá mudar a vida deles. A história nos dias atuais poderia ser tão melancólica quanto a histórica, se fosse sobre uma mulher jovem, usuária de drogas ou uma família de imigrantes que quase não sabe falar inglês. Ainda assim, todos perceberiam que, apesar de suas vidas serem tristes e problemáticas, eles não irão morrer de fome ou por falta de tratamento médico, devido à proteção do sistema de seguridade social. É ótimo para a humanidade, mas, em uma história, ele reduz os fatores de compaixão e medo.

Além de tudo, eu também tenho que me preocupar com a ciência da investigação forense nos livros atuais. Há cem anos, o crime era resolvido com a polícia trabalhando penosamente. Hoje, a polícia pode capturar alguém apenas encontrando um fio de cabelo na cena do crime. Eu acho que isso restringe as ideias.

Lotte, como vários personagens em seus livros, passou por dificuldades inacreditáveis, desde a infância, e mesmo assim continua corajosa. Foi este quesito que você utilizou para conceder o Prêmio "Mulheres de Coragem" de 2009. Pode nos falar mais sobre as mulheres que você conheceu?

Eu conheci muitas mulheres extraordinárias e corajosas durante os anos em que ofereço o prêmio. Mulheres maravilhosas que pensam muito mais nos outros do que em si mesmas, encaram os imensos fardos que a vida lhes joga nas costas e nunca reclamam. Algumas têm filhos com problemas sérios e permanentes de saúde, que precisam de cuidados 24 horas por dia, sete dias por semana. Outras perderam seus filhos devido a doenças ou lesões, e mesmo assim oferecem apoio e ajuda a outras mães com filhos doentes. Tivemos uma mulher maravilhosa que, embora ela mesma estivesse doente, acometida por uma doença rara no sangue, trazia crianças da área de Chernobyl para a Escócia para que pudessem se tratar. Havia várias mulheres gravemente incapacitadas que estudaram duramente, contra todas as previsões, para obter qualificações. Assim, poderiam arranjar um bom emprego e se sustentar. Há muitas cuidadoras que são fonte de inspiração para outras pessoas, outras que tiraram seus parentes de uma vida de abuso de álcool e drogas, e outras que foram abusadas por seus parceiros, e que agora ajudam outras mulheres que estão passando pela mesma situação.